사라진 소녀들의 숲

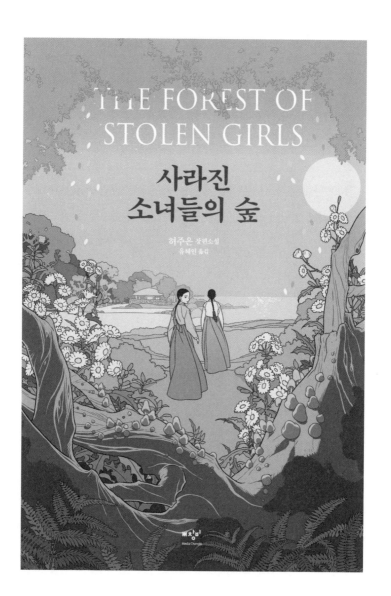

THE FOREST OF STOLEN GIRLS

사라진
소녀들의 숲

허주은 장편소설
유혜인 옮김

미디어창비
Media Changbi

"1400년대 한국으로 떠나는 놀라운 여행. 미스터리가 소설의 설정을 완벽하게 뒷받침하고 결말조차 짜임새 있고 만족스럽다. 반드시 소장해야 할 책."
　　　　　　　　　　　　　　　　　　　　　　　　　─『스쿨 라이브러리 저널』

"조선을 배경으로 한 역사 미스터리. 구성이 탄탄한 이 책은 역사 장르를 좋아하는 독자, 미스터리 장르를 좋아하는 독자 모두 만족시킬 것이다. 특히 고증에 충실한 역사 소설을 사랑하는 사람이라면 허주은 작가의 디테일을 인정할 수밖에 없다. 매력적인 등장인물을 찾고 있다면 이 책을 추천한다."
　　　　　　　　　　　　　　　　　　　　　─미국청소년도서관협회(YALSA)

"당대 여성들이 얼마나 많은 제약을 받았는지 보여주는 한편 13세기부터 1435년까지 여성들을 공포에 떨게 했던 역사적 사실을 이야기 속에 영리하게 짜 넣었다."
　　　　　　　　　　　　　　　　　　　　　　　　　─『퍼블리셔스 위클리』

"허주은 작가가 만든 촘촘한 서스펜스에 깊이 빠져 있는 동안 등골

오싹해지는 비밀들이 내 어깨를, 때로는 목을 차갑게 찌르는 느낌이었다. 실종과 추적에 더불어 가족 간의 갈등까지 전부 환영이다."

"하나의 장르라고 해도 과언이 아니다. 조선을 배경으로 한 한국 드라마를 많이 봤다면 당시 순종과 침묵이 얼마나 자연스러운 건지 알 것이다. 그렇기에 넘치는 호기심으로 질문의 답을 찾는 10대 주인공이 아주 흥미롭게 다가왔다."

"애달프고 숨 막히는 이야기로 독자들의 손에 땀을 쥐게 한다. 허주은 작가는 미스터리의 대가가 틀림없다. 다음 작품이 기대된다."

"묘사가 생생하다. 『사라진 소녀들의 숲』은 첫 장부터 독자를 끌어당기고 놓아주지 않는다. 어두우면서 흡입력 강한 미스터리를 시작부터 마무리까지 아름답게 그려냈다."

"발상이 천재적인 역사 미스터리 소설로 강렬하고 흥미진진하다! 허주은 작가는 실제로 눈앞에 선명하게 떠오르는 듯 조선 시대 제주도에 완벽한 생명력을 불어넣었다. 좋아하는 한국 사극 드라마를 보는 기분이 들었다.

최고의 여동생 샤론,

존재 자체로 축복인 찰스,

내 형제들에게 이 책을 바칩니다.

인천에서 태어나 대부분의 삶을 캐나다에서 보냈습니다. 이런 제가 한국 역사 소설을 쓰게 될 줄은 몰랐습니다. 한국의 역사와 저의 뿌리에 대해 오랫동안 관심을 갖지 않았습니다. 아무 상관없다고 생각했기 때문입니다.

그러다 우연히 한국에 관한 책을 읽고, 저라는 사람을 이루는 많은 부분이 한국에 기인하고 있다는 사실을 깨닫고 깜짝 놀랐습니다. 한국의 과거를 배우며 자신에 대해 더 많이 배웠고, 모국과 긴밀히 연결되어 있다는 것을 알게 되었어요.

지금 제가 쓰는 책들은 전부 한국 역사에 바치는 러브레터인 셈인데요, 『사라진 소녀들의 숲』도 그중 하나입니다.

이 소설의 아이디어는 고려 시대 학자였던 이곡(1298~1351)이 공녀 제도에 대하여 원나라 황제에게 쓴 편지에서 착안했습니다.

당시 저는 딸을 갓 낳은 초보 엄마였던 터라 편지를 읽고 심장이 반으로 쪼개지는 기분이었습니다. 수많은 어머니와 아버지가 국경까지 자식의 뒤를 따라가며 울부짖는 소리가 들리는 것만 같았죠. 역사를 좋아하는 사람으로서 이런 참담한 일이 발생하게 된 배경에 관심이 생겼습니다. 그래서 이 여인들을 조명하는 책을 쓰기로 결심했습니다. 공녀에 대해 잘 모르는 서양권 독자들에게도 이러한 역사를 알려주고 싶었습니다. 이야기의 배경으로 제주도를 설정한 것은 아버지가 나고 자란 곳이었기 때문이고요.

무엇보다 『사라진 소녀들의 숲』의 중심에는 비극적인 사건 때문에 멀어졌다가 재회한 자매가 있습니다.

몇 년 전, 이 소설을 집필하기 시작했을 때 동생과의 관계를 다룬 이야기를 떠올렸어요. 한동안 저희 자매는 사이가 소원하여 별다른 교류 없이 지냈거든요. 2004년 온 가족이 캐나다에서 한국으로 다시 향했지만, 2007년 저와 동생은 캐나다로 돌아와 학업을 이어가기로 결정했습니다. 부모님이 함께하지 않은 상황에서 동생과 화목하게 지내는 일이 참 어려웠고, 어떻게 해야 가정과 비슷한 형태를 이룰 수 있을지 하나부터 열까지 배워야 했습니다.

10년이 흐른 지금, 동생은 저의 가장 친한 친구가 되었습니다. 이 특별한 관계를 『사라진 소녀들의 숲』에 담고자 했습니다.

한국에 계신 독자 여러분이 책장을 넘기는 동안 역사가 살아 숨 쉬는 환상의 세계로 같이 빨려 들어간다면 더 바랄 것이 없겠습니다.

끈끈한 우애로 이어진 환이와 매월 자매의 이야기 속에서 여

러분의 가슴이 온기와 희망으로 가득해지기를 간절히 소망합
니다.

2022년 12월
진심을 담아,
허주은

차례 ────────────

한국 독자들에게   9

사라진 소녀들의 숲   15

역사적 배경   423
감사의 말   425
옮긴이의 말   429

일러두기

* 이 작품의 주 무대는 제주도로서 등장인물의 대사는 제주어여야 하지만 가독성을 고려해 표준어로 옮겼다. 다만 제주어를 쓴다고 명시한 등장인물의 대사는 제주어로 옮기고 독자의 이해를 돕기 위해 각주를 붙였다.

** 원서에서 이탤릭체로 강조한 부분은 고딕체로 옮겼다.

장장 스무 해 동안 범죄 사건을 수사하며 내가 해결하지 못한 사건은 없었다.

단 하나, 숲 사건을 제외하면.

하늘 아래 가장 헤아리기 힘든 것은 인간의 마음이요, 가장 행하기 어려운 것은 숨은 진실을 밝혀내는 임무라 하였다. 이 사건은 어언간 수년이 흐른 탓에 정황을 파악하기 힘들고 흔적을 추적하기도 불가능한 실정이다.

지금까지 내가 수집한 사실은 이렇다. 절벽 아래에서 피해자 서현이 발견되고, 스스로 목숨을 끊었다 한다. 그러나 검시할 새도 없이 시신은 목사(牧使)의 명령에 따라 매장되었다. 시신을 조사할 방법이 없어 사건의 내막을 밝히기가 어려웠다. 활용할 자료라고는 증언뿐인데, 세월이 흐르며 사람들의 말이 크게 달라져 거짓도 어느 순간 진실이 될 수 있었다.

현장을 목격했을 가능성이 있는 이는 둘이었다. 민환이와 민매월 자매. 내 딸들.

두 아이는 범죄 현장 근처에서 얼어 죽기 직전의 상태로 발견되었다. 애석하게도 환이는 의식을 차린 후 사고에 관해 전혀 기억하지 못했다. 매월은 기절하기 전 숲을 활보하는 사내를 보았다고 주장한다.

하얀 가면을 쓴 사내를.

— 민제우 종사관의 일지에서 발췌

하나

짙게 깔린 안개가 소나무로 만든 붉은 배를 감쌌다. 내 눈에 허락되지 않은 땅 너머에 비밀이 숨어 있기라도 하듯. 그러나 항구에서 남쪽으로 천 리를 가면 나오는 바람의 땅을 똑똑히 기억한다. 그곳에는 들쭉날쭉한 해안선이 있고, 여기저기 흩어진 검은 현무암 집과 넓은 초원, 안개가 겹겹이 에워싼 산이 있다. 돌과 바람의 섬 제주 어딘가, 역사를 간직한 숲 곶자왈과 봉우리에 구름을 얹은 한라산 사이에서, 우리 아버지가 사라졌다.

피곤해서 간지러운 눈꺼풀을 깜박이며 뱃전에 몸을 기댔다. 저 멀리 점점 작아지는 목포항이 보였다. 파도의 물거품을 묻힌 대나무 돛이 바람에 휘날리며 내 도포를, 갑판을, 돛대를 전부 적셨다. 네모난 나무 판에 대충 깎은 나뭇조각들을 놓고 둘러앉아 장기를 두는 탑승객들도 추위에 오들오들 떨었다.

저 사람들은 제주에 있는 집으로 돌아가는 길이겠지. 실종자를 찾으러 가는 나 같은 사람은 없을 것이다.

고개를 돌려 바람에 흩날리는 머리카락 사이로 목포항을 되돌아보았다. 이제는 안개와 너울거리는 검은 바다 말고는 아무것도 보이지 않았다. 배의 가장자리를 붙잡고 숨을 깊이 들이마시며 가슴에서 고동치는 두려움을 애써 잠재웠다. 올해는 1426년으로, 세자빈 간택이 있어 나 같은 자들이 한창 입궐을 꿈꾸는 시기다. 하지만 지금 나는 어떠한가. 바다에 뛰어들어 정치범들의 유배지인 섬으로 향하고 있다.

수사는 무슨 수사야. 그만둬. 마음속 두려움이 속삭였다. 저 섬에 있는 게 너를 죽일지도 몰라.

나는 고개를 젓고 봇짐 속을 뒤적였다. 여행길에 가져온 모든 물건이 이 안에 있었다. 종이로 싼 곶감, 나무 호루라기가 달린 목걸이를 지나 아버지의 오침(오침안정법이라고 하여 책의 오른쪽에 구멍을 다섯 개 뚫어 실로 엮는 전통 제본 방식-옮긴이) 서책을 꺼냈다. 표지가 바람에 저절로 열렸고 불에 타서 말린 종잇장들이 펄럭였다. 뒷부분은 심하게 타서 까맣게 그을린 가장자리만 남아 있었다. 복선이라는 낯선 여자가 이 책을 보내줬다. 복선을 둘러싼 의문이 너무도 많았다. 누구일까? 아버지의 일지를 왜 내게 보냈지? 우리 아버지를 어떻게 알고?

갑판이 삐걱거렸다. 오른쪽을 힐끗 보니 한 남자가 걸음을 멈추고 바다를 내다보고 있었다. 한 손으로는 배의 가장자리를 붙잡고, 나머지 손으로는 허리띠에 찬 검의 자루를 쥔 채. 꼭 왜구를 감시하는 임무를 맡은 사람 같았다. 연보라색 도포에 소매

없는 짙은 자주색 비단 쾌자를 걸친 것을 보니 지체 높은 양반
이었다.

"안녕하십니까, 나리."

작은 소리로 인사를 건넸다. 내 말은 철썩이는 파도 소리에
묻혀 상대에게 전해지지 않았다.

손바닥에 손톱이 박힐 정도로 손을 꽉 움켜쥐었다. 오늘 나는
민환이가 아니다. 등 뒤로 머리를 땋아 내리고, 혼인을 하지 않
은 처자를 뜻하는 빨간 댕기를 드린 양갓집 규수가 아니다. 평
소보다 낮은 목소리로, 평소보다 더 크게 불러보았다.

"안녕하십니까, 나리."

남자가 드디어 고개를 돌렸다. 그러자 검은 갓이 드리운 그늘
속에서 다부진 턱에 성긴 턱수염을 기른 중년 남성의 얼굴이 드
러났다. 반쯤 감긴 짙은 눈꺼풀 아래 엄숙한 눈빛은 비밀을 속
삭이는 것만 같았다.

"나를 불렀는가?"

가슴 깊은 곳에서 끌어 올린 듯한 목소리였다.

"제주까지 얼마나 남았는지 혹시 아십니까?"

"한나절이면 도착할 걸세. 날씨만 궂어지지 않는다면."

남자는 잠시 나를 응시하더니 다시 앞으로 시선을 돌렸다.

"그리하면 항구에서 노원리까지는 얼마나 걸리겠습니까?"

눈썹 하나가 활처럼 휘었다.

"노원?"

"예."

"걸어서 세 시간쯤일까. 잘 모르겠네. 걸어서 갈 일이 있어야지. 그런데 그곳에는 어인 일로 가려는 건가?"

"사람을 찾고 있습니다."

남자는 뱃전을 짚은 채 몸을 틀어 나를 똑바로 바라보았다.

"자네는 누구인가?"

궁금해서 하는 질문이라기보다는 답을 하라는 명령이었다.

온몸의 근육이 긴장되었다. 나는 민 종사관의 자식이었지만 사실대로 말할 수는 없었다. 이 사람도 아버지 이야기를 들었을지 모른다. 아버지는 원래도 수사관으로 꽤 유명했지만, 기이하게 실종된 사연 때문에 더욱 유명해졌다. 아버지에 관해 들었다면 민 종사관에게 딸이 하나밖에 없다는 말도 들었을 터였다(소원해진 동생까지 딸이 둘인 것을 아는 사람은 많지 않았다). 그리고 나 같은 처녀는 집에서 멀리 떨어진 외지에 함부로 머물 수도 없었다.

나는 변장을 위해 입은 옷을 손으로 쓸어내렸다. 남성용 비단 도포는 길어서 체형을 완벽하게 가려주었고, 허리띠도 꽉 묶여 있었다. 나중에 시간 있을 때 변장한 이유를 따로 지어내면 된다고 막연히 생각했기에 지금 내 머릿속은 그야말로 백지상태였다. 헛기침을 하고 시간을 벌기 위해 천천히 말을 꺼냈다.

"제가 어떤 사람인지 궁금하신 겁니까? 아니면 제 이름을 묻는 것입니까?"

"둘 다."

"제 이름은…… 규입니다."

최근에 읽은 책에서 이름을 빌려 썼다.

"그리고 저는…… 별 볼 일 없는 사람입니다."

남자는 계속해서 나를 빤히 쳐다보았다. 냉정한 시선에 감정이라고는 없었다.

"제 입으로 별 볼 일 없다고 하는 자들을 보면 늘 대단한 인물이던데. 아니면 비밀을 감추고 있거나."

"대단하다니요, 저는 아닙니다. 얼마 전 과거에서 낙방한 일개 서생입니다."

그 말들은 머리를 거치지도 않고 입에서 흘러나왔다. 나는 어머니를 닮아 거짓말의 귀재였다. 일찍 돌아가신 탓에 이제는 기억조차 나지 않지만 내 몸에는 어머니의 피가 흐르고 있었다.

"남는 것이 시간인지라 제주에 한번 가보기로 한 것입니다."

"정녕 그것이 다인가?"

그는 반쯤 내리깐 눈으로 이해를 못 하겠다는 듯 나를 뜯어보았다. 왜 이렇게 관심을 보이지?

"아까는 사람을 찾고 있다 하지 않았나."

나는 뱃전에 몸을 기대고 침착하고 자신감 넘치는 사람인 양 먼 곳을 바라보았다. 그러나 미간에 차가운 땀방울이 맺히고, 낯선 이의 부담스러운 시선에 온몸이 땀으로 젖었다. 가시처럼 따가운 목소리가 속삭였다. 네 변장을 비웃는 거야. 네가 여자라는 걸 알고 있어. 힘없고 어리석은 여자…….

소매로 이마를 닦았다.

"제, 제……."

긴장한 목소리가 나와서 헛기침으로 목을 가다듬었다.

"제주 출신인 숙부가 실종되었습니다."

남자의 눈 밑 지방이 움찔거렸다.

"보아하니 이제 겨우 열일곱쯤 된 듯한데 공부를 해야지, 그런 실종 사건을 해결할 시간이 있나."

사실 열여덟 살이었다. 곧 있으면 열아홉이 된다.

"제가 어릴 적부터 사소한 사건의 해답을 곧잘 찾아냈다는 것을 친척 어르신들이 잘 아십니다. 한번은 살인 사건도 해결했고요."

친구가 키우던 매를 죽인 범인을 찾아낸 적이 있으니 틀린 말은 아니었다.

"어르신들은 더 많은 정보가 필요하다고 하십니다. 관아에 설명할 말이 변변치 않다면서요. 그래서 민 종사관에 대한 정보를 더 구해 오라고 제게 분부한 것입니다."

"민 종사관…… 민 종사관…… 그 이름을 어디서 들었더라?"

남자가 하늘을 올려다보았고 오랫동안 침묵이 이어졌다. 그러다 "아" 소리를 냈다. 무슨 일인지 알겠다는 듯한 감탄사에 내 척추가 뻣뻣하게 굳었다.

"한두 해 전인가, 사건이 있었지. 군영에서 전부 수사했는데 아무것도 나오지 않았어."

"당시 군영은 육지에서 일어난 소요로 정신이 없었습니다. 제주를 철저히 수색할 시간이 부족했던 것으로 압니다."

나는 뒤이어 설명했다.

"반면 저는…… 시간이 많고, 어떤 단서라도 좋으니 찾기만 한다면 집안에서 제게 사례를 한다고 했습니다."

"언제 적 일인데 증거가 여태 남아 있겠는가. 기억은 퇴색되고 불완전하게 변하지. 눈에 보이는 증거는 비와 진흙에 씻겨 나갔을 테고. 아무것도 발견하지 못할 걸세."

"수사관이 그리 간단히 실종되는 일은 없습니다, 나리."

"하지만 지팡이를 짚고 다니는 수사관이라면?"

남자가 나를 향해 다정하고 예의 바른 미소를 건넸다.

"지팡이 없이는 먼 길을 가지 못한다고, 아니 그러지 못했다고 들었네만."

나도 미소를 지어 보이려고 치아에 닿은 입술을 어색하게 옆으로 늘렸다.

"예, 걸음이 불편하기는 했습니다. 하지만 나리, 그 지팡이는 보통 지팡이가 아닙니다. 죽장도지요. 지팡이로 보이지만 안에 검이 있어 민 종사관 같은 분이 휘두르면 치명상을 입히기 충분합니다. 아, 그렇다고 들었습니다. 또 민 종사관은 조선에서 제일가는 수사관으로도 유명하고요."

남자가 한숨을 뱉었다. 왠지 웃음소리처럼 들렸다.

"제일간다고?"

"스무 해 동안 범죄 사건을 수사하며 200여 건을 해결했고 실패한 적은 단 한 번도 없지 않습니까."

대답을 기다렸지만 내 귀에는 선체를 공허하게 때리는 파도 소리밖에 들리지 않았다.

"노원리에 간다고 했던가. 내 인심 써서 경고 하나 하지. 그곳에 도착하면 천하고 무식한 이들이 퍼뜨리는 소문에는 귀를 기울이지 말게."

남자가 말했다.

"사라진 수사관의 행방을 묻고 다니기 시작하면 노원 사람들은 제 딸들이 사라졌다는 이야기나 들려줄 거야. 하지만 나를 믿게나. 노원은 제주에서 가장 안전한 마을이야."

첫인상부터 싫었던 사람이지만 그 순간은 그 사실을 잊어버렸다.

"딸들이 사라졌다고요?"

기 대장의 말이 떠올랐다. 아버지는 여자아이 여럿이 사라진 사건을 수사하기 위해 제주로 향했다고 했다. 이 사람이 말하는 딸들이 그 아이들일까? 나는 눈을 내리깔고 두근거리는 마음을 가라앉혔다. 바닷속에서 끈적거리는 해파리 떼가 수영하는 모습이 보였다.

"사라진 계집아이들의 공통점을 하나 알려주겠네."

남자는 장식이 새겨진 검의 자루를 엄지로 쓸었다.

"모두 미인이었어."

"그게 무슨 뜻……."

"홍 목사 나리!"

배의 반대쪽을 보니 무늬 없는 하얀 저고리에 무릎까지 오는 바지를 입은 남자가 서 있었다. 영락없이 하인 차림인 남자가 우리 쪽으로 다가와 물었다.

"쇤네를 부르셨습니까, 나리?"

나는 떡 벌어지려는 입을 다물었다. 앞에 서 있는 이 남자는 제주 수령인 목사였다. 홍 목사가 옷 안에서 두루마리를 꺼내 하인의 손에 쥐여주었다.

"배가 닿는 대로 발이 가장 빠른 전령을 찾아오너라."

"예."

하인이 절을 하고 물러났다.

홍 목사는 다시 나를 돌아보았다. 휘둥그레진 내 눈을 봤겠지만 겉으로 표를 내지는 않았다.

"자네가 민 종사관을 찾는다면 굳이 막지는 않겠네. 훼방을 놓지도 않을 것이고."

그가 말했다.

"하지만 나도 내 일을 해야 하지 않겠는가. 지금은 내가 관할하는 지역의 이름을 더럽히는 추측들 때문에 피곤해서 말이야."

처음에는 무슨 뜻인지 이해할 수 없었다.

"민 종사관은 계집아이 열세 명이 사라진 사건을 수사했지."

홍 목사가 말을 이었다.

"내가 그에게 뭐라고 했는지 아는가? 방금 한 것과 똑같은 말을 들려주었네. 사라진 계집아이들이 미인이었다고. 가난한 삶이 지겨워졌나 보지. 작은 마을에서 살기 싫어 도망을 친 게야. 그러다 위험에 처한 게지."

그러면서 고개를 절레절레 저었다.

"민 종사관이 사건 해결에 아주 능하다는 평판을 익히 들었네. 한데 그런 사람이 이리 단순한 사실을 무시하다니 놀랍지 않은가. 하루가 멀다고 사라지는 것이 여인들이거늘. 특히 제주 여인들은 나이가 조금 들었다 하면 어디론가 떠나는 것이 일상이라네. 간섭 없이 제 마음대로 행동할 자유가 있다고 생각해 세상으로 몸을 내던지지. 정인과 살기 위해, 임신 사실을 숨기기 위해, 몸을 팔기 위해, 기생이 되기 위해 종적을 감추는 거야. 이유를 찾자면 끝도 없네."

나는 침을 꿀꺽 삼키며 도포 자락을 더욱 단단히 여미고, 일정한 보폭으로 성큼성큼 멀어져가는 홍 목사의 뒷모습을 바라보았다. 내 결정이, 여인의 몸으로 집을 떠나 여자아이들이 사라지는 마을로 가겠다는 결정이 참으로 어리석었다. 아니, 어리석은 정도가 아니다. 위험했다.

이제야 알겠다. 여행할 때면 아버지가 왜 내게 사내아이 옷을 입혔는지. 한번은 말을 타고 숲을 지날 때 왜 내가 사내아이 옷을 입어야 하는지 물어본 적이 있다. 아버지는 나무껍질에 붙어 모습을 위장한 나방 한 마리를 말없이 가리켰다.

"나방이 이렇게 위장하는 이유를 아느냐."

아버지는 당시 일곱 살밖에 되지 않았던 내게 말했다.

"자기에게 위해를 가할 것들에게서 벗어나기 위함이다."

아버지를 찾으러 가지 말라던 기 대장의 말이 정답이었는지도 모르겠다.

"너 같은 규수는 집에 안전하게 있어야 한다."

기 대장은 말했다.

"일은 우리에게 맡기고 나를 믿거라. 네 아버지를 찾아주마."

그를 믿었다. 신뢰했다. 열두 달이나 답을 기다렸고, 1년을 더 기다릴 용의가 있었다. 그가 사건을 종결하고 아버지의 죽음을 공표하지 않았더라면.

"곶자왈에서 네 아버지 겉옷의 왼쪽 소매가 나왔다."

기 대장은 시선을 내리깔고 말했다. 원망의 빛이 가득한 내 눈을 마주할 면목이 없었기 때문이다.

"곰의 공격을 받았더구나. 아주 사나운 놈이었어. 시신을 찾아 사방을 수색했다. 어떤 흔적이라도 찾아보려고. 그런데……."

기 대장이 고개를 저었다.

"1년이 지났다, 환이야. 네 아버지는 갔어."

기 대장은 내게 어떤 반응을 예상했던 것일까? 두 손 얌전히 모으고 아버지의 죽음을 받아들일 줄 알았나? 내 의문은 하나도 해소되지 않았는데?

조선에서 제일가는 수사관이 어떻게 실종된단 말인가? 시신은 어디에 있고? 찾아갈 무덤이 없는데 어떻게 아버지가 돌아가셨다는 거야?

젊은 규수가 집을 나와 실종자나 망자를 찾다니, 얼토당토않은 일이었다. 하지만 사람들이 내 정체를 알 필요는 없었다.

바다를 건널 동안 젊은 서생을 연기할 것이다. 오늘 저녁에는 어느 역할로 바꿔 연기할지 내 마음이다. 아버지를 찾는 데 도움만 된다면 누구든 상관없다.

양손을 앞으로 뻗어보았다. 손이 창백했다. 일곱 살이 되면 남녀가 자리를 같이하지 않는다는 가르침에 따라 나 또한 바깥세상에서 분리되어 따스한 햇볕을 잊고 지냈다. 하지만 내 마음은 아버지의 서고에서 본 책들을 통해 담장 밖으로 뻗어 나갔고 항상 그곳에 머물렀다. 나는 여느 사내와도 유교 고전과 역사에 관해 대화할 수 있는 사람이었다.

내 아버지는 목포에 사는 학자다. 나는 이런저런 책에서 긁어모은 조각들을 하나의 이야기로 연결했다. 가난한 선비인 아버지는 지방 양반들을 가르치며 생계를 꾸리고 있다. 막내아들인 내게 크게 기대하지 않으시지만 내 꿈은 언젠가 아버지와 고귀한 문우들이 깜짝 놀랄 글을 쓰는 것이며…….

다른 탑승객들은 갑판을 서성이는 나를 보며 상념에 잠겨 있다고 생각하겠지만 지금 나는 스스로 지어낸 과거를 반복해서 머릿속에 집어넣고 있었다. 이 삶의 나는, 다른 이가 진실을 대신 찾아주기만을 기다릴 필요가 없는 사람이다.

아득하게 뻗은 바다를 지나고 하늘을 촘촘히 엮은 안개를 통과하니 깎아지른 듯한 절벽과 한라산의 그림자가 보였다. 산은 아주 오래전부터 예리한 눈으로 역사의 부침을 똑똑히 목격해 왔다.

옛날 옛적에 제주는 우리나라를 집어삼킨 몽골의 지배를 받았다. 몽골의 다루가치들이 총독으로 부임했고, 섬의 일부는 제주에 주둔한 기병대의 말들을 방목하는 장소로 사용되었다. 100여 년 후, 우리는 명나라 황제 앞에서 조공국으로서 고개를 조아려야 했다. 그중에서도 가장 밑바닥으로 떨어진 제주 사람들은 가진 것을 모두 빼앗겼다. 말은 명나라 황제의 차지가 되었고, 전복과 귤과 약초는 우리 나라님에게 진상품으로 바쳤다.

나는 내 몸에 피가 흐른다는 사실만큼이나 제주의 아픈 역사를 잘 알았다. 이 섬은 내가 태어난 고향이니까. 아버지를 따라 가족 전체가 제주를 떠난 후 이곳으로 돌아올 줄은 꿈에서도 상상 못 한 일이다. 하지만 가족 중 한 사람은 예외였다. 동생 매월이 제주에 남았고, 나와 거의 연락도 하지 않고 지낸다. 사이가 나빠서는 아니다. 그저 우리 둘 사이에 공통점이 없을 뿐이다. 매월은 지금 내가 제주로 가고 있다는 사실도 모른다. 애초에 돌아간다는 것 자체가 금기였다. 제주에 다시는 발을 들이지 않겠다고 아버지와 약속했기 때문이다. 제주의 숲에 절대 들어가지 않겠다고 맹세했다.

파도가 배에 철썩 부딪혔다. 갑판이 흔들렸고, 나는 아버지의 일지를 움켜쥔 채 앞을 바라보았다. 안개의 장막이 걷히며 북적거리는 제주항이 눈에 들어왔다. 그 너머로 검은색 현무암 집들이 흩어져 있는 넓은 초원이 보였다. 점점 가까워지는 풍경을 보고 있노라니 얼마나 큰 결정을 내렸는지 실감이 났다. 나는 약속을 전부 어겼다. 제주로, 제주의 숲으로 절대 돌아가지 않겠다는 약속도, 아버지의 사건에 개입하지 않겠다는 약속도.

짧은 숨을 몇 번 들이마시며 가슴속에서 퍼덕이는 두려움을 가라앉혔다. 아버지는 아직 살아계신다. 다시금 되뇌었다. 살아계셔. 내가 알아.

뼛속 깊이 느낄 수 있었다. 고모는 내 생각이 망상이라 했지만, 기 대장도 감정이 늘 진실을 가리키지는 않는다고 했지만, 상관없었다. 아무도 나를 믿지 않더라도 괜찮다. 어머니가 돌아가신 뒤 뭐든 스스로 해왔다. 어쩌면 동생이 나를 도와준다고 나설지도 모른다는 기대는 있었다. 5년을 떨어져 살았고, 서로를 연결하는 고리는 몇 가닥의 기억뿐이지만 드디어 우리에게 공통점이 생기지 않았나. 내 아버지는 동생의 아버지이기도 하고, 그런 우리 아버지가 사라졌다.

불에 탄 일지를 내려다보며 확신했다. 아버지는 저기 있다. 산 어딘가에서, 제멋대로 뻗어나간 숲 한가운데에서, 아니면 삐죽삐죽한 해안가에서, 아무튼 제주 어딘가에서 아버지는 우리를 기다리고 있다. 부디 내 동생도 그렇게 생각하고 있기를 바랐다.

※

둘

제주는 넓어도 너무 넓은 섬이었다. 북적거리는 항구를 떠나 남쪽의 광야로 깊숙이 들어가니 나 자신이 콩알처럼 작아진 느낌이었다. 아버지의 실종 소식을 처음 들었을 때 느꼈던 두려움이 거듭 날카롭게 가슴을 찔렀다. 나를 사랑해준 유일한 사람이 아침 안개처럼 사라져버렸다.

"어디로 가셨나요, 아버지?"

내 목소리가 바람을 타고 아버지가 있는 곳까지 전해지기를 빌며 속삭였다.

"왜요? 왜 저를 떠나셨어요?"

이 질문은 1년 전 아버지의 방에서 쪽지 한 장을 발견한 뒤 쭉 나를 따라다니며 괴롭혔다. 거기에는 선명한 글씨로 이렇게 적혀 있었다.

갈 것인가? 가야 하는가?

인간은 자신의 실수를 되돌릴 수 있을까? 죄를 씻을 수 있나?

숲이 나를 지켜본다.

잊지 않는 눈으로 매섭고도 고요하게.

내가 아는 정보라고는 기 대장에게 들은 내용이 전부였다. 아버지는 여자아이 열세 명이 사라진 사건을 수사하기 위해 제주로 갔다. 하지만 내 의문은 더 늘어났다. 아버지는 왜 담당 지역도 아닌 곳에서 일어난 사건에 관심을 보였을까? 아무 말도 없이 훌쩍 떠난 이유는 무엇이지? 쪽지에 적힌 기이하고 섬뜩한 글은 대체 어떤 의미일까?

제주는 작은 섬이 아니니 질문의 답들을 쉽게 찾지는 못할 것이다. 일단 노원리로 가는 길부터 찾아야 했다. 바다 짠 내를 맡으며 안개 자욱한 길을 걷기 시작해, 해안선에 자리한 마을들의 경계를 표시하는 돌담을 옆에 끼고 들판을 지났다. 길은 오름을 두르고 미끄러운 계곡을 통과해 계속해서 뻗어나갔다.

간혹 사람이 보이면 걸음을 멈추고 길을 묻기도 했지만, 시간이 지나니 개미 한 마리도 보이지 않았다. 마지막으로 마주친 사람은 언덕에 돌무더기가 있는지 찾아보라고 했다. 돌무더기는 마을 사람들이 조상을 기리는 표식이라고 했다. 쉬지 않고 걸었지만 배에서 꼬르륵 소리가 나며 정오를 알릴 때까지도 마을을 찾을 수는 없었다.

나는 길을 잃었다. 미아가 되었다.

네 고향으로 가는 길도 못 찾는구나. 지금 내 꼴을 본다면 고모는 이렇게 나무랄 것이다. 그런 주제에 무슨 수로 네 아버지를 찾겠다는 거냐?

더는 한 발짝도 내디딜 수 없어 멈춰 섰다. 불안감이 차가운 액체처럼 몸을 타고 흘렀고, 끔찍한 실수를 저질렀다는 생각에 감각이 마비되었다. 처음부터 제주에 오지 말아야 했다. 주위를 둘러보았지만 항구로 돌아가는 길도 찾을 수 없었다.

"큰일 났다."

그때 동쪽에서 무언가 움직임이 보였다. 야생 조랑말 무리가 비에 젖은 갈퀴를 휘날리며 언덕을 다그닥다그닥 달려 올라가고 있었다.

문득 동생이 떠올라 멍하니 눈을 깜박거렸다. 어려서 외출할 때면 아버지는 매월에게 나를 잘 챙기라고 당부했다. 내가 경서는 줄줄 암송할 줄 알아도 집으로 돌아오는 길만큼은 도저히 외우지 못했기 때문이다.

하지만 매월은 달랐다. 내가 기억하는 매월은 제주의 망아지들처럼 사납고 거칠었다. 툭하면 사람을 차고 깨물었고, 최악의 상황에도 굴하지 않고 집으로 돌아가는 길을 찾는 재주가 있었다.

"계속 가보자. 누군가는 지나가겠지."

혼잣말을 했다. 구불구불한 언덕과 우거진 느티나무와 팽나무를 지나며 계속해서 앞으로 나아갔다. 가는 곳마다 낮은 돌담이 보였다. 커다란 바위를 쌓아서 만든 담장 틈은 조약돌이 촘촘하게 메우고 있었다. 나는 계속 걸으면서 일부러 다른 생각으로 머리를 채웠다. 마침내 동생과 재회했을 때 무슨 말을 할지, 우리가 만나면 어떤 대화를 나눌지 궁금했다.

아무리 상상해도 아무것도 떠오르지 않았다. 매월에게 무슨 말을 할지, 매월이 내게 무슨 말을 할지 정말로 모르겠다. 솔직히 매월은 남이나 다름없었다. 그래도 나는 언니로서 최선을 다했다. 쓸 말이 없어도 한 달에 한 번씩 편지를 쓰려고 했다. 하지만 편지 한 통을 전하러 제주까지 갈 하인을 찾는 수고도 만만치 않아서 가능할 때 틈틈이 편지를 썼다. 보통은 대여섯 달에 한 번씩 편지를 보내 잘 지내는지, 건강한지 물었다. 매월의 답장은 어찌나 느린지 답장이 올 무렵에는 내가 편지에 어떤 내용을 적어 보냈는지 까맣게 잊기 일쑤였다.

걸음을 멈추고 먼 곳을 향해 눈을 찌푸렸다. 드디어 사람을 발견했다. 한 할머니가 집 앞에 앉아 주름진 손으로 마늘을 까고 있었다. 목소리가 들릴 거리까지 황급히 다가가 외쳤다.

"아지망! 길 좀 물어도 되겠소?"

노인이 눈을 가늘게 뜨고 쳐다보았다. 입을 열자 강한 제주 사투리가 흘러나왔다.

"어디 감수꽈?"

대개 육지 사람들은 제주 사투리를 알아듣지 못하고 난감해하지만 나는 이런 말을 듣고 말하며 자란 사람이었다.

"노원리로 가려는데 이 길로 쭉 가면 되오?"

노인이 혀를 끌끌 찼다.

"거기는 뭐 하러 감수꽈?"

"볼일이 있어 가오."

노인은 가래 끓는 소리를 내며 해진 소매에 대고 기침을 했다.

"멀리 와부러신디."

그러고는 걸걸한 목소리로 덧붙였다.

"진작 꺾어야주. 천 걸음은 더 와수다."

나는 속으로 욕설을 내뱉고 왔던 길로 돌아서다 우뚝 섰다. 노인이 할 말이 더 있다는 기색을 비쳤기 때문이다. 고개를 숙이고 있었지만 아까처럼 마늘을 까지 않고 구근 뿌리만 잡아 뜯을 뿐이었다.

"그 마을에 무슨 문제라도 있소?"

"사람들 말로는 노원이 살기 편안허덴 하지예."

노인이 쉰 목소리로 말을 이었다.

"하지만 그듸*레 발을 붙였다간 다신 못 나옵니다."

불안이 뱃속에 똬리를 틀었다. 나는 남쪽으로 고개를 들고 안개가 쓸고 간 구름과 바위투성이 풍경을 바라보았다. 제주에 도착하자마자 특이하다 생각한 점이 하나 있었다. 대체 왜 노원리라는 말만 꺼내면 사람들이 이상하게 행동하는 것일까. 앞서 만난 사람들도 마을 이름을 듣고 창백해지거나 얼굴을 찌푸렸다.

"그 마을을 두려워하는 사람이 많은 듯하오."

"열세 번째 아이가 사라진 지 1년 넘어수다."

노인이 설명했다.

---

* 듸 = 곳.

"4년 사이에 지집아이 열셋이 사라져서마씀. 몬딱 노원리 출신이주. 겐디 간밤에 어느 하르방이 열세 번째 아이 봤댄 해수다. 선흘리 조끄띠 소낭밭으로 튀어가는 걸 봤댄."*

내가 노인을 휙 쳐다보았다.

"그걸 어떻게 아시오?"

"가이** 일가친척들이 여기까지 찾으러 와수다. 현옥이랜. 이제 열네 살이고 1년 동안 어디 잡혀 있당 겨우 도망쳐실 거랜 해신디. 가이를 낭밭이서 봤댄 한 말 듣고 집에 올 줄 알고 기다려신디 안 왔댄. 마지막으로 봤댄 한 듸 아무리 찾아봐도 나오는 게 없었댄. 가이가 길을 잃었는지?"

노인이 쪼글쪼글한 입술을 오므리고 치마에 뽀얗게 떨어진 마늘 껍질을 털었다. 그러더니 몸을 일으키고는 한 손으로 등을 짚으며 앓는 소리를 냈다.

"아고게, 아고고."

이어 옆구리에 그릇을 끼우고는 기울어진 나무 문으로 절뚝이며 걸어갔다.

"어디 가서 이 할망이 조심하지 말랬다고 하지 맙서. 이 할망은 분명히 조심하라 해수다."

언덕에서 흘러 내려온 안개가 살랑살랑 춤을 추는 은빛 풀밭에 고였다가 노원리를 둘러싼 검은 돌담을 넘었다. 언덕 중턱에

---

* 지집아이 = 여자아이, 몬딱 = 전부, 겐디 = 그런데, 하르방 = 영감, 조끄띠 = 가까이, 소낭밭 = 소나무밭, 튀다 = 뛰다.
** 가이 = 그 애.

위치한 마을은 바다보다 산과 더 가까웠다. 입구를 찾아 들어가니 돌집과 초가집으로 빽빽한 마을이 나왔다. 집들은 쉴 새 없이 불어닥치는 비바람에도 끄떡없을 만큼 튼튼해 보였다. 집과 집 사이의 좁은 돌담길을 따라 걷다 보니 궁금해졌다. 이 방향으로 가면 내 동생이 사는 집이 나올까?

소심하게 한쪽으로 걷다가 방향을 틀고 다른 길을 택했다. 노원에만 도착하면 길을 잃지 않을 줄 알았다. 어쨌거나 태어나서 13년을 산 동네가 아니던가. 매월을 조수로 받아들인 노경 심방(제주에서 무당을 부르는 말-옮긴이) 집을 은밀히 찾아간 적도 있었다.

하지만 다 어렸을 때 일이다. 늘 어머니와 갔던 길이라 맞잡은 어머니의 손이나 하늘을 나는 새를 보았지, 우리가 가는 길을 눈여겨보지는 않았다. 눈앞의 마을은 여기저기 뒤틀려 보였다. 하늘로 던졌다 다시 펼친 것처럼 똑바로 뻗은 길도 금세 구불구불 꼬였다. 문득 생각했다. 나는 평생 남의 뒤만 쫓아다녔구나. 처음에는 어머니였고, 어머니가 돌아가신 후로는 아버지였다. 어디든 혼자 갈 일이 없었다.

길이 개울처럼 사방으로 뻗어나간 마을 한가운데에 이르러 걸음을 멈췄다. 눈을 감고 기억 속으로 들어가 노경 심방의 집을 떠올렸다. 갖가지 장면이 머리를 스쳤다. 완만한 언덕, 넓은 평원에 둘러싸인 외딴집, 한라산의 거친 능선…….

어디로 가는지 머리가 알기도 전에 다리가 먼저 빠르게 움직였다. 노원리를 가로지르고 한라산의 그림자를 향해 부지런히 걷고 나니 마을의 북쪽 입구가 어느새 회색 풍경에 작게 찍힌 무늬로 보였다. 고립감이 나를 감쌌다. 머리 위로 송골매 한 마리가 날아갔다. 해풍을 맞은 소나무와 날카로운 바위가 간간이 땅에서 튀어나와 길을 가로막았다.

두 시간 뒤, 연기처럼 움직이는 안개 너머로 어둑한 집의 형체가 보였다.

마지막으로 노경 심방의 집을 방문한 날은 아버지와 함께 왔던 5년 전이었다. 나는 아버지가 자신에게 매달리는 동생의 작은 손을 무당에게 넘겨주는 모습을 지켜보았다.

"아버지가 자주 오마."

아버지는 매월에게 약속했고, 약속대로 자주 찾아갔다. 막내 딸이 버림받은 기분을 느끼지 않도록 최선을 다했다. 노경 심방이 매월에게 이모나 마찬가지였기에 우리 가족은 조금이나마 안심할 수 있었다.

매월이 노경 심방과 가까워진 계기는 신병(神病)이었다. 무당이 되라고 신의 부름을 받은 이들이 앓는 이 병은 원인을 알 수 없었고, 거부했다가 목숨을 잃은 경우도 있었다. 밤마다 열병, 오한, 구토로 고생하던 매월도 운명을 받아들이라고 아버지가 점집에 맡긴 뒤 증상이 완전히 사라졌다. 하지만 내게 노경 심방은 같은 마을에 사는 아지망일 뿐이었다. 그쪽도 내게는 별 관심이 없었을 테고.

걸음이 느려졌다. 옆구리가 쿡쿡 쑤셨고 집 앞에 도착할 무렵에는 폐 안에 차가운 안개가 가득했다. 나무 기둥에 초가지붕을 없은 점집은 제주의 여느 집처럼 현무암 담이 세워져 있었다. 기억보다 크기가 작은 것만 빼면 그대로였다. 나무틀에 한지를 바른 문은 본채에 네 개밖에 없었다. 제일 큰 방은 점을 보러 온 손님 맞이 공간이었고, 나머지 방 세 개는 침실과 창고로 쓰였다. 무당의 조수로 살기를 택한 내 동생의 방도 그중 하나였다. 마당 건너편 작은 마구간에서는 말이 발로 땅을 파는 소리가 들렸다.

다시 초가집을 돌아보니 살짝 열린 첫 번째 문 사이로 낮은 탁자 앞에 앉아 있는 여인이 보였다. 여인은 고개를 숙이고 종이 위로 붉은 물감이 뚝뚝 떨어지는 붓을 움직였다. 아마도 부적이겠지.

"아지망."

내가 마당으로 들어가며 외쳤다.

"아지망!"

여인이 고개를 들자 문틈으로 얼굴 일부가 드러났다. 이렇게 보니 아지망이 아니라 젊은 아가씨였다. 앳된 얼굴에서 분홍빛 광채가 뿜어져 나오고 눈썹은 여린 버드나무 잎 같았다.

여인은 나를 뚫어지게 쳐다보며 문을 열고 나왔다.

"누구시오?"

앞으로 다가간 순간, 앳된 얼굴은 가면이었음을 알 수 있었다. 여인은 하얀 분을 몇 겹이나 두껍게 발라 주름살을 가렸고 연지로 볼과 입술을 물들였다. 뒤로 빗어 넘긴 머리카락을 틀어 올린 덕분에 관자놀이의 주름은 쫙 펴졌다.

검게 숯 칠을 한 눈을 올려다보며 말했다.

"저 기억하십니까?"

"처음 보는데……."

말을 흐리던 여인이 눈을 가늘게 뜨고 내 얼굴을 다시 뜯어보았다. 그러더니 눈썹을 추켜세우며 놀란 표정을 지었다.

"설마……."

여인은 고개를 천천히 젓더니 속삭였다.

"네 아버지를 정말 많이 닮았구나."

"아버지를 찾으러 왔습니다."

그의 눈에 일순 슬픈 빛이 나타났지만 이내 그늘이 지듯 얼굴이 어두워졌다.

"혼자 왔니?"

"여기 왔다는 건 고모님도 아세요."

거짓말이었다. 고모 집에서 나는 천장을 올려다보며 어떻게 해야 내별당의 빗장을 풀고 제주로 탈출할 수 있을지 상상하며 밤을 지새우곤 했으니까.

"몇 주간 제주에 가 있어도 좋다고 하셨습니다. 상황을 정리하기 위해서요."

우리 사이에 침묵이 내려앉았다. 노경 심방이 넓은 소매에 양손을 찔러 넣으며 작은 소리로 말했다.

"들어와라."

순백의 옷자락을 바람에 휘날리며 뒤돌아 문을 열자, 문에서 노인의 뼈처럼 삐걱거리는 마찰음이 났다. 노경 심방을 따라 방으로 들어가자마자 동생의 흔적을 찾아 눈을 굴렸다. 그러나 향과 연기 냄새가 자욱한 방에는 눈이 불거진 조각상과 굿에 사용하는 무구(巫具)들밖에 없었다. 중앙에 서서 주위를 둘러보는데 뒤에서 불쑥 목소리가 들렸다.

"그 애도 곧 올 거다."

가만히 서서 방 안을 둘러보고 있으니 노경 심방에게 매월을 맡기고 떠났던 날의 불편했던 기억이 점점 선명해졌다. 그날 아버지도 마음이 편치 않았는지 용서받지 못할 죄를 저지른 사람의 얼굴을 하고 있었다. 눈을 내리깔고 침울하게 미간을 찌푸리던 표정을 지금도 기억한다. 그 일은 나도, 아버지의 잘못도 아니었다. 온 가족이 삶의 파도에 휩쓸려 육지로 떠날 때 매월 홀로 제주에 남은 것은 신의 부름을 받은 탓이었다. 그래도 어린아이였다는 사실은 변하지 않는다. 열 살밖에 되지 않았는데.

하지만…….

당시 아버지는 수사관으로서 거절하지 못할 제안을 받았다. 종6품 종사관으로 승진할 기회였다. 나는 가족을 지켜야 해. 아버지는 우리에게 말했다. 부패한 수령 밑에서 일하는 하급 군관 신분으로는 그럴 수 없어. 더 큰 힘이 필요하다.

아버지의 선택이 옳았다고, 아버지는 늘 옳은 선택을 한다고 믿고 싶었다.

"네 아버지가 1년 전 제주에 왔을 때 나를 찾아왔다."

노경 심방의 목소리가 나를 현재로 되돌려놓았다. 그는 치마를 펼치고 보료에 책상다리를 하고 앉아 있었다.

"네 아버지가 이곳에 왜 왔는지 아니?"

나도 자리에 앉았고, 도포의 주름을 펴는 사이 마음을 다잡았다.

"여자아이 열세 명이 사라진 사건을 수사하기 위해서 아닙니까. 기 대장에게 들었습니다."

"기 대장이 하얀 가면 이야기도 하더냐?"

내 미간에 주름이 잡혔다.

"하얀 가면이라니요?"

"하얀 가면을 쓴 남자가 한 아이를 납치하는 걸 목격했다는 자가 있다."

과거의 기억이 떠오르자 등과 어깨가 뻣뻣해져 허리를 더 똑바로 폈다. 하얀 가면을 쓴 남자라면…….

"숲 사건 말씀이군요."

내가 속삭이듯 말했다.

노경 심방이 고개를 끄덕였다.

"네 아버지는 열세 아이가 사라진 사건과 너희 자매가 겪은 숲 사건 사이에 연관성이 있다고 생각한 것이다."

숲 사건의 기억을 떠올리려고 머리를 쥐어짰다. 하지만 언제나처럼 보이는 것은 없었다. 나무도, 사람도, 목소리도. 그저 공백뿐이었다. 누가 날카로운 가위로 책에서 중요한 구절만 도려낸 느낌이었다.

아가씨, 그날 매월 아가씨와 숲에 계셨다던데, 그렇다면 죽은 여자도 보셨습니까?

우리 집 하녀가 질문했던 기억은 난다. 혼란스러웠다. 하녀가 무슨 말을 하는지도 몰랐다. 나를 다른 사람과 착각했다고 생각했다. 이후 어머니에게 들으니 실제로 그런 끔찍한 일이 벌어졌다고 했다. 죽은 여자가 발견된 숲에 나와 내 동생이 있었다. 모든 기억을 잃은 나와 달리, 동생은 그때를 기억했다. 하얀 가면을 쓴 남자가 번쩍거리는 칼을 들고 숲을 질주하는 모습을 봤다고 말한 것도 동생이었다.

이맛살을 찌푸리며 조각들을 맞춰보았다.

"그러니까 아버지께서 제주에 오신 이유는…… 열세 아이의 실종 사건을 수사하기 위해서였는데…… 그것이 숲 사건과 관련이 있다고 믿었기 때문이라는 건가요?"

이제야 알겠다. 아버지가 왜 담당 지역을 벗어난 사건을 해결하러 머나먼 제주까지 왔는지.

"역시 아버지네요. 당연히 이 사건을 해결하고 싶으셨겠죠. 진실을 밝히지 못한 유일한 사건이었으니까요."

"아니. 그것 때문에 사건을 해결하려 한 것이 아니다. 네 아버지는 네 동생을 위해 제주에 온 거야."

"네?"

"매월이가 위험해질지 모른다고 걱정하더구나. 어쨌거나 매월이는 숲 사건의 목격자 아니냐. 여자아이들이 사라지고 있는데 다음은 그 아이 차례가 아니라고 누가 장담하겠어? 네 아버지는 이 사건을 완벽하게 끝내고 싶다고 했다. 이번에야말로 온 가족이 같이 살게 될 것이라고 매월이에게 약속했지."

왜 나는 이런 얘기를 못 들었지? 아버지는 집에서 매월의 이야기를 하지 않았다. 동생에게 편지를 써야 하지 않느냐고 내게 일러줄 때 아니면 매월이라는 이름을 입 밖에 낸 적도 없었다.

펄펄 끓는 차를 삼킨 것처럼 가슴 깊은 곳이 뜨거워졌다. 타는 듯한 고통은 불공평하다는 생각으로 변했다. 나는 항상 바르게 살았다. 아버지 말씀을 단 한 번도 거역하지 않았다. 그런데 말썽만 부린 딸을 위해 나를 떠났다고?

"그렇군요."

내가 감정 없는 목소리로 말했다.

"매년 제주에 올 때마다 가족 상봉을 약속했지."

노경 심방이 입술을 오므렸다.

"그러다 육지로 돌아가면 약속을 까맣게 잊더군. 그래도 이번에는 진심 같았는데. 애석한 일이야."

내가 고개를 번쩍 들고 노려보았다.

"뭐가 애석하다는 겁니까?"

"죽어서 애석하다고."

"아버지는 돌아가시지 않았어요!"

성난 목소리에 충격을 받았는지 노경 심방이 눈을 동그랗게 떴다.

"관헌에서 사건을 종결하지 않았니."

"증거가 나오지 않았습니다."

이번에는 침착하게 목소리를 가라앉혔다.

"증거가 없으면 돌아가신 것이 아니에요, 아지망."

"매월이는 너와 다르다."

노경 심방이 소매 안으로 두 손을 집어넣고 눈동자를 굴리며 내 얼굴을 구석구석 관찰했다.

"사실을 있는 그대로 받아들이지. 그러는 편이 나아. 만약이라는 가능성에 현혹되어 살아서 무엇하겠느냐. 너도 집으로 돌아가는 것이 좋겠다, 환이야. 며칠 있으면 마을굿이라 사람들이 몰려들 텐데, 나나 매월이나 굿을 준비하느라 바빠서 너를 도와줄 시간이 없을 게야. 그 전에 떠나거라. 네 고모가 마지막으로 연락했을 때 혼약을 맺었다 하던데, 가서 혼인하고 네 인생을 살도록 해. 이렇게 험한 데서 돌아다니지 말고. 네 아버지도 그러기를 원했을……."

노경 심방이 말을 하다 말고 표정을 일그러뜨렸다.

고개를 돌리니 문가에서 동생이 나를 쳐다보고 있었다. 내가 열세 살, 저 아이가 열 살 때 헤어지고 나서 처음 만나는 것이었다. 비스듬한 그림자 속에서도 헝클어진 머리카락을 등 뒤로 땋아 내린 모습이 보였다. 양쪽 크기가 다른 눈 위에는 길고 진한 눈썹이 바짝 붙어 있었다. 내 동생도 노경 심방처럼 눈 가장자리를 검은색으로 칠해 창백한 피부가 더 도드라졌다. 새하얀 피부에서 빛이 뿜어져 나오는 듯했다.

동생은 인사도 하지 않고 쌩하니 가버렸다.

심장이 차갑게 얼어붙었고 내 목소리도 냉랭해졌다.

"저는 이곳에 오려고 천 리나 되는 바다를 건넜습니다."

나는 바로 이어서 말했다.

"그러니 어떤 답이라도 찾아야겠습니다."

밖에서 바람이 귀신 소리를 냈지만 지저분한 방 안은 고요했다. 앞으로 며칠간 점집에 딸린 이 방을 쓸 예정이었다. 구석에 놓인 주인 없는 요강에서 말라붙은 소변 지린내가 났다.

기름으로 찌든 초에 불을 붙였다. 불빛이 펑 피어오르며 어두운 방을 밝혔고, 아버지의 불 탄 일지를 천 번째로 다시 펼치는 내 그림자가 벽에 일렁였다.

절반 이상이 타버렸지만 초반 몇 장은 읽을 수 있었다. 불에 타 사라진 단어들을 상상으로 채우며 열세 아이 실종 사건에 관해 아버지가 정리한 글을 훑었다. 아버지는 마지막 장에 이름들을 적어 두었다. 총 열네 명이었고, 열네 번째 이름 옆에는 먹물점이 번져 있었다. 그 이름을 바라보며 깊은 생각에 잠겼던 모양이다.

은숙.

은숙이 누구일까? 사라진 열세 아이 중 하나였을까? 그런데 여기 적힌 이름은 왜 열네 개지? 노경 심방 말대로라면 아버지는 서로 연결되었을지 모르는 두 개의 사건을 해결하기 위해 제주에 왔다. 정말 아버지 짐작대로 과거의 사건이 부활한 것일까?

내가 간절히 기억하고 싶은 과거의 그 사건이.

봇짐에서 내 일지를 꺼내 펼쳤다. 소매를 말아 올린 후 대나무 붓에 먹물을 묻혀 자그마한 글씨로 이렇게 썼다.

5년 전, 숲 사건.

왼쪽 머리가 쿡쿡 쑤시고 시야가 뿌예졌다. 내 앞에 뚝뚝 떨어진 먹물이 종이 위에서 나뭇가지처럼 뻗어나가더니 무성한 숲으로 변했다. 손가락으로 눈꺼풀을 누르고 다시 앞을 보자 모든 것이 정상으로 돌아와 있었다. 세로로 깔끔하게 쓴 글자들이 나를 마주했다.

한숨을 쉬고 흩어진 생각을 정리해보았다. 5년 전 한라산에서 자살로 추정되는 사망 사건이 일어났고, 아버지는 사건 현장 근처에서 나를 발견했다. 붓에 먹을 묻히고 내가 아는 사실들을 적었다.

나와 아버지와 매월이는 숲에 들어갔다.
동생이 달아나는 바람에 동생을 찾으려다 나도 길을 잃었다. 우리 둘 다 길을 잃었다.
아버지는 수 시간 후 하인들의 도움을 받아 우리를 발견했는데, 기절한 우리 자매와 몇 걸음 떨어진 곳에 젊은 여자의 시체가 있었다.
여자의 이름은 서현이었다.
현재 아버지는 실종되었고, 복선이라는 여자가 아버지의 일지를 내게 보냈다.

대나무 붓대 끝으로 입술을 톡톡 두드렸다. 한 가지는 명확했다. 복선이라는 여자를 찾아야 한다. 나머지는 그 후에 걱정하고…….

붓을 쥔 손이 멈췄다. 그런데 복선을 어디서 찾지?

나는 벌떡 일어나 마당 쪽 문이 아니라 집의 모든 공간과 연결된 상방(上房, 제주 전통 가옥의 중심에 위치한 마루방-옮긴이) 쪽 문을 열고 방에서 나왔다. 맞은편에 동생 방이 있었다. 아직 촛불을 끄지 않았지만 안에 사람은 없었다.

매월을 찾아 집 안을 돌아다녀봐도 바람이 휘몰아치는 소리와 노경 심방의 코 고는 소리 말고는 아무것도 들리지 않았다. 그때였다. 바깥 어딘가에서 발을 끄는 소리가 들렸다.

소리를 따라 마당으로 나가니 서늘하고 상쾌한 바람이 인근 숲에서 진한 노송 냄새를 묻히고 불어왔다. 분주히 움직이는 소리가 들리는 부엌으로 가자, 매월이 흙바닥에 쭈그리고 앉아 나무 숟가락으로 솥단지를 젓고 있었다.

"매월아."

놀라지 않도록 작은 소리로 불렀다.

숟가락을 젓는 손은 멈추지 않았다. 약재 비슷한 냄새가 났다. 그러고 보니 매월이 편지로 이야기했던 것 같다. 관절염으로 고생하는 노경 심방을 위해 종종 저슬살이(미나리아재빗과의 덩굴식물 '으아리'의 제주 방언-옮긴이) 뿌리를 끓여준다고 했지. 겨울에도 초록빛을 띠는 저슬살이는 마법 같은 효능이 있다고 알려진 식물이었다.

"매월아."

다시 불러보았다.

벌떡 일어난 매월이 숟가락을 칼처럼 쥐었다. 그러다 안도의 숨을 내쉬었다.

"난 또 누구라고."

매월이 다시 쭈그리고 앉아 솥에 숟가락을 넣었다.

"무슨 일이야?"

나는 입을 열었다가 다시 다물었다. 몇 년 만에 처음 보는 동생에게 어떻게 인사를 건네야 하지? 당황스러워 잠시 고민하던 나는 무거운 한숨을 내쉬고 본론을 말하기로 마음먹었다.

"복선이라는 여자를 찾고 있어. 이 마을에 나를 도와줄 수 있는 사람이 있을까?"

매월은 솥을 뚜껑으로 덮고 숟가락을 옆에 내려놓았다. 그러더니 한마디도 없이 찬바람을 날리며 옆을 지나갔다.

속에 엉켜 있던 분노가 솟구쳤다.

"매월아."

동생을 따라 마당으로 나갔다.

"나 여기까지 힘들게 왔어. 네 도움이 필요해. 우리 아버지를 찾아야……."

"언니 아버지겠지. 내 아버지는 아니야."

이 말에 어떻게 반응해야 할까.

"아버지는 너 때문에 제주까지 오셨어."

매월이 갑자기 멈춰서는 바람에 뒤따라가던 나는 그의 등과 부딪힐 뻔했다. 매월은 홱 뒤를 돌아 나를 쳐다보았다. 동생의 짝눈이 나를 꿰뚫었다. 양쪽의 크기는 달랐지만 둘 다 심해와 같은 검은색으로 물들어 있었다.

"숲 사건 때문에 온 거지. 그날 자기가 저지른 실수 때문에 온 거야."

"무슨 실수?"

짜증이 나서 내 목소리가 높아졌다.

"지금 무슨 소리 하는 거야?"

"아버지는 그날 실수했어. 그 실수만 아니었으면 지금 우리는 전혀 다른 인생을 살고 있었을 거야."

"그날 있었던 실수라면 매월이 네가 떼를 쓰다 도망친 것뿐이야."

"아버지가 그렇게 말해?"

매월이 대꾸했다.

"내가 도망쳐서 길을 잃었다고?"

의미심장한 목소리를 들으니 불안감이 파도처럼 밀려들었다. 그날의 기억이 전혀 없는 나는 언제나 다른 사람의 이야기로 기억을 채웠다. 남의 말에 의지하는 처지이다 보니 사람들이 내 머리에 거짓을 주입한다는 두려움이 은연중에 존재했다. 하지만 아버지는 그럴 사람이 아니었다. 아버지가 거짓말을 할 리 없었다.

"아버지 말씀을 왜 의심하겠어?"

내가 따졌다. 아직 매월의 답을 듣지 못했는데도 가슴속에서 두려움이 솟아올랐다.

"아니, 내가 네 말을 왜 믿어야 하지? 너는 나한테 수도 없이 거짓말을 했어. 내 물건을 훔치고 거짓말로 둘러댔지. 툭하면 집을 나가서는 어디 갔는지 속여서 동생을 안 챙겼다고 나만 늘 혼났잖아!"

"나를 거짓말쟁이로 만든 게 누군데? 아버지는 언니에게 모든 걸 줬어. 그런데 나는? 꾸중만 들었지. 나는 뭐 하나 쉽게 얻은 게 없어. 아무리 잘하려고 해도 내 실수를 일일이 걸고넘어졌잖아. 언니가 가진 좋은 것들, 나도 갖고 싶었어. 그래서 빌린 거야."

"빌렸다고?"

메마른 웃음이 터져 나왔다. 붉은색과 검은색이 섞인 파란 하늘을 올려다보았다. 동생과 협조할 수 있다고 생각한 내가 어리석었다. 아버지의 실종으로 우리가 가까워질 것이라고, 상황이 바로잡힐 것이라고 생각했다니.

"5년이야."

매월이 한참 만에 말했다.

"5년 동안 언니 얼굴을 한번도 본 적 없어. 그런데 잘 지냈냐는 인사도 없이 불쑥 나타나?"

매월의 말이 가슴에 스며들어 죄책감을 불러일으켰지만 나는 애써 외면했다. 아버지가 사라졌는데 동생은 그저 자기 감정이 우선이었다.

"됐어."

내가 톡 쏘았다.

"나 혼자 조사할 거야."

"마음대로 해."

매월이 화가 난 듯 뺨을 붉게 물들이며 무슨 말인가 하려고 입을 열었다 갑자기 제자리에 얼어붙었다. 매월의 관심을 차지한 것은 내 뒤에 있었다. 나도 매월의 시선을 따라 뒤를 돌아보았다.

마당과 돌담 너머에서 열 개도 넘는 별 모양의 불빛이 나지막한 언덕 그림자를 배경으로 반짝였다. 이리저리 흔들리는 횃불이었다. 횃불이 가까워지고 환해지자 주황색 불빛에 비친 사람들의 얼굴이 보였다. 비통한 얼굴에는 깊은 주름이 파여 있었다. 사람들은 바람을 정통으로 맞으며 한 방향으로 전진했다. 한라산의 검은 능선이 있는 북쪽으로.

"찾았나 보네."

매월이 속삭였다.

"열세 번째 아이."

셋

매월이 집으로 들어가는 모습을 지켜보았다. 혼자 마당에 서 있는데 횃불이 점점 밝아지더니 사색이 된 마을 사람들이 점집 앞에 모여들었다.

"어쩐 일로 온 마을 사람이 노경 심방 집 앞까지 오셨소?"

목소리를 낮게 깔고 물었다.

나를 알아보는 사람은 없는 듯했다. 부모님은 우리 자매를 지키기 위해 항상 남장을 시키거나 가마에 태웠다. 조선의 모든 부모가 그랬다. 딸의 순결함을 지키기 위해, 한편으로는 조공인(朝貢人) 명단에 딸의 이름이 오를까 두렵기에. 그러니 다들 의아한 눈으로 나를 보는 것도 당연했다. 하지만 다급한 사정으로 얼굴이 굳은 이 사람들은 내 정체를 물을 시간이 없었다.

마을 사람 중 키가 큰 여자가 횃불을 높이 들자, 여자의 얼굴에 불빛이 아른거렸다. 얼굴은 잿빛이었고 절망으로 가득한 눈은 깊은 구덩이처럼 새까맸다. 잠깐이지만 내 모습을 보는 줄 알았다. 여자의 얼굴은 아버지의 실종 소식을 들었을 때 내 얼굴과 똑같았다.

"온 마을 사람이 아니라 저희 가족과 친척입니다. 노경 심방 안에 계십니까?"

여자는 당장이라도 기절할 사람처럼 목소리에 힘이 없었고, 말하는 내내 시선을 들지 못했다.

"저희와 함께 한라산으로 가주셨으면 합니다."

"왜 그러시오?"

"제……."

여자는 이런 말을 해야 한다는 현실이 실감 나지 않는 듯 눈을 세게 깜박였다.

"제 동생이…… 그곳에서 발견되었습니다. 죽은 채로요."

등줄기에 전율이 흘렀다. 여자아이가 한라산에서 죽다니. 한라산은 시신이 있어도 발견되기 어려울 만큼 넓은 곳이었다. 아버지도 발을 들였다가 나오지 못한 곳 아닌가.

북쪽을 보니 심장이 빠르게 뛰었다. 저 안개 속에 비밀이 있었다. 모든 실종과 사망 사건을 이어주는 연결 고리가 저 안에 존재한다. 열세 번째 아이에게 일어난 일의 진상을 알아낸다면 그 연결 고리가 무엇인지 더 분명해질 것이다.

"가서 노경 심방을 불러오지요."

내가 말하며 집 쪽으로 돌아서자 동생이 코앞에서 나를 보고 서 있었다. 입고 있던 헌 옷을 하얀 삼베옷으로 갈아입은 모습이었다. 마디가 하얗게 변한 손에는 무당이 혼령을 소환하는 데 쓰는 청동 방울이 쥐어져 있었다.

매월은 나를 지나쳐 마을 사람들에게 다가갔다. 다들 매월보다 머리 한두 개는 더 컸다.

"노경 심방께서는 일찍 잠자리에 드셨소."

매월이 말했다.

"방해하지 맙시다. 내가 갈 테니."

"그럼 빨리 오십시오."

제일 뒤에 있던 사람이 외쳤다.

"폭풍이 오기 전에!"

매월이 그들과 함께 집을 나섰다. 따라오라는 이는 없었지만, 나도 그들의 뒤를 따랐다.

귀신 바람이 부는 어둠을 뚫고 바위와 풀이 드문드문 있는 불모지를 지났다. 한 시간 조금 넘게 걸었을까, 길이 끊기고 산의 입구가 나왔다.

앞에 선 마을 사람이 횃불을 든 이들에게 손짓했다.

"이쪽이야!"

매월과 나는 서로를 바라보았다. 우리가 숲에 발을 들인 순간, 눈부신 횃불에 잠을 깬 듯 나무들이 사방으로 흔들렸다. 내 머릿속 질문들도 이리저리 요동치고 있었다.

"발견한 사람은 누구인가?"

피해자의 언니에게 물었다. 아까 누군가가 고이슬이라고 불렸던 그 여자는 스무 살 정도로 보였다. 그보다 조금 더 많을지도 모르고.

"언제 발견했지?"

이슬은 내 도포 자락에 대고 말했는데, 긴장했는지 목소리가 너무 작아서 무슨 말을 하는지 잘 들리지 않았다.

"철이라는 마을 사람이 땔감을 구하러 산에 갔다가 발견했답니다, 나리."

"언제 발견했다고 하는가?"

소곤대는 대답을 놓치지 않으려고 재차 물으며 이슬에게 가까이 다가갔다.

이슬은 내 눈을 피하고는 애원하는 눈으로 내 동생을 쳐다보았다. 불편한 기색이 역력했다. 빨갛게 달아오른 뺨이 횃불 때문에 더 붉게 보였다. 그 모습을 보고서야 내 변장을 깨달았다. 지금 나는 양반 청년이었다. 안전하게 여행하려고 한 변장이 이슬과 대화할 때는 오히려 장애물로 작용했다. 내가 몇 걸음 뒤로 물러나자 이슬이 어깨의 긴장을 풀고 겨우 대답했다.

"해 질 무렵에 제…… 제 동생 현옥이를 찾았다고 들은 것 같습니다."

"상태는 어땠다고 하는가?"

"너무 무서워서 자세히는 못 보고, 말을 타고 와서 자기 어머니에게 말했다고 합니다."

목소리가 파르르 떨리며 작아졌다.

"현옥이는 이제 겨우 열네 살입니다. 죽었다는 걸 믿을 수가 없어요."

앞으로 나아가던 사람들이 별안간 걸음을 멈췄다. 까치발을 하고 이쪽저쪽을 살폈지만 얼어붙은 듯 서 있는 사람들밖에 보이지 않았다. 그러다 웅성거리는 소리가 커지더니 날카로운 비명이 들렸다.

"현옥아!"

내 걸음이 빨라졌고, 매월도 뒤를 따랐다. 이내 우리는 빽빽이 서서 목을 빼고 구경하는 사람들의 끝에 합류했다. 인간 벽 위로 고개를 내밀자 가파른 내리막길과 그 길 끝에 절벽이 보였다. 그리고 절벽 앞에는 여인의 신발 한 짝이 놓여 있었다.

가슴에 차가운 바람이 불어닥쳤다. 죽을 위기에 처해 쫓기는 사람들만이 신발 한 짝을 잃어버리고도 되찾으러 오지 않는다.

나는 사람들 틈을 간신히 비집고 들어가 문제의 현장을 보았다. 서른 걸음 정도 되는 비탈길의 바닥은 날카로운 돌투성이였다. 그곳에 새하얀 피부의 소녀가 하늘을 보고 누워 있었다. 양쪽 다리는 이상한 각도로 꺾인 상태였다.

뒤에서 한 여인이 계속해서 울부짖었다.

"현옥아! 현옥아!"

슬픔이 서린 그 목소리가 내 살점을 날카롭게 도려내는 기분이었다.

"일어나라! 엄마 왔다. 엄마가 왔어!"

하지만 현옥은 움직이지 않았다.

나는 옆에 있는 농사꾼에게 횃불을 받아 들고, 단단한 나뭇가지를 붙잡고 튀어나온 나무뿌리를 발판 삼아 조심스럽게 비탈길을 미끄러져 내려갔다. 바닥에 닿은 후에는 바위를 기어 넘고 시신 앞에 멈춰 섰다. 속이 뒤틀렸다. 나보다 어린 여자아이를 내려다보자 무릎에 힘이 풀렸다. 입을 살짝 벌린 아이는 커다랗게 뜬 눈으로 나뭇가지와 밤하늘을 수놓은 별들을 올려다보고 있었다.

"현옥아."

나는 아이의 어머니가 불렀던 이름을 속삭였다.

"현옥아?"

현옥은 눈을 깜박이지 않았다.

목이 말라 혀가 입천장에 달라붙었다. 어머니가 세상을 뜬 날, 어머니의 살이 차갑게 식을 때까지 어머니를 놓지 않았던 그날 이후로 죽은 사람과 이 정도로 가까이 있어본 적이 없었다. 죽음은 절대적인 최후를 의미했다. 그 느낌은…… 나를 두렵게 했다.

"말을 걸어보세요."

누군가 소곤거렸다. 옆에 있던 마을 사람이 내 동생에게 하는 말이었다.

"매월 아씨, 현옥이의 혼과 대화를 해보세요. 우리에게 할 말이 있다고 합니까? 사고였대요?"

매월은 겁을 먹어 얼굴이 하얗게 질려 있었다. 죽은 사람을 처음 본 듯했다. 어머니가 우리 남동생을 사산하고 세상을 떠났을 때, 매월은 어머니의 마지막을 볼 기회가 없었다.

"매월 아씨?"

재촉하는 사람들이 늘어나자 매월이 하늘을 올려다보며 방울을 흔들었다. 밤하늘에 음산한 방울 소리가 짤랑짤랑 울려 퍼졌다. 매월은 낮은 소리로 주문을 외우며 현옥의 혼령에게 기도를 들어달라고 간청했다. 그러더니 옆에 누가 와서 귓속말을 한 것처럼 왼쪽으로 고개를 숙이고 귀를 기울였다.

"혼이 느껴진다."

매월이 말했다.

"분노와 한으로 가득해 원수를 갚아달라고 한다."

당연히 분노하겠지. 나는 생각했다. 천수를 누리지 못하고 죽었는데 분노하지 않을 사람이 어디 있어?

매월의 말에 신경을 끄고 시신 앞에 서서 아버지의 가르침을 떠올렸다.

아버지가 이곳에 계셨다면 어떻게 했을까? 다른 수사관들은 직감에 이끌려 사건을 수사하고 종결한다. 자신의 추측을 뒷받침할 증거만 찾는 이들과 달리, 아버지는 자세한 정보들을 수집하고 그것들을 통해 범죄의 내막을 밝혀냈다. 한 자리에 선 다음, 왼쪽에서 오른쪽으로 완벽한 동그라미를 천천히 그리며 현장을 눈에 담고 사소한 부분까지 다 일지에 기록했다.

나는 필기구를 가져오지 않았기에 머릿속 백지에 모든 정보를 기록했다. 절벽 위에 놓인 신발, 절벽 아래로 쓸려서 꺾인 풀. 아마 현옥은 저 방향에서 굴러떨어졌을 것이다.

현옥을 언제 마지막으로 봤냐고 물으려 이슬을 돌아보았지만, 그사이 사람들이 죄다 절벽 아래로 미끄러져 내려온 탓에 어둑한 형체들 중 누가 이슬인지 구분할 수 없었다. 이슬을 찾으려고 주위를 둘러보는데 내 시야 가장자리에 이상한 깜박임이 나타났다.

잠자리처럼 작은 불빛이 숲속 나무 사이에서 반짝였다가 사라졌다.

"이 친구는 누구야?"

다그치는 남자 목소리가 들렸다. 고개를 돌리니 처음 보는 사람이 나를 손가락으로 가리키고 있었다.

"누가 데려왔어?"

"나는 육지에서 왔다네."

내가 대답하며 장단을 맞춰달라고 매월을 힐끗 보았다.

"숙부인 민 종사관을 찾으러 왔소."

마을 사람들이 냉담한 표정으로 빤히 보았다. 내 눈이 네 개로 늘어난 것처럼 쳐다보는 사람도 있었다.

어깨 똑바로 펴. 땀으로 이마가 축축해지는 것을 느끼며 속으로 명령했다. 절대 땅을 보지 마.

"외지인 도움은 필요 없잖아. 저 사람을 어떻게 믿고?"

다른 사람들도 동의한다고 수군댔다.

수 세기 동안 힘 있는 침략자들에 맞서야 했던 이곳 제주 사람들은 나에게 경계심을 품었다. 이들에게 정보를 얻어내려면 더 영리한 변장이 필요했다. 힘을 키우기보다는 줄여서 약해 보여야 했다. 사람은 자신을 해칠 수 없는 상대에게만 기꺼이 비밀을 털어놓는 법이다.

"도와준다면 누군들 어때."

다른 마을 사람이 말했다.

"우리 애들을 납치하는 괴물을 찾아야지!"

구경꾼들이 옥신각신하는 동안 나는 정신을 집중하고 다시 아버지를 떠올렸다. 아버지는 1차 조사를 마무리할 때면 사방을 둘러보며 시신과 주변 환경을 살폈다.

이제 겨우 열네 살인 현옥의 시신 앞에 쭈그리고 앉았다. 현옥은 긴 치마와 저고리 차림이었다. 옷감이 하얀색이라 자잘하게 찢긴 흔적이 선명하게 보였다. 숲을 달리다 날카로운 가지에 긁힌 모양이었다. 진흙과 핏자국도 있었다.

그때 다른 특징이 눈에 들어왔다. 현옥의 손목 바로 옆에서 얕은 나뭇잎 더미가 밧줄을 덮고 있었다.

신중하게 보고 신중하게 생각해라. 증거를 정확하게 해석해야 한다. 기억 속 아버지가 내 옆에서 함께 증거를 조사하는 느낌이 들었다. 실수는 수사에 해를 끼치고, 자칫 수사를 망칠 수도 있다.

현옥의 소매를 걷어 올렸다. 양쪽 손목에 일직선의 찰과상이 있었다. 치마가 살짝 들린 하반신을 보니 발목에도 같은 상처가 있었다. 하지만 밧줄은 하나뿐이었다. 그것도 깨끗하게 잘린 밧줄. 손목이나 발목 중 하나를 묶었으면 몰라도 둘을 동시에 묶을 길이는 아니었다.

움직이지 않는 현옥의 얼굴이 밝게 빛났다. 젊은 남자가 머리 위로 횃불을 들고 다가왔기 때문이다. 남자는 양반처럼 진녹색 비단 도포 차림이었지만 수십 년째 입은 것처럼 옷깃과 옷자락의 실밥이 너덜거렸다. 나이는 많아야 스물다섯쯤으로 보였다.

"뭘 찾았나?"

남자가 물었다. 진심으로 궁금한 듯 쳐다보기에 답을 해주었다.

"손목을 자세히 보십시오. 묶였던 흔적이 있습니다. 발목도요. 한데 밧줄은 하나뿐이고, 누군가가 칼로 말끔하게 잘랐습니다. 결박에 사용된 다른 밧줄이 어디 있을지는……."

남자가 현옥의 시신 옆에 쭈그리고 앉았다. 남자가 든 횃불이 내 얼굴과 가까워져 나는 비틀거리며 다시 일어섰다. 이자는 무얼 하는 거지? 시신을 만지고 팔다리를 주무르다니? 남자는 집중한 표정으로 미간을 찌푸리더니 생각에 잠긴 듯 짧은 수염을 어루만졌다.

"여기를 보시게."

그가 현옥의 팔에 짙게 퍼진 보랏빛 멍 위로 횃불을 들었다.

"여기에 피가 고였어. 이렇게 눌러도 색이 쉽게 빠지지 않지. 팔다리도 뻣뻣하고. 그렇다면 사망 시각은 이른 오후였을 거야."

내가 의아한 눈으로 그를 쳐다보았다. 이런 사실을 어떻게 알지?

남자가 고개를 들자 선이 굵고 이목구비가 뚜렷한 얼굴이 드러났다. 검은 눈썹 밑에 있는 눈은 깊고 총명해 보였다. 그는 웃음을 참지 못하고 입꼬리를 실룩거렸다.

"도련님이 놀랐나 보군."

"실례지만 누구십니까?"

"유 선비라 부르시게."

"예전에나 선비였지."

누군가가 궁시렁거렸다.

"지금은 노름과 잠밖에 모르는 사고뭉치 술꾼이면서."

"술을 아무리 퍼마셔도 뼛속 깊이 새겨진 기억을 지울 수는 없지."

유 선비가 히죽 웃으며 손가락 하나로 검은 갓의 챙을 쓱 만졌다. 그래 봤자 한쪽으로 살짝 기울어 때가 탄 갓은 술꾼이라는 별명과 더 잘 어울렸다.

"내 지식은 절대 사라지지 않는다네. 내가 바로 3대가 의원인 가문의 아들이거든."

시신을 다시 보려는 순간, 쨀랑대던 매월의 방울 소리가 뚝 그쳤다. 사방이 고요해지더니 비명보다 더 큰 소리가 들렸다. 고개를 들자 매월이 입을 떡 벌리고 부릅뜬 눈으로 검은 숲을 쳐다보고 있었다.

시야 가장자리가 흐릿해졌다. 환각인지 기억인지 모르겠지만, 나는 열 살짜리 동생이 지금과 똑같이 불길한 표정을 지으며 오셨다라고 속삭이던 5년 전의 현장을 보고 있었다.

목 뒤로 소름이 돋았다. 열 살 때의 과거가 기억에서 튀어나온 것처럼 매월은 그때와 같은 말을 내뱉었다.

"오셨다."

"뭐가?"

횃불을 더 꽉 쥐며 내가 물었다.

"뭐가 오셔?"

"악마."

나무로 만든 들것이 시신을 실어 가고, 목격자나 용의자를 찾아 사람들도 주변으로 뿔뿔이 흩어지자 현장에는 나와 매월만 남았다. 흥분을 감추지 못하는 유 선비와 함께. 그는 내가 은밀히 지휘하는 수사를 도울 수 있어 진심으로 기쁜 듯했다. 나도 그가 있어 무척 든든했다. 숲에 나와 동생뿐이었다면 무서워서 견디지 못했을 것이다. 손에 든 방울이 떨리는 걸 보니 동생도 잔뜩 겁에 질려 있었다.

"저쪽입니다."

내가 나뭇가지 사이를 가리키며 말했다.

"아까 저 방향에서 나오는 빛을 보았습니다."

저쪽으로 혼자 갔다가는 점집으로 돌아가는 길을 찾지 못하고 헤맬 것을 모르지 않았다. 5년 전처럼 길을 잃으리라. 나는 고개를 돌려 유 선비를 쳐다보았다.

"함께 가시지요. 피해자가 어떤 일을 당했는지 알 수 있지 않겠습니까?"

"당연히 함께 가겠네."

유 선비가 허공에 손을 빙글빙글 돌렸다.

"나 아니면 누가 어린 도령을 지켜주겠는가?"

어린 도령이라니. 유 선비는 나를 세상 물정 모르는 순진한 애송이로 보는 듯했다. 내가 엄청난 비밀을 간직하고 있다는 사실을 알기나 할까? 그의 비밀은 상대도 안 될 만큼 대단한 비밀을? 횃불을 높이 들고 앞으로 한 걸음 내디디다 동생을 떠올렸다. 뒤에 아무 말 없이 서 있던 매월의 존재를 잠시 잊고 있었다.

"집에 가고 싶으면 가."

매월은 대꾸도 없이 나를 성큼성큼 지나쳐 내가 가려던 방향으로 향했다.

나는 하고 싶은 말을 꾹 참고 유 선비와 매월을 따라 숲으로 들어갔다.

발밑에서 나뭇가지가 뼈처럼 파직 부러졌다.

이슬이 안개 낀 하늘을 적셨고, 이끼 냄새가 코를 찔렀다.

멀리서 땅을 쿵쿵 밟는 소리가 울렸다. 말인가, 마을 사람들인가? 우리는 걸음을 멈추고 주황색 횃불이 깜박거리는 모습을 바라보았다. 푸르스름하게 빛나는 회색 안개 속에서 한 덩어리의 그림자가 움직였다. 노루 떼가 소리 없이 산을 내려가고 있었다. 노루가 사라진 뒤, 유 선비가 먼저 침묵을 깼다.

"그래, 민 종사관을 찾으러 왔다고?"

유 선비가 말했다.

"그 사람은 나도 알지."

아버지의 이름을 들으니 가슴이 쩍 갈라졌다. 낯선 사람의 기억 속에 있는 아버지가 물그림자처럼 어른거렸다. 고통스러운 마음을 애써 가라앉히고 낮은 목소리로 물었다.

65

"제 아……, 민 종사관을 아십니까?"

"사라진 아이 열세 명에 대해 묻고 다니더군. 서현의 자살에 대해서도 물었고."

서현. 아버지가 한라산 숲에서 매월과 나를 발견했을 때, 그 근처에서 죽어 있던 여자.

"서현을 잘 아십니까?"

내가 물었다.

"사람들이 아는 만큼만."

유 선비가 대답했다.

"노원에 살면서 자기가 기른 채소와 바구니를 팔던 여인이네. 이곳에 가족은 없지만 제주 말씨를 썼다고 해. 그렇다면 이 섬 출신이겠지."

"어떤 사람이었습니까?"

"7년 전, 온몸에 멍을 달고 옷이 다 해진 채 이 마을로 흘러 들어왔을 때 서현을 아는 사람은 아무도 없었다고 하네. 나도 실제로 본 적은 없어. 내가 이 섬에 처박힌 것도 1년 반밖에 안 되었으니. 하지만 사람들 말로는, 귀신 붙은 듯한 눈빛을 아직도 잊지 못한다고 하더군. 살면서 그리 살벌한 눈은 처음 보았다지. 그러다 갑자기 이곳 사람들이 떠들기 시작한 걸세. 서현은 공녀였고, 명나라에서 탈출했을 것이라고."

명나라에서 서현은 귀족 남자들의 노리개가 되었다는 말이었다. 상대가 명나라 사람이든, 조선 사람이든…… 그런 이야기는 나도 잘 알았다.

"공녀는 돌아올 기회가 있어도 돌아오지 못한다네. 대부분 조선에 당도하기 전에 스스로 목숨을 끊지."

유 선비가 말을 이었다.

"하지만 서현은 살기를 택했어. 자신을 아는 사람이 없는 마을에 왔으니 평범하게 살 수 있을 거라고 생각했던 것 같네."

"하지만 아니었군요."

"그렇지. 공녀였다는 사실이 알려지자 서현을 대하는 사람들의 태도가 순식간에 달라졌어. 마을 사람들은 역병이라도 되는 것처럼 서현을 피했네. 외톨이로 2년 동안 이곳에 머물며 정말 조용히 살았는데……"

유 선비가 말끝을 흐리며 시선을 떨어뜨렸다. 짧은 순간이었지만 나는 그의 눈에 가득한 비탄을 보았다.

"그뿐입니까?"

내가 물었다.

"혹시 서현을 해치려는 사람이 있었나요?"

유 선비의 미간에 주름이 잡혔다. 그러자 실없는 술꾼이 아닌 진지한 남자의 모습이 언뜻 보였다.

"말했듯이 서현은 조용히 살았네. 하지만 누가 가까이 다가오면 광분해서 우리 안에 괴물이 있다고 말했다고 해. 정신이 온전치 못했지. 다달이 몸무게가 줄었다고 하네. 죽기 직전에는 뼈다귀처럼 깡말랐을 정도로."

"이런 이야기를 어떻게 다 아십니까? 이곳에 온 지 1년 반밖에 되지 않으셨다면서요."

"마을 사람들은 서현을 주시했고, 나는 사람들 말에 귀를 열어뒀으니까."

유 선비가 대답했다.

"지금도 사람들은 입방아를 찧네. 서현의 혼이 복수심에 차서 딸들을 훔쳐 간다고 믿는 이도 있어."

당연히 그런 믿음을 가진 자도 있을 것이다. 그 정도로 이곳 사람들은 미신을 숭배했다.

"선비님께서 그간 들어왔던 말대로라면, 서현이 어떤 일을 겪었다고 생각하십니까?"

유 선비가 묘한 눈으로 나를 한참이나 바라보았다.

"나는 생각하고 싶지 않은데. 자네는 그러고 싶나?"

그 후로는 대화가 끊겼지만, 나는 서현이라는 사람에 대해 계속 생각하며 튀어나온 나무를 기어오르고 바위를 넘는 반복적인 움직임에 몸을 맡겼다. 무릎을 올렸다 내렸다, 올렸다 내렸다 하는 무아지경 속에서 내 관심은 오직 서현에게 고정되어 있었다.

서현은 공녀였다.

내가 가장 두려워한 악몽을 직접 경험한 사람이었다.

어릴 적부터 부모님은 가까운 이웃도 나와 매월을 보지 못하도록 우리 자매를 숨겼다. 그리고 병사들이 비명을 지르는 처녀들을 밧줄에 묶어 끌고 간다는 이야기를 들려주었다. 울부짖는 딸들이 명나라 선덕제의 명령에 따라 배에 실려 머나먼 나라로 향한다고 했다. 그때는 나와 상관없는 이야기라고 생각했다. 육지 여자들에게만 해당되는 이야기인 줄로만 알았다.

우리 집 하녀가 허둥지둥 집으로 뛰어 들어온 그날까지는.

"따님들을 숨기세요!"

하녀가 어머니께 아뢰었다.

"아가씨들을 꽁꽁 숨기셔야 합니다!"

어머니가 왜 그러느냐고 물었지만, 우리 집 마당에서 깜박이는 횃불들이 대답을 대신했다. 한 무리의 병사들이 집 밖에 서 있었다. 그들을 이끌고 온 탐욕스러워 보이는 사내는 처녀들을 잡아가기 위해 제주에 온 사절이었다. 아버지에게 아름다운 딸들이 있다는 소문을 들었는지, 쓸 만한 공녀를 한 명 더 구하려고 우리 집에 온 것이었다.

사절은 끝에 가서 마음을 바꿔 병사들을 철수시키고 급히 우리 집을 떠났다. 여태 밝혀지지 않은 그 이유가 가끔은 궁금했다.

"저기!"

매월의 목소리에 맥박이 빠르게 뛰었다. 매월이 작은 오두막을 가리켰다. 겨우 한두 사람 들어갈 법한 그 오두막은 오래된 이끼로 뒤덮여 있었다. 유 선비가 나뭇가지로 만든 문을 밀고 먼저 안으로 들어갔다. 삐걱 소리를 내며 문이 열리자 좁고 지저분한 공간이 나왔다. 바닥은 흙투성이에 거미줄도 잔뜩 있었다.

"유 선비님."

나도 오두막으로 들어가 주위를 둘러보며 사람의 흔적을 찾왔다.

"현옥이가 실종된 지는 얼마나 됐습니까?"

"내가 듣기로는 1년이네. 하지만 이 오두막에 그리 오래 잡혀 있었을 것 같지는 않아. 이 정도면 금세 발견됐겠지."

"흠."

나는 아랫입술을 잘근거렸다.

차갑고 축축한 돌벽에 둘러싸여 있으니 사라진 아이들 생각만 났다. 남은 열두 명도 분명 죽었을 것이다. 수개월이나 흔적도 없이 가 있을 만한 곳이 대체 어디겠는가?

벽 쪽에 지저분한 요와 이불이 있었다. 나는 쭈그리고 앉아 현옥이 잠을 잤을 그 자리를 살펴보다 긴 검은 머리카락 한 가닥을 발견했다. 현옥의 발이 삐져나왔을 요의 가장자리에는 너덜너덜해진 밧줄이 있었다. 현옥은 날카로운 물건을 구해 손목이 묶인 상태로 그 밧줄을 잘랐을 것이다. 뾰족한 돌일까? 더러운 바닥 근처의 벽에는 동그라미 아홉 개를 그려놓았다. 그 그림도 같은 돌로 그렸을 테지.

"뭘 찾았나?"

유 선비가 물었다.

"벽에 그려진 그림이 있고, 해진 밧줄이 있습니다."

요를 툭툭 건드리니 불룩한 것이 손에 만져졌다. 요를 들추자 삐죽삐죽한 작은 돌멩이가 나왔다. 예상대로였다.

"현옥이는 발목을 묶은 밧줄을 끊고 탈출한 겁니다."

"하지만 손목의 밧줄은?"

유 선비가 물었다.

"그 밧줄은 절벽에서 떨어진 후에 칼로 잘렸을 거라 했지. 현옥이 직접 잘랐다는 말인가?"

"범인이 그랬겠지요."

"왜?"

나는 아무것도 확신할 수 없었다. 하지만 언제나 자신감 있게 증거들을 연결하던 아버지처럼 말하려고 노력했다.

"손목이 묶인 시신을 발견한 범인은…… 왜인지 모르지만 현옥이 묶인 채로 발견되지 않기를 바랐습니다. 그런데 밧줄을 잘라 시신 옆에 두었단 말이지요. 그런 행동은 본래 목적에 어긋났을 터인데……."

"그래서 지금 무슨 말을 하는 건가?"

나는 날카로운 돌멩이를 엄지로 어루만졌다. 문득 이런 생각이 들었다.

"밧줄을 자르다가 놀라서 시신 옆에 두고 간 겁니다."

"놀랐다고? 목격자를 봤기 때문일까?"

"우리가 다가오는 소리를 들었을지도 모릅니다."

내 입에서 속사포처럼 말이 쏟아져 나왔다. 벅찬 흥분을 애써 가라앉혔다.

"그 남자도 현옥의 시신을 금방 발견하지 못한 겁니다. 하루 가까이 걸렸을지도 모르죠. 밧줄을 막 자르는 순간에 수색대가 도착한 것입니다. 시신이 언제 처음 발견됐는지 아십니까?"

"그건 철이에게 물어봐야지. 시신을 발견한 사내 말이네. 내 생각에는 늦은 오후였던 것 같아. 우리가 도착하기 다섯 시간 전……."

유 선비가 말끝을 흐리더니 입을 다물었다. 고개를 돌리니 몹시 혼란스러운 표정으로 나를 쳐다보고 있었다. 유 선비가 속삭이듯 물었다.

"왜 '그 남자'라고 하지?"

"무슨 말씀입니까?"

"납치범을 '그 남자'라고 했잖나. 그걸 어떻게 알고?"

나는 지저분한 요, 머리카락 한 가닥, 해진 밧줄로 시선을 다시 옮겼다.

"여인은 어린 여자아이에게 이런 짓을 하지 않습니다."

현옥이 어떤 시련을 겪었을지 상상하고 싶지 않았다. 하지만 목사가 현옥의 시신을 조사할 테니 그가 당한 일을 우리 모두 알게 될 것이다. 원하든, 원치 않든.

"정말이네!"

바깥에서 매월의 목소리가 들렸다.

오두막 밖으로 고개를 내미니 매월이 쭈그려 앉아 어떤 물건을 보고 있었다. 땅에 떨어진 등불이었다.

유 선비가 황급히 나를 지나 매월 옆에 무릎을 꿇고 앉았다. 엄지와 검지로 등불의 심지를 쥐어보더니, 그가 천천히 올려다보았다. 나를 "어린 도령"이라 불렀을 때의 장난스러운 눈빛은 사라지고 없었다. 커다랗게 뜬 눈은 진지했고 두려움으로 날카로웠다.

"아직 온기가 남아 있네."
그가 쉰 목소리로 말했다.

넷

잠에서 깨니 노경 심방 집의 낮은 탁자에 엎드려 있었다. 내용도 기억나지 않는 꿈에서 얼마나 울었는지 눈이 퉁퉁 부었다. 가슴이 쓰라렸다. 너무 익어 뭉개진 감처럼 심장이 으깨지는 것 같았다. 뻣뻣하게 굳어 쑤시는 허리를 똑바로 펴고 눈을 문질렀다.

내가 얼굴을 대고 잠들었던 종이에는 단어 하나만 반복적으로 적혀 있었다. 언제 썼는지 모를 단어가 종이 위에서 나를 올려다보았다.

아버지
아버지
아버지
아버지
아버지

아버지 생각을 하지 않고 지나가는 날도 있었다. 하지만 오늘 같은 날이면 아버지가 실종되었다는 현실이 머릿속을 침범해 뼈아픈 슬픔을 온몸에 퍼뜨렸다. 아버지가 살아 있을 것이라는 실낱같은 희망은 아직 존재했다. 하지만 어젯밤 본 광경은 내 믿음을 흔들었고…….

어색한 각도로 부러진 다리부터 부릅뜬 눈까지, 현옥의 시신을 생생하게 그릴 수 있었다. 무엇이 그리도 두려워서 무작정 도망치다가 목숨을 잃은 것일까? 지금껏 현옥을 잡아뒀던 사람은 대체 누구일까?

부스럭거리는 소리가 내 생각을 방해했다. 웬 동물이 방에 몰래 들어왔나 싶어 고개를 들었고 내 눈에 보인 것은 창살문 근처 방구석에 쭈그리고 앉은 동생이었다. 매월은 내가 아직 자고 있다고 생각하는지 짐을 뒤지느라 정신이 없었다. 반짝이는 물건만 보이면 훔쳐 가는 동생은 늘 까마귀 같았다.

매월이 짐을 뒤지다 말고 청동 손거울을 꺼냈다. 흔히 볼 수 없는 고급품이었다. 매월은 피부의 모공까지 관찰하고 싶은 듯 거울을 얼굴 가까이에 가져갔다.

당장 내려놓으라고 할까? 내 거울이잖아. 하지만 지금은 거울이 아닌 다른 것을 원했다. 어젯밤부터 나를 괴롭히던 질문들의 답을 듣고 싶었다. 진정 혼령과 대화할 수 있나? 그렇다면…… 죽은 사람과 대화해서 범인이 누구인지 알아낼 수 있지 않을까? 아버지의 생존 여부도 확인해줄 수 있지 않을까?

"갖고 싶어?"

내가 물었다.

매월이 퍼뜩 놀라며 거울을 봇짐에 툭 던졌다.

"아니."

"원하면 너 가져."

멈칫한 매월이 거울을 다시 집어 들고는 가슴에 꼭 품었다. 얼굴에는 여전히 감정이 드러나지 않아 고마워하는지 아닌지 알 수 없었다. 무표정으로 매월이 자리에서 일어났다. 내가 옆으로 움직여 입구를 막지 않았더라면 그대로 방을 나갔을 것이다.

"너 줄게."

내가 말했다.

"네가 보답으로 나한테 뭘 준다면."

매월이 눈을 가늘게 떴다.

"원하는 게 뭔데?"

"진실을 말해줘. 정말로 혼령을 느껴?"

"목소리를 듣는 건 아니야."

매월은 조심스럽게 걸음을 내딛는 것처럼 천천히 대답했다.

"뭐가 선명하게 보이거나 들리지는 않아. 그보다는 안개, 아주 짙은 안개에 가린 그림자를 보는 느낌이야."

"그러니까 혼령을 부르거나 쫓는 방법은 모른다는 거지?"

노경 심방이 탐탁지 않게 여길 말을 하려는 듯, 매월이 문 쪽을 힐끗 보았다. 그러고는 여린 어깨를 으쓱였다.

"주문에 효과가 있는지는 나도 몰라. 심방님은 그렇다고 하시지만. 어쨌든 내가 사람들에게 희망을 주는 건 확실하잖아. 혼령이 실제로 존재한다는 것도 알고."

나는 동생을 한참이나 뚫어져라 응시했다. 5년 전, 아버지는 숲 사건에 관해 이렇게 설명했다. 할아버지 묘소에 성묘하러 가려는데 매월이 숲에 들어가지 않겠다며 떼를 썼다고. 불길한 기운을 느꼈다는 것이 이유였다.

나중에 숲에서 서현의 시신이 나오자, 아버지는 매월이 혼령을 느낀다는 사실을 인정했다. 하지만 나는 선뜻 믿기지 않았다. 드문드문 주고받은 편지에서 매월이 영적 세계를 언급할 때도 그런 게 과연 존재할지 의심하곤 했다. 우리나라 사람 대부분은 다른 차원의 세계를 사실로 받아들이지만 나는 잘 모르겠다. 어떻게 눈에 보이지 않는 세계가 존재한다고 믿을 수 있단 말인가?

"네 말 안 믿어."

목소리가 작아서인지 거울에 광을 내느라 바쁜 매월은 내 말을 듣지 못했다.

여행을 시작한 뒤 벗지 않았던 도포의 허리띠를 더 꽉 조여 맸다. 그러고 나서 엉킨 머리카락이 비단처럼 흘러내리도록 빗질을 한 후 정수리에 상투를 틀어 은색 동곳으로 고정했다. 검은 갓을 쓰고 턱 밑으로 갓끈을 묶는 동안 매월의 시선이 느껴졌다. 눈빛에 어디 가냐는 질문이 담겨 있었다. 아니, 그렇게 질문해주기를 바랐다. 그러면 같이 가자고 손을 내밀 수 있을 테니까.

매월은 손에 든 거울을 다시 뒤집고 말했다.

"나는 심방님 마을굿 준비하는 걸 도와드려야 해. 할 일이 태산이야. 올해 가장 큰 규모로 열리는 굿이거든."

그러더니 거울을 들고 성큼성큼 걸어서 방을 나갔다.

"그래, 가라."

내가 작게 중얼거리며 소지품이 들어 있는 보자기에 손을 넣었다. 장신구처럼 늘 차고 다니는 목걸이를 꺼냈다. 목걸이 줄에는 아버지의 순찰용 나무 호루라기가 달려 있었다.

"나 혼자 조사하면 돼."

* * *

나는 총 60권인 아버지의 수사 일지를 정독했다. 아버지는 거기에 범죄 사실들뿐만 아니라 모든 정보, 증거, 양상을 분석해 기록해두었다. 때로는 수사 초반에 대수롭지 않게 넘겼던 정보가 범죄의 핵심 요소로 드러났는데, 그중에는 목격자가 흘린 말처럼 사소한 정보도 있었다. 아버지는 한 사건의 기록 말미에 이렇게 적었다. 사건의 정확한 과정을 구성하는 데 증언은 반드시 필요한 요소다. 증언만으로 수사의 허점을 메워야 하는 경우도 많다.

따라서 지금 내게 필요한 것은 증언이었다. 특히 두 사람의 증언을 듣고 싶었다.

첫 번째는 피해자의 언니인 고이슬이었다. 어제 만났을 때는 질문할 시간이 없었다. 모든 기억이 생생할 때 이슬의 이야기를 들어야만 했다. 어디로 가야 이슬을 찾을 수 있을까. 지나가는 사람에게 길을 물으면 될 것이다. 노원처럼 작은 마을에서는 서로 모르는 사람이 없었다.

두 번째로 증언을 듣고 싶은 사람은 한 번도 만난 적 없는 복선이라는 여자였다. 복선은 아버지 실종의 중심에 있는 인물이지만 어떤 역할인지는 모른다. 복선이 나그네에게 돈을 주고 불에 탄 아버지의 일지를 내게 전해달라고 요청했다는 사실밖에는 알지 못했다. 내가 직접 받았다면 사람을 붙잡고 질문을 퍼부었겠지만, 내 몸종은 아무 질문도 하지 않았다.

뒤엉킨 생각들이 머릿속에 복잡하게 떠다니는 듯한 느낌을 받으며 노경 심방의 말을 빌리러 갔다. 마구간에는 말 네 마리가 있었는데 놀랄 일은 아니었다. 제주에서 말을 키우지 않는 집은 없으니까. 오늘 한 마리를 빌려 써도 노경 심방은 개의치 않을 것이다.

걸어갔으면 노원까지 두 시간이 걸렸겠지만 말을 탄 덕분에 목적지에 훨씬 일찍 도착했다. 바위투성이 마을에 들어서자 어디로 고개를 돌려도 초상집에서처럼 죽음과 공포와 고통으로 가득한 얼굴들밖에 보이지 않았다. 지나가는 할아버지에게 어디로 가야 고이슬을 만날 수 있는지 묻자 표정만큼이나 생기 없는 목소리로 대답했다.

"오씨 부인의 객주 집으로 가보시오. 고이슬이라면, 거기서 일하는 하녀요."

계속 걷다가 수백 년을 살았다고 전해지는 느티나무가 보여 멈춰 섰다. 어릴 적 집으로 갈 때면 항상 이 나무를 지났는데……. 내 시선이 한쪽에 있는 길로 조금씩 움직였다. 이 길을 따라가면 어린 시절 추억이 가득한 집이 나올 것이다. 잠시 망설이다 조랑말의 방향을 돌렸고, 어느새 나는 강한 돌풍을 막기 위해 구불구불하게 만든 골목길에 들어와 있었다. 끽끽거리는 흑돼지 우리를 지나자 우리 가족이 살던 옛날 집이 보였다.

넓은 지대에 돌로 만든 커다란 집 세 채가 서 있었고, 초가지붕은 햇살을 받아 백금색으로 반짝였다. 뒤에 우뚝 선 나무의 초록색 잎사귀들이 서늘한 가을바람에 흔들리며 소리를 냈다. 자라면서 일상처럼 들었던 소리. 검고 낮은 돌담으로 둘러싸인 집은 5년 전과 똑같았다. 여전히 아담하고 수수했다. 아버지는 부유한 편이지만 육지에서 기와집 재료를 공수할 만큼 재력가는 아니었다. 거친 비바람으로 유명한 제주에 커다란 기와집을 짓는다는 발상 자체가 말이 되지 않는다. 험한 날씨에 그런 집은 무너지기 십상이다.

화려하고 으리으리한 기와집은 아니어도, 우리 집에서는 집다운 느낌이 났다. 수도 없이 읽어서 접히고 찢기고 해진 책과 같다고 할까. 따뜻하면서도 애달픈 향수를 느끼며, 말을 탄 나는 정낭으로 향했다. 정낭은 두 개의 돌기둥 사이에 통나무를 걸어 주인이 집에 있는지 없는지 알려주는 입구다. 지금처럼 통나무 세 개가 다 땅에 놓여 있으면, 주인이 있으니 '어서 들어오십시오'라는 뜻이다.

근육이 돌처럼 굳었다.

우리 집에 사람이 있을 리 없는데.

재빨리 말뚝에 말을 묶고 돌기둥을 지나 초가지붕이 달린 커다란 대문으로 뛰어 들어갔다. 양쪽으로 열린 나무 문이 넓은 마당으로 들어오라고 나를 유혹했다. 마당에는 잡초도, 먼지도 없었다.

누가 집을 관리하고 있어. 혹시 이 모든 것이 아버지가 벌인 잔인한 장난일까? 아버지는 쭉 이 집에 있었는지도 모른다.

제일 앞에 있는 창고 방으로 달려갔다. 그 안은 장아찌 항아리로 가득했다. 잠겨 있지 않은 다른 문으로 들어가니 상방이 나왔다. 우리 가족은 이 방에서 함께 식사를 했다.

그 자리에서 나는 걸음을 멈췄다.

상방은 비어 있었다. 물건 하나 없었다. 그런데도 과거로 돌아온 듯 내 앞에서 사람의 흔적이 피어올랐다. 햇살이 나무 바닥을 비추며 낮은 탁자에 덩그러니 놓인 접시들을 비추었다. 새파란 치마를 입은 어머니가 바닥에 앉아 바느질을 하고, 아버지는 그 옆에서 지팡이 검의 칼날을 닦고 있었다. 나는 발을 쿵쿵 구르고 소리를 지르며 동생을 쫓아다녔다.

눈을 한 번 깜박였다.

즉각 어둠이 돌아왔다. 사람이 살던 공간은 다시 비워지고, 내가 느낀 환희는 시들어 잿더미로 변했다. 한때 단란했던 모습과 다시는 되찾지 못할 광경이 집 구석구석을 잠식했다.

"안에 누구 계세요?"

내가 외쳤다. 엄청난 실망감에 목소리가 떨렸다. 상방을 가로질러 문짝에 달린 황동 손잡이에 손을 뻗었다. 이 문만 열면 아버지의 방이었다.

"아버지?"

그때 익숙한 발소리가 들렸다. 자신감 있게 뚜벅뚜벅 걷는 발소리. 다시 집 앞으로 달려가 마당을 내다보았다. 나이 든 여자가 아버지와 키도, 체구도 같은 남자에게 고개 숙여 절을 하고 있었다.

가슴속에서 다시 한번 환희가 폭발했다.

황급히 계단을 내려가 마당을 가로질러 나를 등지고 있는 남자를 향해 달려갔다. 우리 아버지가 틀림없었다. 아버지 얼굴을 다시 볼 수 있기를 얼마나 갈망했던가. 웃을 때 깊어지는 눈가 주름, 이마에 입을 맞출 때 까슬거리던 짧은 수염, 살아오는 내내 따뜻한 그림자로 나를 보호해주던 커다란 키가 얼마나 그리웠던가.

"아버지!"

이번에는 아버지도 내 목소리를 들었다. 그가 돌아섰다. 내가 올려다본 남자는 툭 튀어나온 광대뼈에 강렬한 눈빛을 내뿜었다. 상투를 튼 머리는 희끗희끗했고, 금색 수를 놓은 암흑색 비단 도포를 입고 있었다. 남자 옆에는 옷차림으로 보아 하인인 듯한 여자가 서 있었다.

나는 혼란스러워 이마를 짚었다.

아버지는 아직 돌아오지 않았다.

심장이 조이면서 날카로운 통증이 가슴을 찔렀다. 숨을 내뱉자 고통이 온몸으로 번졌다.

"민 종사관이 하녀를 시켜 5년 동안 이 집을 그대로 보존하고 있었다."

낯선 남자는 내 당황한 기색을 감지한 듯 설명했다.

"가족을 데리고 돌아와 귀향 잔치를 하겠다는 생각을 늘 가지고 있었거든. 그러다 종사관으로 승진을 했지? 조선에서 제일가는 수사관이라던가. 그 명성이 제주에 있는 내 귀에도 들렸으니 말 다했지."

눈물이 고일 만큼 실망했지만 나는 작은 소리로 물었다.

"어르신은 누구십니까?"

"이 마을 촌장이란다. 문 촌장이라고 하지."

그가 말했다.

"마을 사람들과 목사 사이를 이어주는 역할을 한단다."

"어쩐 일로 저희……."

말을 하다가 말았다. '저희 집'이라는 말을 차마 입 밖으로 꺼낼 수 없었다.

"어쩐 일로 이곳에 오셨습니까?"

"너를 보면 알려달라고 하녀에게 당부하러 왔지."

그러더니 문 촌장은 몸을 틀고는 나이 지긋한 하녀를 내보냈다. 마당에 나와 단둘이 남자, 그는 낮고 정중한 목소리로 말했다.

"민 종사관의 딸이 사건을 조사하러 올 수 있다는 소문을 들었거든. 여기서 너를 만나다니 이런 우연도 다 있구나."

순간 두려움이 나를 스치고 지나갔다.

"무슨 말씀이십니까?"

"기 대장이 민환이 너를 찾는 편지를 보냈다. 네가 이곳에 올 것을 안 게지. 너를 고모님 댁으로 돌려보내달라고 부탁하더라."

민환이. 내 이름을 부르는 소리에 온몸에 한기가 돌았다. 그는 내 이름을 불렀다. 내 본명을.

엉거주춤 뒤로 물러났다.

"저를 아시는……."

"네 어머니를 많이 닮았구나."

문 촌장은 말했다.

"하지만 눈은…… 네 아버지의 눈이야."

나를 알아보다니 믿을 수가 없었다. 제주에 살 적에 모습을 드러내지 않고 자랐으니 내 얼굴을 알아볼 사람이 없다고 생각했다. 그러라고 어머니와 아버지가 나를 숨겨서 키우지 않았나.

"왜 사내 복장을 하고 있느냐?"

허리를 더 곧게 폈다. 화끈거리는 감각이 목구멍을 타고 올라가 양 볼에 퍼졌다.

"남장을 하고 여행하는 여인들이 있다는 이야기를 들었습니다. 안전을 위해서요……."

나는 당황스러움을 떨칠 수가 없어 눈을 깜박였다.

"전에 뵌 적이 있는지요, 어르신?"

"아주 잠깐이었지."

촌장이 대답했다.

"숲 사건이 의심스럽다는 마을 사람들의 신고를 받고 네 아버지의 증언을 받으러 갔다. 네 이야기를 듣고 싶었지만 아무것도 기억하지 못하더구나."

"어르신께서 오셨다는 것도 기억하지 못하는걸요."

내가 속삭였다.

"제 아버지를 잘 아십니까?"

"알다마다. 좋은 사람이었어. 오랜 세월 피도 눈물도 없는 범죄자들을 상대했는데도 선한 마음을 버리지 않았지."

문 촌장이 한숨을 내쉬고 마당 저편에 있는 검은 돌담과 그 너머의 넓은 하늘을 바라보았다.

"괴물들을 쫓다가 결국에는 자신도 괴물이 되는 관리들과는 차원이 달랐다. 웬걸, 다른 사람의 기쁨과 슬픔에 공감할 줄 아는 사람이었어."

아버지는 그런 사람이었다. 내가 간절히 찾고 있는 아버지, 목숨을 바쳐도 아깝지 않을 우리 아버지는.

"부탁입니다, 어르신. 제가 어디 있는지 기 대장에게 알리지 말아주세요."

문 촌장은 주저했다. 침묵이 길어지자 내 이마에 차가운 땀방울이 맺히기 시작했다.

"네가 걱정할 사람은 내가 아니다."

한참 만에 촌장이 말했다.

"네 친척 어른을 걱정해야지."

"친척이라고 하셨습니까?"

제주에 사는 친척은 많지만 노원리에는 없었다. 잘못 안 거겠지.

"어느 친척 말씀이십니까, 어르신?"

"그게, 먼 친척이다. 네 아버지의 누님이신 민씨 부인은 지금은 돌아가셨지만 명망 높은 대감과 혼인을 하셨지."

여기까지는 나도 아는 이야기였다.

"그 대감의 누이의 남편이 홍 목사시다."

참으로 가까운 관계네. 그러다 퍼뜩 깨달았다. 나는 배에서 홍 목사를 만났다. 어떻게 이런 우연이 일어날 수 있는지 머리를 굴려보았다. 하지만 생각해보면 제주는 그런 우연이 빈번히 일어나는 곳이었다. 다들 서로를 알았고 거미줄 같은 족보로 이어진 경우가 많았다. 더 추리할 시간은 없었다. 촌장이 계속해서 말했기 때문이다.

"어떤 사건이든 간에 이곳에 머물기를 바란다면 목사의 관심을 끌지 않는 것이 최선이란다. 그분이 네 아버지를 아시거든."

"그분이 우리 아버지를 아십니까, 어르신?"

"아주 잘 알 거야. 수년 전에 네 아버지가 얼핏 언급한 적이 있어. 정의감이 투철해서 한때 홍 목사를 존경한 적이 있다고. 하지만 지금은 다른 사람이 되었지. 만약 그분이 네가 이곳에 와 있다는 사실을 알게 되면……."

"그럴 리 없을 겁니다, 어르신."

내가 장담했다.

"어르신께서 전하지 않으신다면요."

문 촌장은 두 손을 앞으로 모았다. 깊은 생각에 잠겨 표정이 어두워졌다. 마침내 그가 대답했다.

"좋아, 목사에게 알리지 않겠다."

"제 고모님께도요."

"약속하마."

촌장이 말했다.

"하지만 두 가지 조건이 있다. 첫째, 위험한 상황에 처하면 반드시 내게 알려야 한다. 그리고 둘째, 사건을 해결하고 나면 고모님 댁으로 돌아가야 한다."

"감사합니다, 어르신……."

나는 황급히 말하다 말았다. 현실이라기에는 너무 꿈같은 상황이었다.

"그런데 왜 저를 도와주십니까?"

"내 비록 보잘것없는 마을 촌장이지만 문장필 장군의 후손이란다. 그분에 대해 들어보았느냐?"

"훌륭한 장군이셨죠."

"그렇지!"

내가 문장필 장군을 안다고 하니 무척이나 흡족한 눈치였다.

"그래, 우리 가문은 언제나 용기와 영예를 귀히 여긴단다."

촌장이 말을 멈추고 나를 뜯어보았다. 한참이나 처다보는 시선에 뺨이 뜨겁게 달아올랐다. 그는 다정한 목소리로 말을 이었다.

"너는…… 너는 네 아버지를 찾아 여기까지 왔구나……. 네가 내 딸이었으면 나는 자랑스럽게 생각했을 거다. 지금 이 자리에 있었다면 네 아버지도 자랑스러워했을 거야."

나는 우두커니 서서 촌장의 말을 가슴속 깊이 받아들였다. 아버지가 내 인생에서 갑자기 사라져버리며 남기고 간 차갑고 공허한 구멍에 그의 말이 스며들었다.

"그러실까요……?"

"당연하지. 자, 이제 가려무나."

어디로 가라는 얘기지? 그러다 깨달았다. 내가 서 있는 곳은 우리 집이 아니었고, 이 사람도 우리 가족이 아니었다. 그런데도 조금 더 머물고 싶었다. 비나 돌풍이 없는 고요한 날씨 때문일까? 저기 높은 하늘에서 태양이 밝은 빛을 뿜어내고 있었다.

"가서 아버지를 찾거라, 댕기 머리 탐정. 아버지가 너를 그렇게 불렀지?"

촌장이 온화한 미소를 지었다. 댕기 머리 탐정. 그것은 아버지가 내게 지어준 별명이었다.

다섯

아버지가 나를 댕기머리 탐정이라 불렀던 이유는 등 뒤로 땋아 내려 비단 댕기로 묶은 머리 모양 때문이었다. 또 언제나 정보를 조목조목 분석하고 증거 없이는 그 무엇도 믿지 않으려 하는 내 성격 때문이기도 했다.

어린 환이였다면, 많은 사람의 의뢰로 옥반지 도난 사건이나 죽은 매 사건 같은 소소한 문제들을 수도 없이 해결한 그 소녀였다면 희망을 버리지 않고 우리 가족의 옛집에서 깨어난 두려움에 결코 굴복하지 않을 것이다. 두려움은 내게 말했다. 아버지가 정말로 돌아가셨을지 모른다고. 이제는 어느 집, 어느 방도 아버지의 웃음으로 채워지지 않을 것이라고. 딸아, 내 딸아. 나를 부르는 아버지의 목소리를 다시는 들을 수 없을 거라고.

아버지는 돌아가시지 않았어. 어린 환이라면 이렇게 화를 냈을 것이다. 증거가 없잖아. 아버지는 그냥 안 계시는 것뿐이야!

그렇게 믿고 싶었다. 아버지는 사라지는 존재가 아니다. 아버지는 모름지기 영원토록 곁을 지켜야 하는 존재다.

"그냥 안 계시는 것일 뿐이야."

나는 혼잣말로 속삭였다.

"민환이 네가 증거를 찾기 전까지는 돌아가셨다고 할 수 없어."

가슴을 짓누르는 무게가 가벼워질 때까지 이 말을 계속 되풀이했다. 사실이었다. 땅에 묻을 시신이 없는데 가슴속으로 장례식을 준비할 이유는 없다.

팔다리에 힘이 돌아오는 것을 느끼며 나는 조랑말의 옆구리를 차 더 빨리 달리라고 재촉했다. 말발굽이 흙길을 쿵쿵 때리는 소리를 들으며 마을 길을 달려 마침내 객주집에 도착했다. 말을 말뚝에 묶고 봇짐에서 일지와 필기구를 꺼내 대문을 지나 초가지붕을 얹은 커다란 집이 여덟 채나 있는 넓은 마당으로 들어갔다. 마당은 평상에 앉은 손님들로 북적였고, 여기저기 놓인 낮은 탁자는 막걸리 병과 뚝배기로 어지러웠다. 지게에 상품들을 싣고 드나드는 상인들의 행렬도 끊이지 않았다. 객주집은 노원리 상업 활동의 중심지였다. 이곳의 주인이 육지와 제주 상인 사이의 중개인이기 때문이다.

"어이."

고개를 돌리니 유 선비의 조각 같은 얼굴이 보였다. 그는 입꼬리를 올려 수염을 실룩거리며 미소를 지었다. 연쇄 납치범이 어둠 속을 배회하고 다니는 이 시기에 웃는 법을 기억하는, 웃어도 된다고 생각하는 마을 사람은 이 사람뿐이었다.

그래서 묶인 것일까? 몸에 붉은 밧줄을 칭칭 감은 그를 통통한 몸집의 보초가 감시 중이었다.

두 남자는 막걸리 한 병을 탁자에 올려놓고 평상에 느긋하게 앉아 있었다. 보초가 자신의 잔에 술을 따르더니 단번에 비웠다. 그는 내게 다가오라고 손짓하는 유 선비를 불안한 눈으로 쳐다보았다.

"궁금해할까 봐 하는 말인데,"

내가 다가가자 유 선비가 말했다.

"나는 오늘 아침 도망치려다 잡혀서 이곳에 왔다네. 늘 밀수선을 타고 이 빌어먹을 섬을 탈출하는 꿈을 꾸거든."

보초가 중얼거렸다.

"탈출하고 싶다는 인간치고 누구보다도 이곳에 뿌리를 박으려고 결심한 것 같은데 말이지. 노원에서 일어나는 일들에 지나칠 정도로 관심을 보이는 게."

손목까지 묶인 유 선비가 보초의 목소리를 물리치듯 손가락을 튕겼다.

"도령은?"

그가 소리 높여 밝은 목소리로 물었다.

"어쩐 일로 여기까지 오셨나?"

"사람을 찾고 있습니다. 현옥의 언니인 고이슬이 여기서 일한다고 들었습니다."

"아, 이슬이라면 내가 잘 알지."

"그렇습니까?"

"누군들 모르겠어."

보초가 투덜거렸다.

"참견쟁이 술꾼이."

유 선비는 그 말을 무시했다.

"본채 끝에 있는 창고에서 봤는데……."

배에서 꼬르륵 소리가 났다. 유 선비와 보초도 내 배로 시선을 떨어뜨릴 만큼 큰 소리였다.

"식사는 했나?"

유 선비의 물음에 고개를 저었다. 찰나지만 미소를 띤 얼굴에 걱정이 스치는 것이 보였다.

"점심시간이 지난 게 언제인데. 자기 몸을 스스로 잘 챙겨야지. 그러지 않으면 다른 사람을 신경 쓸 수 없네."

허기가 더 강해졌고, 문득 내려다보니 손이 떨리고 있었다. 끼니를 거를 때 자주 나타나는 증상이었다.

"뭘 먹어야겠네요."

나는 평상에 앉아 지나가는 하인에게 해물탕을 주문했다. 하인이 내온 뚝배기에는 갈치, 오징어, 새우, 채소가 가득했다. 고개를 숙이고 냄새를 맡았다. 바다 내음이 났다. 거친 쌀밥과 함께 국물을 떠먹으며 상념이 사라질 때까지 쫄깃쫄깃한 흰 생선살의 맛을 음미했다. 그러다 음식 맛이 연한 잿가루처럼 희미해졌고, 입안의 음식을 씹으며 걱정에 잠겼다. 문 촌장은 내가 누구인지 알았다. 그를 믿어도 될까?

남은 밥을 마저 우걱우걱 먹어치우고 입가를 닦았다.

"촌장님에 대해 잘 아십니까?"

내가 물었다. 유 선비는 한쪽 눈썹을 세웠다.

"그건 갑자기 왜 궁금해하나?"

"오는 길에 그분을 만났습니다."

"아하."

유 선비는 밧줄로 꽁꽁 묶인 와중에도 편한 자세를 찾으려고 몸을 틀었다.

"다른 건 모르겠고 서고를 가지고 있다는 건 아네. 매화당에 규모가 상당한 서고가 있다는군. 의학, 법학, 역사 등등 없는 서적이 없다던데. 대부분 시가(詩歌)라고 하지만."

아버지의 서고처럼 말이지.

"아, 그리고 딸도 있지. 노원에 자주 오지는 않지만 어쩌다 한 번 본 적이 있다네. 얼마나 아름다운지 숨 쉬는 법조차 잊을 정도였지. 그러니 그 여인에 대해 알아보지 않을 수 없었네. 듣자하니 문 촌장은 딸 채원의 세자빈 간택을 준비하고 있다더군. 후보 서른 명 안에 들었다고 하네. 가난한 가문 출신에, 나이도 있는데 말이야."

처음에 씁쓸했던 느낌이 질투심으로 깊어져 나를 쿡쿡 찔렀다. 운도 좋구나. 누군가의 딸로 살 수 있다니. 언제든 원할 때 "아버지!"라고 부를 수 있을 테고, 그럴 때마다 "딸아"라는 따뜻한 목소리를 들을 것이다. 가슴 아파하는 나 자신이 한심했지만 사실이 그렇지 아니한가. 이 나라에 많고 많은 아버지 중에 하필 내 아버지가 사라졌다. 지금처럼 아버지의 빈자리를 실감한 적이 없었다.

"나이가 어떻게 됩니까?"

내가 퉁명스럽게 물었다.

"열아홉."

고개를 끄덕이며 나는 소화가 되지 않는 척 쓰린 가슴을 손바닥으로 두드렸다. 통증이 잠잠해진 후 말했다.

"많긴 많군요."

정말 그랬다. 간택 대상이 열한 살에서 스무 살 사이의 양반가 규수라고 해도 대부분 열두 살이나 열세 살 정도 되는 어린 나이가 뽑혔다. 후손 생산이 중전의 가장 큰 의무—고모는 모든 여인에게 가장 큰 의무라고 귀에 닳도록 이야기했다—이기 때문에 나이가 많을수록 가치가 떨어지는 법이다. 세자빈 간택 기간에는 젊은 처녀들에게 금혼령이 떨어지기에 나도 지난 1년간 강제 혼약을 피할 수 있었다.

"나이가 많고 제주 출신이라는 건 확실히 불리한 조건이지. 하지만 문 규수는 이례적인 경우야. 나도 살면서 아름다운 여인을 여럿 보았네만 어디서도 보기 힘든 최고의 미인이라네. '조선의 진주'라고 할까."

"최고의 미인이라고요?"

문 촌장의 딸이 어떻게 생겼는지 자못 궁금했다.

"그렇다네. 하지만 촌장의 말처럼 지금은 그런 미모로 살기 위험한 시대지."

홍 목사에게 들은 말도 떠올랐다. 사라진 아이들은 하나같이 미인이라고 했다. 내가 천천히 말을 꺼냈다.

"그렇게 아름다운 딸이 있으면 문 촌장님도 딸의 안전을 걱정하지 않겠습니까? 노원의 여자아이들이 실종되고 있다면서요. 실종을 방지하기 위해 어떤 조치를 취했습니까?"

"여러 차례 보고서를 작성해 홍 목사에게 제출했지. 하지만 매번 증거 부족으로 묵살당했네."

증거 부족. 머릿속에 번뜩 생각이 났다. 만약 내가 충분한 증거를 찾아온다면 촌장이 목사를 설득해 협조를 얻을 수 있지 않을까……. 흥분을 가라앉히려고 깍지 낀 손에 힘을 주었다. 지금은 아무 힘이 없는 내 처지가 수사의 가장 큰 난관이었다. 내게는 체포할 힘도, 심문할 힘도 없었다. 하지만 촌장이라면? 나와 달리 그에게는 권한이 있었다.

"어젯밤 숲에서 이슬의 가족에게 뭐라 했소?"

유 선비가 물었다.

"왜 이리 시끄러운지 보려고 이슬네 가족을 따라갔더니 도령이 뭐라 설명하는 소리가 들리던데. 민 종사관과 친척 사이라도 되나?"

나는 거짓말로 대답하려고 입을 열었다. 나는 규라는 도령이고 숙부를 찾아 이곳으로 왔다고. 하지만 집에서 나를 끌고 가지 않도록 보호해주겠다던 문 촌장의 약속이 생각났다. 나를 적대시하던 마을 사람들도 생각났다. 같은 나라 사람이어도 제주 사람들에게 나는 외지인이었다. 더구나 이슬은 대화할 때 나와 눈도 마주치지 못했다. 이슬의 솔직한 이야기를 듣고 싶다면 육지에서 온 양반 행세를 하면 안 되었다.

"저는 민환이라고 합니다."

일지를 꽉 쥐며 속삭였다.

"민 종사관이 제 아버지세요."

본채 끝 창고의 열린 나무 문 너머로 햇볕에 그을린 여인의 모습이 보였다. 나무 바닥에 책상다리로 앉은 여인은 볏짚을 꼬아 짚신을 만드는 중이었다. 발밑에는 볏짚 뭉치와 새끼줄이 놓여 있었다. 좁은 공간에 혼자 있는 시간을 최대한 길게 끌 구실을 원하는 듯 작업 속도가 아주 느렸다.

나는 일지를 옆구리에 끼고 이슬이 이쪽을 바라보기를 기다렸다. 하지만 좀처럼 고개를 돌리지 않아 소리 내어 부르기로 했다. 상처 입은 새를 대하듯 부드러운 목소리로.

"이보게."

이슬이 고개를 들었고, 입술이 새하얗게 질렸다. 내가 불청객인 듯했다.

"어젯밤에 질문을 많이 못 했는데 괜찮다면 더 물어보고 싶네."

자리에서 일어난 이슬이 황급히 돌계단을 내려오더니 내 앞에 서서 두 손을 가지런히 모으고 고개를 조아렸다.

"용서해주십시오, 도련님. 저는 그만 가봐야⋯⋯."

"나는 환이라고 하네. 민환이."

내가 말했다.

"민 종사관의 다른 딸이지."

이슬은 혼란스럽고 의심스럽다는 표정을 지었다.

"어린 나이에 혼자 여행하기는 위험하지 않은가. 그래서 변장을 할 수밖에 없었네. 이제는 그럴 필요가 없어졌지만 말이야."

이슬의 눈에 깨달음의 빛이 떠올랐고 동시에 표정이 누그러졌다.

"민 종사관 나리께 들은 기억이 나네요. 다른 따님도 있다고……. 지금 생각하니 아가씨와 눈이 똑같이 생겼습니다."

아버지와 닮았다고 생각해본 적이 한 번도 없었는데, 오늘만 벌써 두 사람에게 그 얘기를 들었다.

"그렇다면 내가 왜 답을 찾고야 말겠다고 결심했는지 이해하겠지. 자네 동생에게 무슨 일이 있었는지 알아낸다면 내 아버지에게 일어난 일도 밝혀질 거야."

이슬이 고개를 젓고 낙담한 목소리로 말했다.

"민 종사관 나리께서 찾아와 동생을 찾아주겠다고 약속하셨을 때 저는 정말 큰 희망을 품었습니다."

이슬이 고통스럽고 혼란스러운 내면을 달래려는 듯 엄지에 손톱을 박았다.

"하지만 이제는 제 동생의 죽음을 수사할 의미가 없습니다, 아가씨."

"왜지?"

"수사관 나리께서 사라지지 않았습니까. 오늘 아침 목사님에게 뵙자고 청하니 사내들이 제 동생에게 눈길을 줬다는 소문을 들었다고 하더군요. 동생이 마을에서 가장 예뻤다고요. 제 동생이 남자와 눈이 맞아 달아났을 거랍니다. 죄책감에 절벽에서 뛰어내렸을 거라고요. 그러면서 하는 말이……."

이슬이 콧구멍을 벌름거리며 고통스러운 숨을 깊이 들이마셨다.

"그런 사건은 관심을 둘 가치가 없다고 했습니다."

수상한 상황을 무시한 무능한 목사. 그는 이 마을을 마음대로 휘두르는 폭군이 분명했다. 누구도—촌장조차도— 그에게 감히 도전할 수 없는 것 같았다.

"현옥이는 올해로 열네 살입니다."

이슬이 턱 근육을 움찔거리며 말했다.

"사라졌을 때는 열세 살이었고요. 어찌 그런 어린아이에게 정인이 있단 말입니까? 행여 정인이 있었다 한들, 1년을 함께 살고도 여태 순결할 수가 있나요?"

일지를 쥔 손에서 힘이 빠졌다. 1년이나 종적을 감췄던 미인. 그사이에 잔인하고 역겨운 범죄의 피해자가 되었을 것이라 추측했는데 아직 순결했다고 한다.

"확실한가?"

"이모가 산파인데 현옥이 몸을 재빨리 살펴보았습니다. 홍 목사라면 검시 없이 동생을 묻어버릴 테니까요. 그런 사람입니다. 그래서 저희가 직접 한 거예요. 현옥이를 살펴본 이모는 동생이…… 그런 쪽으로는 다치지 않았다는 결론을 내렸습니다. 떨

어지면서 생긴 멍 말고는 몸에 아무것도 없었다고 해요. 폭력의
흔적은 전혀 없었습니다."

"1년이나 사라져 낯선 사람에게 붙잡혀 있었는데……."

내가 생각을 소리 내어 말했다. 도무지 이해할 수가 없었다.

"건드리지 않고, 해치지도 않았다. 참으로 희한하구나…….
이렇게 기이한 사건이니 목사가 관심을 보일 법도 한데?"

"목사는 뭐든 신경 쓰지 않습니다. 정의를 바로 세우는 일에
는 아무 관심 없는 나태한 자입니다."

이슬이 씁쓸한 웃음을 짧게 내비쳤다.

"하지만 별의별 방법을 찾아 우리 재산을 빼앗을 때는 아주
부지런하죠."

"어째서?"

이슬의 얼굴에 망설이는 빛이 스쳤다. 그는 고개를 저었다.

"더는 말씀드릴 수 없습니다. 제가 곤란해질 수 있어요."

"내가 어디 가서 발설할 거라 생각하는가."

나는 황급히 말을 이었다.

"비밀을 지키겠다고 약속하네. 내 어머니의 무덤과 내 아버지
의 목숨을 걸고 약속해."

이슬의 손가락 마디가 하얗게 변했다. 이제는 손바닥에 열 손
가락의 손톱을 박고 있었다. 긴장해서. 믿지 못해서.

"부탁이네. 목사에 관해서는 관심 없어."

내가 조용한 목소리로 말했다.

"모든 실종 사건의 배후를 알고 싶을 뿐이야."

이슬은 잠깐 더 망설였다. 그러다 주위를 살피고는 나를 창고 안으로 이끌었다. 창고로 들어서자 이슬이 마침내 속삭였다.

"목사는 무정한 사람입니다. 갖가지 이유로 저희에게 세금을 내라고 요구하지요. 그래도 되는지 잘 모르겠어요. 몇 년 전에 조씨 아저씨가 부당한 세금을 없애달라고 목사에게 간청하는 탄원을 받으러 다닌 적 있어요. 당연히 목사는 탄원을 무시했죠. 심지어 조씨 아저씨를 사형시켰어요. 그런 사람이 이곳의 재판관입니다, 아가씨."

이슬이 고개를 절레절레 저었다. 그러더니 답답하다는 듯 양손을 들어 올렸다.

"제 동생은 떠났어요. 아무도 범인을 찾지 못할 겁니다."

"내가 도와주겠네."

이슬의 맑은 갈색 눈이 내 눈과 마주쳤다. 하인이 윗사람을 똑바로 쳐다본다는 것은 대담한 행동이었지만 나는 개의치 않았다.

"약속해."

침묵이 이어졌다. 그러다 뭔가 결심한 듯 눈빛이 강렬해지더니 이슬은 내게 앉으라고 손짓했다.

"여기 있으면 아무도 얘기를 엿듣지 못할 겁니다, 아가씨."

이슬이 옆에 앉으며 말했다.

"제게 묻고 싶다는 게 무엇입니까?"

나는 벼루를 놓고 이슬의 대답을 받아 적기 위해 붓을 쥐었다.

"동생과 친했는가?"

"여덟 살 터울로 태어났습니다. 동생과 저요. 제가 어느 정도 컸을 때라……."

이슬이 눈을 감고 평정심을 유지하려 애쓰며 이를 악물었다. 다시 입을 열었을 때는 슬픔이 서려 거친 목소리가 나왔다.

"동생이 막 태어났을 때 품에 안기도 했죠. 정말 작았어요. 두 손바닥에 올릴 수 있었으니까요."

"동생을 마지막으로 본 게 언제지?"

"1년 전이에요. 실종되기 전날 밤."

나는 일지에 이 정보를 적었다.

"그날 밤 평소와 달랐던 점은 없었나?"

"있었습니다."

이슬이 속삭였다.

"민 종사관 나리께도 말씀드렸지만, 동생이 실종되기 전 이상한 일이 두 가지 일어났어요. 첫 번째는 동생이 사라지던 날 밤이었습니다. 건초로 가득한 마차와 말 한 마리가 마을 입구 앞 나무에 묶여 있는 걸 봤다는 사람이 있었어요. 주인이 누구인지는 아무도 몰랐고요."

"두 번째는……?"

"동생이 그러는 거예요. 누가 자기를 따라다닌다고. 저는 그게 죄인 백씨라는 걸 눈치채고 어머니한테 말씀드렸어요. 당연히 어머니는 겁에 질리셨죠. 누군가 여자아이들을 납치하고 있다는 소문이 돌았으니까요. 그래서 찾아가 따졌는데 죄인 백씨는 딸들을 숨기라고 어머니를 위협했답니다. '섬을 돌아다니지 못하게 하여라. 밖에 악한 자들이 있다'라고요. 그러고는 가버렸답니다. 정말 이상하다고 생각했어요."

맥박이 빨라졌다.

"죄인 백씨가 누구인데?"

"백효성 나리요. 그 부친이 역모를 꾸며서 관직을 박탈당하고 제주로 유배를 왔어요. 몸집도 크고 성질도 포악한 사내여서 전하께서 사약을 내렸을 때도 죽지 않았대요. 그래서 문 촌장님이 비소를 더 구해 와야 했어요. 죽기까지 일주일이 걸렸다고 합니다. 아버지 못지않게 아들도 성질이 굉장해서, 마을에서는 그를 죄인 백씨라고 부르기 시작했어요."

나는 새로운 정보를 머릿속으로 굴려보았다.

"죄인 백씨가 자네 동생을 해칠 이유가 있는지 생각나는 것 없나?"

이슬이 얼어붙었다. 고통스러운 기색이 떠오르는 것을 볼 수 있었다. 뺨이 붉게 물들고 가슴이 빠르게 들썩였다.

같은 질문을 천천히 반복했다.

"죄인 백씨가 현옥이를 해칠 이유가 있었어?"

이슬이 이마를 닦았다.

"다 제 잘못이에요."

이슬이 속삭였다.

"그러지 말아야 했는데……."

"무엇을?"

"쉽게 갚을 수 없는 돈을 너무 많이 빌렸어요."

"죄인 백씨한테서? 돈이 왜 필요했는데?"

"노경 심방께 드려야 했어요."

심장이 멎는 기분이었다.

"뭐라고? 왜?"

"현옥이가 불길한 예언을 갖고 태어났는데 운명을 바꾸는 굿은 돈이 많이 들어요. 저희 가족은 금세 빚을 지게 되었고, 죄인 백씨가 쌀을 빌려줄 테니 심방님께 가져다주라고 했어요. 이자를 쳐서 갚으면 된다면서요. 하지만 이자가 감당할 수 없을 정도로 빠르게 불어난다는 얘기는 처음부터 하지 않았어요."

"예언이 뭐였기에?"

"노경 심방은 제 동생이 태어났을 때 어머니한테 이렇게 말씀하셨어요. '구름이 달을 가리고 바람이 바다를 휘저을 때 얼굴을 가린 남자가 올 것이고, 자네는 막내딸을 잃게 될 것이다'라고요."

"그 예언을 믿었고?"

"네."

이슬의 목소리가 작아져 속삭임처럼 들렸다.

나는 입술을 잘근잘근 씹었다. 가슴속에서 두려움이 끝도 없이 뻗어나갔다. 믿음. 아버지의 일지에서 읽은 바에 따르면 믿음은 이 세상에서 가장 오래된 이야기였다. 믿음이란 절실한 마음이고, 어떻게 해서든 우리 삶에 의미를 부여하려는 욕구였다. 이 나라에서 자신의 위치를 찾게 도와주는 수단이었다. 하지만 내게 증거 없는 믿음은 미신이었고, 미신은 약한 사람이나 매달리는 것이었다. 노경 심방은 남의 미래를 모르면서도 그들의 두려움을 이용해 이득을 취했다. 아니면 현옥이 끔찍한 최후를 맞는다는 사실을 수년 전에 미리 알 이유가 따로 있었거나.

"죄송하지만 아가씨는 너무 어리세요."

이슬은 절망감이 묻어나는 목소리로 말했다.

"정말 아버님께서도 알아내지 못한 걸 해결할 수 있다고 생각하세요?"

이런 질문을 한 사람은 이슬이 처음이었다. 나는 질문의 무게에 압도당해 눈만 깜박였다. 그리고 생각도 하지 않고 내 입에서 대답이 나왔다.

"해결하지 못했더라도 아버지는 답은 찾으셨을 거네. 그래서 사라진 거지. 나는 아버지가 남기고 간 흔적을 찾아 따라가기만 하면 돼."

"네, 답을 찾으셨을 거예요. 다들 그렇게 말하잖아요. 조선에서 제일가는 수사관이라고……."

목소리가 작아지더니 이슬의 얼굴에 알 수 없는 표정이 떠올랐다. 처음에는 안면 근육이 씰룩거리더니 미간에 주름이 잡혔고, 마지막으로 눈이 커다래졌다.

"기억나요."

"뭐가?"

심장 뛰는 속도가 묘하게 빨라졌다.

이슬이 나를 바라보았다. 눈을 얼마나 크게 떴는지 흰자가 다

보였다.

"민 종사관 나리는 조사 중에 이곳에 머무르셨어요. 어느 방이었는지도 기억해요. 벌레가 있는지 몇 번이나 살펴봐야 했거든요. 나리께서는 방에 벌레가 들끓는다고 하셨지만 아니었어요. 그 방에 묵는 다른 손님이 있었는데 그분은 벌레를 한 마리도 못 봤다고 하셨어요. 그러다 실종되던 날에, 정말 이상하게 행동하셨어요. 편찮아 보였고 벌레들 때문에 밤새 잠을 못 자 피곤하다고 하셨어요. 우리는 그분이 미쳐가고 있다고 확신했죠. 또 객주님께 잊지 않는 눈으로 매섭게 지켜보는 곳으로 간다고 하시더라고요. 양심을 씻고 언젠가는 부끄러움 없이 따님을 마주하는 날이 오기를 바란다고요. 이게 무슨 뜻인지는 모르겠지만요."

등줄기를 타고 전율이 흘렀다. 이슬은 아버지가 당신의 방에 남기고 간 수수께끼와 똑같이 말했다. 잊지 않는 눈으로 매섭고도 고요하게. 아버지는 숲에서 당신을 지켜보고 있는 눈을 그렇게 묘사했다. 숲 사건을 말하는 것이었을까? 내가 기억할 수 없는 사건. 아버지의 실종을 밝혀줄 대답들이 내 기억의 공백에 존재할지도 모른다는 두려움이 점점 커졌다.

기억해야 했다. 아버지 실종의 진상이 정말로 내 기억 속 어딘가에 있다면 어쩌지. 내가 기억을 찾지 못하면 아버지도 찾지 못한다는 말이 된다. 그렇게 되면 내 탓이었다.

두려움으로 가슴이 두근거렸다. 고개를 숙이자 내가 무의식적으로 일지에 쓴 글씨가 보였다. 숲으로 가자.

눈꺼풀을 손가락으로 꾹 누르고 주위를 둘러보았다. 창고가, 새끼줄 뭉치가, 이슬의 동그란 얼굴이 보였다. 뒤로 고개를 돌리자 너무도 맑고 푸른 하늘이 보였다. 숲으로 들어가기에 완벽한 날씨였다. 아버지에게는 절대로 숲에 혼자 들어가지 않겠다고 약속했다.

하지만 해야만 했다. 다 아버지를 위해서였다.

여섯

5년 전 숲에 들어간 기억도, 숲에서 나온 기억도 없었다. 하지만 사건 당일 아침은 기억했다. 아침에 일어나니 아버지가 성묘하러 가는 길에 노경 심방 집에 들르자고 했다. 매월이 신내림을 받지 않도록 귀신 쫓는 푸닥거리를 치른 비용을 내야 했기 때문이다.

예정대로라면 어머니도 함께 가야 했지만 병환으로 집에 남았고 우리 세 사람—아버지, 매월, 나—은 말을 타고 출발했다. 아버지는 금박이 붙은 검은 도포를 입었고, 나와 매월은 사내아이로 변장했다.

그것이 전부였다. 다음 기억은 눈을 깜박이며 겁에 질린 부모님의 눈을 올려다본 것이었다.

일어났구나.

그렇게 속삭인 아버지가 뒤를 돌아보았다. 집 밖에서 시끄럽게 들리던 말발굽 소리가 멈춘 것이다.

오셨다. 촌장님 말이야. 사건에 관한 보고서를 작성해야 해서 네게 질문을 할 거야.

무슨 일이에요?

내가 물었다.

제가 뭐 잘못했어요?

내가 숲 사건을 전혀 기억하지 못한다는 사실을 부모님이 처음 안 것은 그때였다. 문 촌장을 처음 만난 것도 그때였으리라. 그 순간의 혼란이 그를 기억에서 싹 지워버렸을 것이다.

혀를 차며 조랑말의 옆구리를 때렸다. 지금까지 공연히 마을 사람과 골목길에 익숙해진답시고 마을을 어슬렁거렸다. 이제는 허비할 시간이 없었다. 최소한 한 시간 동안 오름의 어둑한 능선을 달렸다. 노경 심방의 집을 지나쳐 앞으로 더 나아갔다. 습한 한기가 살갗에 스며들었고 아직 이른 시간인데도 하늘은 벌써 컴컴했다. 가을에는 낮이 짧아진다는 사실을 미처 생각하지 못했다.

아랫입술을 깨물고 뒤를 돌아보았다. 집이 멀어져 보이지 않았다. 돌아가기에는 너무 늦었다.

"그냥 평범한 숲이야."

혼잣말을 하며 길게 늘어진 목걸이에 달린 호루라기를 만지작거렸다. 조랑말을 더 빨리 몰아 산기슭에 도착했다.

가까이 다가갈수록 바람에 휘날리는 나무가 점점 더 길쭉해졌다. 하늘을 배경으로 사방에서 흔들리는 검은 나무 꼭대기를 올려다보려고 목을 길게 뺐다. 노력만 하면 숲에 두고 온 기억을 찾아낼 수 있을 것이다. 그리고 숲속이 캄캄해졌을 때 나는 더 깊이 들어가지 않기로 했다. 길을 잃고 싶지는 않았기 때문이다.

말에서 내려 고삐를 단단히 묶은 후 몇 걸음 앞으로 걸어갔다가 멈춰 섰다. 모든 것을 관찰했다. 오래된 나무들의 그림자, 커다란 바위를 에워싼 야생 버섯들, 꿈틀거리는 나무뿌리들. 두꺼운 이끼가 숲 바닥에 깔려 있어 걸음을 내디딜 때마다 발이 푹푹 빠졌다. 숲의 틈을, 어둑한 깊은 골짜기를 슬그머니 엿보았다. 그 안에 내 기억이 있을지 궁금했다. 더 들어가지 않겠다고 떼를 쓰는 매월이 보일까? 매월이 달아나는 모습이 보일까? 아버지와 함께 매월을 찾다가 나도 길을 잃는 모습이 보일까?

아니면 전혀 다른 기억을 보게 될까?

나는 기다렸다. 시간이 얼마나 지났는지 몰라도 날이 점점 쌀쌀해져 치아가 서로 딱딱 부딪혔다. 머리로 흘러 들어오는 기억은 전혀 없고, 내 고집이 얼마나 더 버틸지는 나도 알 수 없었다.

"민환이."

나는 속삭였다.

"무슨 일이 일어났는지 반드시 기억해야 해."

눈을 꼭 감고 눈꺼풀을 손으로 눌렀다. 그 아래에서 빛의 형태가 잔물결처럼 어둠으로 번졌다. 계속 기억이 떠오르기를 기다리며 주위의 혼란스러운 소리에 귀를 기울였다. 나무가 갈라지는 소리, 가지가 부러지는 소리, 나무 꼭대기에서 바람이 울부짖는 소리가 요란하게 들려왔다.

그러다 눈꺼풀 아래 하얀 형체들이 서서히 나무로 변하더니, 말을 타고 가는 세 사람 위로 가지를 길게 드리웠다. 그 세 사람은 아버지, 매월, 나처럼 보였다.

여전히 눈을 감은 채 얼굴을 찌푸렸다. 이것은 기억일까? 아니면 가공된 상상일까?

세 개의 형체가 움직였고, 사마귀와 주름살 비슷한 것으로 덮인 커다란 나무가 나왔다. 왠지 '할머니 나무'가 떠올랐다. 할머니 나무는 우리 자매가 서로에게 주는 비밀 편지를 숨겨놓곤 하던 나무의 별명이다.

눈이 얼얼하게 쑤실 때까지 손가락으로 세게 눌렀다. 빛의 줄기가 다시 바뀌어 더 많은 장면이 드러나기를 기다렸다. 하지만 숲은 꿈쩍도 하지 않았다. 숲은 내 머릿속에 남아 있기나 할지 의심스러운 기억 속으로 더 깊이 들어가지 못하게 나를 붙잡았다.

놀란 말의 울음이 밤하늘을 꿰뚫었다.

눈이 번쩍 뜨였다. 몸을 홱 돌리자 조랑말 앞에 서 있는 누군가의 형체가 보였다. 정수리에 상투를 튼, 키가 큰 사람이었다. 그가 횃불을 든 순간, 타오르는 불빛이 하얗게 칠한 가면을 비추었다. 가면에는 붉은 점이 세 개 있었다. 이마에 하나, 양쪽 볼에 하나씩. 전에 본 적 있는 가면이었다. 머릿속으로 그동안 읽은 책들을 탐색하다 어느 기억에서 멈췄다. 하회탈, 그중에서도 첩 역할인 부네탈이었다.

두려움으로 숨이 막혀 한 걸음 뒤로 물러났다. 내 시선은 가면에서 떨어지지 않았다. 감은 눈과 미소 지은 붉은 입술에서 눈을 뗄 수 없었다. 숲의 어둠과 안개가 가면의 장난스럽고 잔혹한 빛을 더 강조하는 느낌이었다.

"무…… 무슨 일입니까?"

내가 물었다.

"길을 잃으셨……?"

칼집에서 칼이 빛을 뿜으며 나왔고, 비명이 나오려는 입을 손으로 틀어막았다. 아까는 어두워서 칼을 보지 못했다. 횃불 빛을 받은 칼은 한 번의 재빠른 동작으로 조랑말을 묶은 끈을 잘랐다. 겁먹은 동물은 잽싸게 달아났고, 높이 솟은 나무들 사이에 나와 나를 겨냥한 칼만 남았다.

한 걸음 뒤로 물러났다. 가면은 앞으로 다가왔다. 저 칼은 나를 노리고 있었다. 두 번 생각할 것도 없이 뒤를 돌아 있는 힘껏 내달렸다.

급격히 방향을 꺾어 둥근 바위를 돌아 내리막길을 구르듯 내려왔다. 계속해서 달렸다. 귀에서 피 끓는 소리가 났다. 그 소리 때문에 뒤에서 발소리가 들리지 않는다는 사실을 깨닫지 못했다. 힐끗 뒤를 돌아보니 달빛과 엷은 안개가 긴 남색 하늘 말고는 아무것도 보이지 않았다. 다리가 휘청였다. 나는 엉금엉금 기어서 나무 뒤에 몸을 숨겼다. 나무 몸통에 등을 대고 앉아 있으니 심장이 가슴을 미친 듯이 두드렸다. 대체 누구지? 왜 가면을 쓰고 있는 거야?

그때 깨달았다.

숲 사건과 열세 아이 실종 사건을 하나로 연결하는 증거……
그것은 가면 쓴 남자였다. 그는 두 사건 모두에 모습을 보였다.
그리고 이제 나를 잡으러 왔다.

파들거리는 두 손을 모아 쥐고 자꾸만 내 쪽으로 찰랑거리는
얼음 같은 공포의 물결에 휩쓸리지 않으려 저항했다.

나는 안전해.

속으로 되뇌었다.

이제는 안전해.

100까지 숫자를 셌을 무렵 심장박동이 안정을 찾았고, 더는
숨을 헐떡이지도 않았다. 자세를 바꾸사 발밑에서 나뭇잎이 바
스락거렸다. 정말 아무도 없는지 확인하기 위해 몸을 움직였다.
목을 빼고 나무 몸통 너머를 본 순간…… 차갑고 날카로운 것이
턱 밑에 닿았다.

심장이 쿵 내려앉았다. 소리 없는 비명이 가슴을 가득 채웠고,
그 자리에 얼어붙었다. 하지만 얼음처럼 차가운 물체가 내 턱을
들어 올렸고, 나는 휘둥그레진 눈으로 반짝이는 칼날을 지나 햇
불에 주황색으로 빛나는 가면의 미소를 보았다.

"제발……."

내가 속삭였다.

"제발 보내주세요."

칼이 목에 닿았다.

"제발요."

다시 애원했다.

남자가 칼날을 번쩍이며 칼을 휘둘렀다. 몸을 베이는 고통을 기다리며 눈을 질끈 감았다.

하지만 아무 느낌이 없었다.

눈을 뜨자 두툼한 나뭇가지에 꽂힌 칼이 보였다. 가지를 들고 있는 사람은 다름 아닌 동생이었다.

매월이…… 얘가 여기서 뭐하는 거야?!

매월이 주춤하자 가면이 동생의 가슴에 칼을 휘둘렀고 가까스로 빗나갔다. 비틀거리며 뒤로 밀려난 매월의 소매 일부가 칼에 썰려 흩날렸다. 계속 그렇게 멀리 떨어져 있어야 하건만, 매월은 악을 쓰며 다시 앞으로 돌진해 온 힘을 다해—노경 심방 대신 하루 종일 집안일을 다 하고, 산에 올라가 땔감을 마련하고, 커다란 갈색 항아리에 신선한 물을 길어 오는 힘으로—남자의 얼굴에 막대기를 휘둘렀다.

남자의 가면이 벗겨지자, 그는 손으로 얼굴을 가리며 가면을 주우려 돌아섰다.

동생이 내 손목을 낚아챘다.

"도망쳐!"

그 즉시 우리는 뿌리와 바위를 뛰어넘어 도망쳤고, 나뭇잎과 가지가 우리를 할퀴었다. 가파른 경사에 도달하자 매월은 두 번 생각하지도 않고 아래로 내달렸다. 뿌리에 발을 고정하고 나무를 붙잡는 동생을 따라 하려 했지만, 나는 돌부리에 걸려 쌀 포대처럼 데굴데굴 굴렀다. 눈 깜짝할 새 일어난 일이라 내리막길

아래로 떨어지기 전까지는 아무 감각도 느낄 수 없었다. 살갗이 찢어져 벌어진 곳에서 고통이 솟구쳤다. 하지만 이 통증은 온몸을 관통하는 공포에 비하면 아무것도 아니었다.

도망쳐.

매월이 내 손목을 움켜쥐고는 끌어 올리더니 내 팔을 자기 어깨에 둘러 소용돌이치는 내 세계를 잠잠하게 만들었다. 비틀거리며 앞으로 나아가는 와중에도 우리는 계속 어깨 너머를 힐끔거렸다. 당장에라도 안개가 걷히며 웃고 있는 하얀 가면이 나타날 것이라 확신했다. 하지만 내 머릿속 눈에 보이는 것은, 환영 같은 기억이었다.

나를 품에 안은 아버지는 지금 내 앞에 있는 것과 같은 짙은 안개 장막을 비틀거리며 통과해 소복하게 쌓인 흙을 뛰어넘고, 날카로운 가지를 피하며 내리막길을 달렸다. 아버지의 창백하디 창백한 얼굴에 피가 묻었지만 내 피는 아니었다. 그때만 해도 품에 쏙 들어갈 만큼 작았던 나를 아버지는 꽉 끌어안았다. 아버지의 커다란 손이 내 귀를 막고 내 뺨을 아버지의 가슴에 밀착시켰다. 아버지 옆에서는 겁에 질린 표정의 하인이 매월을 안고 있었다.

기억이 손짓하듯 안개가 갈라졌다. 걷힌 안개는 한 줄기 연기처럼 둥글게 말려 날아갔고 가면 쓴 남자가 천천히, 자신 있게 그 사이를 통과했다. 당장에라도 우리를 발견해 죽일 수 있다는 사실을 아는 사람 같았다. 하지만 아직은 우리를 발견하지 못했다.

나는 커다란 아름드리나무를 발견하고는, 남는 손으로 매월의 입을 틀어막으며 매월을 옆으로 밀쳤다. 동생을 강제로 쪼그려 앉히고 나란히 나무 뒤에 숨었다. 내가 손을 치우자 매월이 사나운 눈빛으로 대답을 요구했다.

매월이 뭐라 말하려 했지만, 나는 재빨리 입술에 손가락을 올리고 우리가 왔던 방향을 가리켰다. 매월은 나무 뒤에서 고개를 내밀더니 다시 획 뒤돌아 나무 몸통에 몸을 기댔다.

둘 다 가만히 있었다. 두 사람을 겨우 가리는 나무 몸통 뒤에서 움직이지 않았다. 이제 보니 내 옷자락 끝이 살짝 삐져나와 있었다. 옷자락을 안으로 당기자 나뭇잎이 바스락거렸다.

몸을 굽히고 내리막길을 내려오던 남자의 발소리가 멈췄다.

귀에서 피 끓는 소리가 났다.

영원처럼 긴 시간 동안 우리는 그 상태로 있었다. 발소리가 계속 들렸지만 우리 쪽으로 오지는 않았다. 곧 있으니 숲이 바람에 몸부림치는 소리 말고는 아무것도 들리지 않았다. 그래도 조심해서 나쁠 것 없었다. 나는 매월이 움직이지 못하도록 그의 손을 잡고 머릿속으로 3,000까지 세었다.

"갔어."

마침내 속삭인 내 목소리는 아직 떨리고 있었다. 계속해서 어둠을 살폈다.

"이제는 안전해."

"세상에."

매월이 말했다.

"세상에, 우리 죽을 뻔했어."

우리 둘 다 멍해서 할 말을 잃었다.

그러다 내가 의아하다는 듯 매월을 쳐다보았다.

"어떻게 날 찾았어?"

"불길한 예감이 들었어."

매월이 당연한 사실처럼 말했다.

"그러다 언니가 집 옆을 지나가는 걸 본 거야. 내가 언니를 몰라? 툭하면 길을 잃잖아. 그래서 뒤따라온 거야. 여기는 대체 왜 왔어?"

"아버지가 일지에 쓰신 내용이 있어. 숲에서 매서운 눈이 지켜보고 있었다고."

처음에는 침착했으나 이내 말들이 빠르게 흘러나왔다.

"이 숲을 말씀하신 게 분명해. 그 사건이 일어난 곳 말이야. 아버지가 남긴 글도 그렇고, 현옥이 시체가 이 근처에서 발견된 것도 그렇고…… 분명 연관성이 있을 거야. 게다가 가면 쓴 남자도 여기 나타났잖아! 정말로 이 숲에서 끔찍한 일이 일어나고 있는 거야. 5년 전에 있었던 일만 내가 기억할 수 있으면 아버지를 찾는 것도 가능……."

"아버지 찾는 건 그만둬."

날카로운 목소리에 매월을 쳐다보았다. 가장자리가 빨개질 만큼 분노에 이글거리는 눈으로 나를 보는 그 모습이 내 가슴에 충격을 가했다.

"왜?"

매월이 목소리를 낮춰 조용하고 음울하게 말했다.

"언니는 늘 아버지가 조선에서 제일가는 수사관이라고 했지."

"사실이니까."

"아버지는 언니 생각만큼 위대한 사람이 아니야."

"어떻게 그런 말을 해? 아버지는 너를 위해 돌아오셨어."

내가 비난조로 말했다. 가슴속 원망이 강해졌다. 아버지를 위해 나는 물불을 안 가렸는데, 아버지는 은혜도 모르는 다른 딸을 위해 이렇게 끔찍한 곳으로 돌아오셨다.

"너는 정말 네 감정밖에 모르는구나? 네 상처밖에 안 보여. 상처에 눈이 멀어서 아버지가 너를 위해 얼마나 많은 걸 희생했는지 모르는 거야."

매월이 입꼬리를 올려 냉정하게 미소 지었다. 그 모습이 심술 궂게 보였다.

"그날 밤 숲이 내게 뭘 가르쳐줬는지 알아?"

매월이 나긋한 목소리로 싸늘하게 물었다.

"다음 생에는 아버지 딸로 태어나고 싶지 않다는 거야."

"뭐라고?"

피부에 오싹한 한기가 들었다. 실종된 아버지에게 이런 막말을 하다니.

"어떻게 그런 말을……."

"그리고 언니 동생으로도 살고 싶지 않아."

일곱

내가 아는 아버지는 절대 실수하지 않았다. 어떤 행동을 해도 천 번을 계산하고 결정을 내렸다. 하지만 매월의 신랄한 목소리를 들으니 열여덟 해 만에 처음으로 아버지에 대한 의구심이 생겼다.

청동 손거울을 들어 올렸다. 객주집의 상인에게서 새로 산 그 거울로 보니 눈썹 위에 짙은 먹구름이 내려앉아 있었다. 내 안의 모든 것이 허물어지는 느낌이었다. 얼굴에 파삭 금이 갈 것만 같았다.

"그러면 안 돼."

거울 속 나를 향해 속삭였다.

"아버지를 의심하면 안 돼. 네 아버지야. 너를 낳아주신 아버지."

그 말을 몇 번이고 되뇌니 내 안의 의심이 일단은 잠잠해졌다. 한숨을 내쉬며 따뜻한 물을 받은 대야에 수건을 담그고 오른쪽 뺨의 깊은 상처에서 번진 피를 닦았다.

매월과 절뚝이며 점집으로 돌아오니 내 조랑말이 먼저 와 있었다. 노경 심방은 겁에 질린 말을 마구간에 매는 중이었다. 그러다 옷이 찢기고 피를 흘리는 우리를 발견했다.

"민환이."

노경 심방이 말했다.

"올 때부터 네가 말썽을 일으킬 줄 알았다."

그러더니 고개를 돌리고 엄한 눈으로 내 동생을 보았다.

"민매월, 너. 너는 날 따라오너라."

두 사람은 어둑한 상방 맞은편 방에 있었다. 내 방의 문을 열어두어서 동생 방의 문을 비추는 촛불 빛도 보였다. 할머니처럼 다정하게 매월을 치료하는 노경 심방의 그림자가 움직였다.

나만 이곳에 혼자 남았다.

일부러 시선을 거두었다. 두 사람을 바라볼수록 내 주변의 공간이 더 넓고 허전해졌다.

수건을 물에 넣고 짜니 피가 번졌다. 내 피를 이렇게 많이 본 것은 처음이었다. 다시 거울을 들고 왼쪽 눈썹 바로 위에 난 가장 깊은 상처를 수건으로 누르자 얼굴이 찌푸려졌다. 매월과 캄캄한 숲에서 달리다가 발을 헛디디며 날카로운 가지에 얼굴을 긁혔던 모양이다. 바로 그때, 청동 거울에 비치는 어둠이 움직이는 것만 같았다. 눈을 깜박이고 얼른 거울을 내려놓았다. 뒤편 공간을 오래 바라보면 그림자 속에서 눈을 감고 입가에 미소를 띤 하얀 가면이 나타날까 두려웠다.

기억하지 않으려고 일부러 손을 바쁘게 놀렸다. 상처에 엉겨 붙어 있던 흙이나 나무껍질 부스러기를 제거하며 깨끗해졌다는 느낌이 들 때까지 계속 얼굴을 닦았다. 그런 다음 겉옷 자락을 천천히 들어 올렸다. 찢어진 속바지 사이로 긁히고 찢긴 상처가 드러났다. 별로 아프지는 않지만 지금껏 이렇게 피를 많이 흘린 적이 있었어야지. 고개를 숙이고 조심스럽게 행동하는 하인들로 가득한 저택 안에서는 상처가 날 일이 그리 많지 않았다. 고모를 화나게 했을 때를 제외하면.

무릎부터 종아리를 지나 발목 바로 위까지 길게 난 상처에 젖은 수건을 댔다. 따끔했지만 이 정도 고통은 고모의 회초리질에 비하면 아무것도 아니었다. 고모는 화가 나면 아버지가 외출할 때까지 기다렸다가 가느다란 나무막대로 내 종아리를 후려쳤다. 종아리의 상처보다 수치심이 더 고통스러웠다. 고모는 늘 말했다.

"네 아버지가 너를 오냐오냐하며 버릇없이 키웠어. 그러니 나라도 네게 정숙한 여인이 되는 법을 가르쳐야겠다. 내가 이렇게 하지 않으면 네 서방이 매질로 너를 다스리지 않겠느냐."

아버지에게는 매질을 당했다고 털어놓지 않았다. 다리에 난 가느다란 상처들을 보여주지 않았다. 그럴 수가 없었다. 아내를 잃은 아버지가 나 때문에 누님까지 잃으면 안 되니까…….

그때 문이 스르르 열렸고, 찢긴 속옷 위로 황급히 겉옷을 올려 입은 후 통증을 참으려고 이를 악물며 힘겹게 몸을 일으켰다. 노경 심방이 젖은 수건과 핏물이 든 대야를 쟁반에 올리고 방에서 나왔다. 매월의 피다. 동생을 이 지경으로 만들었다는 사실이 부끄러워 시선을 내리깔고 노경 심방이 지나가기를 기다렸다. 하지만 심방은 걸음을 멈추고 말했다.

"무슨 일인지 매월이에게 들었다."

"네, 그랬겠죠."

작은 소리로 중얼거렸다.

"가면 쓴 남자가 저희를 공격했어요. 가면이 벗겨졌지만 얼굴은 보지 못했……."

죄인 백씨가 틀림없어. 이 마을에 그를 두려워하지 않는 사람이 없다고 이슬이 말했었다. 하지만…….

나는 고개를 들고 화가 나서 나를 노려보는 노경 심방의 눈을 똑바로 쳐다보았다.

이슬은 노경 심방의 이름도 입에 올렸다. 노경 심방 때문에 가족이 빚을 졌다고 했다. 두려움이 가슴에 똬리를 틀었다. 노경 심방이 남의 슬픔을 이용해 이익을 챙긴다는 사실을 마을 사람들은 까맣게 몰랐다. 매월도 필요 이상으로 노경 심방을 신뢰했다.

"그거 아느냐?"

노경 심방이 낮은 목소리로 말했다.

"매월이가 달려 나가기 전에 마지막으로 한 말이 무엇인지? 언니에게 자기가 필요하다고 하더라. 내 입장에서는 당연히 걱정스러워서 상관하지 말라고 했어."

"매월이를 왜 그렇게 아끼세요?"

내가 물었다.

"아지망이 아시는지 모르겠지만, 고모님은 매월이를 육지로 데려올 거라고 말씀하신 적이 있어요."

거짓말이었다. 고모는 나 하나도 마지못해 받아주었다.

"우리와 같이 살 거래요."

무당의 시선이 흔들렸다. 갑자기 나약하고 얼빠진 사람처럼 보였다. 매월이 없는 삶을 상상하고 있는 것일까.

"왜 그렇게 아끼는지 알고 싶으냐……."

나는 노경 심방을 빤히 바라보며 다음 말을 기다렸다.

"한때는 내게도 딸이 있었다. 딸이 떠나자 도무지 사라지지 않는 고통을 느껴야 했지. 매일 두 사람이 먹을 상을 차렸지만 나 하나뿐이었어."

노경 심방이 눈을 내리깔았다. 속눈썹이 눈을, 고통을 가려주었다. 어쩌면 거짓말까지도.

"어느 날 매월이가 내 인생에 들어와 떠나지 않고 이 늙은이를 보살펴주고 있어. 팔다리가 쑤시는 나를 위해 매주 저슬살이 뿌리를 삶아 약을 만들어주지."

마침내 노경 심방이 고개를 들고 내 얼굴을 뜯어보았다. 내 눈, 코, 귀를.

"환이야, 사람은 가족을 잃을 수 있단다. 목숨보다 더 사랑한 가족도 잃을 수 있어. 하지만 가족을 찾는 것도 가능하지. 남이지만 평생 알았던 것 같은 사람을……. 집으로 돌아가거라, 환이야. 과거는 잊고. 네 집과 네 진짜 가족을 찾거라. 네 아버지는 여기 안 계신다. 그렇다는 느낌이 와. 신들께서 그리 말씀하셨다."

할 수만 있다면 무당이 든 대야의 핏물을 그의 얼굴에 뿌려버리고 싶었다. 하지만 지난 5년 동안 고모에게 품위 있는 여인이 되는 법을 배운 나였다.

내 입에서 소리 죽인 웃음이 터져 나왔다.

"죽은 현옥이의 운명도 예감하셨습니까? 숲에서 죽을 걸 아셨어요?"

"끔찍한 일이 일어날 것이라는 느낌을 받았다."

이 여자는 믿을 수 없다. 날강도. 사기꾼.

"1만 8천 신의 섬인 제주에 있으면서 영적 세계를 믿지 않는다고?"

노경 심방이 말했다.

"바람을 타고 온 머나먼 땅의 향을 맡아본 적이 없느냐? 나는 두 눈으로 보이는 것보다 더 큰 세상이 있음을 느낀다. 땅과 바다와 하늘의 울타리 너머에는 틀림없이 보이지 않는 영역이 있어."

"이 세상에 다른 층의 차원이 존재한다는 걸 느낀다고요."

내가 대꾸했다.

"그럴지도 모르죠. 하지만 제게는 아무 의미 없는 말입니다. 어느 아이가 사라질지 정말 예견하실 수 있습니까? 그렇다면 지금 그 아이들의 이름을 알려주세요. 안전하게 지키도록 그들의 명단을 목사님께 전하겠습니다."

"나는 사람과 장소에서 사악한 기운을 감지한다."

노경 심방이 설명했다.

"하지만 그 기운의 정체를 확실히 알 수는 없어. 현옥이가 살해당한다는 것은 몰랐다."

"그런데도 마을 사람들이 빚을 지게 하는군요. 그 사람들은 아지망이 미래를 바꿀 수 있다고 믿고……."

"그만."

노경 심방이 발끈했다.

"수사든 뭐든 마음대로 하거라. 매월이는 끌어들이지 말라는 얘기다. 가면 쓴 사내는 네 아버지를 죽였어. 네가 조심하지 않으면 그자가 너와 네 동생도 죽일 거야. 안 그럴 것 같으냐? 그리고 매월이를 육지로 데려가는 건 꿈도 꾸지 마라. 신께서 가만히 계시지 않을 것이고, 매월이도 옳다구나 하지 않을 것이다. 매월이는 네 아버지도 아직 용서하지 못했어."

나는 움직일 수가 없어 가만히 서 있었다. 아까와 같은 두려운 질문이 마음을 온통 어지럽혔다. 대체 아버지가 어떤 행동을 하셨기에? 노경 심방도, 매월도 아버지가 잘못했다는데 나는 그게 무슨 일인지도 알지 못했다.

"이해가 안 돼요."

노경 심방을 괜히 추궁했다고 후회했다. 노경 심방은 동생에 대한 진실, 내가 간절히 이해하고 싶은 진실을 아는 사람이었다. 나는 목소리에 약간의 예의를 담아 물었다.

"매월이가 아버지를 왜 그리 원망하는 겁니까?"

"매월이를 데려가지 말라고 네 고모를 설득하겠다고 약조한 다면 알려주마."

이 말을 곰곰이 따져보았다. 동의한다 해서 손해 볼 일은 없었다. 매월이 고모 집에서 산다는 상상조차 하지 않았으니까. 그런 삶은 매월을 불행하게 만들 것이다. 나도 그렇고.

"그럴게요."

노경 심방은 망설이더니 매월이 있는 뒤편 방을 힐끗 돌아보았다. 매월이 우리 대화를 얼마든지 엿들을 수 있는 상황이었다. 노경 심방이 쟁반을 내려놓았다.

"따라오너라. 네 동생은 쉬라고 하자. 말했듯이 마을굿이 있어 그 아이가 내일 할 일이 많다."

마을굿이라면 마을 사람 대부분이 모일 것이다. 단체로 사기를 당하기 위해. 하지만 나는 아무 말도 하지 않고 조용히 노경 심방을 따라 방으로 들어갔다. 노경 심방이 자리에 앉아 초에 불을 붙이자, 낮은 탁자 위에 쌓여 있는 동전들이 보였다. 동전을 세고 있었나 보다. 굶주린 마을 사람들에게서 갈취한 돈을.

척박하고 외딴 섬인 제주에서도 무당들은 돈을 굉장히 잘 번다는 얘기가 있다. 이전에는 그 말이 과연 진실인지 실감하지 못했건만.

노경 심방은 손을 재빨리 움직여 높게 쌓인 동전들을 쌈지에 넣더니 옻칠한 수납장 서랍에 그것을 넣었다. 서랍 안에 작은 물체가 얼핏 보였지만, 더 살펴볼 새도 없이 노경 심방은 서랍을 닫아 잠근 후 열쇠를 목에 걸었다.

"앉거라."

노경 심방이 말했다.

나는 명령대로 앉아 다친 다리를 조심스럽게 모으고 양손을 곱게 무릎에 올린 후 허리를 똑바로 폈다.

노경 심방은 나뭇가지처럼 빼빼 마른 손가락으로 다른 서랍을 열어 곰방대를 꺼냈다. 부유한 양반들이 쓰는 것과 비슷한 은색 곰방대였다. 곰방대에 불을 붙이자 입술에서 연기가 피어올랐다. 담배는 무당의 얼굴에 깊이 파인 고통을 달래주고 있었다.

"매년 네 아버지는 온 가족이 함께 살 것이라 매월이에게 말했다. 말이야 진심이었을지도 모르지. 하지만 돌아가서 일만 시작하면 자기 직함에 취해 약속을 잊었어. 다들 그러더구나. 조선에서 제일가는 수사관이었다고."

노경 심방이 입술을 일그러뜨리며 중얼거렸다.

"하지만 훌륭한 아버지가 되는 법은 잊고 살았어."

"아버지는 훌륭한 아버지셨어요."

"네게는 그랬겠지."

노경 심방이 신랄하게 말했다.

"순종적이고 효심 깊은 네게는 당연히 훌륭한 아비였겠지. 너를 제일 아꼈고. 하지만 매월이에게는?"

"아버지가 매월이를 제주에 두고 가셨다는 건 저도 압니다. 하지만 신의 부름을 거역하면 매월이가 죽을 것이라고 한 사람은 당신 아닌가요? 숲 사건 이후로 아버지는 당신을 믿으셨습니다. 하지만 아버지는 떠날 수밖에 없었어요. 힘이 부족하다는 사실을 아셨으니까요. 나태하고 부패한 수령을 모시는 군관에게는 사실상 수사할 권한이 없지 않습니까. 그래서 기 대장의 제안을 받고 승진에 응하셨던 겁니다. 우리 가족을 보호하기 위해서요."

내가 말을 이었다.

"그래도 가능한 한 자주 매월이를 찾아오셨잖아요. 이번 일만 해도 매월이에게 돌아왔다가 사라지신 거고요."

노경 심방이 나를 주시했다.

"그래…… 5년 전 숲에서 일어난 일의 진실을 정말 알고 싶으냐? 아니면 계속 이렇게 내 말꼬리를 물고 늘어질 테냐?"

내 안의 분노가 동력을 잃었다.

"아닙니다."

내가 멋쩍게 말했다.

"진실을 알고 싶습니다."

"좋아."

노경 심방은 긴장을 풀려는 듯 곰방대를 몇 모금 피웠다. 시선은 단호했지만 손이 떨리고 있었다. 뜸을 뜰이던 노경 심방이 이야기를 시작했다.

"사건이 일어난 날, 매월이가 떼를 썼다. 숲에 들어가기를 거부했지. 겁을 먹었고 뭔가를 예감했어. 끔찍한 일이 일어날 거라고."

무당의 이마에 살짝 주름이 나타났다가 사라졌다.

"한때는 나도 어미였다. 내게도 항상 떼를 쓰는 매월이 같은 딸이 있었지. 딸이 어릴 때 너무 많이 울면, 호랑이가 마을로 내려와 우는 애들을 잡아먹는다는 이야기를 들려주었다."

"따님은 지금 어디 있나요?"

나도 모르게 참견했다. 강력한 충동을 억누르기 힘들었다. 노경 심방의 딸은 한 번도 본 적이 없었다.

노경 심방의 얼굴에 어두운 그림자가 스쳤다.

"떠났다. 사라졌어. 다른 마을에 살 적에."

노경 심방은 내 호기심을 물리치려는 듯 손을 휘저었다.

"말했지만 나는 내 딸을 조용히 시키려고 우는 애들을 잡아먹는 호랑이 이야기를 들려주었다. 하지만…… 그래도 애들은 울지. 말썽을 부려. 당연한 거야. 그런데 안타깝게도 네 아버지는 딸에게 어떤 이야기도 들려주지 않았다. 네 아버지는 무관이라 규칙에 아주 엄격했지. 매월이에게 벌을 줬어."

온몸의 근육이 고통스러울 정도로 뻣뻣해졌다.

"어떤 벌을 주셨습니까?"

노경 심방은 대답하지 않았다.

"그 모습을 생각하면 늘 가슴이 찢어진다. 네 어머니도 그랬을 거야. 네 아버지는 너희 둘을 혹독하게 길렀다. 언제나 완벽하게 복종하기를 기대했지. 인정사정없는 사람이었단다, 환이야. 매월이는 그날 일을 마치 어제처럼 기억하고 있어. 지금도 네 아버지가 가르침을 주겠다고 그 아이를 버린 숲에 갇혀 나오

지 못하고 산다. 아직까지도 네 아버지의 분노로 물든 숲에
있어."

언젠가 아버지의 서재 문이 닫혀 있는 것을 본 기억이 난다.
아무도 들어갈 수 없었다. 하인들도, 고모도, 나조차도. 나중에
그 방에서 나오는 아버지의 모습을 얼핏 보았다. 눈물로 통통
붓고 충혈된 눈. 겁에 질린 눈빛이기도 했다. 감히 물어볼 수가
없었다. 어째서 아버지가, 수백 명의 냉혈한 살인자들과도 용기
있게 맞섰던 사람이 혼자 흐느껴 울었느냐고. 그날은 아버지가
처음으로 매월을 만나러 제주에 갔다 돌아온 날이었다.
  조선에서 제일가는 수사관이었다고. 노경 심방의 말이 귓가에 메
아리쳤다. 하지만 훌륭한 아버지가 되는 법은 잊고 살았어.
  내 방의 이부자리에 누워 눈을 감았다. 아버지는 아셨던 거야. 숲
에서 매월에게 잘못을 저질렀음을 그날에야 깨달은 것이다. 실
수를 바로잡으려고, 잘못을 씻으려고 노력했지만 실패했다. 그
러다 사라졌고, 매월의 분노는 아직 가라앉지 않았다. 모든 상황
이 내 가슴을 무겁게 짓눌렀다. 나는 맏이였다. 왜 몰랐을까? 매
월에게 편지를 더 많이 써야 했다. 그랬으면 내 편지가 매월과
아버지 사이를 봉합해줬을지도 모른다.
  잠을 포기하고 방에서 나와 마루를 어슬렁거렸다. 차가운 공
기를 들이마시니 불안한 마음이 조금은 가라앉았다. 동생 방 앞
에서 걸음을 멈췄다. 자정을 훌쩍 넘겼지만 방 안이 아직 불빛
으로 환했다.

문에 기대고 말을 걸었다.

"매월아?"

기다렸지만 대답이 들리지 않았다.

"할 말이 있어. 자니?"

반대쪽에서는 계속해서 정적이 흘렀다. 그때 문 사이로 쪽지
가 미끄러져 나왔다.

아니.

쪽지를 내려다보며 우리의 어린 시절을 떠올렸다. 매월이 쪽
지로 자기 걱정을 시시콜콜 이야기하며 조언해달라 했던 그 시
절을. 당시에도 쪽지가 아니면 별로 말을 주고받지 않았다.

"왜 안 자?"

또 정적이 흘렀다. 귀를 쫑긋 세우자 희미하게 종이 부스럭거
리는 소리, 붓이 벼루를 두드리는 소리가 들렸다. 쪽지가 또 한
장 나타났다. 붓을 거칠게 움직여 먹이 튀고 번져 있었다.

가면이 돌아오면 어떡해? 안 자고 계속 감시해야지.

엄지손톱을 잘근잘근 깨물었다. 몇 년 전 고모가 고약한 맛이
나는 식초에 내 손가락을 담근 후 끊었던 버릇이 제주에서 재발
한 것이다. 아버지를 찾아야 한다는 초조함으로 인해. 손톱이 갈
라지며 피가 나왔다. 처음부터 동생을 이 일에 끌어들이지 말았

어야 했다.

한 걸음 뒤로 물러났다. 나는 매월에게 숲 사건에 대해 물을 자격이 없었다. 오늘 나 때문에 매월은 죽을 뻔했다.

자리를 뜰 생각으로 돌아서는데 놀랍게도 나무에 종이 스치는 소리가 들렸다. 돌아보니 쪽지가 또 있었다.

언니와 노경 심방님이 나눈 대화 들었어.

손을 옆으로 떨어뜨렸다. 대답하려 했지만 아무 말도 나오지 않았다. 무슨 말을 해야 할지 알 수 없었다.

다음 쪽지가 왔다.

자초지종을 말해도 언니가 나를 믿기나 할까?

"믿는다고 약속해. 이번 한 번만 제발……. 나를 믿어도 된다는 걸 증명할게."

말해줄게. 그 전에 언니부터 말해줘. 만약 아버지가 돌아가신 거라면 언니는 어떻게 할 생각이야? 육지로 돌아갈 거야?

매월의 질문이 나를 무겁게 짓눌렀다. 진실을 듣고 싶었다. 그러려면 나도 마땅히 진실을 얘기해줘야 한다. 모든 경계를 풀고 거짓 없이, 정직하게.

바닥에 앉아 상처를 건드리지 않으려 조심스럽게 다리를 뻗고는 칠흑같이 어두운 하늘을 올려다보았다.

"응. 가서 고모님이 골라주신 남자와 결혼해 다른 지역에 있는 시댁으로 떠날 거야. 연로하신 시부모님을 봉양하기로 되어 있어."

그 남자 사랑해?

"어떤 사람인지도 모르는걸."

나나 노경 심방님 말은 절대 안 들으면서 고모님 말은 왜 들어?

"아버지가 기뻐하시는 모습을 봤으니까."

내가 속삭였다. 약혼 소식에 아버지는 입이 귀에 걸리도록 함박웃음을 지었다. 어머니가 돌아가신 뒤 그렇게 활짝 웃는 모습은 처음이었다.

"고모부님 가족과 가까운 퇴역 군인의 아들이 내게 청혼하고 싶다는 뜻을 전했대. 그쪽 가문에서 아버지와 연을 맺고 싶은가 봐. 아버지는 손자만 생긴다면 다 좋다고……."

그때 아버지는 말씀하셨다.

누구든 아이가 태어나면 새로운 인생을 경험하게 된단다. 매월이가 태어난 후로 아기를 안아본 적이 없구나.

"아버지가 기뻐하시는 모습을 본 후로 도저히 싫다고 할 수 없었어. 또 여인으로 태어났으면 혼인해서 아이를 갖는 게 당연하잖아."

문 뒤에서 매월이 미친 듯이 글씨를 쓰는 소리가 들렸다. 문틈으로 쪽지가 쑥 나왔다.

다른 사람 꿈에 이용되는 게 삶의 의미는 아니라고 어머니는 말씀하셨어. 아버지도 언니 본심을 알았다면 같은 말씀을 하셨을 거야.

나는 길고 무거운 침묵에 싸여 깊은 생각에 잠겼다. 아버지나 친척 어른들에게 기쁨을 드리지 않는 삶은 어떤 모습일까? 생각나는 것이 없었다.

잠시 눈을 감으니 갑자기 피로가 밀려들어 눈꺼풀이 따끔거렸다. 다시 눈을 뜨니 팔다리가 얼어붙을 듯 차가웠고, 하늘은 푸르스름한 회색으로 밝아져 있었다. 깜짝 놀랐다. 몇 시간이 지났다는 뜻이었다.

"매월아?"

대답이 없었지만 촛불은 아직도 타고 있었다. 다친 다리가 아파 얼굴을 찌푸리며 일어나 매월의 방문을 두드린 후 열어보았다. 문은 지금껏 잠겨 있지 않았다.

붓을 쥔 채 종이 위에 엎드려 잠든 매월이 보였다. 내가 발을 디디자 방바닥이 삐걱거렸다. 매월이 놀라 고개를 번쩍 들자 먹물 얼룩과 긁힌 상처로 덮인 뺨이 드러났다. 내 모습에 동생 어깨의 긴장이 풀렸다.

"춥다, 매월아."

초를 불어 끄고 매월을 부축해 이부자리에 눕혔다. 방구석에 접혀 있는 두툼한 이불을 가져와 덮어주었다.

"내가 책임지고 너한테 아무 일도 일어나지 않게 할 거야. 해 뜰 때까지 방 앞에 앉아 있을게."

동생에게 이 정도 빚은 갚아야 했다.

"아니야, 그럴 필요……."

잠시 거부하는가 싶더니 너무 피곤한지 쉽게 고집을 꺾었다.

내가 발뒤꿈치를 들고 문지방을 넘으려 하자 바닥에서 삐걱 소리가 났다. 방을 나가기도 전에 매월의 작은 목소리가 들렸다.

"우리 죽게 될까?"

"아니. 아무도 우리를 못 죽이게 할 거야."

진심이었다.

방 밖으로 나와 문을 닫고 툇마루에 앉았다. 깊은 밤 살을 에는 듯한 추위에 발가락 감각이 사라졌다. 그럼에도 나는 동생 곁을 떠나지 않았다. 그 어떤 위험도 미치지 못한다는 사실을 매월에게 알려주고 싶었다. 위험이 닥친다면 나부터 맞서야 했다.

팔로 몸을 감싸 안고 하늘을 바라보았다. 몇 시간이 지났을까, 서서히 어둠이 걷혔다. 지저귀는 새가 하늘을 빙그르르 돌다가 돌로 만든 대문에 걸터앉았다. 떠오르는 태양이 지상을 보랏빛으로 칠하고, 금색 초원 위에 옅은 안개가 깔렸다.

그때 틈으로 익숙한 소리가 들렸다. 발밑에 쪽지가 떨어졌다. 나는 당장 쪽지를 집어 들었다.

5년 전, 숲에서 사악한 기운을 느꼈어. 들어가면 안 된다고 말했지. 하지만 아버지는 내 말을 듣지 않았어. 너무 무서워서 달아나려는데 아버지가 내 조랑말 고삐를 붙잡고 강제로 따라오게 했어.

아버지한테 소리를 질렀던 것 같아. 아버지는 화가 나서 말에서 내리라고 했어. 내가 안 내리니까 말에서 끌어 내리더니 언니한테 이렇게 말했어.

"환이야, 네 동생은 들짐승이 잡아먹으라고 하고 우리는 가자꾸나."

나는 뒤쫓아 뛰어갔지만 아버지는 따라오지 말라고 소리를 질렀어. 그래서 할머니 나무 옆에서 숫자 100까지 세 번을 셌지. 아버지가 돌아오지 않아서 찾아 나섰지만 너무 엉엉 우는 바람에 내가 어디로 가는지도 몰랐어.

그러다 가면 쓴 남자가 숲을 배회하는 걸 본 거야. 칼을 들고 있기에 있는 힘껏 뛰어서 숨었고, 계속 거기 숨어 있다가 내 이름을 부르는 언니 목소리를 들었어.

언니랑 만나서 같이 산을 내려가던 길에 낮은 절벽 아래에서 웬 젊은 여자를 발견했어. 언니가 살펴본다고 갔지. 그 여자는 아직 살아 있었고 다리가 부러진 상태였어. 누가 오고 있다면서 우리에게 말했어. "숨어." 그래서 우리는 숨었지. 바위 뒤로 달려가서 숨어 있으니까 발소리가 들렸고 이어서 그 여자의 비명이 들렸어. 우리는 기절했나 봐. 추위 때문인지 공포 때문인지 모르겠지만. 새벽에 아버지가 우리를 발견했을 때 둘 다 의식이 없었던 이유를 그것 말고는 생각할 수가 없어.

이게 5년 전 일의 전말이야. 그리고 5년 동안 아버지는 제주에 열한 번 왔어. 올 때마다 촌장님과 목사님을 찾아가서 그날 숲에서 무슨 일이 일어났는지 알아내려고 했지. 하지만 내게는 말도 걸지 않았어. 나를 쳐다보지도 않았어.

매월의 쪽지에 등이 뻣뻣하게 굳었다. 그 안에 쓰인 말들에 소름이 돋아 다시 읽어보았다. 동생이나 아버지가 아닌 다른 사람의 이야기를 목격하는 기분이었다. 아버지는 이런 사람이 아니었다. 매월이 착각한 게…….

누군가의 속삭임이 왼쪽 귀를 간지럽혔다. 어떤 기억이 떠올랐다.

가서 네 동생을 데려오너라.

앞을 보고 눈을 찌푸리자 머릿속에서 상상의 가지들이 움직였다. 그것들이 뒤틀리며 꺾였고 무거운 숨소리가 들렸다. 조랑말에게 더 빨리 달리라고 재촉하느라 거칠어진 내 숨소리였다. 이렇게 생각했던 기억이 났다.

동생이 우는 소리가 안 들리네. 왜 이렇게 조용하지?

매월을 두고 온 자리, 그 자리로 돌아가 커다란 고목 옆에 우

뚝 멈춘 기억이 난다. 매월은 그곳에 있어야 했다. 우리가 돌아
온다는 사실을 알았어야 했다.

　하지만 매월은 사라지고 없었다.

여덟

어젯밤에 입었던 겉옷을 거칠게 옆으로 벗어 던졌다. 갈기갈기 찢긴 변장복은 이제 필요하지 않았다. 봇짐에서 비단 치마와 저고리 여벌을 꺼냈다. 성질을 부리며 그걸 꿰입고 머리카락을 땋은 후 끝을 붉은 댕기로 질끈 동여맸다.

아버지의 행동을 어떻게 받아들여야 할까. 매월이 내 손바닥에 올려놓은 고통스러운 진실을 어떻게 대해야 할지 몰랐다. 생각하고 싶지 않았다.

실망감을 견딜 수가 없었다.

아침 내내 고개를 푹 숙이고 일지만 보며 수사에, 오직 수사에 힘을 집중했다. 일어난 일을 전부 기록했고, 숲 사건과 열세 소녀 실종 사건을 둘러싼 모든 사람의 이름을 생각하려고 애썼다. 관심이 매월의 이야기로 돌아가려 할 때마다 살을 세게 꼬집었다. 집중해. 붓을 먹에 담그고 소매를 둘둘 말아 걷은 후 떠오르는 이름들을 썼다.

서현.

숲 사건이 일어난 날 죽었다.

고이슬.

숲에서 가장 최근에 발견된 피해자 현옥의 언니.

죄인 백씨.

폭력적인 성향으로 유명하고 현옥의 뒤를 밟은 사람. 현옥
의 가족에게게도—다른 사람들에게도—돈을 빌려준 인물. 그
돈은 이자가 붙어 금세 눈덩이처럼 불어났다.

노경 심방.

현옥이네 가족이 빚을 지게 한 사람. 현옥의 미래가 불운할
것이라는 그의 주장에 현옥이네 가족은 아이의 운명을 바
꿔줄 굿에 거액을 지불해야 했다. 그랬음에도 현옥은 끔찍
한 죽음을 맞이했다.

문 촌장.

수사를 돕겠다던 그의 약속을 기억하고 멈칫했다. 촌장은
목사에게 보고할 책임이 있다. 마을 사람들의 목소리를 대
변하는 역할이지만 목사의 관심을 끌 만한 증거를 찾지 못
했다. 증거가 충분한데도 딸들을 찾아달라는 사람들의 간
청을 무시했는지도 모르지.

홍 목사.

그래, 이 폭군도 있었지. 그의 이름에 동그라미 표시를 했

다. 그는 정의를 세우는 자신의 임무를 등한시한 채 과중한 세금으로 사람들을 탄압했다.

복선.

내가 전혀 이해할 수 없는 수수께끼 한 조각. 그에 대한 궁금증은 여전히 미궁에 빠져 있다. 누구일까? 아버지를 어떻게 알았을까? 불에 타서 읽기도 힘든 아버지의 일지를 내게 보냈다. 거기엔 피해자로 보이는 열네 명의 이름이 적혀 있다.

대나무 붓의 자루를 깨물었다. 5년에 걸친 수수께끼를 풀기 위해서는 더 많은 정보가 필요했다. 여자아이 열세 명이 사라졌다. 모든 아이에게는 어머니와 아버지, 형제자매, 친구와 경쟁자, 지인과 목격자가 있을 터였다.

먹에 붓을 담그고 망설이다 한 단어를 썼다.

아버지.

아버지는 무엇을 발견했을까? 어디로 사라졌을까? 그리고 왜?

종이를 내려다보는데 멀리서 무슨 소리가 들려 집중력이 흐트러졌다. 처음에는 환청인 줄 알았지만 한참 귀를 기울이니 더 분명하게 들렸다. 쿵쿵 하는 북소리였다. 노경 심방이 말한 굿이 벌어지는 건가?

한 가지 기억이 머릿속으로 흘러들었다.

가능한 한 모든 정보를 알아내라. 모든 증언, 소문, 의심을 수집해.

일지를 덮어 옆구리에 끼고 필기구 주머니를 집어 든 후 점집에서 나왔다. 최대한 많은 정보를 수집해야 한다. 정보 수집에 굿판보다 더 좋은 곳이 어디 있으랴? 마을 사람들이 몰려든다면 그중에 실종된 아이들의 가족, 친구, 지인도 있을 것이다. 이야기를 모을수록 누가 옳은지, 누가 그른지, 가장 의심스러운 사람이 누구인지 명확해질 것이다. 아버지는 그런 식으로…….

나는 멈칫하고 아버지의 기억을 밀어냈다.

북소리를 따라 한라산 기슭으로 가니 밧줄에 하얀 부적들이 나부끼고 있었다. 넓은 하늘 아래에서 줄줄이 무릎을 꿇은 여인들이 앞뒤로 몸을 들썩이며 두 손을 비비고 간청했다. 그들이 신음하고 흐느끼는 동안, 한 남자가 열띠게 징을 쳤고 매월은 온 힘을 다해 북을 두드렸다. 어디에 사로잡힌 사람처럼 머리가 양쪽으로 왔다 갔다 했다. 이 박자에 맞춰 노경 심방이 원을 그리며 춤을 추자 옷자락이 사방으로 날렸고 빨간색과 흰색의 부채도 마찬가지로 펄럭였다.

"조상신께 기도합니다!"

노경 심방이 빌었다.

"부디 저희의 기도를 들어주십시오!"

귀가 따가울 지경이었다. 소음에 정신이 팔려 처음에는 알아차리지 못한 게 있었다. 무릎 꿇은 여인들 대부분이 치마 위로 배가 불룩 튀어나와 있었다. 노경 심방은 신들에게 아들을 달라고 간청하는 중이었다. 딸이 태어나는 저주를 막아달라 기도했다. 제주의 해안 마을에 사는 사람들에게는 흔치 않은 기도였다. 이런 곳에서 딸의 존재는 곧 생존을 의미했다. 남자들이 집에 남아 아이를 돌보거나 술을 마시며 빈둥거리는 동안 딸들은 해녀가 되어 가족의 생계를 책임졌다. 그러나 노원은 해안 마을이 아니었다. 산 중턱에서 농사를 짓는 이 마을 사람들은 자신의 동네로 유배를 온 정치범들의 생활 방식을 배웠다. 즉, 엄격하고 아들에 집착하는 유교 사상을 배웠다는 말이다. 딸은 고난과 비극을 의미했고, 노원에서 그 명제는 사실로 증명되었다. 이 마을에 숨어 있는 괴물에게 사랑하는 딸을 잃은 어머니가 너무 많았다.

"사기꾼."

나는 작은 소리로 속삭였다. 일지를 펼치고 붓과 벼루를 꺼내 조심스럽게 노경 심방의 이름에 동그라미 표시를 했다. 괴물 덕분에, 딸들의 실종 덕분에 노경 심방은 겁먹은 마을 사람들로 꽉꽉 들어찬 굿판을 벌일 수 있었다. 짤랑거리는 동전이 수북하게 쌓였다.

또 어떤 정보를 기록할까 고개를 든 그때, 굿판에 모인 마을 사람들 사이를 흐느적대며 지나는 젊은 남자가 내 관심에 들어왔다. 때 묻은 도포 자락이 바람에 휘날렸고 손에는 도자기 병이 들려 있었다. 그 안에는 술이 가득할 것이다. 유 선비였다. 수사와는 무관한 자였지만 고개를 돌릴 수가 없었다. 나는 유 선비가 이따금 걸음을 멈추고 대화를 엿듣는 모습을 관찰했다.

내 쪽으로 어슬렁거리며 다가온 유 선비의 소매를 붙잡았다.

"여기서 뭐 하십니까?"

"아, 반갑네."

유 선비가 눈을 반짝였다. 술에 취한 사람치고는 지나치게 예리하고 자각 있는 눈빛이다.

"내가 여기 왜 왔냐고? 언제나 말하듯, 많은 사람이 모이는 곳에는 소문이 있기 때문이지."

유 선비가 술병을 들었다.

"노원에서 소문을 제일 좋아하는 사람이라는 내 명성을 어떻게든 유지해야 하지 않나."

유 선비는 고약한 냄새를 풍기는 술을 한 모금 들이켜고 가던 길을 계속 가 마을 사람들 주변을 배회했다. 참 한심한 인생이다. 내 관심만 아깝지. 나는 유 선비를 머릿속에서 지워버렸다.

주위 사람들을 관찰한 내용을 기록하기 위해 다시 일지를 펼쳤다. 여인들은 굿이 끝났는데도 무릎을 꿇고 양손을 가슴에 댄 채로 몸을 앞뒤로 들썩였다. 이중 몇 명이 딸을 잃었을까? 나는 일지에 썼다. 자매는? 조카는?

노경 심방이 떠난 뒤 매월은 바쁘게 움직이며 도구들을 한데 모아 정리했다. 그러다 동작을 멈추고 고개를 들었다. 잠시 우리의 시선이 얽혔고, 나는 숲에 홀로 서 있는 어린 매월을 다시 보았다.

하나, 둘, 셋……. 시선을 억지로 돌렸지만 매월의 작은 목소리가 들리는 듯했다. 아흔여덟, 아흔아홉…….

"여기는 왜 왔어?"

매월의 목소리에 퍼뜩 현재로 돌아왔다. 고개를 드니 매월이 몇 걸음 거리까지 다가와 있었다. 속에서 비밀스러운 빛이 뿜어져 나오듯 얼굴이 투명할 정도로 창백했다. 뺨에는 흐릿한 주근깨 뭉치가 있었다. 그러고 보니 동생의 주근깨도 잊고 살았다.

내가 목을 가다듬었다.

"증언이 더 필요해."

"내가 도와줘?"

무슨 뜻으로 하는 말인지 몰라 눈만 깜박였다. 매월은 오늘 아침 아무 일도 없었던 것처럼 나를 쳐다보았다. 서로 숨김없이 주고받은 대화에 아무 영향을 받지 않은 것처럼…….

아니, 매월은 달라졌다. 나를 도와주겠다고 나섰다. 이전의 매월이라면 절대 내게 도움을 주지 않았을 것이다.

"어떻게?"

"누구랑 얘기하고 싶은데?"

"현옥이 언니와는 이미 얘기했으니까 실종자 가운데 다른 아이 가족이면 좋지."

매월이 사람들을 살펴더니 긴 계란형 얼굴의 여인을 가리켰다.

"저 사람과 얘기해봐. 처음 사라진 무리 중 한 명인 미자 어머니야."

"무리라니……?"

질문을 완성하기도 전에 누가 나를 지켜보고 있다는 느낌이 들었다. 고개를 돌리자 따가운 시선으로 나를 보는 사람이 한두 명이 아니었다. 패거리를 이룬 여인들이 나를 쳐다보고 있었다.

매월은 코를 긁고 나를 힐끔 보더니 다시 사람들 쪽으로 시선을 돌렸다. 옷을 스르륵 벗은 매월이 바라(심벌즈와 비슷하게 생긴 전통 악기-옮긴이)를 닦으며 걸어갔다. 모든 이의 표적인 나와 거리를 두고 있었다.

"민환이잖아."

한 여인이 속삭였다.

"민환이 맞아?"

"민 종사관과 똑 닮았구먼."

다른 사람이 말했다.

"큰딸이겠네."

"첫째가 돌아왔다고 꽃님이가 그러더라니."

또 다른 사람이 말했다.

"저 처녀인가 보네."

아버지의 집을 관리하는 하녀는 입이 쌌다. 내가 돌아왔다고 마을 전체에 떠벌리고 다닌 것이다. 소문이 홍 목사에게 닿지 않기를 바랄 뿐이다.

"제가 민환이입니다."

하지만 사람들은 듣지 못한 듯 자기들끼리 계속 수군거렸다.

"제 아버지는 여러분의 딸들을 찾기 위해 제주에 왔다가 마찬가지로 사라지셨습니다. 아버지를 찾게 도와주십시오."

나는 계란형 얼굴의 미자 어머니를 돌아보았다. 하지만 그는 다른 딸로 추정되는 어린아이의 손목을 잡고 속삭였다.

"집에 가자."

아이는 어머니의 넓은 보폭에 맞추려고 총총 뛰었다.

다른 사람들도 나를 의심스럽게 쳐다보며 흩어졌다. 전부 내 말을 무시하고 떠날 기세였다. 그런데 어느 호리호리한 할머니가 뒷짐을 지고 절뚝이며 앞으로 나왔다. 틀어 올린 숱 없는 백발에서 삐져나온 머리카락이 햇볕에 그을린 얼굴 위에서 춤을 추었다. 꿀처럼 빛나는 연한 갈색 눈이 내 영혼까지 꿰뚫는 듯했다.

"마을 사람들은 괘념치 마라."

할머니가 거친 목소리로 크게 말했다.

"입을 닫아도 신경 쓰지 말고. 그동안 제 아이들과 자기가 어떻게 될까 두려워서 점점 침묵하게 되었다. 우리 마을도 한때는 다정하고 친절한 곳이었지. 그런데 이제는 다들 서로에게 손가락질을 하지. 모두가 모두를 의심하고 무서워해서 말을 못 하는 거다. 보는 눈이 많을 때는."

"할망도 무서워서 말을 못 하는 분인가요?"

"아니. 너무 오래 살아서 이제는 무서울 것도 없네."

"그럼…… 할망은 누구를 의심하세요?"

"어느 날은 이 사람 같았다가……."

그의 시선이 군중의 한쪽으로 향했다가 다시 움직였다.

"어느 날은 저 사람 같았다가. 하지만 답을 찾은 날은 없지."

노인이 멍하니 먼 곳을 바라보자 한참 동안 정적이 흘렀다. 그의 시선은 저 멀리에 고정되어 있었다. 5년 전의 누군가를 바라보고 있을지도 모른다.

"혹시…… 혹시 가까운 분을 잃으셨어요?"

용기를 내어 물었다.

거의 속삭임에 가까운 소리로 할머니가 대답했다.

"내가 뼈밖에 안 남은 건 우리 손녀딸과 그 아이 친구들 말고는 아무것도 생각할 수 없어서야. 생각하고 또 생각하지. 어쩌다 어린애 다섯이 한꺼번에 사라졌을까?"

가슴이 철렁 내려앉았다.

"다섯이 한꺼번에요?"

"다 같이 친구였어. 집이 서로 가까워서 같이 자랐지. 어느 날, 열두 살 내 손녀딸이 뛰어 들어와서는 도롱이(짚으로 만든 비옷 - 옮긴이)를 집어 들더라고. 그거 들고 어디 가느냐니까 계란 찾으러 산으로 간다며 뛰어나갔어. 그러고는 돌아오지 않았지."

할머니가 말하는 사이 다른 사람들도 앞으로 걸어왔다. 이내 초췌해 보이는 여인들이 나를 에워쌌다. 비록 그늘진 눈이었지만 그 안에 빛나는 의욕도 있었다.

이마에 깊은 주름이 파인 여인이 말했다.

"그 사건 기억하지. 할망 손녀딸이 제일 먼저 사라진 애들 중 하나였지?"

"그랬지."

할머니가 대답했다.

"사방을 찾아다니다가 결국은 촌장한테 달려가서 말했어. 촌장은 애들이 다음 날 돌아올 거라고 안심시켰지만 돌아오지 않았지. 그래서 촌장이 홍 목사한테 애들이 실종됐다고 보고한 거

야. 하지만 그자가 언제 우리를 도와준 적 있었나? 버러지 같은
놈."

　다른 여인도 거들었다. 코를 벌름거리며 마구 손가락질을 해
댔다.

　"빌어먹을 목사, 아주 그냥 싫어 죽겠어. 미자 어멍한테는 애
들이 도망쳤다고 하더래. 그러다 1년 뒤에 셋이 더 사라졌지. 그
러고 나서 하나 더, 몇 달 후에 셋이 더 없어졌고. 현옥이가 열세
번째야. 다들 마지막으로 본 장소가 숲 근처고, 하얀 가면을 쓴
남자를 봤다는 목격자도 몇 있었지. 의심스러워, 참말로 의심스
러워. 그런데 목사는 애들이 도망쳤고 돌아올 거라는 말만 해.
왜 그러겠어? 애들이 도망쳤으면 자기 책임이 아니니까!"

　"사라진 아이들의 이름을 다 기억하세요?"

　아버지의 일지에서 열네 명의 이름이 적힌 부분을 펼치며 물
었다.

　"그럼, 지금도 계속 생각나는걸."

　코를 벌름거리는 여인이 손을 들고 손가락을 하나씩 꼽았다.

　"미자, 다원이, 지아, 윤희, 보영이."

　잠시 멈췄다가 다음 아이들로 넘어갔다.

　"지윤이, 혜주, 가연이."

　또 멈추고 생각했다.

　"은우. 그다음이 보휘, 경자, 마리."

　"마지막 열세 번째 아이가 현옥이."

　나는 현옥이 이름에 줄을 그으며 속삭였다. 모든 이름을 지웠

다. 하나만 빼면.

"이 마을에 은숙이라는 아이도 있나요?"

내가 물었다.

"은숙이?"

코를 벌름거리는 여인이 입술을 오므렸다.

"아니, 은숙이는 없는데."

나를 둘러싼 여인들이 서로 눈빛을 주고받으며 속삭였다.

"은숙이는 없지?"

"없어, 없을 거야."

"문선이네 큰딸 이름 아닌가?"

"아니, 그 집 딸 이름은 은주고……."

"나는 이 마을에서 70년을 살았네."

내게 처음 말을 걸었던 할머니가 끼어들었다.

"은숙이는 없어."

나는 쇄골 부분에 닿은 목걸이 줄을 앞뒤로 만지작거리며 당황스러운 문제에 집중했다. 그렇다면 누굴까? 아버지가 작성한 명단에 포함된 은숙은 대체 누구지?

"그럼 복선이라는 여자는 아시나요?"

그들의 낯빛이 밝아졌다.

"알지, 복선이는 노원에 살았던 애지."

코를 벌름거리는 여인이 말했다.

"5년 전에 사라졌어."

피부에 소름이 돋아 한동안 목소리를 찾지 못했다.

"정확히 언제 사라졌어요?"

"음력 12월 19일에."

할머니가 대답했다.

날짜를 적다가 멈칫했다. 조선 왕조가 시작된 연도를 기억하는 사람도 많지 않은데 특별하지 않은 날을 날짜까지 정확히 기억하다니? 고개를 들지 않고 최대한 예의 바르게 물었다.

"어떻게 그 날짜를 금방 기억하셨어요?"

"그거야 너희 자매가 기절해 있던 숲에서 서현이라는 공녀의 시체가 발견되기 이틀 전이었으니까. 그 날짜는 다 기억하지."

갑자기 벌거벗겨진 기분이 들어 일지에 시선을 고정했다.

"복선이?"

모여 있는 여인들 뒤에서 작은 목소리가 들렸다.

"왜 다들 복선이를 궁금해하지?"

사람들이 양옆으로 비켜서자 새의 뼈로 만들었다고 해도 믿을 만큼 연약하게 생긴 여인이 보였다.

"내가 객주집에서 일하는데, 거기서 죄인 백씨가 물어보고 다녔어. 장사꾼, 여행객마다 붙잡고 복선이를 봤냐고 묻더라고. 복선이 얼굴 그림도 가지고 있던데."

죄인 백씨라는 말을 듣자 어깨에 긴장이 쌓였다.

"그럼 죄인 백씨는 아직 복선이를 찾지 못했다는 건가……."

나는 혼잣말로 중얼거리다 또렷한 목소리로 물었다.

"복선이를 찾고 싶다면 어디로 가야 할까요?"

"그 애 고향 마을은 동쪽 끝에 있을 거야."

삐삐 마른 여인이 말했다.

"하지만 몇 년 전 그 마을에 갔던 사람한테 들으니 거기서도 못 봤대. 땅으로 꺼진 사람처럼 말이야."

아버지처럼.

할머니는 끙 하는 신음을 냈다. 바람에 백발이 얼굴로 휘날렸다.

"물어볼 수 있는 사람이 한 명은 있지."

할머니가 나를 뚫어지게 쳐다보며 말했다.

"복선이를 찾는 일에 집착하는 사내에게 물어보시게. 아니면……."

할머니가 유 선비에게로 시선을 돌렸다. 몰랐는데, 유 선비는 가장자리에 서서 우리 대화에 귀를 기울이고 있었다. 비록 언덕만 바라보며 술을 한 모금 더 들이켰지만.

"아니면 저기 소문 좋아하는 이와 이야기해보거나. 노원리의 모든 사람에 관해 조금은 알 거야. 죽고 사라진 사람들도."

* * *

"그래서, 죄인 백씨와 이야기할 거야?"

점집으로 돌아오는 길에 매월이 물었다.

"그 할망 말이 맞아. 복선이가 어디로 사라졌는지 알아내려면 다른 사람 말고 그 사람과 대화하는 게 최선이야."

하지만 내 머리는 아까 할머니가 두 번째로 언급한 이름을 놓지 못하고 있었다. 굿판을 떠나기 전에 말을 걸어보려 했지만 그때는 너무 취해서 도움을 받을 수 없었다. 그 사람의 증언을 신뢰해도 될지 의심스러웠다. 저렇게 비틀거리며 다니는데 정보가 정확할 리가 있나.

"유 선비에 대해 알아?"

매월이 어깨를 으쓱했다.

"술꾼에 도박꾼. 언니도 봤겠지만 참견도 굉장히 심해. 만날 정보를 찾는다고 객주집을 들쑤시고 다니지. 매일 그 사람 집을 찾아가는 병사도 있어. 섬에서 탈출하지 않았는지 확인하려고. 듣자 하니 여러 번 시도했대."

"왜 이 섬에 귀양을 왔대?"

매월이 손을 내저었다.

"몰라. 의원이었다는 아버지와 관련이 있나 봐. 누구 중요한 사람을 독살했다나. 그 벌로 일가족이 여기로 온 거야."

"유 선비 가족은 어디 있는데?"

"다른 마을에. 병사한테 들은 말이야."

유 선비는 왜 가족을 떠났을까? 마을의 소문에 그렇게 목말라 하는 이유는 무엇이지? 단순히 호기심 때문일 수는 없었다.

내가 소리 없이 걱정을 곱씹는 동안 매월이 의욕적으로 말했다.

"가서 죄인 백씨와 대화할 거야, 말 거야?"

나는 고개를 저었다.

"분명 아무 말도 안 해줄……."

"집을 뒤져봐."

매월이 빠르게 말했다. 전부터 생각하고 있었던 것 같았다.

"아무리 생각해도 그 사람한테 진실을 알아낼 방법은 그것밖에 없어."

황당무계한 발상에 눈을 굴리고 싶었지만 꾹 참았다. 하지만 매월의 말이 정답일지도 모른다. 죄인 백씨는 진실을 말하지 않을 수 있지만 집은 다르다. 그의 집에 침입한다고 생각하니 다리에 힘이 빠지며 불안한 웃음이 입에서 흘러나왔다.

"그런 방법을 떠올리다니 참 너답다."

내가 긴장해서 움찔거리는 입꼬리를 감추려고 말했다.

"너 내 물건 뒤지기 선수잖아. 내가 제일 아끼는 물건을 숨겨두면 언제나 찾아서 가지고 나갔지."

"나 진심이야. 대화가 통할 사람이 아니라니까. 자기 딸이 겨우 열두 살일 때 딸 얼굴을 난도질한 인간이야. 왜 그랬는지 아는 사람 한 명 없어."

매월의 말에 담긴 새로운 정보에 얼굴을 찌푸렸다.

"비밀이 너무 많은 사람은 쉽게 입을 열지 않아. 구슬리려면 시간이 걸릴 거야. 그런데 언니는 시간이 없잖아."

"유 선비와 다시 얘기해볼게. 소문을 잘 아니까……."

"소문을 잘 아는 술꾼이지."

매월이 지적했다.

"진실을 말하는 사람은 아니야."

나는 얼굴의 경련이 잠잠해질 때까지 몇 번 심호흡을 했다.

"네 말이 맞아. 어쨌든 너랑 같이는 안 가."

매월이 앞으로 걸어 나갔다.

"나는 무조건 갈 거야. 생각보다 내 도움이 더 필요할걸."

매월을 따라잡으려 걸음을 재촉했다.

"왜 나를 돕겠다는 거야?"

그렇게 증오하는 아버지를 찾는 일 아닌가.

"내가 돕지 않으면 언니 혼자 설치다 죽을 거고, 그러면 귀신이 돼서 나를 평생 괴롭힐 거 아냐. 나는 언니를 도울 거야. 말리지 마."

매월이 우뚝 멈춰 섰다. 하얀 옷이 너른 회색 하늘에 휘날렸다.

"그러고 나서 언니는 제주를 떠나는 거야. 다치지 않고 무사히."

아홉

비가 내렸다. 처음에는 찔끔찔끔 오더니 점점 빗발이 굵어져 울퉁불퉁한 땅에 물을 끼얹었다. 하지만 뿌리가 거미 다리처럼 뻗어나간 높은 나무를 지붕 삼은 덕분에 매월과 나는 비에 젖지 않았다. 툴툴대며 매월을 따라간 집은 푸른 아지랑이와 엷은 안개를 뚫고 몇 걸음만 가면 나오는 곳이었다. 죄인 백씨의 집.

"통나무 세 개가 다 내려가 있어."

매월이 속삭였다.

집 입구에 있는 정낭을 힐끗 보았다. 정말로 두 개의 돌기둥 사이에 나무 막대가 하나도 없었다. 주인이 집에 있다는 뜻이었다.

동생과 기다리는 사이 긴장된 침묵이 흘렀다. 하나, 둘, 셋……. 나는 자꾸만 아버지의 실수로 숲에서 길을 잃은 매월의 모습이 떠올랐다. 아흔여덟, 아흔아홉…….

"기억하는지 모르겠는데…….."

매월이 갑자기 말끝을 흐렸다.

"뭘 기억해?"

내가 물었다. 온몸의 근육이 더 단단히 뭉치고 있었다.

"내가 막내지만 아버지는 우리가 외출할 때면 꼭 나보고 언니를 챙기라고 했어. 언니는 나가기만 하면 길을 잃든지 어디서 떨어져 죽을 뻔했잖아. 그래서 내가 여기 있는 거야."

매월이 말했다.

"언니를 살려두기 위해."

매월의 결심은 정말 대단했다. 죄인 백씨의 집에 도착한 뒤로 자기가 아버지나 수사 때문에 나를 돕는 것이 아니라고 강조하는 말만 벌써 세 번째였다. 내가 위험에 휘말려 목숨을 잃고 한을 품은 귀신이 되어 죽을 때까지 자신을 쫓아다닐까 걱정하기 때문이라고. 그럴 때마다 매월이 새빨간 거짓말을 하고 있다는 게 느껴졌다. 하지만 매월의 진심이 무엇인지는 정확히 꼬집을 수 없었다.

"알아."

내가 장단을 맞추며 말했다. 주의를 흩트려줘 차라리 고마운 심정이었다.

"하지만 죽어 귀신이 되어도 너는 괴롭히지 않겠다고 약속할게. 겁을 주고 싶은 다른 사람들이 줄을 섰거든."

고모처럼 말이지.

다시 정낭을 쳐다보았다. 한편으로는 죄인 백씨가 집에 남아 있기를 빌었다. 그래야 이 위험한 발상에서 발을 뺄 수 있기 때문이다. 하지만 또 한편으로는 그가 집에서 나와 두 개의 기둥 사이에 통나무 한 개나 세 개를 끼우기를 초조하게 기다렸다. 복선을 찾는 데, 또 죄인 백씨의 비밀을 찾는 데 이보다 나은 방법은 없었다.

죄인 백씨가 나와 조금이라도 비슷한 부류라면 가장 안전한 곳에 비밀을 넣어두었을 것이다. 편지의 형태를 띤 내 비밀도 서랍 밑바닥에 숨겨두었다. 나는 고모에게 사과하고 내 유산을 어떻게 사용하기를 바란다는 유서를 써놓았다. 작년 추석까지도 아버지가 돌아오지 않았을 때 쓴 편지였다. 추석은 전국 각지에서 고향으로 돌아와 가족과 재회하고 기념하는 명절 아니던가.

슬픔을 표현할 방법이 필요해 홧김에 유서를 썼었다. 하지만 실제로는 내가 스스로 목숨을 끊을 사람이 아님을 잘 알았다. 설령 최악의 악몽이 현실이 되더라도 내가 제일 잘하는 일을 계속할 것이다. 순종하기. 혼인하여 아이를 가질 것이다. 그것이 아버지의 꿈이었으니까.

나는 생각했다. 환이야, 집에 돌아가면 그 편지부터 태우자.

울창한 나무를 통과한 빗방울이 이마로 떨어져 눈으로 흘러내렸다. 눈을 깜박이며 계속해서 죄인 백씨의 집을 주시했다. 저 안에—가구 밑에? 먼지 덮인 공책 안에? 아니면 벽 틈에?—어떤 비밀을 숨겨놨을까.

"그나저나 복선이는 왜 찾는데?"

동생의 질문에 정신이 되돌아왔다. 매월은 잔디밭에 쭈그리고 앉아 하얗고 자그마한 꽃송이를 뜯고 있었다.

"아버지 일지를 보낸 사람이라서."

매월이 고개를 번쩍 들었다.

"그 얘기를 이제 하네. 왜 보냈을 거라고 생각해?"

"나도 모르지."

"언니에게 전할 말이 있었나……. 아니면 아버지가 언니한테 전해달라고 줬나."

나는 한숨을 참고는 참을성 있게 물었다.

"아버지가 왜 나한테 불에 탄 일지를 보내겠어?"

"처음에는 불에 안 탔을지도 몰라. 그러다 무슨 일이 생겨서……."

매월은 말을 이었다. 떠오르는 모든 이론을 하나씩 속닥거렸는데 그런 이론이 너무 많았다. 매월의 머릿속은 언제나처럼 상상력으로 폭발하고 있었다. 나는 매월의 말을 한 귀로 듣고 흘렸다. 머리 위 나뭇잎으로 투둑투둑 떨어지는 빗소리마저 차단하고 오로지 집에 집중했다. 시간이 흘러 배가 고파서 손이 떨리기 시작한 정오 무렵, 움직임이 보였다.

한 남자가 짚으로 만든 삿갓으로 얼굴을 가리고 집에서 걸어 나왔다. 그는 역시 짚으로 된 삿갓 끈을 턱에 단단히 묶었다. 키가 크고 등이 넓었다. 나를 죽일 뻔한 칼을 휘두를 수 있을 만큼 강해 보였다. 남자는 길고 두꺼운 통나무를 번쩍 집어 들고 두 개의 돌기둥 사이에 놓았다. 집에 금방 돌아올 것이다라는 의미였다.

맥박이 고동쳤다. 매월을 힐끗 보니 나무에 기대앉아 팔짱을 끼고 낮잠을 자고 있었다.

"찡찡아."

시도 때도 없이 투정을 부린다고 어린 시절에 지어줬던 별명을 부르며 내가 속삭였다.

"일어나."

곧바로 매월이 눈을 번쩍 떴다.

"그냥 눈만 감고 있었어."

"방금 나갔어."

살갗으로 찌릿찌릿한 느낌이 솟구치더니 빠르게 번졌다.

"가자."

우리는 죄인 백씨의 집으로 달려갔다. 빗방울이 머리에 뒤집어쓴 지푸라기 우비를 때렸다. 죄인 백씨에게 하인들이 있을지도 몰라 정낭 앞에 멈춰 서서 외쳤다.

"계세요?"

초가지붕으로 미친 듯이 쏟아지는 비가 텅 빈 마당에 콸콸 흘러내렸다.

"아무도 안 계세요?"

"안에 아무도 없어."

매월이 비에 젖어 반짝이는 통나무를 들어 내가 지나갈 수 있게 길을 내주었다. 그러고는 통나무를 정낭에 다시 내려놓고 나를 따라잡았다. 창고에 도착한 우리는 빗물이 뚝뚝 떨어지는 도

롱이를 커다란 도자기 항아리에 숨기고 치맛자락에서 빗물을
짰다.

"명심해."

내가 속삭였다.

"들어갔다가 최대한 빠르게 나오는 거야."

우리는 신발을 벗고 본채로 들어가 안을 살폈다. 문을 열고
처음 나온 방에 들어갔다. 그 작은 방에는 담요들이 접혀 있었
다. 하인 방인 듯했다. 그런데 하인들은 어디 있지? 집에 정말
아무도 없어야 할 텐데……. 나는 아랫입술을 잘근거리며 그 방
에서 나왔다. 안으로 더 깊숙이 들어가 다음 문을 열었다.

매월이 안을 빼꼼 보았다.

"가희 방인가 보다."

"가희가 누구야?"

동생은 내 말을 듣지 못한 것처럼 방 안으로 들어가 어슬렁거
렸다. 나도 안으로 몸을 숨기고 조용히 방문을 닫았다. 하얀 벽
지는 여기저기 뜯겨 있었고, 바닥에는 요와 이불이 어지럽게 펼
쳐져 있었다. 누가 악몽으로 몸부림을 친 것만 같았다. 내 가슴
높이의 낡은 수납장이 보여 그 문을 열어 서랍의 개수를 세어보
았다. 모두 열 개로 하나만 제외하고는 텅 비어 있었다. 그 서랍
에는 새빨간 유리 장식이 달린 놋쇠 비녀가 놓여 있었다.

"가희가 누구냐니까?"

"죄인 백씨 딸."

나는 기억이 떠올라 천천히 고개를 끄덕였다. 얼굴을 난자당

한 딸 말이지.

"내가 잘 알아."

매월이 비녀를 들어 올렸다.

"이 비녀 주인은 아마 가희 어머니일 거야."

"돌아가셨겠지?"

매월이 고개를 끄덕였다.

"가희는 점집에 여러 번 왔어. 악몽을 꾼다면서 딱한 어머니 얘기를 하더라고. 제주 출신인데 한 번도 본 적은 없대. 가희를 낳고 죽었는데, 다들 죄인 백씨가 너무 부려먹어서 그렇게 됐다고 해. 부엌에서, 산에서, 밭에서. 때리기도 했대. 가희는 저승에 계신 어머니한테 전언해달라고 했어."

"뭐라고?"

"자기한테 꿈을 그만 심어달라고. 아버지를 죽이는 꿈을."

얼굴을 찌푸리며 매월의 손에서 비녀를 빼앗아 서랍에 다시 넣었다.

"가희와 아버지 관계는 어때?"

"열두 살짜리 딸 얼굴을 난도질했잖아. 마을 사람들이 왜 그렇게 잔인한 행동을 했냐고 몰아세우자 말했대. '우리는 서로 사랑을 이해하는 방식이 다른가 보다. 하지만 나는 내 딸을 사랑한다. 내 딸을 위해 목숨도 내놓을 수 있다. 딸을 위해 살인도 할 것이다'라고."

내가 몸을 부르르 떨었다.

"끔찍한 사람 같다."

매월이 작고 여린 어깨를 으쓱했다.

"아버지는 자식에게 보호자도 될 수 있고 최악의 적이 될 수
도 있지."

매월의 말이 가시처럼 박혔다. 이 상황에서 벗어나고 싶어 방
을 조금 더 조사하다 퉁명스럽게 물었다.

"가희가 올해 몇 살이야?"

"열아홉."

이 방에 더 오래 머물고 싶지는 않았다. 동생의 말이 여전히
공기 중에 떠다니고 있었다.

"다른 방으로 가자."

방을 몇 개 더 조사하고 양쪽으로 된 문을 밀자 마침내 죄인
백씨의 방인 듯한 공간이 나왔다. 벌써 팔의 털이 쭈뼛 서는 느
낌이었다. 바깥에 폭풍이 치고 있어선지 방은 푸른 빛을 띠고
있었다. 바닥에 떨어진 더러운 손수건과 반쯤 차 있는 요강을
살피는 동안, 불길한 감각이 피부를 타고 올라왔다. 나는 우리가
이곳에 들어왔다는 사실을 모르는 남자의 삶을 엿보고 있었다.
그는 살인자일 수도 있다.

죄인 백씨의 비밀 하나를 발견하기까지는 그리 오래 걸리지
않았다. 낮은 탁자에 놓인 두루마리를 펼쳤다. 매월이 내 옆에
쭈그리고 앉으니 입에서 무슨 냄새가 났다. 달콤한 감 냄새. 내
곶감을 먹었구나. 저번에 봇짐을 뒤졌을 때 곶감이 보이지 않았
던 이유를 이제 알겠다. 치밀어 오르는 짜증을 제쳐두고 조심스
럽게 두루마리를 펼치는 일에만 집중했다. 종이 두 장이 한꺼번

에 말려 있었다. 한 장은 여러 마을 이름이 적힌 제주의 상세한 지도였는데 대부분의 이름에는 줄이 그어져 있었다. 두 번째 장은 한 여인의 모습이 담긴 그림이었다.

"이 사람이 복선인가 봐!"

매월이 불쑥 말했다.

"쉿."

동생의 목청에 놀라며 내가 말했다.

"죄인 백씨는 복선이를 찾아 제주에 있는 동네란 동네는 거의 다 뒤진 것 같아. 이 동네만 빼고."

내가 서귀포를 가리켰다.

"우리도 복선이를 찾아야 해. 이곳부터 시작하자."

두루마리를 말아서 원래 있던 탁자에 내려놓았다. 붉은색 수납장 가까이에 비스듬히. 이러면 죄인 백씨는 방을 뒤졌는지 모를 것이다.

바로 그때 매월이 함을 들더니 반짝이는 놋 자물쇠를 살펴보았다.

"그만해."

내가 단호하게 말했다.

"내려놔."

"안에 뭐가 있을지도 모르잖아……."

"겉을 봐. 네 지문이 다 묻었어. 얼른."

매월에게서 함을 빼앗으려 하며 말했다.

"내놔."

"왜 그래! 안에 뭐가 있는지 볼래!"

매월과 힘겨루기를 하다 겨우 함을 빼앗았다. 하지만 반동으로 그 작은 상자가 탁자에 부딪히고 말았다. 커다란 퍽 소리가 침묵을 깨뜨렸다. 매월과 나는 경직되어 되돌아온 정적에 귀를 기울였다.

침묵은 계속 이어졌다.

미친 듯이 뛰던 맥박이 잠잠해졌다. 매월을 흘겨보며 작은 소리로 질책했다.

"또 그러기만 해……."

"아방* 와수꽈?"

밖에서 여자 목소리가 들렸다. 사투리로 보아 제주 여인이다. 곧 문이 양쪽으로 드르륵 열렸다.

"출타허신 줄……."

내 손에서 함이 떨어져 나갔다. 매월과 나는 눈앞에 칼이 있는 것처럼 제자리에 얼어붙었다. 우리는 오랫동안 아무 말도 하지 못했고, 문가에 선 젊은 여자도 그랬다. 여자의 얼굴은 눈 아래부터 뺨 전체가 우글우글한 상처로 가득했다. 입꼬리 양쪽 피부가 잘려 입이 길게 늘어나 있었다.

"이듸**서 뭐 햄수꽈?"

가희가 강한 제주 말씨로 물었다. 집에 침입한 낯선 사람을

---

* 아방 = 아버지.
** 이듸 = 여기.

보면 두려워해야 마땅하다. 하지만 가희는 우리를 빤히 바라보기만 했다.

"이 방에서 둘이 뭐 햄수꽈?"

"우리는…… 나는……."

매월이 말을 더듬었다.

나는 손톱으로 손바닥을 찌르며 평정심을 유지하고 차분한 목소리로 말했다.

"우리 아버지가 실종되셨는데 그대 아버지와 관련이 없는지 확인하는 중이었네. 다들 그렇다고 하는데 나는 생각이 달라서. 어쨌든 용의선상에서 배제하기 전에 확인을……."

"엉뚱한 사름* 의심햄서예."

가희가 말했다.

"아방은 아니랜 해수다."

순진하기 짝이 없는 말이다.

"당연히 그렇다고 하겠지."

가희는 나를 가만히 바라보았다. 눈이 죽은 생선처럼 공허했다.

"아방은 서현이를 마지막으로 본 사람이 살인자랜 해수다. 노경 심방 마씀."

가희의 말이 내 갈비뼈를 때렸다.

"거짓말이야."

* 사름 = 사람.

매월이 쏘아붙였다. 동생의 거친 시선이 느껴졌다.

"언니, 가자."

나는 움직일 수 없었다. 가희에게 시선을 거둘 수가 없었다.

"계속 말해보게."

매월이 내 손목을 잡았다.

"언니가 그랬잖아. 꾸물거리면 안 된다고! 가자니까!"

나는 매월의 손을 뿌리쳤다.

"너 먼저 가."

매월이 자리를 박차고 나가며 발을 쿵쿵 구르는 소리가 요란하게 울려 퍼진 후에야 조금 전까지 매월이 있던 공간을 쳐다보았다. 그 순간 알았다. 만약 동생을 봤더라면 5년 전과 똑같은 상처받은 눈빛을 발견했을 것임을.

"제가 들은 바로는, 촌장님이 심문하셨을 때 노경 심방은 그날 서현이를 못 봤댄 해수다."

가희가 말했다.

"하지만 이후에 두 사름 같이 봤댄 증언한 목격자가 나왔주."

"그 말을 어떻게 믿지?"

가희가 땋은 머리를 묶은 댕기를 천천히 풀었다. 이상한 행동이었다.

"게민 믿지 맙서. 목격자가 공개 심문하는 중에 고랐댄 해시난. 가서 문 촌장님 사건 보고서를 보민 되쿠다."*

---

* 게민 = 그러면, 고르다 = 말하다.

가희의 시선 때문인지, 그 말에 담긴 진심 때문인지 무거워진 뱃속에서 두려움이 똬리를 틀었다. 노경 심방은 서현을 못 봤다고 거짓말을 했다. 어둡고 무시무시한 비밀을 숨기고 있었다.

"궁금허지 않아마씸?"

가희가 문에 달린 놋쇠 손잡이에 손가락을 끼우며 속삭였다.

"그날 노경 심방이 서현이에게 무신 말 해신지. 무신 말 했길래 서현이가 지 목숨 지가 끊어실까예? 난 궁금하던데……."

내가 움직일 새도 없이 가희는 방을 나가 양쪽 문을 확 잡아당겼다. 그러고는 자신의 댕기로 손잡이를 묶었다.

앞으로 달려 나가 끈이 풀어지기를 바라며 안쪽 손잡이를 세게 잡아당겼다. 하지만 더 두꺼운 무언가로 손잡이를 다시 묶는 가희의 그림자가 비쳤다. 밧줄이다. 다른 문으로 서둘러 달려갔다. 여기로 나가면 마당이었으나 이 문도 밖에서 잠겨 있었다.

심장이 쿵쾅거렸다. 나는 가장 유력한 용의자의 집에 갇히고 말았다.

열

천 개의 날개가 퍼덕이는 소리처럼 두려움이 나를 가득 채웠
다. 나는 다른 사람 집에 침입했고 이제 그 집에 갇혔다. 식은땀
에 흠뻑 젖어 방 안을 이리저리 돌아다니다 결국에는 가희가 있
는 문으로 되돌아왔다. 가희는 아직 문 반대편에 기대앉아 있
었다.

"제발, 보내줘."

한 시간 넘게 그랬듯 또 부탁해보았다.

"네 아버지에게 내가 왔었다고 말해도 되고, 뭘 하든 상관없
어. 하지만 나를 방 안에 가둬둘 필요는 없잖아."

내 말에 들려오는 대답은 침묵뿐이었다.

"가희야."

여전히 반응이 없었다.

내면의 공포를 애써 가라앉히며 목에 건 아버지의 순찰용 나

무 호루라기를 꽉 붙잡았다. 내가 어릴 적 아버지가 준 것이다. 당신이 밤중에 관헌으로 가야 할 때마다 무서워하는 나를 위해.

나는 최대한 부드러운 목소리로 다시 시도했다.

"네가 아버지를 보호하려는 것처럼 나도 내 아버지를 찾고 있을 뿐……."

가희가 자리에서 일어났다. 드디어 문을 연다고 생각했지만 가희는 빠른 걸음으로 자리를 떴다. 나는 격자문에 귀를 댔고, 가슴이 답답하게 조여와 얕은 숨을 몰아쉬었다. 바깥에서는 나무가 바람에 흔들리는 소리가 들렸다. 아직도 문에 비가 톡톡 떨어지고 있었다. 그러다 발소리를 들었다.

가희가 돌아오는 모습이 보였다. 다가오는 그림자가 점점 커졌다. 하지만 그림자는 지나치게 높았다. 넓은 어깨와 긴 팔다리가 움직이더니 문이 흔들리며 밧줄이 풀어졌다. 문이 열렸고, 나는 눈앞의 광경에 하마터면 넘어질 뻔했다. 죄인 백씨였다.

정수리에 튼 상투에서 흘러내린 머리카락 몇 가닥이 그의 눈을 가리고 있었다. 찢어진 옷소매 사이로 근육 잡힌 팔이 드러났고, 길게 이어진 핏줄은 손목 부근에서 뒤엉켜 손가락을 따라 뻗어 있었다. 그는 사람을 죽일 수 있는 손을 가지고 있었다.

죄인 백씨의 뒤를 재빨리 살폈다. 문이 열려 있었다. 나는 앞으로 몇 걸음 움직였다.

"도망치기만 해봐라."

그가 칼날처럼 날카로운 목소리로 말했다.

"잡아서 촌장에게 끌고 갈 테니. 도둑년."

"그런 것이 아니라……."

"앉아."

비틀거리며 뒤로 물러나면서 나도 모르게 바닥에 앉았다.

죄인 백씨는 느긋하게 내 앞으로 걸어와 쭈그리고 앉아 고개를 한쪽으로 기울였다. 거의 직각으로 목이 기울자 뼈에서 뚜둑 소리가 났다.

"나는 사방에 귀가 있거든."

죄인 백씨가 말했다. 얼마나 가까운지 그의 숨결이 내 뺨을 타고 흘렀다.

"내 눈과 귀가 되어주는 이가 몇 집 걸러 한 명씩은 꼭 있지. 풍문으로 듣자 하니 민 종사관 딸이 이곳 노원에 와서 나에 대해 묻고 다닌다고 하던데? 나는 내 사생활을 캐고 다니는 사람을 좋아하지 않아."

"내 아버지가 실종되셨소."

내가 갈라지는 목소리로 조금은 위엄 있게 말했다.

"다들 그대가 범인이라더군."

"너는 사람들 말을 다 믿느냐?"

"그런 것은 아니지만……."

"그렇다면 서현이 스스로 목숨을 끊었다는 말도 믿겠구나. 그것은 사실이 아닌데."

"그걸 어떻게……."

"누군가 그 애를 살해했고, 마지막으로 함께 목격된 인물은 노경 심방이었다."

확신에 찬 목소리였다. 아주 강한 확신에.

"여기서 말고 밖에서 이야기합시다."

내가 바닥을 손으로 짚고 힘겹게 일어났다. 문으로 향했지만 그가 옆으로 움직여 앞을 가로막았다.

"나를 가둬둘 권리는 없소!"

"내 집에 침입할 권리가 없는 것처럼?"

"내 아버지는 6품 종사관으로서 이번 일을 절대 좌시하지 않으실 거요. 내가 어떤 취급을 받았는지 들으시면 당장 그대를 체포하고……."

죄인 백씨가 웃음을 터뜨렸다.

"아버지는 무슨 아버지……."

그가 한 걸음 다가왔고 나는 뒤로 물러났다.

"네게 무슨 아버지가 있느냐. 네 아버지는 죽었어."

그가 한 걸음 더 다가와 커다란 손으로 어깨를 세게 미는 바람에 뒤로 나동그라졌다. 머리가 탁자 모서리에 부딪히자 머리카락이 풀어지며 얼굴 위로 쏟아졌다.

"자, 네 아버지가 누구라고?"

나는 바닥에 이마를 대고 눈앞에서 터지는 별과 두려움에 맞서 눈을 꽉 감았다. 우뚝 솟은 몸 그림자 아래에서는 내 뼈가, 내 목숨이 깨지기 쉬운 것처럼 느껴졌다.

아버지는 한때 이런 약속을 했었다. 내가 어디에 있든, 멀지 않은 곳에서 네 목소리를 들을 거다.

파들파들 떨리는 손으로 호루라기를 입에 댔다. 그리고 힘차게 불었다. 전에 이것을 사용했던 때의 기억이 절박한 떨림을 타고 떠올랐다. 아버지가 밤낮없이 관헌에서 일만 했을 때, 삐걱거리는 소리밖에 들리지 않는 고요한 저택에 혼자 남은 날 보며 고모가 혀를 쯧쯧 찼을 때. 그때도 아버지를 애타게 불렀지만 그는 오지 않았었다.

하지만 지금이라면…… 아버지가 내게 돌아올까?

축축해진 눈가를 닦고 호루라기를 다시 힘껏 불자 죄인 백씨가 낚아챘다.

"돌려주시오!"

내가 악을 쓰며 일어나 달려들었다. 그의 팔을 붙잡고 살갗에 손톱을 박으며 머리 위로 높이 뜬 목걸이를 붙잡으려 했다.

"제발!"

그의 입술에 비웃음이 떠올랐다.

"제발……!"

"죄인 백씨는 들어라."

밖에서 들리는 위엄 있는 목소리에 목걸이를 붙잡은 백씨의 힘이 느슨해졌다.

"민 종사관의 여식을 데리고 있다는 것을 안다. 당장 내보내지 않으면 죗값을 치를 줄 알아."

죄인 백씨는 움직이지 않았다. 멍한 표정이 싸늘해졌다.

"흠, 나는 이미 몇 년째 죗값을 치르고 있는데."

그러더니 내 얼굴 가까이 몸을 기울이고 속삭였다.

"네 아비를 찾고 싶으냐? 그렇다면 이 수수께끼를 풀어봐. 아름다운 처녀를 빼내려면 얼마나 큰 뇌물을 바쳐야 할까?"

그의 말을 해석할 시간이 없었다. 내 몸에 가까이 붙은 손에서 호루라기를 낚아챘다.

발을 헛디디며 문을 벌컥 젖히자 가벼운 빗줄기를 맞으며 서 있는 문 촌장의 얼굴이 보였다. 그 뒤에는 눈을 휘둥그레 뜨고 입을 벌린 동생이 있었다. 후들거리는 다리로 계단을 서둘러 내려가 동생의 품에 안겼다.

"빨리도 왔다."

감사한 마음이 온몸으로 빠르게 퍼지는 걸 느끼며 쉰 목소리로 말했다.

"나도 빨리 오고 싶었어. 그런데 문 촌장님을 찾는 데 시간이 걸렸다고!"

"두 번째네."

내가 속삭였다.

"두 번이나 네 도움을 받았어."

"그러라고 동생이 있는 거지."

죄인 백씨가 고개를 숙인 채 건들거리며 나왔다. 그의 모습을 보자 그가 속삭이던 말들이 떠올랐다. 아름다운 처녀를 빼내려면 얼마나 큰 뇌물을 바쳐야 할까? 백씨는 교활하고 음험한 자였다. 나는 그가 낸 수수께끼의 답을 알지 못했다. 답이 있는지도 모르겠다. 하지만 그가 말하는 뇌물이 무엇이든 은밀한 뇌물을 바칠 만큼 재산이 많다는 사실은 알았다. 언뜻 봐도 부유하다는 티가 났다. 백씨는 남색 비단 도포에 은색 실로 수놓은 양반의 옷을 입고 있었다.

"문 촌장님."

백씨가 작은 소리로 말했다.

"이렇게 누추한 곳에 다시 와주시다니 영광입니다."

죄인 백씨가 고개를 들고 문 촌장을 노려보자 나는 매월을 더 꽉 붙잡았다.

그는 부드럽고 달콤한 목소리로 이렇게 말했다.

"노여워하지 마십시오. 제 집에 침입한 계집아이에게 가르침을 주고 있었을 뿐입니다. 이 아이 때문에 제 딸이 겁에 질렸단 말입니다."

그의 입가에 미소가 번졌다.

"딸을 보호하기 위한 행동 아닙니까. 촌장님께서도 이해하시겠지요."

침묵이 이어지는 동안 우리 위로 보슬비가 내렸다.

촌장은 분노로 일그러진 입술을 한일자로 굳게 다물었다. 소름이 끼칠 만큼 차가운 눈빛이었다. 그는 작게 한마디 내뱉었다. 이런 경멸과 혐오로 뒤섞인 말은 생전 처음 들었다.

"천한 것."

죄인 백씨가 나와 매월에게 가라고 손짓했다.

"귀찮게 하지 말고 가시게."

죄인 백씨의 집에서 나온 후에야 문 촌장은 나를 돌아보았다. 그의 시선이 내 얼굴에 머물렀다. 그제야 이마에서 피가 흘러내리고 있다는 사실을 알았다.

"혹시 저자가 네게 다른 위해도 가했느냐?"

"아닙니다, 촌장님."

"네 동생이 찾아와서 네가 죄인 백씨를 만나러 갔다고 하더구나."

촌장의 목소리에는 못마땅한 기색이 서려 있었다.

"네가 곤경에 처했다고 네 동생이 정신없이 달려와서 말하지 않았더라면 네 수사를 돕겠다고 약속한 것을 후회할 뻔했어. 그만 고모님 댁으로 돌아가는 것이 좋겠다."

"부탁입니다, 촌장님······."

"이야기는 내일 하도록 하자."

촌장이 근처에서 기다리고 있는 하인을 불렀다.

"덕팔아, 민 낭자 자매를 안전하게 댁까지 모셔다드려라."

나는 돌아서는 촌장을 바라보기만 했다. 그의 소맷자락을 붙잡을 수 있기를, 그의 신뢰를 다시 얻기를 바랐다. 간절함이 극에 달했을 때 매월이 내 손목을 붙잡더니 근처에 묶어놓은 우리 말들이 있는 곳으로 끌고 갔다. 매월은 말의 고삐를 풀고는 내게 건넸다.

"이제 가야지. 노경 심방님이 걱정하고 계실 거야."

죄인 백씨의 말이 머리를 떠나지 않았다. 누군가 그 애를 살해했고, 마지막으로 함께 목격된 인물은 노경 심방이었다.

지금 떠날 수는 없었다. 전해야 할 말이 너무 많았다.

"문 촌장님."

내가 매월의 팔을 뿌리치며 외쳤다. 그가 걸음을 멈추고 얼굴을 찌푸렸다.

"드릴 말씀이 있습니다. 오늘 일에 대해서요."

"그만."

문 촌장이 비난 서린 목소리로 말했다.

"그 문제는 내일 처리하자. 같은 말을 반복하고 싶지 않다. 너는 동생과 집으로 돌아가야 해."

내 안의 모든 것이 메마른 꽃처럼 시들었다.

"예."

내가 속삭였다.

문 촌장이 떠나고 매월과 덕팔이라는 하인, 그리고 나만 남았다.

"무슨 말을 하려고 했던 거야?"

매월이 물었다.

"아까 말했잖아."

내가 힘없이 대답했다.

"오늘 일."

"그게 다야?"

매월의 목소리에는 의심이 깔려 있었다.

"가희가 한 말…… 언니는 안 믿지? 노경 심방님이 관련되었을지도 모른다는 말 말이야."

내가 눈을 내리깔았다.

"응."

나는 목소리를 깔고 거짓말을 했다.

"나는 안 믿어."

"다행이다. 가희 말은 믿지 않는 게 좋아."

매월이 중얼거렸다.

"언니를 자기 집에 가둔 괴물의 딸이잖아. 대체 무슨 생각이었대? 이번 일로 그 인간이 다른 애들을 납치한 게 더 분명해졌어."

"아직 확실한 건 없어."

"심방님이 결백하다는 건 확실하지. 나는 그분을 알아."

나도 아버지를 안다고 생각했지.

나는 내키지 않아 힘없이 물었다.

"노경 심방이 그렇게 소중하니?"

"당연하지. 아버지가 날 떠났을 때 내게는 노경 심방님밖에 없었어. 이 나라에서 나를 두고 떠나지 않을 유일한 사람이야."

매월이 조랑말에 올라타 덧붙였다.

"심방님이 옥에 들어가면 나도 거기 있을 테니 그리 알아. 심방님 바로 옆에."

이 말은 경고였다. 만약 내가 노경 심방에게로 수사의 방향을 돌린다면 동생도 잃게 된다는 뜻이었다. 얼굴을 가리고 무너지고 싶은 심정이었다. 나는 진실을 찾기 위해 제주에 왔다. 하지만 진실을 찾는 과정에서 모든 것이 엉망이 되고 말았다.

꿈도 꾸지 않는 깊은 잠에 빠져들고 싶었지만 그날 밤 꿈은 나를 요리조리 피해 다녔다. 시간이 천천히 흐르며 정신에 피로

가 스며들어 하늘이 검은색에서 회청색으로 바뀌는 동안 감각이 마비되었다. 그러다 아침 햇살과 함께 멀리서 말발굽 소리가 들렸다. 환청이 아니라는 사실을 깨닫기까지 잠깐의 시간이 걸렸다.

바닥을 기어 나가 밖을 내다보았다. 차갑고 메마른 빈 땅은 아침 하늘에 구름이 퍼지는 빛을 따라 움직였다. 멀리서 검은 옷을 입은 사람이 말을 타고 다가왔다. 누구인지는 알 수 없었지만 오늘 나를 찾아오겠다던 문 촌장이 생각났다.

다시 바닥을 기어 제자리로 돌아간 나는 양치와 세수를 하고 거울로 내 모습을 살폈다. 이제는 피로도, 눈물도 없었다. 재빨리 숱 많은 검은 머리카락을 등 뒤로 땋아 내리고 옷을 입었다. 문고리를 잡으려는데 예법이 내 발을 붙잡았다. 혼자 몸으로는 절대 집을 나가지 말아야 한다. 고모의 말이 내 머리를 계속 두드렸다. 만약 그럴 일이 있으면 반드시 얼굴을 가리도록 해라.

나는 진달래색 비단 장옷을 꺼내 머리 위에 썼다. 얼굴을 가리기 위한 옷답게 얼굴에 그림자가 드리워졌다. 문득 내가 가져온 노리개도 눈에 띄었다. 칼집에 무늬를 새긴 은장도가 노리개의 술 부분에 달려 있었다. 이것도 예의를 갖추는 의미가 된다. 재빨리 은장도 노리개를 저고리에 달았다. 여린 꽃과 같은 모습으로 나타난다면 문 촌장이 나를 용서해줄 가능성도 커진다.

마당으로 나오니 문 촌장이 기다리고 있었다.

"잘 잤느냐."

그의 목소리는 차분하고 엄숙했다.

"어제 일어난 일에 관해 진술을 받으러 왔다. 심방은 안에 있느냐?"

"주무십니다. 제 동생도요."

잠깐의 정적이 흘렀다. 육지에서는 절대 일어나지 않을 일이었다. 결혼하지 않은 처녀는 진술 같은 것을 할 일이 없다. 하지만 다시 생각하면 행실 바른 처녀가 안전한 고모 집을 떠날 일도 없다.

"그렇다면 일단 환이 너와 단둘이 이야기를 해야겠구나. 들어가도 되겠느냐?"

"그럼요."

그를 방으로 안내했고, 문 촌장은 낮은 탁자 앞에 앉았다. 그의 존재감이 안을 꽉 채웠다. 촌장은 부적 용지와 신의 모습을 한 자그마한 조각상과 향으로 가득한 점집의 모습에 대해 언급하지는 않았다. 하지만 그가 어떤 생각을 하는지는 알 수 있었다. 배울 만큼 배운 수사관의 딸이 어쩌다 망상으로 가득한 집까지 오게 되었을까. 아버지도 한때는 이 점집을 가리켜 그렇게 말했었다.

나는 치마를 부풀리며 촌장 앞에 앉았고, 장옷을 날릴 돌풍이 부는 것처럼 턱 아래 비단 끈 두 개를 더욱 꽉 붙잡았다. 내 얼굴로 드리운 그림자에 깊숙이 숨어 촌장이 공책을 펼치고 붓과 벼루를 꺼내는 모습을 말없이 지켜보았다.

"어제 네 동생이 찾아와 네가 죄인 백씨를 만나러 갔다고 했다. 왜지?"

"그자가 두 사건에 연루되었다고 생각하기 때문입니다. 다들 그렇다고 생각해요."

"다들?"

촌장이 내 말을 받아 적으며 중얼거렸다.

"다들은 아닐 텐데. 나는 그렇게 생각하지 않거든."

"하지만…… 죄인 백씨가 현옥이를 은밀히 따라다니는 걸 보았다는 목격자들이 있습니다. 적어도 피해자 한 명과 채무 관계로 얽혀 있고요."

"네 말이 맞을지도 모르지. 하지만 이상하지 않느냐?"

촌장이 붓을 든 채로 나를 힐끗 올려다보았다.

"네가 여기 온 지 며칠밖에 되지 않았는데 벌써 용의자를 찾았다고 생각하다니. 그렇게 간단했으면 네 아버지도 하루이틀 안에 같은 결론을 내리지 않았을까? 민 종사관도 제주에서 일주일이나 수사를 하지 않았느냐. 한데 왜 백씨를 체포하지 않았을까? 심문조차 하지 않은 이유가 무엇이겠느냐?"

이 말의 무게에 어깨가 축 처졌다. 나도 그 생각을 하지 않았다면 거짓말이다. 하지만 다른 사람들의 증언도 무시하기에는 매우 설득력이 있었다.

문 촌장이 작은 소리로 말했다.

"가장 명백해 보이는 용의자가 꼭 범인인 것은 아니다."

"그 사람 말고 누가 가면을 썼을지 상상이 가지 않습니다. 두 사건 다 가면 쓴 남자를 봤다는 사람이 있었어요. 숲 사건 때도, 납치 사건 때도……."

나는 일지에 적은 이름들을 떠올리며 입술에 주먹을 댔다.

문 촌장이 점잖게 헛기침을 했다.

"어제 사건 말이다."

그가 낮게 깐 목소리로 말했다.

"네가 단순히 죄인 백씨를 만난 게 아니던데. 그자는 너희 자매가 자기 집을 침입했다고 하더구나. 그 말이 사실이냐?"

내가 손을 무릎으로 떨어뜨리자 비단 장옷이 머리에서 흘러내렸다.

"그는 저를 탁자로 밀쳤습니다."

"그래, 그렇게 보인다."

"그건 예법에 어긋나는 행위 아닙니까."

"죄인 백씨는 너를 신고하지 않기로 했다. 아무 일도 없었는데 본인이 말실수를 했다고 했어. 하지만 네가 그자를 신고하면 그자가 너를 고발한다 해도 네 죄가 성립되지는 않을 것이다. 너는 양반 계급에 속하니 말이다. 불운하게도…… 뭐, 네게는 행운이겠지만 우리 목사님은 권력을 가진 이들의 편이지. 단……."

촌장이 나를 꿰뚫듯 쳐다보며 덧붙였다.

"네 고모님께 편지를 써서 이번 사건을 알려야겠다."

"저와 하신 약속은요! 고모님께 알리지 않겠다고 약속하지 않으셨습니까!"

"네가 너무 위험해지고 있다. 나는 이런 책임을 질 수……."

"진실에 가까워졌습니다, 촌장님."

거짓말이었지만, 완전한 거짓말은 아니었다. 곧 있으면 무언가를 찾게 될 거라는 느낌이 들었다. 하지만 그 무언가가 수사에 빛을 밝혀줄지, 수사를 더 복잡하게 만들지는 나도 알지 못했다.

"진실까지 얼마 남지 않았다는 걸 뼛속 깊이 느낄 수 있습니다. 아직은 떠날 수 없어요."

촌장이 붓을 내려놓고 내 얼굴을 살폈다.

"무슨 진실 말이냐?"

"어제 죄인 백씨의 딸과 이야기를 해보았는데, 범인이⋯⋯."

나는 목소리를 낮추고 다른 사람이 없는지 두리번거렸다.

"노경 심방이라 생각한답니다. 노경 심방을 의심하고 싶지는 않지만⋯⋯ 촌장님 말씀이 맞습니다. 이런 미제 사건에 죄인 백씨는 너무 명백한 용의자입니다."

"노경 심방이라면 네 동생에게 할머니 같은 존재 아니냐?"

통증이 가슴을 욱신 찔렀다.

"맞습니다."

"그런데 노경 심방을 수사하겠다?"

촌장의 목소리에 비난하는 투는 없었다. 호기심뿐이었다.

"저는 감정이 아닌 사실을 좇습니다, 촌장님."

문 촌장이 잠시 나를 뜯어보더니 말했다.

"일어나거라. 밖에서 이야기하자."

동생이 있는 문 쪽을 힐끗 쳐다보았다. 매월은 내 목숨을 두 번이나 구했다. 그런데 나는 제주에 남게 해달라고 촌장을 설득할 미끼로 노경 심방을 이용하고 있었다. 매월이 알면 절대 나를 용서하지 않을 것이다.

밖으로 나오자 촌장이 말했다.

"어떤 점에서 노경 심방이 가장 의심스러우냐?"

"가희 말로는 노경 심방이 서현이를 마지막으로 본 사람이라고 합니다. 사실입니까?"

"그래. 그 증거도 기억한다. 내가 판관(判官) 보고서를 전부 보관해두었거든. 다음에 매화당에 있는 내 서고에 와서 너도 한번 읽어보거라."

촌장이 말을 멈추고 먼 곳을 바라보며 기억을 더듬었다.

"내 기억이 정확하다면…… 12월 23일이었지. 그날 한 처자가 서현과 노경 심방이 같이 있는 모습을 봤다고 증언했다."

그러니까 가희 말이 사실이었다.

"그 목격자가 다른 말은 하지 않았나요, 촌장님?"

문 촌장은 뒷짐을 지고 마당을 서성였다. 한참을 그러다 말했다.

"마지막으로 본 게 노경 심방과 서현이가 심하게 말다툼을 하는 모습이었다고 했다. 좀 기다리다가 싸움이 금방 끝날 성싶지 않아 점집을 나왔다고……."

잠자코 있는 동안 맥박이 세차게 뛰었다.

"둘이 무슨 일로 싸웠느냐고 물었다."

촌장이 말을 이었다.

"목격자는 조금밖에 듣지 못했다고 하더구나. 하지만 서현이가 이렇게 말하는 소리는 들었단다. '나는 이제 은숙이가 아니

야. 은숙이는 바다 건너에서, 정조가 짓밟힌 곳에서 죽었어'
라는."

은숙.

조각들이 철컥 맞춰졌고, 나는 아버지가 왜 사라진 열세 소녀
의 명단에 은숙의 이름을 썼는지 드디어 알게 되었다. 은숙이
곧 서현이었고, 서현이 곧 은숙이었다. 하지만 노경 심방과는 어
떤 사이지?

다른 기억도 떠올랐다. 노경 심방은 사라진 딸이 있다고 했
었다.

"서현이가 은숙이네요."

내가 속삭였다.

"아마도 노경 심방의 딸 같습니다."

"나도 비슷한 추측을 했지."

"그러세요?"

"가면 쓴 사내가 나타난 사건 말고는 밤이고 낮이고 아무것도
생각할 수 없는 때가 있다."

문 촌장이 머뭇거리다 말을 이었다.

"내 딸은 잠을 자지 못해. 진정시키려고 안 해본 일이 없다. 아
내가 딸을 데리고 제주에 있는 무당이란 무당은 다 찾아가봤지
만 소용이 없었지. 나는 주술을 믿지 않는단다. 하지만 침 치료
는 도움이 되기를 바랐어. 침이 악몽에 효과가 있다고 하지 않
느냐. 하지만 딸아이는 지금도 며칠씩 잠을 못 이루고 지낸다."

나는 숨을 참고 기다렸다. 이 이야기가 가면과 어떻게 연결될

지가 궁금했다.

"내 딸이 항상 이렇지는 않았어. 예전에는 자기가 납치될 것이라는 터무니없는 두려움에 시달리지 않았다고. 뭐, 아주 터무니없다고 할 수는 없지만."

"무슨 말씀이십니까, 촌장님?"

"내 딸이 납치당할 뻔한 적이 있다. 하지만 그 이야기는 하지 말자꾸나."

촌장의 얼굴을 올려다보고 싶은 마음을 억지로 참았다. 혼란스러운 와중에도 어른의 눈을 똑바로 바라봐서는 안 된다는 사실을 알았다.

"나는 딸을 위해 두 번째 집을 지었다. 연하당이라고. 딸이 회복될 거라는 희망을 품고 지었어. 그곳은 조용하고 평화롭다. 지금 정신 상태로는 세자빈 간택에 뽑힐 자격이 없겠지. 그건 내 딸이 간절히 원하는 소망인데. 그러니 이 정보는 환이 너 혼자만 알고 있을 거라 믿는다."

"그럼요, 촌장님."

내가 약속했다.

"그래, 나도 가면 쓴 사내가 과연 누구일까 자주 생각한단다. 대관절 누가 아이들을 납치하는 거란 말이냐. 노경 심방이 의심스럽고 서현이와 아는 사이일지도 모르지만, 그이에겐 납치할 동기가 없어. 그럴 힘도 없고."

지금껏 하지 못했던 생각이 있었다. 노원에 처음 흘러들었을 때 서현-은숙은 이방인이었다. 그렇다면 노원은 서현의 고향 마을이 아니었다. 노경 심방이 정말로 서현의 어머니라면 그도 다른 곳에서 왔다는 뜻 아닌가?

"노경 심방이 언제부터 노원에서 살았는지 아십니까, 촌장님?"

"일곱 해…… 여덟 해 전인가. 어느 날 갑자기 노원리에 나타났지. 신들이 자신을 이리로 불렀다면서."

겨우 7년라니……. 그 전의 50년 인생은 아무도 모른다는 말 아닌가. 과거에 범죄자, 살인자였어도 마을 사람들은 모를 것이다. 가면 쓴 사내가 누구인지는 몰라도 노경 심방이 노원으로 오기 전 알던 사이일 가능성도 있었다.

문 촌장이 내게 손짓을 했다.

"네가 가장 소망하는 것은 무엇이냐?"

나는 눈을 깜박이며 그를 올려다보았다.

"예?"

"모든 사람에게는 소중한 것이 있다. 어떤 대가를 치러서라도 가져야 하는 소망."

"제 아버지요."

내가 속삭였다.

"아버지를 다시 뵙는 것입니다."

촌장이 멈칫했다.

"만약 이 세상 사람이 아니라면?"

이번에는 눈을 깜박이지 않았다.

"그렇다면 정식으로 장례를 치러드려야지요."

그는 고개를 푹 숙이고 한숨을 내쉬었다.

"이 나라에서 너보다 헌신이 대단한 사람은 찾기 힘들겠구나."

나는 기쁘면서도 부끄러워 양쪽 귀를 붉힌 채 자세를 바꿨다.

"촌장님은요?"

촌장이 속눈썹을 깔고 이마를 찌푸렸다.

"내 딸이 납치당할 뻔했던 날, 나는 내가 가진 줄 알았던 권한이 환각이었음을 깨달았지. 다시는 그때와 같은 무력감을 느끼지 않기를 소망한다. 네가 지금 느끼고 있을 그 무력감 말이다."

촌장이 한참이나 나를 자세히 뜯어보았다.

"좋아. 일주일만 더 주마. 그때까지는 네 고모님에게 말하지 않겠다. 그 안에 사건을 해결하도록 해. 안 그러면 네 고모님에게 편지를 쓸 것이야. 그리고 네가 아버지를 찾았든 찾지 못했든 고모님이 너를 육지로 데려가려 한다면 나는 말리지 않을 것이다."

촌장이 떠난 후에도 쉽사리 안으로 들어가지 못하고 내가 해야 할 일들이 무엇인지, 그 일들을 다 처리하려면 얼마나 걸릴지 생각해보았다. 방으로 돌아온 나는 놀라서 숨을 헉 들이마셨다. 동생이 탁자 앞에 앉아 있었기 때문이다.

"여기서 뭐 하는 거야?"

"언니 기다리고 있었지."

매월이 소매에서 두루마리를 꺼내 펼치더니 누름돌로 귀퉁이

들을 고정했다.

"이것 봐."

나도 맞은편에 앉았다.

"지도잖아. 무슨 지도야?"

"어제 얘기하고 싶었는데 언니가 너무 심란해 보여서 일단 쉬게 하는 편이 낫겠다고 생각했어."

"그래."

어젯밤 잠을 설쳐서 무겁고 불쾌한 피로감이 나를 짓눌렀다.

"하고 싶은 말이 뭐야?"

"먼저 찾았어."

한숨이 나왔다.

"누가 누구를 먼저 찾아?"

"아버지."

얼굴에 찬물을 끼얹는 듯한 매월의 말에 온몸이 차가워졌다.

"장사하는 이씨 아저씨한테 복선이를 찾으라고 돈을 주셨대. 아저씨는 일주일 넘게 찾다가 다른 상인들 도움을 받아 결국에는 찾아냈어."

숨을 쉴 수 없었다. 한 마디도 놓치지 않으려고 매월의 말을 꼭꼭 귀에 담았다.

"복선이를 찾았다는 걸 아무한테도 말하지 말라고 아버지가 돈을 꽤 많이 주셨대. 객주집에서 촌장님 어디 계시는지 묻고 다닐 때 유 선비가 해준 말이야."

"잠깐만."

분명 잘못 들은 것일 테다.

"유 선비라면, 그 술꾼?"

"그래, 1년 전에 아버지가 이씨 아저씨와 속닥거리는 모습을 유 선비가 봤대. 갑자기 궁금해져 이씨 아저씨한테 같이 술 마시자고 꼬드겼대. 몇 잔 마시니 몇 가지를 털어놓더래. 복선이가 정방폭포 근처에 살고 있다는 사실 같은."

"거긴 서귀포잖아."

내가 속삭였다.

매월이 고개를 끄덕였다.

"유 선비는 별로 중요한 정보라고 생각하지 않았대. 그러다 복선이에 대해 묻고 다니는 나를 본 거야. 이 지도도 그 사람이 그려줬어."

다시 지도를 쳐다보았다. 먹으로 대충 그린 그림이지만, 우리가 가야 할 길을 상상할 수 있었다. 오름, 나무, 야생마들이 풀을 뜯어 먹는 광대한 경사지, 용암 동굴의 숨겨진 입구, 바람에 흔들리는 잔디밭…… 아버지는 이 길을 지나갔다. 나는 종이를 누르던 돌들을 단번에 치우고 지도를 말아 자리에서 일어났다.

"이제 우리 어쩌지?"

매월이 물었다.

"우리?"

"응, 우리."

"그래…… 우리는 복선이부터 찾아야지."

열하나

　나와 매월은 지도를 따라 상쾌한 공기를 가르며 말을 타고 달렸다. 매월은 휘날리는 하얀색 무복에 새빨간 허리띠 차림이었다. 얼굴은 하얀 삿갓의 그림자에 가려져 있었다. 부채는 물론 혼령을 소환하는 방울까지 들고 왔다.

　"신령님들을 불러야 할 때를 대비해서."

　매월은 말했다. 그러더니 조용한 목소리로 덧붙였다.

　"그렇긴 한데 사실은 누가 우리 앞을 가로막으면 내가 만만치 않다는 걸 보여주려고 가져왔어."

　나는 치마저고리를 입고 비단 장옷을 머리에 썼다. 온순한 여인의 모습을 보이면 비밀을 아는 사람을 만났을 때 말이 더 쉽게 나오지 않을까 하는 바람 때문이었다.

　하지만 출발 후 몇 시간 동안 단 한 사람도 만나지 못했다. 정확한 방향으로 가고 있는지 물을 사람이 없었다. 바람만 불어닥칠 뿐이었다. 끈질긴 바람은 하늘의 구름을 움직이고 풀밭을 쓸고 지나더니 더 서두르라는 듯 우리 등을 떠밀었다.

나는 펄럭거리는 지도를 움켜쥐고 현재 위치를 찾으려 했다. 주위를 둘러보았다. 어디를 봐도 다 똑같은 풍경이었다. 내 시선은 높은 오름 앞에서 멈췄다. 오래된 소형 화산 수백 개 중 하나가 지금은 잔디, 관목, 나무로 뒤덮여 있었다. 그쪽으로 말을 몰았다. "어디 가는 거야?"라는 매월의 질문을 무시하고 아버지의 기억을 쫓아 언덕을 올랐다.

너무 가까이에 있는 것을 관찰하다 보면 길을 잃는다. 아버지의 말이 생각났다.

아버지도 수사에 정신이 팔려 길을 잃은 경험이 많았다. 밤에는 별을 보고, 낮에는 해를 보고 이동해야 했다. 그러다 정말로 길을 잃었을 때는 가장 높은 지점에 올라가 더 넓은 시야로 현재 위치를 찾았다.

멀리서 주변을 살피면 집으로 돌아오는 길이 보일 것이다.

꼭대기에 오르자 언덕의 깊은 골짜기가 내려다보였다. 분화구에 잔디가 깔려 있었고 나무들은 동그라미를 그렸다. 아래에서 말들이 풀을 뜯어 먹었다. 이런 오름에서 구멍이 발견되는 경우도 있었다. 그 안으로 들어가면 거대한 용암 동굴이 나왔다. 끝없이 긴 동굴 속 깊이 신비한 호수도 숨어 있었다. 하지만 내 발밑의 세계였다. 가공의 이야기, 넘치는 상상력으로 만들어 낸 이야기일 수도 있었다. 나는 오름에서 시선을 떼고 앞을 바라보았다. 지금 내게는 눈에 보이는 세계가 중요했다. 불이 휩쓸고 바람에 할퀴어 울퉁불퉁해진 땅 너머로 푸른색이 반짝였다. 저곳이 우리의 목적지였다. 바닷가.

"아직 해변이 나오려면 멀었어."

나는 다시 한번 말을 몰았다.

"노경 심방에게는 뭐라고 했어? 지금쯤 네가 없다는 걸 알았을 거 아냐."

매월은 자기 조랑말의 갈퀴를 쓸었다.

"쪽지 남겼어. 언니랑 어디 갈 거고 늦어도 이틀 안에는 돌아온다고."

"널 걱정할 텐데……."

내가 말끝을 흐렸다.

"너는 그 사람에게 딸과도 같잖아."

"이 세상에 우리 둘밖에 없어."

"딸이 있지 않았어?"

"죽었어."

"어떻게 죽었는지 너도 알겠……."

"아니."

매월은 천천히 고개를 저었다.

"나한테 얘기 안 해주셨어. 하지만 악몽을 자주 꾸고 엄청 괴로워하면서 우시는 모습도 봤어. 가끔은 마음의 상처로 돌아가실까 걱정돼."

"마음의 상처로 죽는 사람은 없어."

내가 중얼거렸다. 노경 심방이 어떤 일로 악몽을 꾸는지 궁금했다. 슬픔일까…… 아니면 죄책감?

"언니도 들어봐야 해. 심방님 우실 때 소리."

매월이 멋쩍게 덧붙였다.

"너무 고통스러워서 나도 울 것 같은 기분이 된다니까."

눈앞에 어른거리는 죄책감을 매월에게 들킬까 두려워 시선을 다시 지도로 돌렸다. 매월이 그토록 아끼는 사람이 가장 유력한 용의자로 올라와 있었다. 언젠가는 노경 심방이 실종 사건들과 연관되어 있을지 모른다는 진실을 매월에게 말해야 했다. 지도를 더 꽉 쥐고 모든 정신력을 그림에 집중했…….

갑자기 뛰어 들어온 토끼에 내 조랑말이 겁을 먹었다.

양손으로 지도를 잡고 있던 나는 하마터면 말에서 떨어질 뻔했지만 가까스로 중심을 잡았다.

"지도 좀 그만 봐."

매월이 내 손에서 구겨진 종이를 낚아챘다. 그 버릇없는 행동에 얼굴이 달아올랐다.

"내놔."

"따라오기나 해, 언니."

매월이 자기 말을 더 빨리 몰았다.

"빨리 가는 방법을 내가 알아."

얼굴이 귀까지 빨개지는 것을 느끼며 매월을 따라 말을 몰았고 언덕 밑의 비탈길까지 따라갔다. 구불거리는 길이 멀리까지 계속 뻗어나갔지만 매월은 흔들리는 갈대밭으로 쏙 사라져버렸다.

"매월아!"

갈대밭 앞에서 기다리며 내 분노는 절정에 달했다.

"우리 길을 따라가야지."

조용하다.

한숨을 푹 쉬고 매월을 따라 들어가니 은빛으로 빛나는 갈댓잎이 내 머리 위로 솟아올랐다. 갈대밭 안은 소란스러웠다. 바람이 쓸고 지나가는 소리, 갈대가 사방으로 흔들리는 소리. 마치 파도 소리에 둘러싸인 기분이었다.

"매월아."

아까보다는 화가 가라앉아 다시 불러보았다.

"이 길은 아니잖아."

"맞아, 날 믿어!"

그 목소리를 따라가자 매월의 모습이 얼핏 보였다. 먹처럼 검은 머리카락이 휘날렸고 치마가 바람에 나부꼈다. 매월은 흑진주처럼 빛나는 눈으로 나를 돌아보았다.

"지름길이야. 반대쪽에서 길이 다시 나올 거야."

내키지 않았지만 동생을 따라 들판으로 더 깊이 말을 몰았다. 불안감이 가슴에 응어리졌다. 우리가 길을 잃더라도 언제든 되돌아갈 수 있다며 불안한 마음을 달랬지만 들판은 내 바람보다 더 길게 뻗어 있었다. 갈대밭 끝에 이르렀을 때 나는 매월에게서 지도를 낚아채 꼼꼼하게 살폈다. 우리 주위에 있는 지형지물을 더는 알아볼 수 없었다.

"그래서?"

매월에게 물었다.

"우리가 지금 어디 있는지 알아?"

동생은 어깨를 으쓱했다.

"몰라."

나는 꼿꼿하게 허리를 세웠다.

"계획이 있었잖아! 적어도 다섯 시간은 지도를 따라서 여기까지 왔어."

내가 손에 들린 지도를 흔들었다.

"길을 따라가야 했다고. 이렇게 낭비할 시간이 어디 있어!"

"정방폭포로 가는 길을 찾을 거라니까 그러네."

매월이 말했다. 아무 일 없다는 듯 침착한 목소리가 거슬렸다.

"돌아다니기만 해서는 길을 찾을 수 없어."

"나는 항상 그렇게 하는걸."

매월이 얼굴로 쏟아진 머리카락 몇 가닥을 쓸어 넘겨 귀 뒤에 꽂았다. 그러더니 다시 말을 몰았다.

"책이나 지도에 코를 박고 어떻게 수수께끼를 해결하겠다는 거야?"

"매월아, 원칙이라는 게 있어. 지도는 따라가라고 존재하는 거야."

"아니, 지도는 길을 잃었을 때 활용하는 거야. 우리가 길을 잃지는 않았잖아."

매월은 계속해서 말을 몰았고 나는 계속해서 뒤따랐다. 우리의 말싸움은 끊이지 않았다. 나는 우리가 길을 잃었다고 확신했

고, 매월은 여행 중에 길을 조금 벗어나도 아무 문제가 없다고
확신했다.

나는 고개를 저었다. 소리를 지르지 않으려고 안간힘을 써야
했다.

"우리 돌아가야 해. 네가 안 간다면 나라도……."

희미한 쉬이익 소리가 내 머릿속 모든 생각을 지워버렸다.

얼굴을 찌푸리고 매월과 눈빛을 주고받았다.

"설마……."

나는 빨리 달리라고 내 조랑말을 재촉했고, 햇살 아래 마르고
있는 줄에 걸린 오징어들을 지났다. 어느새 잔디가 모래로 변했
고, 모래는 거품을 묻혀 땅으로 밀려드는 파도가 되었다. 내가
서 있는 자리의 양쪽에는 바다에서 솟아오른 돌기둥들이 섬의
끝을 송곳니처럼 수호하고 있었다.

쏴아아!

쏴아아!

멀리 앞을 내다보았다. 청록색 물이 짙은 푸른색으로 변했고,
해녀들이 깊은 바다에서 올라오면서 휘파람 같은 소리를 냈다.
수 세대에 걸쳐 여인들에게서 여인들에게로 전해진 호흡 기법
이다. 빈곤과 굶주림의 섬, 왕이 가장 내치고 싶은 신하를 유배
보내는 이 섬에서 해녀들은 거친 물살에 굴하지 않고 맨몸으로
잠수하며 생존법을 터득했다.

저 멀리 해변에 속살이 드러나는 헐렁한 흰 수영복 차림의 해
녀 무리가 앉아 있었다. 제주 해안 마을 출신이 아닌 사람들은

그들의 그런 개방적인 옷차림에 경악하지만 나는 아니었다. 나는 미지의 깊은 바다로 뛰어드는 그들의 능력에 더 관심이 있었다.

나는 초조한 마음으로 비단 장옷을 뒤집어쓰고 조랑말에서 내려 해녀들에게 다가갔다. 한 명이라도 정방폭포로 가는 길을 알고 있기를 바랐다.

"실례합니다."

한 중년 여성 앞에 멈춰 섰다.

"정방폭포로 가는 길을 아십니까?"

철썩이는 파도 소리에 내 말을 듣지 못한 듯, 해녀는 계속해서 자신의 물구덕(해녀가 채취한 해산물을 담는 대나무 바구니-옮긴이)에 담긴 것들을 분류했다. 방금 잡은 전복, 성게, 고둥 등 미끌거리고 꿈틀거리는 해산물이 물구덕 안에 뒤엉켜 있었다. 그 옆에는 나무 지팡이가 놓여 있었다.

목소리를 한 음정 더 높였다.

"동생과 길을 잃었습니다."

"저쪽으로 쭉 가십시오."

여인은 고개도 들지 않고 남쪽을 가리켰다. 너무 바빠서 내게 시선을 줄 여유가 없는 듯했다.

"가면 바로 나와요."

내 옆에 그림자가 드리워졌다.

"아지망!"

매월의 목소리였다. 여인이 고개를 드니 각진 사각형 얼굴이 드러났다. 눈빛은 매서웠다.

"복선이라는 이름을 들어보셨소?"

아지망의 손이 멈췄다.

"그건 왜⋯⋯?"

그의 시선이 더 먼 곳에 고정되었다.

나는 뒤돌아 바람이 휘젓는 바다를 바라보았다. 누군가 수영을 하고 있었다. 속도나 물살을 가르는 힘으로 보아 처음에는 젊은 여자인 줄 알았다. 하지만 파도에서 몸을 일으키고 나온 이는 틀어 묶은 흰머리에서 물을 뚝뚝 떨어뜨리는 할머니였다.

여인이 외쳤다.

"내가 갈게, 선자 할망!"

선자 할망이 물구덕을 들고 비틀거리며 걸어왔다. 물질하는 노인은 선자 할망만이 아니었다. 여든이 넘어도 바다에 들어가는 해녀가 있다는 말을 들은 적이 있다. 바다가 몸을 다시 젊게 만든다고 했던가. 그 할머니들은 바닷속에서 고통도, 피로도 느끼지 못했다. 게다가 연륜과 경험에서 오는 지혜도 있었다. 선자 할망은 땅에서는 약한 노인으로 보일지 몰라도, 바다에서는 해녀들을 이끄는 상군일 가능성이 컸다.

이 사람이라면 우리를 도울 수 있다.

바닷가에 앉아 있던 여인이 지팡이를 들고 할망에게 다가가는 모습을 보자 의욕으로 피가 끓었다. 여인이 선자 할망에게 지팡이를 건네자, 할망은 무거운 물구덕을 여인에게 내밀었다.

그 두 사람이 우리에게 다가왔고, 선자 할망이 나를 쳐다보았다. 얼굴에는 주름살이 가득했다.

"누게꽈?"

짙은 제주 사투리라 처음에는 누구냐는 뜻의 질문을 알아듣지 못했다.

여인이 내 대답을 가로챘다.

"길을 잃었대요. 정방폭포가 어디 있냐고 묻더라고요. 복선이에 대해서도 물었어요. 우연의 일치인지."

우연의 일치라고? 눈빛을 주고받는 두 여인을 보자 당황스러웠다. 둘은 우리를 지켜보는 다른 해녀들과도 묘한 눈빛을 주고받았다. 눈빛에 의심을 담고 있었다.

"민환이라고 합니다."

나는 장옷을 내리고 민낯을 보였다. 어떻게 보일지 잘 알았다. 심해와 같은 검은 눈을 아버지에게서 물려받았으니까.

"민제우 종사관의 여식이지요."

나는 오른쪽을 힐끗 보았다.

"이쪽은 내 동생 민매월. 작년에 사라진 아버지를 찾고 있습니다."

"실종되수꽈?"

선자 할망이 물이 뚝뚝 떨어지는 머리카락을 뒤로 넘겼다.

"좋은 양반 같던디. 작년에 우리 해녀들 있는 듸로 말 타고 와 똑같이 질문 해수다. '정방폭포가 어디꽈?'라고. 복선이를 알암신지도 물었고."

나는 숨을 참았다. 숨을 내쉬면 이 순간이 안개처럼 사라질까 두려웠다. 동생이 경로를 이탈해 돌아다니다가 아버지가 걸었던 바로 그 길을 찾게 될 줄이야. 소름이 돋았다. 나는 왼쪽을 쳐다보았다. 모래밭과 나뭇가지들이 길게 뻗어 있었다. 텅 빈 곳이었지만, 아버지가 그곳에서 우리와 나란히 서 있는 모습을 상상할 수 있었다.

우리는 말을 타고 해안을 따라 가파른 경사를 올라 현무암으로 지은 집들이 있는 작은 마을에 도착했다. 내륙 깊은 곳에 있어 우레와 같은 폭포 소리는 거의 들리지 않았다. 아니, 소리 자체가 없었다. 사람들이 떠나서 버려진 마을처럼 그곳은 고요했다. 그러다 한바탕 웃음소리가 들렸다.

그 소리를 따라 달려가니 가지가 멋대로 뻗은 커다란 팽나무가 나왔다. 그 아래에는 물에 들어가지 않고 남아서 아이들을 돌보는 이들이 쉬고 있었다. 전부 남자였지만 한 명은 젊은 여자였다. 나뭇가지의 그림자가 그 여자의 어여쁜 얼굴에 문신을 새겼다. 그러다 바람이 불어 그림자가 흔들리다 사라지자 한 쌍의 눈이 드러났다. 그 눈은 자기 무릎에 놓인 아기가 아니라 우리를 지켜보고 있었다. 경계하듯이.

나는 더 가까이 말을 몰았다. 말발굽 소리가 너무 커서 모든 관심이 이쪽으로 몰렸다. 남자들이 떠드는 소리가 침묵으로 변했고, 모두 내 말에 귀를 기울이는 느낌이었다.

"복선이라는 사람을 찾고 있다."

내가 젊은 여자를 빤히 응시했다.

"혹시 도와줄 수 있겠는가?"

여자의 눈에 두려움이 짙어졌다.

"누구십니까?"

여자가 속삭이며 아기를 꼭 안고 일어났다.

"누구시냐고……."

여자가 갑자기 말을 멈추고 매월의 옷차림에 시선을 고정했다. 그의 이마 주름이 서서히 펴졌다.

"무당입니까?"

동생이 말에서 폴짝 뛰어내리더니, 벗겨질 뻔한 모자를 똑바로 썼다.

"나는 민매월이라고, 그대가 아는 노경 심방님의 바라지라네."

여자의 눈에 알겠다는 빛이 떠오르자 매월이 말을 이었다.

"이 사람은 내 언니인 환이고."

"환이?"

내 이름을 발음하는 여자의 눈썹이 위로 올라가며 낯빛이 환해졌다. 아버지와 한 번이라도 만났던 사람은 나를 보면 다 그렇게 밝아졌다. 언젠가 나를 보면 그렇게 하라고 아버지가 시키기라도 한 것처럼.

"환이, 네, 그 이름 알아요."

여자의 어깨 긴장이 풀렸다.

"민 종사관 나리의 따님들이시군요."

"그대가 복선인가?"

매월이 물었다.

"예. 두 분은 여기서 무얼 하십니까?"

온몸에 안도감과 두려움이 뒤섞여 퍼졌다.

"자네가 내게 아버지의 일지를 보내지 않았나."

나는 말에서 내려 허둥대는 손길로 말 옆에서 달랑거리는 봇짐을 뒤졌다. 불에 탄 일지를 꺼냈고, 떨림을 진정시키기 위해 그걸 손에 꼭 쥐었다.

"이것 때문에 온 것이네."

복선은 한참이나 일지를 쳐다보았다.

속이 뒤틀려 토하고 싶었다. 이 일지를 받은 순간 생겨난 궁금증 때문에 고모 집을 떠나 바다를 건넜다. 아버지는 왜 이 일지를 복선에게 주었을까? 복선은 왜 이걸 내게 보냈을까? 아버지가 복선에게 다른 것도 전하셨을까? 이 수사의 해답이라거나.

"오세요."

복선이 경계하는 남자들에게서 멀리 우리를 이끌었다. 복선은 한쪽 팔로 아기를 다시 안고는, 남는 손으로 불에 타 구멍이 뚫리고 모서리가 갈색으로 변한 일지를 들었다.

"더 일찍 보내드려야 했어요."

여전히 속삭이는 목소리였다.

"너무 오래 망설였지요. 그러다 불이 난 거예요. 저희 집은 거의 잿더미가 되었고 일지도 같이 탔어요."

"그래도……."

나는 남은 희망을 붙잡았다.

"그래도 불에 타기 전에 일지를 읽어보았겠지?"

"저는 글을 못 읽습니다."

복선의 목소리에는 진심 어린 후회가 어려 있었다.

"재가 된 일지밖에 보내드리지 못해 죄송해요."

"그래."

매월이 고개를 한쪽으로 기울이며 마침내 입을 열었다. 눈에는 호기심이 가득했다.

"우리 언니에게 일지를 바로 보내지 않은 이유가 뭐지?"

복선은 머뭇거렸다.

"그게……."

복선이 침을 꿀꺽 삼켰다.

"두려웠습니다."

나는 고개를 저었다. 내 목소리가 답답함으로 팽팽해졌다.

"왜? 아니, 애초에 아버지는 왜 자네에게 일지를 주신 건가?"

"저를 따라오세요."

복선이 작은 소리로 말했다.

"두 분께 보여드릴 것이 있습니다."

복선이 우리에게 무엇을 보여줄지 상상해보려 했지만 절벽을 기어 내려가는 동안에는 생각하기가 힘들었다. 절벽 끝에서 바람이 휘몰아쳤고, 정방폭포에서 안개 같은 뿌연 물방울이 피어올랐다. 바람이 어찌나 세게 부는지 비단 장옷이 몇 번이나 날아갈 뻔했다. 나는 장옷을 움켜쥐고 옷자락을 바람에 휘날리며 빠르게 숨을 훅훅 들이마셨다.

"처음부터 설명해드릴게요."

복선이가 앞으로 시선을 고정한 채 털어놓았다. 포대기로 단단히 싸서 등에 업은 아기를 두 팔로 받친 채.

"아가씨 아버님께서는 서현이 사건을 수사하실 때, 서현이가 죽기 이틀 전에 제가 사라졌다는 소문도 들으셨어요. 서현이와 제가 친구 사이였다는 소문도요. 그래서 사람을 시켜 저를 찾아내셨죠. 서현이가 어떻게 죽었는지 알아서 제가 도망쳤을지도 모른다고 생각하셨대요."

"정말 그랬나?"

매월이 물었다.

"아니요. 민 종사관 나리께 듣기 전까지는 서현이가 죽었는지도 몰랐는걸요. 하지만 그분은 그 이유로 저를 찾으셨던 거예요."

"그러면 왜 도망쳤지?"

복선이 뜸을 들였다.

"이건 아무한테도 안 한 얘기예요. 서현이와 종사관 나리 빼고는……."

또 잠깐 침묵이 흘렀다.

"제가 숲에서 땔감을 줍고 있을 때 가면 쓴 남자가 다가왔어요. 앞이 보이지 않을 정도로 제 뒤통수를 세게 쳤고, 정신을 차렸을 때는 손목과 발목이 묶인 후였어요. 오두막 안에 있었고요."

매월과 내가 눈빛을 주고받았다. 우리도 그 오두막에 가본 적이 있었다.

"제게 손끝 하나 대지 않았어요. 깊은 생각에 잠긴 듯 옆에 가만히 앉아만 있었죠. 나를 어디로 데려갈 거냐고 물었더니 정말 이상한 대답을 했어요."

"무슨 대답?"

매월과 내가 동시에 물었다.

"명나라로 간다고요."

내 눈썹이 아래로 푹 꺼졌다. 명나라? 그곳은 바다를 한참 건너야 나오는데.

"누구 목소리인지 알았나?"

"아니요."

"죄인 백씨는 아는가?"

"예. 하지만 그의 목소리를 들은 적은 없습니다. 몇 번 본 것이 전부지요."

"그러고 나서 어떻게 됐지?"

매월이 물었다.

"가면 쓴 남자가 한 번 오두막을 나가기는 했어요. 주변을 둘러보러 나갔던 것 같아요. 그때 종이 한 장을 두고 갔어요. 저는 손 안에 숨길 수 있게 종이를 아주 작게 뭉쳐서……."

우리가 가파르고 울퉁불퉁한 비탈길을 내려가며 낑낑댈 때마다 복선은 걸음을 멈춰야만 했다. 뒤틀린 동백나무, 뾰족한 소나무를 비롯해 온갖 나무가 사방에 빽빽해서 초록색 잎사귀 너머로는 아무것도 볼 수 없었다. 하지만 폭포가 굉음을 내며 쏟아지는 소리는 점점 커졌다.

"가면 쓴 남자가 돌아왔을 때 저는 소변을 봐야 한다고 말했어요. 그는 망설였지만 저를 풀어주고는 덤불 있는 데로 데려갔어요. 그때 도망친 거예요. 저는 당장 서현이에게 달려갔어요. 서현이는 저와 친구들에게 비밀 언니나 마찬가지였거든요. 엄마처럼 우리를 보호해줬어요. 우리 마을에 괴물이 있다고 확신해서요. 서현이는 서귀포에서는 아무도 저를 찾지 못할 거라며 여기 와서 살라고 했어요. 자기가 자란 마을에서는 안전할 거라고요. 친척들에게 '은숙'이가 보내서 왔다고 하랬어요."

"잠깐."

매월이 갑자기 우뚝 멈췄다.

"은숙이면 아버지 일지에 적혀 있던 이름 아니야?"

그건 또 언제 훔쳐본 거야?

"맞아."

두려움으로 배 속이 단단히 뭉쳤다. 내가 아는 사실을 매월도 알게 되리라는 예감이 드는 순간, 복선이 말했다.

"서현이가 은숙이에요. 노경 심방의 딸."

"뭐라고……?"

동생의 목소리가 희미해졌다. 뒤를 힐끗 보니 매월의 얼굴이 창백해지고 있었다. 나는 복선에게 물었다.

"그럼 노경 심방의 친척들과 살고 있나?"

"예. 노경 심방은 가족 전체가 몇 대째 신을 모시고 계세요. 이 동네에서 유명하시죠. 한라산 반대편의 목사 나리도 노경 심방의 이름을 들었을 정도로요."

호기심이 동했다.

"그 두 사람이 만난 적 있는가?"

"오래전에 목사 나리께서 노경 심방 댁으로 가마를 보낸 적이
있다고 했어요. 밤에 잠을 잘 못 잔다고요. 귀신들이 잠을 방해
하는 건지 몰라서."

노경 심방은 홍 목사를 알았다. 어쩐지 부자연스러운 관계였
다. 이건 나중에 알아보자. 머릿속 목소리가 속삭였다. 일단은 다시
복선에게 집중했다. 복선은 나를 아버지에게 이끌어줄 증거를
가지고 있어야 했다. 가능한 한 많은 증거를 찾아내야 했다.

"그런데 왜 굳이 기다렸다가 일지를 보냈지?"

"눈에 띄고 싶지 않았습니다. 제가 민 종사관 나리의 따님께
물건을 보내려 한다면 가면 쓴 남자가 저를 찾아내서…… 5년
전에 하려던 일을 할 것이라고 생각했어요."

무슨 말인지 점점 이해가 되면서 고개를 푹 숙였다. 복선은 5
년 동안 들킬지 모른다는 두려움 속에서 매일을 버텼다. 그리고
정말로 누군가가 눈에 불을 켜고 복선을 찾고 있었다. 죄인 백
씨. 가면 쓴 남자인지는 몰라도 죄인 백씨는 제주 지도를 가지
고 있었고, 복선을 찾기 위해 훑은 마을들에는 전부 가위표를
쳐두었다.

"그런데 아버지가 왜 그대에게 일지를 줬을까?"

매월이 짜증스럽다는 듯 같은 질문을 반복했다.

"제발요. 조금만 참으시면 다 이해하실 거예요."

복선이 우리에게 더 빨리 걸으라고 재촉했다.

"보면 알아요."

나무 수가 줄어들더니 바위투성이 해변이 나왔다. 피부에 스며드는 추위에 몸을 부르르 떨었다. 축축한 하얀 안개뿐 아니라 우리에게 그림자를 던지고 있는 절벽도 우리 몸을 싸늘하게 했다. 복선이 우리를 왜 이곳으로 데려왔는지 짐작할 수 없었다. 하지만 나와 매월은 질문을 삼키고 복선의 뒤를 따라 절벽 앞에 섰다. 높은 곳에서 콰르르 쏟아져 거대한 바위들을 때리는 물줄기가 바다와 만나는 지점에서 암청색의 깨끗한 물로 변했다.

"여기서 기다리세요."

순백색 구름처럼 하얀 얼굴을 한 복선이 돌아보면서 내 품에 아기를 건넸다. 바위를 기어오르더니 다음 바위로 폴짝 건너기를 반복하며 폭포 근처까지 다가갔고, 내가 선 위치에서는 복선의 옷 왼쪽이 물에 젖어 짙은 색으로 변하는 것밖에 보이지 않았다. 복선이 쌓여 있는 바위 더미로 손을 뻗자 좁은 틈으로 그 손이 사라졌다.

"저기다 뭘 숨겨놓은 거야."

나는 아기의 얼굴을 내려다보았다.

"아버지 일지와 어떤 관련이 있을까……."

"서현이 은숙이라고?"

매월이 공격적인 목소리로 내 말을 잘랐다.

"그렇다고 노경 심방님이 범죄자가 되지는 않아."

"뭐, 곧 알게 되지 않겠어?"

내가 턱으로 앞을 가리키며 말했다.

복선은 바위 위를 폴짝폴짝 뛰며 우리에게 다가오고 있었다. 가지고 오는 것은 아버지의 비밀 서신일까? 아니면 아버지의 행방을 알려주는 지도일까? 아니면 아버지 일지에서 나온 종이일 수도 있다. 누가 결백하고 누가 범인인지 나와 있는.

작은 상자를 든 복선은 무사히 땅에 착지했다.

"민 종사관 나리께 오두막에서 가져온 종이에 관해 말씀드렸어요. 그걸 보여드리고 멀리 가져가달라고 빌었죠. 다시는 엮이고 싶지 않았거든요. 하지만 나리께서는 거절하시고 이곳에 보관해두라고 하셨어요."

나는 복선에게 아기를 건네고 상자를 받았다. 복선의 젖은 손가락이 내 손과 스쳤다. 상자를 열고 종이를 꺼내 펼쳤다.

복선이 속삭였다.

"아가씨 아버님은 그림을 보자마자 이해하시는 것 같았어요."

매월이 내게 몸을 기울였고, 우리는 머리를 맞대고 펄럭이는 그 종이를 내려다보았다. 서로 가까이 붙은 아홉 개의 동그라미가 그려져 있었다. 구불구불한 선과 먹이 튄 자국 같은 점 등 다른 기호도 있었다.

"이상한 점은요."

복선이 말을 이었다.

"서현이를 마지막으로 봤을 때 이 그림을 보여주니 개도 의미를 이해하는 것 같더라고요. 제가 무슨 뜻이냐고 물었을 때 두 단어만 말했어요. '안개'와 '노을'이라고."

매월의 시선이 잽싸게 나를 향했다. 뭔가 알겠다는 두려움이 눈에서 반짝였다. 하지만 내가 질문하기도 전에 동생은 복선에게 관심을 돌렸다.

"왜 아버지가 이런 증거를 그대한테 맡겼지? 일지도⋯⋯. 왜 언니에게 직접 보내지 않고?"

고통의 그림자가 복선의 눈을 짙게 물들였다. 그는 우리의 관심을 다른 곳으로 돌리려 하고 있었다.

"이제 기억납니다! 민 종사관 나리께서 말씀하셨던 이름이 매월이었어요."

복선의 이마에 땀이 송골송골 맺혔다.

"그분께서 제주로 돌아오신 이유가 아가씨였군요. 종사관 나리께서 제게 이런 말씀을 하셨어요. 우리는 가장 사랑하는 사람에게 가장 깊은 상처를 남기기도 한다고⋯⋯."

주절대는 말을 더는 듣고 싶지 않았다.

"답을 자꾸 회피하는군."

내가 말했다.

"왜 우리 아버지께서 이 증거를 자네에게 맡겼는가?"

복선이 더는 우리와 눈을 마주할 수 없다는 듯 시선을 내리깔았다. 그러자 매월이 발끈했다.

"정말로 내 질문을 피하네. 모든 걸 이해하게 될 거라더니 아니잖아. 전혀 이해가 안 돼. 우리에게 뭘 숨기는 거지?"

"저, 저는 그냥 두 분께 말씀드리고 싶지 않았을 뿐이에요."

복선이 속삭였다.

"지난 시간 동안 이 순간이 올까 봐 두려웠어요. 정말 끔찍해요. 이런 말을 해야 하는 건……."

복선의 목소리가 무거웠다. 무엇인지는 몰라도 비밀의 무게로 파들파들 떨리고 있었다.

"민 종사관 나리께서 제게 증거를 남기신 이유는…… 본인이 오래 살지 못할 거라 생각하셨기 때문이에요."

천 개의 바늘이 내 가슴을 찔렀다. 그 바늘 끝이 너무나 깊어 나라는 존재의 뼈를 긁었다.

"그게 무슨……."

나는 말이 막혀 침을 꿀꺽 삼켰다.

"그게 무슨 뜻인가?"

"아가씨 아버님은 이곳에 오셨을 때 몸이 별로 안 좋아 보이셨어요."

복선이 고통스럽게 이맛살을 찌푸렸다.

"한번은 쓰러져 기절하셨어요. 두 번이나 토하셨고요. 아버님은…… 죄, 죄송합니다."

"우리 아버지께 무슨 문제가 생겼나?"

이렇게 묻는 내 목소리가 갈라졌다.

"아가씨 아버님은 독을 드셨어요."

열둘

　물기 없는 눈으로 조랑말에 똑바로 앉아 손가락 관절이 아플 정도로 고삐를 움켜쥐었다. 누구든 아버지를 해친 사람은 대가를 치르게 할 것이다. 이 맹세에 집중하니 전에는 한 번도 하지 못했던 생각들이 스멀스멀 올라왔다. 사람의 목숨을 빼앗는 방법으로 뭐가 있을까.

　칼.

　밧줄.

　절벽.

　물.

　독.

　"복선이 말 들었어? 아버지가 정말로 나 때문에 돌아오셨대."

　매월은 얼떨떨한 상태였다.

　"나 때문이라니. 심방님이 그렇게 말씀하셨을 때는 믿을 수 없었는데."

매월을 돌아보지 않았다. 그 얼굴을 차마 볼 수 없었다.

"아버지는 돌아가셨을 거야."

내 목소리가 너무나 날카로웠다.

"그런데 너는 네 생각만 하는구나."

말을 탄 매월이 더 가까이 다가와 신경질적으로 말했다.

"나는 아버지가 돌아가셨다고 생각하지 않아. 독을 먹는다고 다 죽는 건 아니라고. 돌아가셨다면 아무도 못 찾았다는 게 이상하지 않아? 길 한복판이나 방 안에서, 아무튼 눈에 띄는 곳에서 돌아가셨을 텐데. 어떻게 된 일인지 궁금하다. 우리 이제 어떻게 할까?"

우리라고?

"여기서 끝내."

"뭐? 어디서 뭘 끝내?"

"네가 수사를 돕는 것 말이야."

나는 앞에 있는 오름에서 시선을 떼지 않고 말했다.

"이제 그만뒀으면 좋겠어."

"언니가 온전한 몸으로 더 일찍 제주를 떠나려면 내 도움이 필요……."

"그만하라니까!"

사실 내가 분노한 대상은 매월이 아니었다. 하지만 끓는 용암 같은 목소리가 터져 나오는 것을 막을 수 없었다.

"너는 아버지한테 관심도 없잖아. 그러니까 관심 있는 척 좀 그만해! 아버지가 네게 잘못을 했어. 그건 나도 유감이야. 하지만 돌아가셨다고! 이제부터는 나 혼자 알아서 수사할 거야."

매월이 자기 조랑말의 방향을 홱 돌려 내 앞길을 막았다. 내 말이 뒷발을 들고 히이잉 하며 멈춰 섰다. 눈을 가늘게 뜬 매월의 귀 끝이 빨갰다.

"아니, 그건 안 돼."

매월이 속삭였다.

밉살스러운 연기가 사라지며 본색이 드러났다.

"이건 언니만의 사건이 아니야."

나는 참을 수가 없었다.

"이건 내 사건이야. 내가 시작했어. 고모님 댁에서 도망친 사람은 나야. 과거의 삶을 뒤로하고 망망대해를 건넜어. 아버지를 찾으려고 모든 걸 포기했단 말이야."

하고 싶은 말을 참으려고 이를 악물었지만 쏟아져 나오는 힘을 막을 수는 없었다.

"너는 내가 오기 전까지 아버지 찾는 데 관심도 없었잖아. 그런데 왜? 내가 수사하고 있어서 그래? 갑자기 이게 재미있어 보이니? 원래 너는 내가 가진 걸 다 빼앗는 애지."

침묵이 이어졌다. 내가 이런 생각을 하고 있는지 몰랐다. 내 안에 이런 생각이 있었다니, 비열하고 한심한 사람이 된 기분이었다.

"언니가 가진 걸 내가 다 빼앗았다고?"

충격에 빠진 듯 매월이 힘없는 목소리로 말했다. 나를 쳐다보는 시선이 너무나 따가워 고개를 돌려야만 했다.

"나는 아버지를 1년에 한두 번밖에 못 봤어. 그때도 아버지가 나를 봐줬으면 했는데 아버지는 날 쳐다보지도 않았어. 나한테 말을 걸어줬으면 했는데 아버지는 나와 말도 하지 않았어. 그런데 언니는?"

매월이 말을 멈췄다. 수치심이 내 피부를 불꽃처럼 따갑게 찔렀다.

"언니는 5년 동안 아버지의 관심을 독차지했잖아. 언니는 언제나 아버지에게 세상의 중심이었어. 나는 그저 애정의 부스러기밖에 받지 못했는데, 아버지가 정말로 나를 위해 제주에 왔다는 사실을 알고 조금 기뻐한 게 그렇게 큰 죄야?"

빗방울이 눈꺼풀에 튀었다. 나는 빗물에 젖은 눈을 깜박거렸다. 억지로 고개를 돌리려 하니 매월의 얼굴이 더 선명하게 내 앞에 나타났다. 새하얀 피부가 먹같이 검은 머리카락과 회색 하늘과 대비되어 더욱 창백해 보였다. 볼 여기저기 뿌려진 주근깨 위의 짝눈이 나를 쳐다보고 있었다. 이제야 안 사실이지만 매월의 얼굴은 내가 기억하는 열 살 때 아이처럼 동그랗거나 반짝이지 않았다. 이목구비가 다 각지고 날카로웠다. 제주의 세찬 바람과 뾰족한 돌이 동생의 뼈를 깎은 것만 같았다. 이 아이도 아버지의 딸이다. 아버지가 정말 많이 사랑했지만, 아버지에게 잘못된 취급을 받았던 딸.

나는? 시선을 거두고 고삐를 더 꽉 쥐었다. 아버지는 사라지실 때 내 생각을 하기나 했을까? 나는 맏딸이다. 동생보다 마음이 더 넓어야 한다. 하지만 아버지가 매월을 더 사랑할지도 모른다는 생각을 하니 뼈에 금이 가는 것만 같았다.

"나도 아버지 딸이야."

매월이 말했다. 고집스럽던 말투가 조금은 차분해졌다.

"잊었는지 모르겠지만 언니 동생이기도 하고."

잊었으면 좋았을걸. 우리는 아버지가 남기고 간 몇 톨의 애정을 두고 몸싸움을 벌이는 굶주린 어린아이 둘이었다. 한 사람이 베푸는 사랑에는 한도가 있기 때문이다. 하지만 매월의 말이 옳았다. 우리는 자매다. 이 수사가 끝날 때까지 밧줄의 매듭처럼 엮인 사이다.

어깨가 앞으로 축 처졌다. 땅으로 떨어져 웅크려 있고 싶었다. 이런 기분을 느낀다는 것 자체가 부끄러웠다. 어떻게 질투할 수가 있지? 매월은 어릴 때 버림받고 5년 동안 부모 없이 살았다. 어떻게 그런 애에게 감히 시기심을 느껴?

"지금도 같이 수사하고 싶어?"

내 목소리에서 분노와 힘이 다 빠진 듯했다.

매월의 눈에서 칼날이 사라졌다.

"응."

"진실을 알고 싶어? 아무리 끔찍하다 해도?"

매월이 힘차게 고개를 끄덕였다.

"가자, 그럼."

내가 중얼거렸다. 하늘에서 비가 몇 방울 더 떨어졌다. 먹구름이 모여들고 있었다.

"빗줄기가 더 굵어지면 집으로 가는 길을 못 찾을지도 모르니까 그 전에 어서 가자."

노경 심방의 집에 도착해 마구간에 말들을 묶었다. 매월은 가차 없이 불어닥친 비바람에 완전히 얻어맞은 몰골이었다. 작은 몸에 걸친 옷은 젖은 행주처럼 늘어져 있었고, 핼쑥한 얼굴의 입술은 파랬다. 나도 매월처럼 만신창이가 된 느낌이었다.

우리는 한마디 없이 비틀거리며 각자의 방으로 향했다. 하지만 매월이 안으로 들어가자마자 나는 걸음을 멈췄다. 매월은 함께 수사하고 싶다고 했고 나는 그러자고 약속했다. 하지만 내 용의자 명단에서 가장 위에 있는 이름은 숨겼다. 노경 심방.

잠시 망설이다 방향을 틀고 마루를 지나 심방의 방으로 갔다. 문 앞에 짚신이 놓여 있었다. 방 안에 있다는 뜻이었다. 요란한 빗소리에 묻히지 않도록, 주먹으로 시끄럽게 나무 문틀을 두드렸다. 오래 기다릴 필요는 없었다. 문이 열렸고, 내 모습을 본 노경 심방이 제자리에 얼어붙었다.

"돌아왔구나. 매월이는 어디 있니?"

"자기 방으로 갔어요."

그러다 거짓말을 했다.

"아픈 것 같아요."

말이 떨어지기 무섭게 노경 심방은 쿵쿵거리며 마루를 지나갔다. 보나마나 극성을 부리며 마른 옷으로 갈아입혀주겠지. 따끈한 차를 타줄지도 모르겠다. 그렇다면 시간은 충분했다.

방 안으로 조심스럽게 들어가 격자문을 닫았다. 바닥에 빗물이 뚝뚝 떨어졌지만 지금은 머뭇거릴 시간이 없었다. 철퍼덕거리는 버선으로 돌아다니며 노경 심방의 물건들을 꼼꼼히 살폈다. 하나도 빠짐없이 조사하던 중 너덜너덜한 책을 몇 권 발견했다.

　제일 위에 있는 책을 집어 들고 책장을 넘기며 세로로 쓰인 글자들을 훑었다. 다른 사람의 미래를 예견할 때 사용하는 사주책이었다. 다른 책, 또 다른 책을 집어 들고 보다 장부를 발견했다. 그 안에는 사람 이름과 그 사람이 진 빚이 쭉 적혀 있었다. 이름들을 훑던 내 시선이 멈췄다. 한 번의 붓놀림으로 지운 그 이름은 몹시도 익숙했다.

　현옥 쌀 3말 9되

　그 옆에는 이렇게 적혀 있었다.

　사망.

　뒤로 넘기니 지워진 이름은 현옥만이 아니었다. 줄을 그어 지운 여자 이름은 총 열세 개였고 그중 열두 개의 이름 옆에는 이렇게 적혀 있었다.

　실종.

아버지의 수사와 관련 있는 아이들 전부가 노경 심방의 장부
에 올라와 있었다. 노경 심방은 현옥의 가족에게만 빚을 지운
것이 아니었다. 사라진 피해자의 가족 모두가 똑같은 처지였다.

일말의 죄책감도 없이 이 가족들을 빚더미에 앉혔을 것이다.
죄책감을 느낄 이유가 어디 있겠는가? 자기 딸을 외톨이로 만든
이들의 인생을 망치는 것이니. 어머니의 한과 슬픔, 무력한 분노
만큼 무서운 것도 없었다.

나는 고개를 저었다. 다른 이름들도 적혀 있었다. 한두 명이
아니었다. 장부는 노원리에 사는 모든 사람의 이름이 담겼을 법
하게 두툼했다. 그렇다면 피해자 가족들이 이 장부에 오른 것은
우연의 일치에 불과하다. 더 확실한 증거를 찾아야 했다.

"또 뭐가 있을까?"

나는 속삭이며 주위를 둘러보았다.

몇 걸음을 옮기자 폭풍우가 몰아치는 밤하늘의 빛을 받은 장
이 보였다. 옻칠된 그 장은 노경 심방이 동전을 보관하는 곳이
었다. 성큼성큼 다가가 장에 달린 서랍들을 열었다. 안에는 옷
감, 끈, 장신구 등으로 가득했다. 그런데 가운데 서랍 하나에 유
일하게 나비 모양 놋 자물쇠가 잠겨 있었다. 열쇠가 필요했다.
노경 심방이 차는 목걸이에 열쇠가 걸려 있는 것을 본 기억이
났다. 주위를 둘러보던 나는, 다른 장 위에 놓인 묵직한 도자기
항아리를 발견했다.

항아리를 들고 잠시 머뭇거리다가 자물쇠를 내리쳤다. 무지
막지한 힘에 나무가 쩍 갈라졌다. 노경 심방에게 들키면 집에서

쫓겨날 것이다. 하지만 중요하지 않았다. 누군가가 아버지에게 독을 먹였다. 다른 것은 이제 관심 없었다.

마지막으로 온 힘을 모아 항아리를 한 번 더 내리꽂았다. 자물쇠가 텅 소리를 내며 바닥에 떨어졌다.

두근대는 심장을 느끼며 서랍 안을 들여다보았다. 동전 주머니 옆에 작은 도자기 병이 있었다. 그 안에 연보랏빛 가루가 있었다.

병을 코에 대고 냄새를 킁킁 맡았다. 아무 향도 나지 않았다. 약방에 가져가 어떤 가루인지 확인해야 옳겠지만…… 살짝 핥는다고 무슨 일 있겠어? 지금 당장 이 가루의 정체를 알고 싶었다. 잠시 주저하다 병에 손을 넣었고, 손가락 끝에 얇게 묻어 나온 가루를 내려다보았다. 가루를 조심스럽게 맛보았다. 쓴맛이 혀끝을 타고 올라왔다.

밖에서 삐걱거리는 마루 밟는 소리가 났다.

가루 일부를 옷에 달린 주머니에 털어 넣었다. 주머니가 좀 젖어 있었지만 이 정도면 괜찮다. 이 가루가 무엇인지 알려줄 사람을 찾아야 한다. 노경 심방은 왜 굳이 이걸 잠가놓고 보관했을까?

갑자기 쓴맛이 사라지며 혀가 따끔거리고 얼얼해졌다. 혀끝에 묻은 가루를 뱉었지만 너무 늦었다. 이제는 입술을 누르는 손가락도 느낄 수가 없었다. 걱정해야 마땅했지만 오히려 내 심장은 안도감으로 뛰었다. 명확한 증거를 발견했다.

별안간 비에 젖은 바람이 방 안으로 들어왔다. 돌아보니 노경 심방이 문가에서 나를 노려보고 있었다. 주름지고 허약한 모습이 살인자처럼 보이지는 않았다.

"뭐 하는 것이냐?"

노경 심방이 차가운 목소리로 속삭였다.

"답을 찾고 있어요."

혀가 마비되어 불분명하게 말했다.

"당신은 내게 너무 많은 걸 숨겼어요."

"예를 들어?"

아직은 노경 심방에게 따질 수 없었다. 죄를 확정하기 전까지는 안 된다.

"서현이가 은숙이죠. 당신 딸. 그건 왜 숨겼어요?"

"그래서 내 방에 들어왔느냐."

그가 망가진 자물쇠를 보며 천천히 말했다.

"서현이가 내 딸이라는 증거를 찾으려고?"

"당신은 마지막으로 서현이와 함께 목격된 사람이에요. 둘이 싸우고 있었죠."

노경 심방은 그런 변명은 통하지 않는다는 표정으로 내 손에 들린 주머니를 빤히 보았다.

"이 안에 일지를 숨기지 않았을까 생각했어요. 그날 무슨 얘기를 했는지 보려고요."

노경 심방의 입꼬리가 파들거렸고 눈은 빨갛게 변했다.

"그게 네 수사와 무슨 상관이지?"

"이해할 수 없기 때문입니다. 왜 서현이가 딸이라는 사실을 숨겨요?”

나는 다시 입을 문질렀다. 감각이 마비된 얼얼함이 입에서 얼굴 전체로 퍼지고 있었다.

“호, 혹시 공녀라서 부끄러웠나요? 서현이는 다, 당신 때문에 죽은 거예요?”

한 마디, 한 마디 발음하는 것이 끈끈한 진흙 늪을 지나가는 느낌이었다. 이마에 땀방울이 맺혔다.

“이, 이, 이제는 마을 사람들 탓이라며 그 사람들 인생을 망치고 있어요? 마을 사람들이 다, 당신에게 진 빚이 얼마인지 봤어요.”

“쓸데없이 넘쳐흐르는 네 상상력을 상대할 시간 따위는 없다.”

노경 심방이 방으로 들어와 나를 지나치더니 이불들을 챙겼다.

“네 동생이 열 때문에 떨고 있어. 가서 온돌에 불을 때고……. ”

“매, 맹세하는데 다, 다, 당신한테서 내 동생을 빼앗을 거예요.”

무당의 눈 가장자리가 붉어졌다.

“마음대로 하려무나. 하지만 동생을 죽이고 싶지 않거든 나중에 데려가.”

“매월이는 나, 나, 나와 있으면 안전합니다.”

“안전해?”

노경 심방의 목소리가 분노로 이글거렸다. 하지만 그것이 전부는 아니었다. 아물지 않은 상처처럼 벌어진 두려움과 비슷한 감정이었다.

“너는 처음부터 돌아오지 말았어야 해. 민환이 너 때문에 네

동생은 죽고 말 거다. 숲에서도 죽일 뻔하더니 또…… 못 믿겠
으면 가서 직접 보거라."

격앙된 목소리를 들으니 왠지 겁이 났다. 매월의 핏기 없는
입술과 후들거리던 걸음이 떠올랐다. 순간 나는 돌아가신 아버
지도, 내 주머니와 입에 든 독도, 나를 빤히 보고 있는 용의자도
다 잊어버렸다.

방을 박차고 나가 마루를 가로질렀다. 문을 열자 이불에 둘둘
말린 동생에게 시선이 꽂혔다. 매월은 한겨울에 맨몸으로 누워
있는 사람처럼 격렬하게 몸을 떨고 있었다. 옆에 쭈그리고 앉아
이마를 만지니 손바닥을 태울 듯 뜨거웠다.

"얘 왜 이래요?"

혀가 꼬인 목소리로 간신히 물었다.

"네 동생은 원래부터 약했다."

뒤에서 노경 심방이 대답했다.

"네 가족이 이 아이를 버리고 간 후로 아예 곡기를 끊었어. 제
주에는 먹을 게 없어서 죽는 이가 부지기수지만 나는 매월이가
마음의 상처로 죽지 않을까 늘 두려웠지."

"불덩어리잖아."

이번에는 이 말밖에 할 수 없었다. 이제는 입에서 몇 마디 내
뱉는 것이 고작이었다.

"시, 시로미 열매."

가족 중 누군가 아프면 어머니가 늘 구해 오셨던 약이다.

"마을에서는 찾지 못한다."

당연하다. 구하기 힘든 열매니까. 시로미 열매를 찾으려면 한라산 정상까지 올라가야 한다.

"내가 구, 구, 구해 올 수 있어요."

소매 안쪽으로 이마를 닦으며 말했다. 계속해서 땀이 얼굴을 타고 흘렀다. 열은 없었다. 그런데도 작열하는 태양 아래서 몇 시간을 여행한 사람처럼 나는 땀을 흘리고 있었다.

"그러다 길을 잃……."

노경 심방이 이맛살을 찌푸리며 나를 유심히 살폈다.

"너 어디 아프냐?"

더는 입을 움직여 말을 할 수 없었다. 얼굴 전체가 마비되었지만 정신은 멀쩡했다. 여전히 머리가 팽팽 돌아갔다. 매월의 열이 얼마나 심한 걸까? 내가 뭘 할 수 있을까?

바깥에서 웅웅대는 소리가 생각을 방해했다. 보라색 가루가 환청도 일으키는 것일까. 하지만 소리가 다시 들렸다. 뭐라 외치는 남자 목소리였지만 분명하게 들리지는 않았다. 막 일어나려는데 뜨거운 손이 내 손목에 닿았다.

아래를 보니 매월이 힘없이 나를 올려다보고 있었다.

"안개와 노을."

매월이 속삭였다.

아홉 개의 동그라미가 퍼뜩 떠올랐다. 복선은 이렇게 말했었다. 서현이는 두 단어만 말했어요. '안개'와 '노을'이라고요. 매월의 손을 꽉 쥐고 그 말이 무슨 뜻인지 아느냐고 물으려 했지만 입을 움직일 수가 없었다.

하지만 매월은 내 눈에서 질문을 읽었다. 가냘픈 목소리를 들으려고 고개를 숙이니 매월의 숨결이 뺨을 스쳤다.

"언니는 무슨 뜻인지 알아."

나는 부드럽게 매월의 손을 쥐었다. 뭐라고?

"숲 사건 이후에 언니는 의식을 차렸다 다시 기절했다 했는데……."

매월이 말을 멈추고 다시 말할 힘을 모았다.

"언니는 이 말만 반복했어. '안개와 노을, 안개와 노을'이라고."

혼란스러움이 머리를 두드렸고 땀이 더 빠르게 얼굴을 타고 흘러내렸다. 왜 그런 말을 했을까? 숲 사건을 돌이켜보려 해도 내 기억의 공백이 눈이 부실 만큼 밝아 머리가 깨질 것 같았다.

밖에서 누군가 크게 외쳤다.

"안에 계십니까?"

답을 기다리는 매월의 시선에서 벗어나고 싶어 비틀거리며 일어났다. 매월은 내가 기억해내기를 기대하고 있었다. 분명 나는 답을 알고 있었다. 다만 그 답이 머릿속 깊은 곳에 박혀 있어 가장자리를 따라 손가락으로 훑는 것 말고는 할 수 있는 게 없을 뿐이었다. 가슴이 답답하고 고통스러운 상태로, 열린 문으로 걸어갔다.

밖을 보니 하인 두 명이 질척한 땅에 가마를 조심스럽게 내려 놓고 있었다. 한 명이 가마의 나무 문을 들자 그 안의 어둠 속에서 핏빛 입술이 언뜻 보였다.

"데리고 오게."

섬뜩할 만큼 익숙한 목소리가 들려왔다.

나는 얼굴을 찌푸리고 한 걸음 뒤로 물러났다. 하지만 문을 닫을 새도 없이 하인 두 명이 마루로 올라와 나를 붙잡았다. 그들의 손가락이 살갗에 파고들었다. 가마로 끌려가는 동안 내 입은 움직이지 않았다. 어둠 속으로 밀쳐지는 동안 소리 없는 비명을 힘겹게 내질렀다.

빗방울이 가마의 지붕을 두드렸다.

책상다리를 하고 앉아 어리석은 조카딸을 찾아 천 리나 되는 바다를 건넌 보호자의 짜증 가득한 눈을 똑바로 마주했다. 고모는 한참 동안 아무 말도 하지 않았고, 나는 땀을 흘리는 것이 보라색 가루 때문인지 고모를 다시 봐서 느끼는 고역 때문인지 분간할 수 없었다. 가마가 공중에 떴다. 우리는 움직이고 있었다.

고모, 지금 떠날 수는 없어요! 이렇게 외치고 싶었지만 그럴 수 없었다. 허리를 비틀며 필사적으로 문을 팔꿈치로 밀었다. 하지만 문은 꿈쩍도 하지 않았다. 밖에서 잠겨 있었다.

"너 때문에 이게 무슨 난리냐."

고모가 얇고 차가운 목소리로 말했다.

"우리는 내일 날이 밝자마자 육지로 돌아갈 것이다. 다시는 도망치지 못하게 만들어줄 테니 그리 알도록 해."

고개를 저으며 커다래진 눈으로 고모를 보았다. 아니, 아니, 아니, 안 돼요. 고모님, 제발요! 동생이 죽어가고 있었다. 아버지는 독을 먹었다. 나도 독을 먹었고, 진실의 코앞까지 다가갔다. 제주도에 남아야 했다. 다시 육지로 갈 수는 없었다.

"나는 네 아버지가 오래전에 했어야 마땅한 일을 할 거다."

고모는 옥반지를 낀 손을 들고 관자놀이를 문질렀다.

"세자빈 간택이 끝나 혼인금지령이 풀리는 즉시, 네 남편감을 찾을 거야."

내 시선이 가마 안을 이리저리 살폈다. 지금처럼 갇힌 기분을 느낀 적은 없었다. 사방에서 벽이 조여오는 듯했다. 그때 그 느낌이 왔다. 무언가가 기어 다니는 소름 끼치는 감각. 개미가 피부 위를 기어 다니는 것만 같았다. 한 마리도 보이지 않았지만 느낄 수 있었다. 개미 수천 마리가 내 팔다리 위에서 다리를 움직이고 있었다.

"네게 청혼했던 청년은 물러났다. 네가 달아난 걸 안 게지. 목포로 돌아가면 다들 너를 헤픈 여자로 볼 거야. 그래도 너는 운이 좋지 뭐냐. 다른 신랑감이 나타났으니 말이다. 늙은 호색가지만 그런 사람이 아니면 누가 너를 거두겠니?"

고모는 가느다란 검은색 눈썹을 치켜세우며 거만하게 내 쪽을 보았다.

"민환이 너는 그와 결혼할 거다. 네 아버지와 약속한 게 있어. 만약 신변에 문제가 생기면 내가 책임지고 너를 결혼시키겠다고……."

나는 손바닥으로 뒷덜미를 찰싹 때린 후 손바닥을 쳐다보았다. 개미는 없었다. 아무것도.

고모가 미간을 찌푸렸다. 눈이 차가운 수정처럼 빛났다.

"이게 무슨……."

고모가 목소리를 낮추고 싸늘하게 말했다.

"대체 왜 그러느냐?"

하인들이 우리를 들고 울퉁불퉁한 길을 지나고 구불거리는 언덕을 올랐다 내렸다 하는 동안 가마가 옆으로 흔들거렸다. 가마가 갸우뚱거릴 때마다 내 몸도 흔들거렸고, 그 반복적인 움직임에 메스꺼움이 점점 심해졌다. 살갗을 손톱으로 벗겨내고 싶었다. 속을 게워내고 싶었다.

"개미요."

최대한 가마의 구석으로 몸을 밀착하고 나는 겨우 대답했다.

"이 안에 개, 개, 개미가 있어요. 수천 마리가."

고모는 천천히 고개를 저으며 혀를 찼다.

"민환이 네가 미쳐도 단단히 미쳤구나."

열셋

밝은 아침 햇살에 눈을 찡그렸다. 잠깐 동안 목포 집으로 돌아온 줄 알았다. 매일 아침 아버지가 관헌으로 출근할 때처럼 배웅할 준비를 했다.

하지만 햇살의 따스함은 어두운 방에서 깜박이는 촛불 속으로 사라졌다. 조금 있으니 기억이 밀려들었다. 개미로 가득했던 가마…… 나를 노려보던 고모…… 누군가가 나를 밖으로 끌어내자 안으로 쏟아지던 젖은 공기…… 혼란스러움…… 언덕이나 골짜기가 아니라 회색 마당과 위엄 있는 건물을 보고 느꼈던 당혹감…… 붉은 나무 기둥이 지붕을 받친 기와집…….

세상이 흐릿하게 변했다. 내게 목소리들이 날아왔다. 이후에는 새까만 암흑이었다.

내가 기절한 것일까?

주위를 둘러보니 넓은 방 안이었다. 빗물에 젖은 격자문이 사방을 둘러싸고 있었다. 밖에서 천둥 소리가 들렸다. 여기가 어디지? 나는 이부자리에서 자세를 바꾸다 이상한 느낌에 멈칫했다. 팔을 쓸어내리자 손가락에 길고 가늘고 차가운 물체가 걸렸다.

벌떡 일어나 보니 내 몸이 바늘로 뒤덮여 있었다.

"침입니다."

내 또래 여자가 놋쇠 대야를 들고 옆에 앉아 있었다.

"주무시는 동안 제가 치료해드렸어요. 의식이 없으실 때 마비되었다고 중얼거리셨는데, 그 증상이 완화될 것입니다."

두려움이 엄습해 여자가 말리든 말든 침을 다 뽑아버렸다.

"누구지?"

여자는 짜증을 억누르려는 듯 입술을 꾹 다물고 흩어진 침을 주워 모았다.

"저는 의녀입니다."

민간에서는 여자 의원이 드물었다. 대부분은 지역에서 양반집 부인과 딸을 치료하거나 궁에서 남자 의원이 함부로 손댈 수 없는 왕비, 공주, 후궁을 모셨다.

"어찌 된 일인가?"

"얼마나 기억하세요?"

"고모님과 가마에 앉아 있었던 것은 기억하네. 가마 안이 보이지 않는 개미들로 가득했어."

내가 설명했다.

"그러다 안뜰로 끌려 나왔지. 일어나려 했지만 열이 너무 심하고 어지러웠네. 이후는 기억이 안 나네."

의녀가 고개를 끄덕였다.

"곧바로 기절하셨어요. 아가씨를 이곳으로 데려오면서 마님께서 사색이 되셨답니다."

"여기가 어디지?"

"제주목 관헌입니다. 지금 계시는 곳은……."

의녀가 손가락을 뱅뱅 돌렸다.

"내동헌이고요. 원래는 목사 나리의 소실들이 쓰는 별채입니다. 하지만 나리께서 그들에게 따로 집을 지어주셔서, 지금 이곳은 친척분들이 제주를 방문할 때 묵는 숙소로 사용되고 있습니다."

"잠깐."

내가 속삭였다.

"목사 나리라면…… 홍 목사 말인가?"

나는 이 말을 덧붙이려다 참았다. 폭군 말이네.

"예."

생각해보니 놀랄 일은 아니었다. 고모는 홍 목사와 먼 친척 관계였다. 당연히 숙소로 노원리 객주집이 아니라 이곳 별채를 선택했겠지.

"치료는 마쳤습니다, 아가씨. 다른 도움이 필요하시면 의방에 있을 테니 불러주세요. 동쪽 안마당 하인들 방 옆에 있습니다."

"고모님은……"

인생의 골칫거리라도 되는 듯 나를 쏘아보던 그 매서운 눈초리를 기억하며 물었다.

"어디 계시지?"

"건너건너 방에 계십니다, 아가씨. 마님께서는 일찍 잠자리에 드셨어요. 내일 뵙고 함께 육지로 돌아가시면 됩니다."

그렇게나 빨리.

손바닥으로 눈을 꾹 눌렀다. 너무 피곤했다. 짙은 안개가 깔린 듯 정신이 멍하고 뿌옜다. 모든 생각은 실에 매달린 바위처럼 무겁게 축 처지고…….

물 한 방울이 내 이부자리 바로 옆 바닥에 떨어졌다. 빗물이 기와지붕에 스며든 듯했다.

"아, 이래서 이걸 가져왔는데."

의녀가 바닥에 놋쇠 대야를 내려놓았다. 빗물이 대야로 떨어져 고였다. 퐁…… 퐁, 퐁…… 퐁, 퐁, 퐁, 퐁. 비가 점점 세게 쏟아졌다. 마당을 휩쓸고 모든 건물을 무자비하게 집어삼킬 기세였다.

"지붕 수리가 아직 덜 됐어요."

비가 내린다. 고모는 잠자리에 들었다. 도망치는 나를 밖에서 붙잡을 준비를 하고 있는 사람은 아무도 없을 것이다. 내가 의녀에게 가벼운 말투로 말했다.

"치료가 끝났으면 나가도 좋네. 시간이 늦었군."

의녀는 고개를 숙이고 자리에서 일어나 방을 나가려고 뒤로 돌았다. 하지만 멈칫하더니 다시 무릎을 꿇었다.

"죄송하지만 아가씨, 혹시 도망치실 생각이라면 쉽지 않을 겁니다. 대문을 지키는 병사들에게 아가씨를 내보내지 말라는 명령이 있었어요."

나는 바닥을 손가락으로 두드리며 여기서 나갈 다른 방법을 고민했다. 나는 홍 목사가 일하는 관헌에 있다. 그는 마을의 딸들을 노리는 노경 심방의 음모에 가담했을지도 모르는 인물이다. 이미 여러 차례 노경 심방의 도움을 받은 적도 있고. 하지만 아직 추측에 불과했다. 지나친 확신은 금물이지만 한 가지는 확실했다. 홍 목사는 고모의 마음을 바꿔 나를 제주에 남게 할 수 있는 유일한 사람이다. 문제는, 어떻게 내 말을 들어달라고 설득한다?

"혹시 내 아버님 민 종사관이 관헌을 방문한 적이 있느냐?"

"네, 아가씨. 여러 번 오셨습니다."

"이유도 아느냐?"

의녀는 몸을 꼼지락거리더니 눈을 이리저리 굴렸다.

"어떤 말을 하든 나만 알고 있겠네."

내가 안심시켰다.

"저도 잘은 모릅니다, 아가씨. 하지만 민 종사관 나리는 이곳에 올 때마다 무척 혼란스럽고 답답해 보이셨어요. 다른 사람들 말을 들으니 늘 목사 나리께서 수사에 협조하지 않겠다고 하셨답니다."

홍 목사다웠다. 여자아이가 열셋이나 사라진 사건을 두고도 그들이 제 발로 가출했다고 말하는 작자. 아버지가 독을 먹었다는 사실을 알게 되면 어떻게 생각할까? 홍 목사의 반응을 보면 적어도 한 가지는 확실해진다. 다른 것은 몰라도 그가 아버지의 죽음에 관여했는지는 알 수 있다.

"자네는 의녀지."

옷에 묶인 주머니를 더듬어, 노경 심방 방에 있던 작은 병에서 몰래 챙긴 보라색 가루를 조금 꺼냈다.

"이게 무엇인지 아는가?"

의녀가 손바닥을 펼쳤고, 물에 젖어 덩어리가 된 가루를 그 위에 올려놓았다. 의녀는 나처럼 가루를 입에 넣지 않았다. 냄새를 맡더니 흠칫 놀라 손을 얼굴에서 멀찌감치 치웠다. 나도 냄새를 킁킁 맡아보았지만 아무 냄새도 나지 않았다. 몇 번 더 시도하니 진하고 오래된 냄새가 희미하게 나는 듯했다. 오래 묵은 숲 냄새 같았다.

"경포부자네요."

의녀가 속삭였다.

"그게 무엇인가?"

"독입니다."

그 말은 내 가슴을 세차게 때렸다. 의심은 확신이 되었다. 노경 심방, 지금 이 순간 매월을 치료하고 있는 사람, 동생이 가장 신뢰하는 그 사람이…… 아버지에게 독을 먹였다.

"보라색 꽃으로 만듭니다. 꽃의 모든 부분에 독이 있지만 특히 뿌리에 많이 있지요."

"어떻게 되지……? 그 독을 먹고 죽을 때의 증상이?"

"입과 혀가 따갑고 얼얼해지며 메스꺼움, 구토, 복통을 느낄 겁니다. 맥박이 불규칙적으로 변해 약해지고……."

아버지가 이 방에 있는 것처럼 눈앞에 그 모습이 생생하게 그려졌다. 나는 아버지가 숨을 거칠게 내쉬며 인상을 쓰고 비틀비틀 걷는 모습을 지켜보았다. 피부는 시체처럼 창백하고 끈적거렸고, 머리카락을 적신 땀이 얼굴로 흘러내렸다. 나는 아버지가 그렇게 숨을 거두는 모습을 바라보았다.

"이런 걸 들고 다니면 안 됩니다, 아가씨. 이렇게 적은 양이라도요."

의녀가 손바닥에 있는 소량의 보라색 가루를 향해 고개를 저으며 말했다.

"경포부자 한 알의 50분의 1로도 몇 초 만에 새가 죽어요. 10분의 1은 5분 내에 토끼를 죽이고요. 이렇게 손으로 집은 양이면 사람은 물론 늑대도 목숨을 부지하지 못합니다. 얼마나 강력한지 벌어진 상처에 이 가루가 닿으면 온몸이 마비되고, 질식하는 것 같지요."

이 독이 그렇게 강력하고 즉각적인 효과를 낸다면, 아버지는 어떻게 이것을 섭취한 상태에서 복선이 있는 곳까지 갔지? 어떻게 며칠을 들여 곶자왈까지 갔을까? 나는 독을 딱 한 번 핥고도 순식간에 힘이 다 빠졌는데.

"만약…… 만약에 사람이 소량의 경포부자를 먹으면 어떻게 되지?"

의녀의 눈썹에 그늘이 스쳤다. 무슨 생각을 하는지 알겠다. 품위 있는 규수가 왜 이런 질문을 하는지 궁금하겠지.

"아주 적은 양이면 몸이 조금 불편해지지만 이유를 알지 못할 겁니다. 그러다 점점 호흡과 감각이 이상해지겠지요. 해롭지 않아 보이는 뱀의 독을 몇 입 먹은 것과 같습니다. 그러다 결국에는 목숨을 잃게 되고요."

나는 보라색 가루를 내려다보며 노경 심방이 주름진 손으로 이 가루를 집어 아버지의 차에, 아버지의 밥상에 뿌리는 모습을 상상했다. 자기 손님을 협박해, 아버지가 객주집에서 드시는 밥에도 몰래 독을 집어넣게 했을지 모른다.

"아직도 몸이 불편하신가요?"

의녀가 물었다.

그 말을 듣고 보니 나는 빠르게 숨을 몰아쉬고 있었고, 이마에는 땀방울이 맺혀 있었다. 반짝이는 놋쇠 대야에 비친 내 모습은 겁에 질려 커다란 눈을 하고 있었고 시체처럼 창백했다. 노경 심방을 의심하는 것과 그 의심이 확신이 되는 것은 또 다른 문제였다.

진실을 알고 싶어?

동생에게 그렇게 물었던 것이 떠올랐다.

아무리 끔찍하다 해도?

매월은 단호히 고개를 끄덕였었다. 하지만 노경 심방의 진실을 이야기하면 동생은 나를 떠날 것이다. 나는 손바닥을 펼치고는 내 치마 위로 떨어지는 가루 뭉치를 지켜보았다.

"목사 나리 계신가?"

"계실 겁니다, 아가씨. 건너편 건물에서 업무를 보고 계세요."

소문이 자자한 그 목사가 몇 걸음 거리에 있다는 얘기다.

"하인을 보내 내가 뵙기를 청한다고 전해주겠는가?"

"이렇게 늦은 시간에요?"

"급한 일이네."

의녀가 반박하려다가 자신의 지위를 기억했는지 입을 다물고 일어났다. 두 손을 모으고 고개 숙여 절을 한 후 말했다.

"알겠습니다, 아가씨."

의녀가 방을 나가자 나는 다시 생각에 잠겼다. 노경 심방은 관절염으로 팔다리가 쑤시는 노인이다. 가면 쓴 살인자일 수가 없다. 하지만 목사와 연줄이 있으니…… 어쩌면 이 수수께끼의 답은 이곳에 있을지도 모른다.

마당을 서둘러 가로지르는 발소리에 자리에서 일어났다.

의녀가 방으로 들어와 허리를 푹 숙여서 표정을 볼 수가 없었다.

"아가씨, 목사 나리께서 아가씨의 청을 거절하셨습니다."

말문이 막혀 가만히 있다가 겨우 한마디 내뱉었다.

"왜?"

"모르겠습니다."

의녀가 의미심장한 눈빛을 반짝였다. 비밀을 숨기고 있는 눈이었다.

"목사 나리께서는 아가씨는 물론 실종된 그분과 관련된 사람은 모두 만나고 싶지 않으시답니다."

언제나 어른을 공경하라고 아버지에게 배웠다. 하지만 어른들이 아버지의 죽음에 대한 수사를 사사건건 방해만 할 때 어떻게 해야 하는지는 배우지 못했다.

나는 방 안을 돌아다니며 아버지의 일지 내용 전부를 되짚어 보았다. 하지만 지금의 곤경을 타파할 지혜는 찾을 수 없었다. 손톱을 깨물며 매월을 떠올렸다. 매월은 어째서인지 모든 질문의 답을 찾아냈고, 어째서인지 내가 길을 잃을 때마다 나를 발견했다. 매월이라면 어떻게 할까?

마침내 비가 그쳤고, 놋 손잡이를 붙잡고 밀자 삐걱 소리를 내며 나무 문이 열렸다. 쌀쌀한 밤공기가 나를 맞았다. 처마에 고인 빗물이 수정 구슬처럼 뚝뚝 떨어졌고, 비의 장막 너머로 외동헌이 보였다. 검은색 기와를 쓴 검은 돌담만 넘으면 옆 마당과 기와지붕 건물이었다.

매월이라면 어떻게 할까?

돌계단을 천천히 내려오며 깨달았다. 매월이라면 가장 먼저 떠오르는 기상천외한 생각을 행동으로 옮기고, 결과를 걱정하거나 계산하지 않을 것이다.

홍 목사의 집무실은 정말로 몇 걸음 거리였다. 넓은 마당에 무쇠 솥이 놓여 있었고, 오늘은 불을 켜두지 않아 높은 기둥이 받치고 있는 지붕의 윤곽만 보였다. 여러 개의 격자문이 줄 지어 있었고 안에서 등불과 촛불이 노랗게 빛났다. 홍 목사는 아직 안에 있었다.

어깨를 쫙 펴고 내 안의 두려움에게 속삭였다.

"해야만 하는 일이야."

치맛자락을 모으고 땅에 앉았다. 무릎이 진흙에 닿는 순간 나를 향해 빠르게 다가오는 발소리가 들렸다. 겁에 질린 하인이 몇 발짝 떨어진 곳을 맴돌며 눈으로 이렇게 물었다. 제가 도와드릴까요, 아가씨?

나는 빛을 뿜어내는 문에 시선을 고정하고는, 확고한 결정을 통보할 때 고모가 사용하는 목소리를 냈다.

"뵙기 전까지는 이 자리에서 꿈쩍도 하지 않을 거라고 목사 나리께 전하시게."

나는 기다렸다. 한편으로는 홍 목사가 이렇게 말하며 당장 나를 부를 것이라는 기대가 있었다. 젊은 규수가 가엽게도 바깥 진흙 바닥에 있다고? 아무렴, 당연히 이야기를 해야지. 하지만 밤의 깊은 침묵은 너무나 오래, 너무나 냉정하게 계속되었다.

접힌 다리가 아프고 습한 추위가 몸속 깊이 파고들어, 이제는 피부 위로 개미가 기어오르는 느낌 외에는 아무것도 느낄 수 없었다. 몸에 남은 독의 영향이었지만 정말 실제처럼 느껴졌다. 자그마한 다리를 느낄 수 있었다. 긁고 싶다는 욕구로 몸이 움찔거렸지만 참았다. 목사가 동헌 밖을 내다볼 경우 무릎에 두 손을 모으고 꼿꼿하게 앉아 있는 여인의 모습이기를 원했다. 절대적인 고집을 보여주자. 그렇다면 내 청을 받아들일지도 모른다.

갑자기 허깨비 개미가 뺨을 타고 내려와 옷깃 안으로 들어왔다. 눈을 질금 감고 이를 악물었다. 빌어먹을 개미들은 대체 언제 내 몸에서 떨어질 작정이지?

문득 다른 기억이 떠올라 눈을 번쩍 떴다. 이슬이 말했었다.

벌레가 없는데 아버지는 방에 벌레가 득시글거린다며 불평하셨다고. 밤새 가려움에 시달리셨다고.

물러나지 않을 거야. 관절이 부러져라 손가락을 세게 움켜쥐고 다짐했다. 물러나지 않아.

시간이 흘러 새까만 하늘이 회색으로 변하자 기다림은 더 수월해졌다. 피로 때문인지, 남아 있는 독의 효과 때문인지 몰라도 팔과 다리는 더 이상 내 것이 아니었고, 숨을 들이마시는 입 또한 내 것이 아니었다. 오래된 팽나무로 변한 기분이었다. 그래야만 한다면 며칠도 기다릴 것이다. 달리 선택할 게 없었다.

문이 스르륵 열리는 소리에 진흙 바닥에서 시선을 들었다. 남자 하인이 안에서 나왔다.

"들어오십시오. 나리께서 뵙자십니다."

일어나려 했지만 몸이 말을 듣지 않았다. 무릎이 굳어 다리가 고통스럽게 울부짖으며 펴지기를 거부했다. 하지만 용케 일어나, 긴 가옥을 둘러싼 마루로 비틀거리며 올랐다.

들어가니 홍 목사가 도자기 술병과 사발이 놓인 낮은 탁자 앞에 앉아 있었다. 독한 술 냄새가 진동하는 것으로 보아 한참 전부터 술을 마시고 있었던 듯했다. 그는 나와 눈을 마주치지 않았다.

"앉으시오."

나는 맞은편에 앉아 짓밟힌 꽃 같은 치맛자락을 주위로 펼쳤다. 마침내 배에서 만났던 그 남자와 마주 앉았다. 마을 사람들이 그렇게나 불평하던, 수년 전 우리 아버지가 존경하던 사람.

"내게 원하는 것이 무엇이오?"

홍 목사가 시선을 들며 물었다. 냉담한 가면에 금이 갔고 나는 그 아래 도사린 유령을 보았다.

"이 촛불이 꺼질 때까지 이야기를 끝내시오."

어디서부터 이야기를 시작해야 할지 몰라 망설였다. 의논하고 싶은 사안이 너무 많았다. 아버지가 독을 먹었다고, 홍 목사를 믿을 수 있는지 보고 싶어서 왔다고, 내가 상대하는 적이 누구인지 알고 싶다고. 하지만 그 대신 우리가 배에서 처음 만났던 때를 이야기했다.

"전에 여자아이들이 늘 사라진다고 말씀하셨지요. 실종이 아니라 가출이라고요. 지금도 그렇게 믿으십니까?"

"그날 배에서 본 게 낭자였군? 사내아이가 아니라 볼 빨간 소녀라."

그는 내 땋은 머리와 비단옷을 힐끗 보았다.

"민 낭자, 그대는 집에서 도망쳐 나왔소. 내가 장담하는데 다른 아이들도 낭자처럼 가족을 떠날 이유가 있었을 거요."

"열세 명이 그냥 사라지지는 않습니다, 나리. 그 아이들은 납치를 당한 겁니다."

홍 목사는 가만히 있었다. 부끄러워하지 않았고, 움직이지도 않았다.

"글쎄."

그가 부드럽게 말했다.

"내가 무슨 말을 하겠소? 우리는 서로 의견이 다른 것을."

"현옥이라는 아이는 납치범에게서 달아나려다 죽은 채로 발견되었습니다."

"산비탈에서 미끄러져 죽은 게지. 아마 정인을 찾고 있었을 거요."

"그 아이는 겨우 열네 살이었습니다."

"시골 무지렁이들에게는 도덕이라는 게 없지."

촛불이 깜박이며 점점 더 어두워졌다.

나는 여자아이들의 목숨을 신경 쓰지 않는 남자 앞에 무릎을 꿇고 앉았다. 그는 아이들에게 아무 관심도 없었다. 내가 그랬듯이. 나는 아버지를 찾으러 제주에 왔을 뿐이다. 열세 아이가 사라진 사건은 아버지를 찾는 수단에 불과했다. 하지만 이슬의 눈에서 나를 보았다. 그 눈에 담긴 슬픔은 내가 기 대장의 말을 처음 들었을 때의 감정과 같았다.

환이야, 네 아버지는 돌아오지 않으실 것 같구나.

"사랑하는 가족을 잃어본 적 있으십니까, 나리?"

홍 목사의 얼굴에 그늘이 졌지만 눈은 여전히 멍했다.

"이 나이가 되면 누구나 귀하게 여기는 사람을 잃는 법이오. 그게 인생 아니겠소."

꼭 벽에 대고 말하는 기분이었다. 나는 그의 얼굴을 똑바로 바라보았다. 눈 밑의 짙은 얼룩, 창백한 피부, 처진 입꼬리. 전부 밤에 잠을 이루지 못한다는 신호였다.

"무엇이 나리를 괴롭힙니까?"

종종 그가 노경 심방을 불러 악몽을 물리치게 해달라고 했다는 사실을 떠올리며 물었다. 그럼에도 그가 바위처럼 가만히 있자 다음 질문으로 넘어갔다.

"그 아이들이, 사라지고 죽은 이들이 나리 꿈에 나타나는 겁니까? 도와달라고 부탁하나요?"

그가 떨리는 손으로 막걸리 병에 손을 뻗어 술을 들이켜더니 중얼거렸다.

"젊은 여인이 참으로 용감하군."

"그런 말이 있지요. 잃을 것이 없는 사람이 가장 용감하다. 저는 아버지가 없습니다. 어머니도 없고요. 제게는 아무것도 없습니다, 나리."

매월이는. 그 생각이 밤하늘의 잠자리처럼 휙 나타났다. 매월이가 있잖아. 하지만 찰나의 생각은 휙 사라졌다. 매월은 내 동생이지만 가족 같은 느낌은 아니었다. 매월도 비슷할 것이다.

"뭐, 세상은 불공정하고 불공평하니까."

홍 목사가 떨리는 목소리로 말했다.

"우리가 사는 세상은 더 나은 것을 받아야 마땅한 이들에게 시련을 주고, 선한 행동을 하려는 사람들의 앞길을 장애물로 가로막지. 그러는 동안 가슴에 악을 품은 자의 길은 수월하게 뚫린다네. 악을 퇴치하려고 아무리 노력해도 변하는 것은 없소. 아무것도 변하지 않아. 그 사실을 일찍 받아들일수록 삶도 편해질 것이오."

"맞는 말씀입니다."

내가 조용히 말했다. 나는 이 유배지에서 홍 목사의 현실을 언뜻 엿보았다.

"하지만 아버지는 제가 바라는 세상이 되도록 살라고 하셨습니다. 공정하게, 공평하게."

홍 목사가 웃음기 없이 입꼬리를 올렸다.

"낭자를 보니 예전 내 모습이 떠오르는군. 나라도 사랑하는 이를 찾기 위해 모든 것을 제쳐두었을 테지. 내 삶을 포기하고 진실과 정의를 좇았을 거야."

그런데 대체 무슨 일을 겪은 겁니까? 나는 다음 말을 기다렸다.

"자신의 행동이 변화를 일으키지 못한다는 사실을 깨달은 사람에게 어떤 일이 일어나는지 아시오?"

그는 내가 가장 끔찍하게 여기는 악몽을 떠올리게 했다. 아버지를 목숨 걸고 찾으려는 모든 노력이 수포로 돌아가, 수사를 끝내지 못하고 제주를 떠나는 나. 실종된 아이들이 여전히 돌아오지 못하는 가운데 또다시 사라진 더 많은 아이들.

"아니요. 모릅니다."

"뼛속 깊이 지독한 허무감이 박힌다오. 힘이 다 빠져서 가장 밝은 불꽃조차 꺼지지. 나는 착한 사람에게 나쁜 일이 닥친다는 현실을 깨달았소. 내가 어떻게 해도 마을 사람들은 은혜를 모를 것이고, 언제나 부패가 승리할 것이오."

홍 목사는 술을 한 사발 더 따라 꿀꺽꿀꺽 마시더니 웃음을 터뜨렸다. 괴로움으로 눈이 뿌예졌다.

"언제나 승리하지."

그가 지내온 세월이 내 눈앞에 펼쳐지는 듯했다. 올바른 일을 하려고 노력했던 그 시간들이. 어쩌면 그는 왜구로부터, 말과 해산물과 곡식과 과일과 고기를 공물로 바치라는 왕의 무리한 요구로부터 마을 사람들을 지키려 했을지 모른다. 어쩌면 공명정대한 사람이 되려고 열심히 일하다 같은 편을 너무나 많이 잃었는지도 모른다. 아무리 노력해도 마을 사람들이 그에게 주먹을 흔들며 울분을 터뜨렸을지도 모른다.

나는 주머니의 끈을 풀어 탁자에 올렸다.

"제 아버지의 상태를 증언한 목격자가 있습니다. 저는 용의자가 이것을 가지고 있다는 증거를 발견했고요. 경포부자입니다. 아버지는 이 독을 드셨습니다."

홍 목사의 눈이 번뜩였다.

"용의자가 누구인가?"

나는 침을 삼켰다. 목이 텅 빈 느낌이었다. 지금 하려는 말로 목이 잘릴 수도 있었다.

"목사 나리께서 아실 필요는 없습니다. 아무 조치도 취하지 않겠다고 분명히 말씀하셨지 않습니까."

나는 그를 시험해보기로 했다. 아직 남아 있는 선한 마음이 분노로 번쩍 눈을 뜨기를, 발끈하여 반박하기를 기대했다.

"제 아버지에게도 이 세상은 공정하고 공평한 곳이 아니었습니다. 그런데 나리께서는 아무것도 하지 않겠다고요?"

주먹을 꽉 쥐고 대답을 기다렸다.

홍 목사가 무겁게 호흡하는 동안 그의 가슴이 들썩였다.

그가 손을 뻗어 손가락으로 촛불을 껐고, 어둠이 그를 삼켰다.

"물러가시오."

홍 목사가 거칠게 말했다.

"다시는 보고 싶지 않소."

* * *

홍 목사와 시간만 낭비했다. 그런 겁쟁이에게서는 얻을 답도 없었다. 마당과 별채들을 슥 훑으며 고모에게서 탈출할 방법을 궁리했다. 늦은 시간이었다. 어쩌면 보초들도 가고 없을…….

어떻게 대문까지는 갔지만 실망스럽게도 병사 두 명이 입구에 서 있었다. 최대한 침착한 태도로 앞으로 다가갔다. 떠날 권리가 있는 사람처럼 당당하게 연기했다. 하지만 대문 밖으로 한 걸음도 나가지 못하고 병사들이 창을 내려 앞을 가로막았다. 철로 만든 창끝이 횃불에 반짝였다. 이들은 내가 누구인지 알 리 없었다. 나를 본 적도 없으니.

"나는 민씨 부인의 여동생이오."

내가 말했다.

"시간이 늦어 이만 집에 돌아가야 하오."

병사 한 명이 옷 안에서 두루마리를 꺼내 펼치더니 내 얼굴을 뜯어보았다. 그는 두루마리를 다시 말더니 말했다.

"아가씨께서 탈출을 시도할 수 있다는 경고를 받았습니다. 동수야, 아가씨를 방으로 다시 모셔다드려라."

"집으로 가야 하오. 제발!"

내 애원에도 아랑곳하지 않는 다른 병사가 내동헌 별채까지 그림자처럼 따라왔다. 내 몸에 손을 댈 수는 없겠지만, 창을 잡은 그 손을 보니 도망치려 해봤자 소용없었다. 패배감이 가슴을 무겁게 짓눌렀다.

"아가씨."

계단 앞에 멈춰 선 내게 병사가 경고하는 듯한 목소리를 냈다.

나는 하는 수 없이 안으로 들어가 문을 닫고 손으로 얼굴을 문질렀다. 이제 어쩌지?

머릿속을 마구 휘젓고 다니던 생각들이 서서히 속도를 늦추며 정지했다. 누가 나를 쳐다보는지 피부가 따끔거려 집중하기가 힘들었다. 뒤를 홱 돌아보니 의녀가 눈을 크게 뜨고 있었다.

그 옆에는 매월이 책상다리를 하고 앉아 뜨거운 차를 마시고 있었다.

"아가씨 동생분이라 하셨어요."

의녀가 말했다.

"몸을 따뜻하게 데울 걸 달라고 하셔서요."

나는 매월을 유심히 살펴보았다. 입술이 푸르스름했고 머리는 축축하게 젖었다. 옷에도 젖은 자국이 있었다. 비가 삿갓과 겉옷에 스며들어 온몸이 흠뻑 젖은 듯했다.

"여기는 어떻게 왔어?"

내가 불쑥 말했다.

"이 날씨에 여기까지 어떻게 온 거냐고."

매월이 무표정하게 나를 쳐다보며 대답했다.

"그냥 말 타고 왔지."

"비를 뚫고? 비는 방금 전에야 그쳤어."

매월은 다시 말없이 차를 홀짝였다. 옆얼굴을 타고 빗방울이 또르르 흘러내렸다. 정방폭포에서 돌아왔을 때보다 더 아파 보였다. 매월이 흐르는 콧물을 소매로 닦았다.

그 순간, 아버지가 왜 매월을 위해 제주에 돌아왔는지 이해할 수 있었다. 자연스레 상상이 갔다. 아버지가 이 아이를 얼마나 소중히 여겼을지 조금이나마 짐작할 수 있었다. 매월은 자기 보호 본능 따위 없이 말썽만 부리는 고집쟁이였다. 하지만 지나칠 정도로 충성심이 강하며, 성가신 동시에 사랑스러웠다.

"매월아."

내가 쉰 목소리로 말했다.

"네가 여기 왜 있어?"

매월은 언제나처럼 작고 여린 어깨를 으쓱했다.

"언니한테 도움이 필요할 것 같아서."

열넷

　매월과 어깨를 맞대고 앉아 촛불이 깜박거리는 낮은 탁자로
허리를 굽혔다. 나는 항상 작은 일지를 들고 다녔다. 그 일지를
펼친다는 것은 내가 아는 전부를 동생에게도 알려주겠다는 뜻
이었다. 아니 뭐, 정말로 전부는 아니지만. 손끝으로 바스락거리
는 종이를 넘기자 두 사건을 이어주는 사람들의 이름이 모두 적
힌 부분이 나왔다.

　서현
　고이슬
　죄인 백씨
　노경 심방
　문 촌장
　홍 목사

복선

아버지

이름들 위를 헤매던 내 시선이 노경 심방의 이름에 멈췄다.

"누가 아버지께 독을 먹였는지 알아내야 해."

내가 말했다.

"가면 뒤에 숨은 사람이 누구인지도. 범인들은 분명 이 안에 있을 거야."

매월이 이맛살과 콧잔등을 찌푸리며 물었다.

"심방님 이름은 왜 넣었어?"

"그건 말이지."

내가 천천히 말했다.

"서현이 어머니잖아. 사라진 열세 명의 미래가 불길하다는 예언도 했고. 아, 이제는 열둘이지. 현옥이는 죽었으니까."

매월의 표정이 싸늘해졌다.

"언제부터 미래를 예견하는 게 범죄가 됐지?"

"아무리 끔찍하다고 해도 진실을 알고 싶다며."

그러면서 눈을 흘기는 매월을 똑바로 쳐다보았다. 동생이 내 진심을 꿰뚫어 볼 수 있기를 바랐다. 상처 주고 싶지 않은 내 마음을 알아주기를. 나도 노경 심방을 의심하고 싶지 않았다. 하지만 증거가 그를 가리키고 있었다.

"잘 들어, 매월아. 진실을 찾으려면 감정을 배제해야 해. 목격자와 용의자를 전혀 모르는 사람처럼 대해야 한다는 말이야."

"언니야 쉽겠지……."

매월이 기침을 하자 가슴에서 가래 끓는 소리가 났다. 고통스럽게 찡그리는 그 얼굴에 내 얼굴도 일그러졌다.

"나는 노경 심방님을 모르는 사람으로 대할 수 없어. 그분은 가족이야. 내 유일한 가족. 언니는 사람을 믿는 법을 배워야겠다. 심방님을 믿으라는 말이 아니라, 나를 믿으라는 거야. 이렇게 말하면 좀 믿어. 노경 심방님은 믿을 수 있는 분이야."

나는 탁자 아래로 손을 감추고 손가락을 세게 움켜쥐었다. 내가 아는 사실을 다 말하고 싶었지만 매월은 큰 그림을 전혀 못 보고 있었다. 어떤 말을 해도 노경 심방 편을 들 것이다.

"당연히 너를 믿지."

거짓말을 했다. 그러고는 조심스럽게 덧붙였다.

"그런데 우리는 잘해주는 사람을 좋은 사람이라고 생각하기 쉽잖아. 꼭 그렇지만은 않더라."

"아버지처럼."

매월이 쉰 목소리로 말했다.

"언니한테는 잘해줬지만 나한테는 아니었지."

매월의 말은 칼날처럼 날카로웠다. 사실이었기 때문이다.

"그래."

인정했다. 입에서 쓴맛이 났다.

"아버지처럼. 누군가를 너무 사랑하면 그 사람의 악행을 알아차리지 못할 때가 있지."

나처럼.

"하지만 완벽한 사람은 없고, 실수하면 결과를 감수해야 해. 아버지는 숲 사건으로 충분히 대가를 치르셨어……. 너를 잃었 잖니."

매월이 속눈썹을 내리깔았고 뺨에 짙은 홍조가 서서히 떠올 랐다. 한참 만에 매월이 속삭였다.

"지금 노경 심방님이 살인자라고 생각한다는 말이야?"

다음 상황을 계산하느라 머리가 바쁘게 돌아갔다. 그렇다고 말하면 노경 심방에게 충성하는 내 동생을 잃을 것이다. 매월은 노경 심방에게 전부 이를 것이 분명했다. 하지만 증거가 쌓이면 매월도 진실을 이해하리라는 희망을 품고 동생을 조금 더 붙잡 아놓는 방법도 있었다. 나는 동생을 잘 알았다. 내 말을 들을 아 이가 아니다. 스스로 결정해야 했다.

"아니."

또 거짓말을 했다.

"그냥 조심하라는 얘기야. 수사할 때는 모든 가능성을 열어두 어야 하니까."

매월이 어깨의 긴장을 풀었다.

"그럼 언니는 누가 범인이라고 생각하는데?"

내 시선이 자연스럽게 죄인 백씨의 이름에 머무르다가 더 아 래로 내려갔다.

"나는 목사가 연루되었다고 생각해."

매월이 얼굴을 찌푸렸다.

"진짜? 나는 아닌 것 같아."

"나는 그가 의심스러워. 누군가가 비밀리에 아이들을 명나라로 보내고 있잖아. 권력을 가진 사람만 그럴 수 있어."

"뻔하지 않아……?"

매월이 다시 기침을 했다.

"범인은 죄인 백씨야. 복선이를 찾고 다녔고, 현옥이가 사라지기 전날에도 현옥이를 미행했어."

"그 사람은 너무 뻔해. 나도 처음에는 의심했지만, 생각해봐. 죄인 백씨가 범인이라면 아버지가 왜 체포하지 않으셨겠어? 누군가가 죄인 백씨를 범인처럼 보이게 하려고 애쓰는 것 같아. 수사에 혼선을 주려고."

"죄인 백씨가 오름 같은 사람일지도 모르지. 땅 아래에 있는 거대한 용암 동굴을 표시하는 사람인 거야."

탁자를 손가락으로 두드리며 생각했다. 죄인 백씨가 연루되었다면 노경 심방의 명령을 받고 움직이는 건가? 나는 머릿속으로 사건의 조각들을 이리저리 움직이며 다양한 가능성을 맞춰보았다. 아니면 노경 심방이 죄인 백씨의 하수인인가? 유배 오기 전에 권력자들과 잘 알아서…….

한숨이 나왔다. 무언가가 머리를 갉아먹고 있었다. 정말 중요한 사실을 놓치고 있다는 느낌…….

내가 혀를 차며 말했다.

"이건 시간 낭비야. 증거도 없는 이야기나 지어내고……."

나는 일지를 넘겨 보며 지금까지 수집한 모든 증언을 철저히 분석했다. 하나하나 볼수록 두통은 더 심해졌다. 죽은 사람은 내게 무슨 말을 하려 했지만 나는 그저 혼란스럽기만 했다. 어지러운 생각을 헤집던 중, 매월이 아무 말 없이 있다는 사실을 알아차렸다. 고개를 드니 매월은 손가락을 꼼지락거리고 있었다.

"왜 그래?"

매월은 고개를 들지 못했다.

"저기…… 나 언니한테 하고 싶은 말이 있어. 그런데 약속부터 해줘."

"뭔데?"

"누구를 의심하든 솔직하게 말해준다고 약속해. 나한테 숨기지 말고."

매월에게 벌써 몇 번이나 거짓말을 했는지 기억도 나지 않았다.

"약속할게."

매월이 떨리는 숨을 내쉬었다.

"한숨도 못 잤어. 눈만 감으면 아버지가 보여서. 전에는 안 그랬거든. 그런데 언니 수사를 돕기 시작한 후로 계속 이래. 아버지의 혼이 내게 무슨 말을 하려고 한다는 느낌이 들어."

아버지는 네게 경고하는 거야. 나는 생각했다. 네가 가족이라고 부르는 노인네를 조심하라고.

"이 사건은 결국…… 숲 사건과 연결돼 있어."

나는 고개를 끄덕였다.

"맞아. 그래서?"

"며칠 전에 이슬이가 말했다고 했지? 아버지가 실종되기 전날에 양심을 씻으러 간다고 했다고. 잊지 않는 눈으로 매섭게 지켜보는 곳으로."

매월이 말을 이었다.

"어제 열 때문에 정신이 약간 오락가락했거든. 그러다가 아버지를 마지막으로 봤던 날, 아버지도 똑같은 표현을 썼던 게 생각났어. 아니, 나한테 한 말은 아니고. 노경 심방님께 제주에 온 이유를 말하는 걸 들었어. 양심을 씻기 위해서라고 했어. 자신이 저지른 죄를 바로잡고 우리 가족의 불화를 해결하겠다고. 나와 아버지 사이의 불화, 우리 가족 모두의 불화도. 그때는 안 믿었어. 전처럼 말뿐이라고 여겼지. 그런데 지금은 생각이 달라……. 관련이 있을까? 매섭게 지켜본다는 곳과 아버지가 사라졌을지도 모르는 곳 사이에."

탁자를 바라보았다. 하지만 다른 것도 보였다. 눈앞에서 숲이 하품을 하며 다시 깨어났고 나뭇가지들이 뻗어 나와 내 머릿속 동굴을 가득 채웠다.

숲이 나를 지켜본다.

잊지 않는 눈으로 매섭고도 고요하게.

매섭게 지켜본다는 곳, 아버지가 양심을 씻으러 가야 했던 곳은 숲의 어디를 말하는 것일까?

서현이 죽었던 현장 근처를 떠올렸다. 나와 매월은 공포 혹은 추위로 기절해 그곳 눈밭에 쓰러져 있었다고 했다. 내 기억에 존재하지 않는 장소도 있었다. 매월이 벗어나지 못하는 과거의 그 장소…….

갑작스러운 깨달음에 숨이 막혔다. 고개를 들자 매월과 눈이 마주쳤다.

"혹시 말이야……."

침묵을 깨기가 두려운 듯 매월이 조용히 입을 열었다.

"할머니 나무로 가셨을까?"

할머니 나무는 아버지가 단 한 번의 실수로 우리 가족을 파탄 낸 그곳이다. 그래, 아버지가 일지에 쓴 장소, 매서운 눈으로 지켜본다는 장소는 바로 그곳이었다.

"하지만 피 묻은 옷이 곶자왈에서 발견되었잖아."

내가 말했다. 이렇게 당연한 사실을 전에는 왜 당연하다고 생각하지 않았을까?

"곶자왈은 선흘리에 있어. 거기는…… 할머니 나무와 최소한 열 시간은 떨어져 있다고."

"일단 가서 보자."

매월이 말했다.

"언니랑 나랑."

내 안의 모든 것이 갈 준비를 마치고 앞으로 튀어 나갔지만 현실이 나를 멈춰 세웠다.

"나는 안 돼."

"왜?"

"고모님이 대문에 감시병을 세우고 나를 내보내지 말라고 명령하셨어. 몰래 나가려고 했지만 나를 알아보더라고."

내 목소리에서 힘이 빠졌다.

"막다른 길이야."

"언니."

매월이 무슨 소리냐는 말투로 이야기했다.

"막다른 길은 언니 머리에나 있는 거지. 찾고자 하면 언제든 다른 출구로 나갈 수 있어."

"언니 등이 필요해."

매월이 말했다.

내가 잘못 들었나?

"뭐라고?"

"언니 등이 필요하다고."

"나더러 손발로 땅을 짚으라고?"

"응."

우리는 어둠 속에서 내동헌 별채와 검은 기와로 덮인 돌담 사이의 마당에 서 있었다. 돌담은 내 키보다 머리 하나는 더 높았다. 매월이 무슨 생각을 하는지는 알았지만 디딤돌이 될 마음은 추호도 없었다. 서두르라고 손짓하는 매월에게 단호히 말했다.

"싫어."

"내가 키는 작지만 언니보다 힘이 세잖아. 언니를 끌어 올리려면 내가 담에 올라가야지!"

나는 고개를 저었다.

"언제든 다른 출구로 나갈 수 있다고 네 입으로 말했⋯⋯."

별채 반대쪽에서 남자들 목소리가 울려 퍼졌다.

"안 계신다!"

"아까 이 방으로 모셔다드렸는데…….'

"다른 방을 살펴봐!"

나는 얼른 땅을 짚었다. 손바닥에 닿는 젖은 흙이 까슬까슬
했다.

"빨리! 올라가!"

매월이 치맛자락을 들자 흙 묻은 짚신이 드러났다. 매월은 내
등을 밟고 힘차게 올라섰다. 내 팔꿈치가 꺾이며 매월이 넘어
졌다.

"나를 죽일 셈이야?"

매월이 호통을 쳤다.

"다시 해봐."

이번에는 땅에 팔꿈치를 고정했다. 매월이 다시 내 등에 발을
디뎠을 때 턱 하는 기와 잡는 소리가 들렸다. 이제는 짚신 한 짝
의 끝이 등을 스치는 느낌밖에 나지 않았다. 매월은 담에 매달
려 반대쪽 발을 딛고 올라가려 하고 있었다.

"서시오!"

남자 목소리가 들렸다. 쩌렁쩌렁한 외침에 매월이 놀라서 숨
을 들이마시고 두 발로 내 등을 밟았다. 갑자기 등에 무게가 실
리는 바람에 나는 대자로 뻗을 뻔했다.

"서라고 했소!"

"빨리 해."

내가 재촉했다. 두려움으로 귀가 먹먹해졌다.

"하고 있……!"

그러던 매월이 동작을 멈췄다. 움직임이 완전히 사라졌다. 무엇을 보고 그렇게 얼어붙었는지 궁금해 나는 고개를 들고 앞을 보았다. 병사 두 명이 횃불을 높이 들어 세 번째 사람을 비추었다. 고모다. 쪽 찐 머리의 비녀에서 보석들이 성난 듯 반짝였다. 고모는 비단옷을 펄럭이며 앞으로 걸어 나와 복수심으로 불타는 섭정 왕후처럼 우리를 내려다보았다.

"민매월."

고모가 지긋지긋하기 짝이 없다는 목소리로 몇 년 만에 처음으로 그 이름을 불렀다.

"네 언니에게서 내려오거라. 당장."

매월은 고모 앞에서 쪼그라든 듯 핼쑥한 얼굴로 두 손을 모으고 고개를 푹 숙였다. 고모의 날카로운 말에 매월의 온몸이 움찔했다.

"발 끌지 말고. 똑바로 걸어야지."

5년 전에도 매월은 몸을 움찔하는 반응을 보였다. 몇 년 만에 보는 고모 앞에서 왜 이렇게 상처받은 사람처럼 구는지 뒤늦게 깨달았다. 고모는 아버지의 누나였다. 남매는 노여움이라는 면에서는 서로를 아주 많이 닮았다.

"나는 네 아버지 결정에 처음부터 반대했다."

우리를 이끌고 가며 고모가 말했다.

"매월이도 육지로 데리고 왔어야지. 이런 데 두고 가서 고삐

풀린 망아지처럼 자라게 하다니. 민씨 가문의 수치 아니냐."

고모의 말에 씁쓸해졌다. 고모는 늘 우리 가문을 이야기하며 자부심을 드러냈다. 지금 임금님의 어머니이신 후덕왕대비(원경왕후 민씨를 말한다-옮긴이)와 우리가 먼 친척 관계이기 때문이다. 하지만 고모의 가문 이야기는 내 귀에 너무도 얄팍하게 들렸다. 고모는 조카딸들보다 가문의 평판, 명예를 중요하게 여기는 사람이기 때문이었다.

"너희 둘 다 네 아버지의 재산을 균등하게 물려받을 것이다."

고모가 말을 이었다.

나도 『경국대전』을 읽어 알고 있던 사실이다. 하지만 동생은 조금 놀랐는지 눈을 커다랗게 떴다. 그러나 고모가 자기를 바라보자 얼른 눈을 내리깔았다.

"민매월, 너도 재산을 물려받을 테니 그에 걸맞은 처신을 해야 할 것이다. 우리와 함께 목포로 가야 한다."

매월의 몸이 얼어붙었다. 나는 차마 입 밖으로 내지 못하는 반항의 말을 들을 수 있었다. 나는 동생을 잘 알았다. 전 재산을 포기하고라도 노경 심방 곁에 남을 아이다.

"너도 혼인을 시켜줘야겠지. 하지만 그 전에, 너 같은 시골뜨기에게 바른 행실부터 가르쳐야……."

씁쓸함은 분노로 변했고, 나는 평정심을 유지하려 혀를 깨물었다. 아버지는 독살을 당했다. 여자아이 열두 명은 아직 실종 상태고 열세 번째 아이는 죽었다. 그런데 고모는 뭐라고 떠드는 거지? 상속? 혼인? 바른 행실?

"미래의 서방님과 시부모님을 어떻게 받들어야 하는지, 아랫사람을 어떻게 대해야 하는지도 조만간 가르쳐주마. 민매월 네가 어리석게 내 말을 듣지 않는다면 흠씬 매질을……."

"아무도 내 동생 못 때려요."

내가 흥분해서 말하며 매월의 손목을 붙잡았다. 내 옆에 멈춰 선 매월은 긴장했는지 팔이 뻣뻣했다.

"저희는 고모님과 함께 가지 않을 겁니다."

걸음을 멈춘 고모는 우리에게 시선도 보내지 않았다.

"뭐?"

더없이 차분한, 더없이 냉정한 목소리였다. 내가 말을 하지 않자 고모는 병사들을 돌아보았다.

"도망치지 못하게 잘 감시하시게. 끌고 가야 한다면……."

"우리가 살아 있는 한 밤낮으로 감시를 붙여야 할걸요."

내가 목소리를 높였다. 고모에게 이런 식으로 말하는 것은 처음이었다.

"언제든 다시 떠날 방법을 찾을 테니까."

그러면서 매월의 손목을 부드럽게 당겨 함께 별채의 돌계단을 올랐다. 오늘 밤은 보는 눈이 너무 많아 도망가기 불가능했다. 하지만 내일이면 항구로…….

마지막 돌계단을 밟았을 때, 익숙한 목소리가 들렸다. 피곤하지만 강압적인 목소리였다.

"낭자는 다시 제주로 돌아오지 못할 것이오."

뒤를 돌아보았다. 그 사람이 누구인지 보는 순간, 매월의 손목을 놓쳤다. 홍 목사가 마당에 서 있었다. 얼굴 반쪽은 그림자에 가려 보이지 않았고 나머지 반쪽은 주황색 횃불에 물들어 있었다. 횃불을 든 사람은 유 선비였다. 이 사람이 왜 여기 있지? 하지만 곧 육지로 끌려가 팔려 가듯 혼인해야 하는 운명 앞에서 유 선비의 예기치 못한 등장을 궁금해할 시간은 없었다. 나는 황급히 계단을 내려가 얼빠진 병사들과 할 말을 잃은 고모를 밀치고 나아갔다.

"목사님, 도와주세요. 저는 남아야 해요."

나는 목사 앞에 이르러 애원했다. 고모가 내 말은 듣지 않더라도 권력자의 말은 들을 것이다.

"숲으로 돌아가야 합니다. 매월이와 제가 찾을 증거가 있습니다."

"낭자는 다시 제주로 돌아오지 못할 것이오."

홍 목사가 반복해서 말했다.

"그러니 제주를 영원히 떠나기 전에 할 일을 마무리하시오. 살인자를 찾기를 바란다면 그렇게 하고."

순간 나는 호흡을 멈췄다. 이렇게 쉽게 설득될 사람이 아닌데.

"단……."

그래, 조건이 없을 리 없다.

"부친의 길을 선택함으로써 죽음을 선택하고 있다는 사실을 알아두도록. 현실이 그러하니까. 옳은 길을 택한 사람은 그렇게 되는 법이지. 목숨은 부지한다 해도 소중한 사람을 잃게 될 거요."

"저는 죽지 않을 겁니다. 소중한 사람을 잃지도 않을 거고요. 제가 증명해 보이겠습니다."

"그러시게나."

홍 목사가 내 얼굴을 구석구석 살폈다. 슬픔 비슷한 감정이 그의 눈에 깔렸다.

"낭자의 부친이 부탁했을 때 진작 도와줬어야 했는데."

빠르게 땅을 밟는 발소리가 들렸고, 돌아보지 않아도 누구인지 알 수 있었다. 고모가 성난 목소리로 외쳤다.

"홍 대감! 괜히 바람 넣지……."

"보내주십시오."

홍 목사가 단호하게 말했다.

"돌아가신 형님께 갚아야 할 빚이 있습니다. 이번에 그 빚을 대신 갚지요."

고모가 분노를 표출하는 동안 드디어 유 선비를 관찰할 수 있었다. 도포는 먼지투성이가 아니라 바다처럼 파란색으로 반짝였다. 구겨진 검은색 갓도 한쪽으로 기울지 않고 머리 위에 똑바로 얹혀 있었다. 턱에는 고급스러운 구슬로 된 갓끈이 매달려 있었다. 불편한 마음에 자세를 고쳐 섰다. 돌이켜 보면 조금은 경계해야 마땅했다. 술과 도박에 찌들어 산다는 남자가 정보 수집에 그렇게 관심을 보였는데.

"저는 제 동생에게 딸들을 보살피겠다고 약속했습니다. 어찌 그 약속을 깨뜨리라는 겁니까?"

고모는 아직도 항의하고 있었다.

"이 아이들이 잘못되면 대감께서 책임지실 겁니까?"

"아무도 죽지 않소."

유 선비가 앞으로 나왔다.

"내가 책임지고 함께할 것이니."

"당신이 누구기에?

내가 하고 싶은 질문을 고모가 먼저 날카롭게 던졌다.

유 선비가 소매 안으로 손을 넣어 청동으로 만든 패를 꺼냈다. 횃불에 반짝이는 그 패를 보자 내 입에서 신음이 터져 나왔다. 마패였다. 나는 마패의 생김새를 알고 있었다. 책에서 마패가 나오는 대목을 읽고는, 한 포졸에게 그것이 어떻게 생겼는지 그려달라고 한 적이 있기 때문이다.

귀양 온 죄인이, 아니 애초에 귀양을 온 게 아니었던 사람이 마패를 거두고 고모를 내려다보자 고모의 얼굴이 잿빛으로 변했다. 고모도 그가 누구인지 깨달은 것이다.

"내 형제들은 나를 길거리 광대로 알고 있소. 그만큼 내가 다른 인생을 잘 연기한다는 뜻이지."

그가 낭랑한 목소리로 가볍게 말했다.

"하지만 전하께 나는 학자 유영배요."

어느새 매월이 내 옆으로 다가와 나처럼 얼떨떨한 얼굴로 그를 쳐다봤다.

유 어사가 말을 이었다.

"이 관헌 내에서 부정한 일이 있었다는 신고를 받고 조사하기 위해 먼 길을 왔소. 홍 목사가 자행한 잘못을 아주 상세하게 설명하는 보고서를 작성했지. 그걸 다 읽을 즈음이면 소나무와 대나무도 시들 거네."

"뭐야? 그래서 누구라는 거야?"

매월이 조용히 내게 물었다.

우리를 속였던 남자가 이 말을 듣고 매월을 내려다보았다. 수염이 움찔하며 입꼬리가 올라갔고, 눈에는 장난기가 가득했다.

"암행어사 유씨라 부르면 되네. 너무 길면 유 어사라고 불러도 좋고."

내 인생에서 가장 길었던 밤이 지났다. 첫 햇살이 방문을 뚫고 연한 주황색으로 바닥을 물들였다.

"유 어사님이 다 바꿔주실 거야."

서둘러 옷을 입으며 매월에게 말했다.

"암행어사에 관한 책을 읽은 적이 있어. 임금님이 직접 임명하시고, 지역에서 가장 높은 수령의 권한을 가진대. 그래서 홍 목사를 파면할 수 있었던 거야."

속에서 희망이 보글보글 솟아올랐다. 지금까지 내 수사는 전적으로 태만하고 부패한 수령에 막혀 있었다. 내가 수사를 다 끝내도 판결을 내릴 권한은 홍 목사밖에 가지고 있지 않았다. 하지만 이제는 유 어사가 있다.

"어사는 부당한 판결을 받은 사건을 재심할 권한도 가지고 있어."

너무 기대하는 것처럼 들리지 않게끔 노력하며 설명했다.

"홍 목사는 아이들 실종 사건을 외면했잖아. 어사님이 잘못을 바로잡을 수 있을 거야. 우리가 증거만 충분히 전해준다면. 오늘 숲까지 우리와 같이 가주지 않을까?"

매월이 답을 하지 않아 돌아보니, 초췌한 얼굴을 하고는 달팽이 같은 속도로 움직이고 있었다.

"매월아."

내가 저고리 고름을 매다 말고 동작을 멈췄다.

"숲은 다음에 가는 게 낫겠다. 너 아직 회복이 덜 됐어."

"아니야."

매월의 거친 목소리가 듣기에 고통스러웠다.

"안 가면 궁금해서 죽을 거야. 나 죽는 거 보고 싶어?"

나는 한숨을 쉬었다.

"넌 왜 꼭 그렇게 극단적으로 과장을 하니?"

"언니 속셈 알아. 몰래 빠져나가서 혼자 수사하려는 거지."

매월은 내 생각을 읽었다.

"나를 옆에 두는 게 나을걸. 나 혼자 두고 가면 내가 무슨 짓을 벌일지 언니는 몰라."

"매월아…… 우리는 한라산으로 갈 거야. 가는 데 오래 걸리고 길도 험해. 생각해봐. 네 증세가 갑자기 심해지면 어떡해. 아버지를 찾으면서 너까지 어떻게 보살피라는 거야?"

"언니는 할머니 나무까지 가는 길도 모르잖아."

반박하려고 입을 열었지만 매월의 말이 맞았다.

"길을 알려줘. 유 선비……."

내가 말을 멈추고 정정했다.

"유 어사님께 길을 찾게 도와달라고 부탁할게."

"나 두고 가면 어떻게 되는지 알아?"

매월이 고집스럽게 턱을 치켜들고 도롱이를 걸쳤다.

"몰래 따라가다 나는 죽게 될 거야. 그러니까 언니와 같이 가는 편이 더 안전해."

내키지 않았지만 이 말은 해야 했다.

"나 혼자 수사하러 가지 않겠다고 약속하면 어때? 그러면 여기 남아서 쉴래?"

매월이 나와 눈을 맞췄다.

"시간이 얼마 없다는 거 알잖아. 우리가 숲에서 증거를 찾고 있다는 소문이 퍼져 봐. 오늘 가면 찾을 수 있는 증거를 가면이 먼저 가서 숨길지 모른다고."

마음을 돌리려는 헛된 시도를 몇 번 더 한 끝에 나는 항복했다. 매월과 싸울 의지가 없었다. 매월의 말이 다 옳았기 때문이다.

"가자."

둘 다 준비를 끝내고 내가 말했다.

문을 스르륵 열고 쌀쌀한 바깥으로 나갔다. 아침 공기는 이슬에 젖어 상쾌했고 가능성의 향기가 났다. 등줄기를 타고 전율이 흘렀다. 오늘 수사의 끝을 보게 될 것인가? 아버지와 함께 집으로 돌아갈 날이 바로 오늘일까? 고요한 세상은 미동도 하지 않았다. 안뜰에 완전한 침묵이 내려앉아 무엇이 우리를 기다리고 있을지 짐작조차 할 수 없었다.

매월이 코를 훌쩍였다.

"그래도 오늘은 바람이 별로 안 부네."

근처에서 다가닥다가닥 하는 말발굽 소리가 들렸다. 우리를 한라산 숲으로 데려가줄 말 두 마리일 것이다. 더는 지체할 시간이 없었다. 매월과 앞으로 나아가던 중, 가면 쓴 남자의 기억이 머릿속을 스쳐 걸음을 멈췄다. 절대로 우리에게 무슨 일이 생겨서는 안 된다. 저고리에 손을 대고 어제 매달았던 노리개를 찾았다. 없었다.

"여기서 기다려."

나는 몸을 틀어 재빠르게 다시 돌계단을 올랐다. 문을 열고 방을 뒤지다 수납장 위에 얌전히 놓인 노리개를 발견했다. 의녀가 내 저고리에서 풀어놓았던 모양이다. 노리개 술에는 은장도가 달려 있었다. 의녀가 칼집을 뽑았더라면 칼날이 유독 날카롭다는 사실을 알아차렸을 것이다. 나는 제주로 오기 전에 숫돌에 칼을 뾰족하게 갈았었다.

은장도가 달린 노리개를 집어 들어 저고리에 단 후 다시 밖으로 나왔다. 매월은 내 옷에서 달라진 점을 전혀 모르는 듯했다. 우리는 주황색으로 물든 안뜰에서 나와 거대한 기와집을 지나고 옆 마당으로 이어진 중문을 통과했다.

대문에 도착하자 어린 마부가 조랑말 두 마리의 고삐를 붙잡고 우리를 기다리고 있었다. 한 마리는 관헌 소속이었고, 그 옆은 매월의 말이었다. 세 번째 말도 있었다. 폭풍우 치는 밤하늘

같은 회색 말에는 어젯밤 나를 간호한 젊은 의녀가 타고 있었다. 다시는 볼 일이 없다고 생각해 어제 눈여겨보지도 않았는데 여기서 우리를 기다리고 있을 줄이야. 의녀의 땋아 올린 검은 머리카락은 붉은 끈으로 묶여 있었다. 남색 의녀복 위에는 솜으로 덧대 따뜻해 보이는 앞치마가 걸쳐져 있었다.

"의녀 애라입니다. 오늘 두 분을 모시게 되었어요."

젊은 의녀가 말했다.

"유 어사 나리도 같이 가기를 원하셨지만 홍 목사의 부정을 조사하는 일로 바빠서 제게 두 분을 지켜달라고 분부하셨습니다."

퍽 실망스러웠다. 유 어사에게 물어보고 싶은 것이 많았기 때문이다. 아버지가 그의 정체를 알고 있었는지도 궁금했다.

애라가 매월 쪽을 바라봤다가 다시 내게로 시선을 돌렸다.

"정말 동생분도 함께 가기를 원하시는……."

걱정하는 말이 끝나기도 전에 매월은 말에 올라타고 앞으로 나아갔다. 답은 명백했다. 자기가 앞장설 것이라는 뜻이었다.

"나도 말리려고 해봤네."

나는 안장의 등자에 발을 넣고 말에 올라탔다.

"하지만 한번 결심하면 절대 마음을 돌리지 않는 아이야."

세 사람 다 출발했다. 나는 매월에게 가까이 다가가 걱정스러운 눈길을 보냈다. 태백산맥처럼 결의에 찬 동생은 자기가 무적이라고 생각했다. 하지만 어깨는 너무도 좁고, 팔은 너무도 가늘고, 얼굴은 피로로 초췌했다. 이 아이의 생명은 자기 자신의 고집을 이기지 못하고 꺾일 수도 있었다. 의녀와 같이 가서 다행이라고 생각하며 뒤를 돌아보았다. 나와 애라의 시선이 마주쳤다.

"이런 말씀을 드려 죄송합니다만, 어디로 가는 건가요?"

애라가 외쳤다.

"한라산 근처 숲으로 가네."

애라가 고개를 끄덕였다.

"그곳이라면 가본 적 있습니다, 아가씨. 제가 두 분께 도움이 되겠네요. 저희 의녀들이 약초를 찾으러 자주 가는 곳입니다."

"시로미 열매도?"

내가 물었다.

"예."

"그건 한라산 정상에서만 자라지?"

"안타깝지만, 그렇습니다."

심장이 철렁 내려앉았다. 매월을 위해 시로미 열매를 따고 싶었는데. 어머니라면 그렇게 했을 것이다. 하지만 지금 산 정상까지 오르기는 불가능했다.

"잠깐만 들를 예정이네."

양심의 가책을 느끼며 애라에게 장담했다.

"갔다가 동생이 쉴 수 있도록 돌아올 거야."

해안 마을을 벗어나자 우리를 에워싼 바다 냄새가 뒤를 따랐다. 짭짤한 소금 맛이 바람에 떠다녔다. 우리는 곧 바람에 흔들리는 잔디밭과 오름 안으로 들어갔고, 해가 뜨자 세상이 보랏빛으로 물들었다. 한라산의 고요한 숲 지대로 들어설 때도 아직 해가 뜨고 있었다. 말을 타고 숲으로 깊숙이 들어가는 동안 어젯밤 잎사귀에 고인 빗방울이 매월의 도롱이에 일정한 박자로 톡톡 소리를 내며 떨어졌다. 구불구불한 길은 경사가 급해졌고, 나무들 사이로 아침 햇살이 반짝거렸다. 우리를 둘러싼 녹색 나무들은 졸졸 흐르는 개울에 거울처럼 반사되었다. 그렇게 이어지던 길은 파란색, 자주색, 보라색으로 만개한 야생화 밭으로 뛰어들었다.

매월은 제주목을 떠난 후로 한마디도 하지 않고 기침만 했다. 기침이 얼마나 심한지 목적지에 도달하기 전에 내장까지 토하겠다고 내가 말할 정도였다. 계속되던 매월의 기침이 갑자기 멎었다. 숨을 참는 듯했다.

앞에서 다가오는 나뭇가지를 피해 고개를 숙이며 내가 물었다.

"왜 그래?"

매월이 우리를 돌아보았다. 그 모습이 내 가슴을 세차게 때렸다. 매월의 얼굴은 땀범벅에 핏기 하나 없이 창백했다. 온몸에 피가 한 방울도 남지 않은 것만 같았다. 이곳에 같이 오는 게 아니었다. 더욱더 최선을 다해 설득했어야 했다.

"여기야."

매월이 속삭이고는 앞으로 말을 몰아 수풀 속으로 사라졌다.

우리처럼 목소리를 낮춘 애라 의녀의 말소리가 뒤에서 들렸다.

"셋이 떨어지지 말아야……."

나는 매월의 자취를 따라 나무와 커다란 바위 사이를 요리조리 지나며 말을 더 빨리 몰았고, 마침내 할머니 나무를 발견했다. 오래된 나무껍질은 사마귀 같은 버섯들로 뒤덮이고, 몸통은 뒤틀려 할머니의 허리처럼 굽어 있었다. 매월은 벌써 말에서 내려 나무 앞에 서 있었다. 매월의 손에 이리저리 나무껍질이 쓸리는 소리가 들렸다.

"이 자리였어."

매월이 속삭였다.

"여기서 그 일이 일어난 거야."

아버지가 벌을 준다고 매월을 버리고 갔던 곳. 물론 잠깐만 그러려고 했을 뿐이다. 다시 돌아올 생각이었다. 하지만 모든 것이 어긋나고 말았다.

여전히 나무껍질에 손을 얹고 있던 매월이 얼어붙었다.

"이게 뭐지?"

귀에 심장 뛰는 소리가 쿵쿵 울렸다. 말에서 내려 매월이 서 있는 나무로 서둘러 갔다가 멈춰 서고 말았다. 나무껍질에 십자 표시가 있었다. 아래의 나무 몸통에 깊은 틈이 있었고, 그 안에 접힌 종이가 들어 있었다.

"꺼내봐."

내가 속삭였다.

매월은 멍한 눈을 한 채 움직이지 않았다. 내가 찌릿찌릿 전기가 오르는 손을 뻗어 종이를 꺼냈다. 비를 맞은 후 작열하는 태양에 물기가 말랐는지 그 종이는 뻣뻣했다. 조심스럽게 한 귀퉁이씩 펼치니 갈색을 띤 먹으로 쓰인 글자들이 슬며시 모습을 드러냈다. 마침내 종이가 완전히 펼쳐졌다. 종이에 쓰인 글자들을 가만히 내려다보았다. 붓이 아니라 그보다 섬세하지 않은 도구로 쓰여 있었다. 손가락 같았다. 그리고 먹이 아니라 말라붙은 피였다.

나는 너희 둘 다 사랑했단다.
처음부터 그랬어.
너희가 태어나기 전부터.
부디 서로를 아껴다오.

열다섯

숲은 조금 전과 똑같았지만 느낌이 달라졌다. 공기의 색깔이, 냄새가 바뀌었다. 떨리는 손으로 아버지의 편지를 움켜쥐었다. 혈서를 쓰는 사람은 상황이 절박한 사람, 죽음을 앞둔 사람뿐이다.

아버지는 이 세상에 없다. 영원히 떠났다. 아무리 오랜 시간 먼 곳까지 찾아다녀도 아버지의 목소리를 다시는 들을 수 없다.

"아버지 필체야. 확실해."

목이 메어 겨우 말을 뱉었다.

"아버지는 이제 돌아오시지 않아."

매월은 아직도 할머니 나무 옆에 서 있었다. 새하얀 얼굴이 더 하얗게 질린 채. 표정은 멍했다.

"설마 나는……."

매월의 목소리는 침묵에 빠지기 직전처럼 희미했다.

"돌아가셨을 줄은 몰랐어."

나는 손을 떨지 않으려고 애쓰며 종이를 접었다.

"정말 그렇게 믿었니?"

내가 째지는 목소리로 말했다. 너무 높고, 크고, 갈라진 목소리로.

"진심으로 아버지가 살아 계신다고 생각했어?"

"나는……."

정적이 흘렀다. 의무감만 아니었다면 나는 무너지고 말았을 것이다. 맏딸로서 아버지를 찾아 정식 장례를 치를 책임이 있었다. 지금은 울 수 없었다. 울면 아무것도 끝내지 못한다.

"나는 숨었다고 생각했어."

매월은 긴장한 목소리였다.

"나, 나는…… 어쩌면…… 육지로 가셨는지도 모른다고 생각했어. 아무도 모르게. 다른 사건을 수사하려고. 이럴 줄은……."

"아버지는 독을 드셨어, 매월아."

"내가 말했잖아. 독을 먹고도 살 수 있어. 복선이가 있는 데까지 가셨으니 돌아가실 정도는 아니었나 보다 했는데…… 안 그러셨기를 바랐는데……."

나는 이 편지를 읽기 전에도 희망 따위는 느끼지 못했다. 복선에게 아버지의 상태를 들었을 때부터 아버지가 살아 있을지도 모른다는 믿음은 조금씩 약해지다 흔적도 없이 사라졌다. 게다가 이제는 아버지가 직접 남긴 증거도 찾았다. 하지만 이것이 전부일까? 나무 주위를 둘러보았다. 나뭇잎이 햇살에 연초록색으로 빛나고 있었다. 질척한 숲 바닥은 온통 낙엽으로 가득했고, 비밀을 품을 수 있는 틈은 수도 없이 많았다.

아버지는 일지에 다음과 같이 썼다.

범죄 현장에서는 항상 주위를 살펴보아야 한다. 그런 식으로 세부 사항을 추가로 발견하며 조각을 맞춰야 온전한 이야기가 나온다. 사람이 숲으로 들어가 돌 하나만 건드리고 나오는 법은 없다.

"지금 어디……."

매월이 쿨럭쿨럭 연거푸 기침을 했다. 금속 파편끼리 부딪쳐 불꽃이 튀는 듯 요란한 소리가 났다.

존재를 완전히 잊고 있었던 애라 의녀가 서둘러 달려와 매월의 등을 두드려주었다.

기침이 멈춘 매월은 땀을 흘리며 의녀의 부축을 받아 떨리는 몸을 나무에 기댔다. 그러고는 물었다.

"어디 가게?"

나도 모르게 숲으로 몇 걸음 더 들어가 돌아다니고 있었다. 아버지는 분명 우리를 위해 단서를 남겼을 것이다. 나는 매월이 기대앉은 할머니 나무로 급히 돌아갔다. 한지처럼 얇고 찢어질 것 같은 피부에 짙은 얼룩이 번져 있었다. 매월은 내게서 눈을 떼지 못했다. 커다란 눈에 연약한 빛이 떠올랐다.

"아가씨."

의녀 애라가 매월 옆에 무릎을 꿇으며 나를 쳐다보았다.

"관헌으로 돌아가야 합니다. 그래야 해요."

"알지만……."

나는 잠시 망설이다 쭈그리고 앉아 매월의 차가운 손을 잡았다. 내 손에 닿은 손가락은 오래전처럼 작고 여렸다. 어린 시절 매월의 투정에 내 인내심이 바닥났을 때도, 내 거만한 태도에 매월이 뚱한 표정을 지었을 때도, 우리는 밖에 나오면 늘 손을 잡고 다녔다. 우리가 함께라는 사실이 안도감을 주었다. 딸들이 사라지는 이 나라에서, 나는 혼자가 아니었다.

"주변을 살펴봐야겠어."

동생의 흔들림 없는 시선을 마주 보며 말했다.

"다른 증거를 찾아봐야지. 네가 싫다면 안 가고."

매월은 대답 없이 무릎에 턱을 괴었다. 그러고는 한동안 가만히 있었다. 돌아가고 싶다는 마음을 읽을 수 있었다. 내가 할 수 있는 방도는 없었다. 나는 계획을 접었다. 숲은 다음에 다시 들어가보자.

"증거는 기다리지 않아."

매월이 쉰 목소리로 말했다.

"오늘 있어도 내일이면 사라질 수 있어. 가. 가서 아버지에게 무슨 일이 일어난 건지 꼭 알아 와줘. 알아야 하잖아."

안도감과 죄책감이 나를 쿡쿡 찔렀다.

"금방 돌아올게. 여기서 잠시 쉬고 있어."

매월은 나를 붙잡지 않았다. 나는 매월에게서 눈을 떼지 않으며 일어나 한 걸음 뒤로 물러났다.

"꼭 돌아올 거야. 약속해."

그러고 나서 애라 의녀를 돌아보았다. 의녀는 미천한 신분이었지만, 그래도 이 상황에서는 안 된다는 뜻의 날카로운 눈빛을 숨기지 못했다.

"부디 내 동생을 잘 보살펴주게. 정오 전에 돌아올 테니."

마음은 가고 싶지 않았지만, 두 사람을 뒤로하고 나뭇가지들을 헤치고 나아갔다. 못처럼 날카로운 가지들이 내 뺨을 할퀴고 내 눈을 찌를 것만 같았다. 천천히 움직이고 싶었다. 위험하게 얽힌 나무와 뿌리를 조심스럽게 헤쳐 나가고 싶었다. 하지만 초인적인 힘이 나를 사슬로 묶어 앞으로 끌었다. 이 느낌이 무엇인지는 모르겠다. 확신일까? 아니면 다른 세계의 무엇? 아무튼 느낌이 왔다. 아버지가 가까이 있다는 느낌.

할머니 나무 주위로 넓게 원을 그리며 걷다가 하늘을 올려다보았다. 아직 정오 전이었다. 아직은 내가 어디로 갔는지 동생도 궁금해하지 않을 것이다. 남은 시간은 충분했다. 나무 주위의 땅을 더 넓게 한 바퀴 돌며 주변을 살펴보려 했지만, 길을 잃고 말았다. 워낙 방향 감각이 없다 보니 숲 전체를 조사한다고 여기며 같은 곳만 천 번째 빙빙 돌았을 가능성이 컸다.

"생각해."

나는 혼잣말로 중얼거렸다. 숲을 조사하려면 더 좋은 방법이 필요했다. 나무 주위를 살필 때 스스로 방향을 표시할 방법. 아버지가 할머니 나무에 남겼던 십자 표시가 퍼뜩 떠올랐다.

그때부터 은장도로 나무에 작은 흠집을 남기며 돌아다니기 시작했다. 물론 할머니 나무에서 멀어질수록 원형으로 움직이고 있다는 확신도 줄어들었다. 하지만 중요하지 않았다. 동서남북 각 방향만 살피면 된다. 나무 몸통을 하나하나 들여다보고, 튀어나온 것이 없는지 숲 바닥을 찔렀다. 아버지가 어디 있을지, 아버지가 편지를 남긴 후 어디로 갔을지 알려주는 단서를 찾았다.

나는 아무것도 발견하지 못한 채 계속해 원을 하나씩 완성하며(원이 아닐 수도 있다) 나무에 표시를 남겼다. 눈으로 땅을 훑고 나무껍질을 칼로 긋는 행위는 점점 규칙적인 율동이 되었다. 아흔일곱 번째 나무, 아흔여덟 번째, 아흔아홉 번째……

칼로 백 번째 나무의 몸통을 긋고는 동작을 멈췄다. 바람에 팔랑거리는 나뭇잎 사이로 다른 칼이 남긴 표시가 보였다. 내가 남긴 것과는 다른 가위표였다. 그 나무에 갈라진 틈이 있는지 허겁지겁 찾아보았다. 숨어 있는 편지나 증거는 없었다. 나무를 세 번 더 살펴보는 동안 머릿속은 혼란스러웠다. 그건 분명 아버지가 남긴 가위표였다. 하지만 그것이 아버지가 이곳에 무엇을 남겼다는 뜻은 아니었다.

숨이 턱 막혔다. 혹시 다음 가위표가 있는 방향을 가리키는 단서일까? 나는 마음을 다잡고 숲을 걸었다. 이제는 할머니 나무가 아니라, 방금 발견한 나무 주위를 빙글빙글 돌았다. 아버지의 낮고 점잖은 목소리가 들렸다. 나는 이곳에 있었다.

내가 바랐던 대로, 아니 내가 두려워했던 대로 어느 나무의 몸통에서 다른 가위표를 발견했다. 아버지는 내가 당신을 찾을 수 있도록 흔적을 남겼다. 계속해서 가위표를 찾으며, 근처에 동굴이 보일 때마다 아버지의 시신을 발견할지 모른다는 악몽에 시달렸다. 하지만 동굴은 매번 텅 비어 있었고, 그때마다 밀려드는 안도감에 다리가 후들거렸다. 그러다 다음 가위표를 발견하면 다시 두려워졌다. 이 안에 돌아가신 아버지가 있을까?

공기가 매섭게 쌀쌀해지며 숲의 어둠도 짙어졌다. 하지만 나는 단서를 찾느라 추위도 느끼지 못했다. 아버지의 표시를 발견할 때마다 거기서 멈출 수가 없었다. 내 눈은 즉각 다음 표시, 또 다음 표시를 찾아 두리번거렸다. 빗방울이 칼날에 떨어져 반짝이는 것을 보기 전까지는 시간이 가는 줄도 몰랐다. 지금이 몇 시지? 졸졸 흐르는 시냇물에 내 모습이 비쳤다. 물에 비친 내 얼굴은 석양을 배경으로 파란 물빛에 물들었고, 서늘한 저녁 날씨에 코끝과 귀가 빨갛게 변했다.

시간이 늦었다. 이렇게 오래 있을 생각은 아니었다.

이슬비를 맞으며 흔들리는 나무들을 올려다보았다. 앞으로 가위표를 몇 개나 더 발견할까? 조금만 더 가면 진실이 밝혀진다. 그 생각을 하니 피부가 따끔거렸다. 공기마저도 나를 따갑게 찌르며 내가 숲에 묻힌 비밀을 찾아내기를 간절히 바라고 있었다. 하지만 내 발은 되돌아가고 있었다. 계속 뒤를 향해 걸었다. 방향을 알려주는 단서가 있는 곳에서 점점 더 멀어졌다.

산 사람을 먼저 챙기자. 나는 생각했다. 죽은 사람은 나중이야.

치맛자락을 들고 내가 남긴 표시를 따라 완만한 비탈길을 달려 내려갔다. 으스스하게 푸른 하늘이 내게 말했다. 진작 매월에게 돌아갔어야 했다고. 내가 없는 동안 동생 상태가 더 나빠졌으면 어떡하지?

마구 뒤엉킨 불안감과 두려움 사이로 힘겹게 숨을 쉬었다. 빨리, 더 빨리 뛰었다. 그나마 매월이 혼자 있지 않다는 사실이 다행이었다.

나를 후려치는 나뭇잎과 나뭇가지를 헤치고 이마에서 콸콸 쏟아지는 땀과 빗방울을 닦으며, 쉬고 싶다는 충동을 억눌렀다. 발목, 허벅지, 폐가 화끈거렸다. 온몸이 화끈거렸다. 힘이 빠져 더는 달리지 못하게 됐을 때도 나무를 붙잡고 억지로 절뚝이며 걸었다.

얼마쯤 걸으니 익숙하게 굽은 길이 나왔고, 할머니 나무가 어렴풋이 보였다.

"매월아! 애라 의녀!"

내가 외쳤다. 길을 잃지 않고 목적지에 도착해 기뻤다. 하지만 안도감은 오래가지 않았다. 비를 막아주는 나무 아래 매월이 혼자 쓰러져 있었던 것이다. 도롱이에서 빠져나온 새하얀 팔을 가슴에 얹고 반대쪽 팔은 땅에 펼친 자세였다. 움직임이 없었다.

불길한 예감이 깊어지며 차가운 공포가 닥쳤다. 무릎을 꿇고 매월을 품에 안아 올렸지만 고개가 축 처지고 입이 벌어졌다.

"매월아, 나 왔어. 언니야."

매월의 어깨를 흔들었다. 한 번, 두 번, 세 번…… 반응이 없었다. 순간 숨도 쉴 수 없었다. 몸 전체가 싸늘하게 얼어붙었다. 그때 매월이 눈을 떴다. 아주 조금이지만.

"매월아."

내가 다시 불렀다.

"나 왔어. 의녀는 어디 갔어?"

"저기……."

매월이 침을 삼키더니 목구멍에 불이 나는 듯 인상을 썼다.

"찾는다고…… 갔어……."

목소리가 희미해지더니 검은 눈동자가 뒤로 넘어가며 눈이 다시 감겼다.

애라 의녀는 나를 찾으러 간 것이 분명했다. 매월에게 줄 약초를 찾으러 갔거나. 내가 자리를 너무 오래 비웠다. 매월을 꼭 껴안고 의녀가 돌아오기를 빌며 숲을 바라보았다. 기다리고 또 기다렸지만 저벅저벅 땅을 밟는 소리는 들려오지 않았다. 애라 의녀가 낭랑한 목소리로 내 이름을 부르는 소리도 들리지 않았다. 지금 숲 어디에 있는지 알 수 없었다. 이 자리에서 기다려야 마땅했다. 하지만 격렬하게 몸을 떠는 매월을 보자 마음이 초조해져 가만히 있을 수가 없었다.

비가 오고 추웠다. 아까 근처에서 동굴을 봤던 기억이 났다.

나는 매월의 양팔을 붙잡고 일으켜 나무에 기대앉는 자세로 만들었다. 그런 다음 나무 몸통을 칼로 그어 애라 의녀에게 할 말을 남겼다. 발견해야 할 텐데. 은신처 찾으러 가네. 글자를 다 쓴 후에는 우리 말들이 묶여 있는 곳으로 달려갔다. 세 번째 말은 없었다. 의녀가 타고 갔으리라.

나는 망설였다. 매월의 말은 거칠었고, 관헌 소속 말은 나에게 익숙지 않았다. 두 마리 다 매월을 땅에 떨어뜨리지 않는다는 보장이 없었다. 나는 고삐를 풀지 않고 매월의 조랑말을 살펴보다 안장 방석을 발견했다. 비를 맞지 않도록 방석을 가슴에 꼭 안고 할머니 나무로 서둘러 돌아갔다.

매월이 입은 도롱이의 끈을 풀고 얼음장처럼 차가운 몸을 방석으로 감싼 후 다시 도롱이를 입혔다. 그러고는 돌아서서 매월의 팔이 내 어깨에 걸쳐지도록 매월의 몸을 조심스럽게 앞으로 기울였다. 동굴은 멀지 않았고, 그곳까지 동생을 안전하게 옮길 이동 수단은 하나뿐이었다. 매월이 다리 아파 못 걷겠다고 투정할 때마다 아버지도 이 방법을 썼었다.

나는 팔을 뒤로 뻗어 매월의 다리를 받친 후, 매월의 몸이 뒤로 넘어가지 않도록 숨을 참고 몸을 앞으로 기울이며 젖 먹던 힘을 다해 힘겹게 일어났다.

아직도 이슬비가 내리고 있었다. 빗방울이 도롱이를 때리고 내 이마에 부딪혀 옷깃 안으로 흘러들었다. 빗줄기에 기름진 땅과 말라가는 낙엽 냄새가 강해졌다. 원래는 좋아하는 냄새지만 죽을 때까지 이 냄새가 괴롭게 나를 따라다닐 것이라는 예감이 들었다. 거북이 속도로 내가 남긴 표식을 따라 걷는 동안 발밑에서는 야생화가 진흙에 짓밟히고 축축한 검은 땅이 푹푹 파였다.

더 빨리 걷고 싶어도 등에 진 무게 때문에 다리가 후들거려 당장이라도 쓰러질 것 같았다. 제발, 너무 멀리 있지 않기를. 나는 아찔하게 많은 나무와 경사진 오르막길을 올려다보았다. 더 가는 건 불가능하다는 느낌이 나를 지배하기 시작했다. 하지만 고개를 젓고 일부러 다른 생각을 했다. 내 어깨에 걸려 좌우로 흔들리는 동생의 팔에 집중했다. 매월은 아직 살아 있었다. 귓가에 쌕쌕거리는 숨소리가 들렸고, 간혹 무슨 말을 중얼거렸다. 툭 건드리면 온몸이 부서질 듯했지만 적어도 우리 자매는 함께였다. 이보다 소중한 순간은 없었다.

동생을 잃고 싶지 않았다. 그럴 수는 없었다.

한때 매월과 나는 바늘과 실 같은 사이였다. 어떻게 그 사실을 잊고 살았지? 지친 정신이 청회색 숲과 흐릿한 기억 사이를 들락날락하며 바느질을 하자, 어릴 적 내 단짝이었던 매월과 지금 내 등에 업힌 매월이 하나로 이어졌다. 우리는 밤늦도록 키득키득 웃으며 대화하고 서로의 비밀을 공유했다. 함께 환상적인 이야기를 지어내고 유치한 장난을 쳤다. 이제 기억난다. 그때도 매월은 내 신경을 자극했다. 언제나 나와는 정반대였다. 시끄럽고 무모하고 자기 몸을 아낄 줄 몰랐다. 항상 나를 지키려고 위험에 뛰어들었다.

드디어 동굴이 보였다. 내가 달리자 등에 업힌 매월의 몸이 들썩였고, 빗물이 눈으로 흘러내려 모든 풍경이 초록색, 회색, 검은색으로 흐릿해졌다. 드디어 시원하고 물기 없는 어둠이 나를 반겼다. 조심스럽게 매월을 땅에 내려놓았다. 힘을 너무 많이 써서 팔이 아프고 다리가 후들거렸지만 주저앉지 않고 마른 담요를 동생에게 덮어주었다. 매월의 도롱이를 벗겨 물기를 턴 후 그것을 담요 위에 덮었다.

그것만으로는 부족했다.

매월은 춥다고 몸을 떨지만 손을 대면 몸이 뜨거웠다. 하얀 얼굴에서 땀방울이 흘러내렸고, 먹물 같은 머리카락은 뺨에 들러붙었다. 숨을 쉴 때마다 듣기 괴로운 쌕쌕 소리가 났다. 폐에 물이 찬 듯했다. 손을 잡고 있지만, 자꾸 바다의 검은 파도 속으로 잠기려 하는 동생의 모습을 보며 어찌 해야 할지 몰랐다. 데리고 산을 내려갈까? 춥고 비까지 오니 두세 시간은 걸릴 것이다. 그런 다음에는? 마을을 찾아? 여기까지 오는 길에 마을은 하나도 보지 못했다. 도와줄 사람을 찾아 몇 시간은 더 매월을 끌고 다니며 헤맬 것이 분명했다.

시로미.

어머니의 기억이 나를 쿡 찔렀다.

시로미 열매란다. 어머니는 말했다. 한라산 정상에서 자라. 항상 있으니 잘 찾으면 돼.

나는 동굴 밖을 내다보았다. 푸른 나무와 푸른 하늘이 보였다. 정상이 그리 멀지는 않을 것이다. 가는 길에 애라 의녀를 만날지도 모른다.

내가 동생의 손을 꼭 쥐었다.

"매월아."

이름을 몇 번 부르니 동생이 눈을 떴다. 아주 미세하게 뜬 눈 사이로 초점 없는 동공이 나타났다. 매월은 지금 강하게 몰아치는 검은 파도에 휩쓸리다가 수면 위로 겨우 나온 상태였다.

"시로미 열매를 찾아올게. 열과 오한을 낫게 해준다고 어머니가 말씀하셨던 열매 말이야. 그래도 괜찮지? 내가 가서 구해 오기를 바라면 눈을 한 번 깜박여. 그냥 네 곁에 있기를 원하면 두 번 깜박이고."

매월이 다시 의식을 잃을 것처럼 천천히 눈을 감았다. 그러다 눈꺼풀이 다시 올라갔다. 한 번의 깜박임이다. 매월이 흐릿한 눈으로 나를 간절히 바라보았다. 동생은 내 도움을 원하고 있었다.

비가 옅은 안개처럼 잦아들고, 숲은 심해와 같은 파란색으로 짙어졌다. 말을 가져와 경사진 산을 오르며 애라 의녀를 부르고, 그를 찾아 숲을 두리번거리고, 하늘을 올려다보기를 반복했다. 오늘 밤 구름이 걷히고 보름달이 길을 비춰주기를 바랐다. 하늘이 계속 흐리면 어떡하지? 애라 의녀가 길을 잃었다면, 아니, 다쳤다면 어떡해?

두려움을 등에 짊어지고 나는 사방에 나무가 무성한 오르막길을 계속 올라갔다. 길은 점점 가파르고 험해졌다. 맙소사, 얼마나 더 가야 정상이 나오는 거지? 계산을 해보았다. 한라산 정상까지 가는 데 다섯 시간 정도 걸린다고 하지만, 우리는 할머니 나무가 있는 곳까지 꽤 많이 올라온 상태였다. 두세 시간만 더 가면 정상이 나오려나?

말을 다시 묶어두고 발걸음을 옮기며 나무에 길을 표시했다. 손바닥과 손가락에 굳은살이 박히는 느낌이었지만 칼자루를 더 꽉 쥐고 나무껍질에 더 길고 깊은 표식을 남겼다. 간간이 치맛자락을 잘라 나뭇가지에 엮기도 했다. 보라색 바탕에 은색 꽃 그림이 있는 비단이 길을 나타내는 지표가 되었다.

절대로 길을 잃을 수는 없다.

매월에게 돌아가는 길을 못 찾으면 안 된다.

경사가 더 심해졌다. 느리고 일정하던 호흡이 달라져 이제는 짧게 숨을 몰아쉬었다. 가슴이 쿵쾅거렸고 입에서 욕설이 흘러 나왔다. 올라가는 길이 아닌가? 산 정상과 이어지지 않는 길도 있을지 모른다. 얼마 지나지 않아 나는 날카로운 바위를 타고 거의 수직으로 산을 오르고 있었다. 아래를 내려다보지는 않았다. 그래 봐야 나무 꼭대기와 무시무시한 높이밖에 보이지 않을 테니까.

비탈길을 계속 올라갔다. 하늘이 점점 검은색으로 물들었고, 다행히 달이 환해 바위와 튀어나온 나무뿌리의 윤곽이 보였다. 곧 있으니 목적지가 멀지 않았다고 말하는 나무들이 나타났다. 그 나무들은 산 정상에서 부는 거친 바람이 만들어낸, 휘어지고 못 자란 형태였다.

평평한 땅을 밟자마자 쭈그리고 앉아 쑤시는 옆구리를 움켜쥐었다. 잠시 호흡을 가다듬으려 했지만 그럴 새도 없이 주변 풍경에 정신을 빼앗겼다. 웅장하면서도 무시무시한 풍경이었다. 나무의 수는 적었다. 사방에 눈이 얇게 깔려 넓은 평원을 순백색으로 만들고, 여기저기 놓인 작은 바위와 관목도 하얀 모자를 뒤집어쓰고 있었다. 그 외에는 달빛을 비추는 구름과 칠흑 같은 하늘밖에 보이지 않았다. 마치 새로운 세계로 기어 올라온 기분이었다.

나는 퍼뜩 몽상에서 빠져나왔다. 어서 열매를 찾아 돌아가야 했다.

얼어붙는 추위를 막으려 팔로 어깨를 감싸고 열매를 찾아 돌아다녔다. 어머니가 산에서 가져오셨던 큼직하고 과즙이 풍부한 검은색 열매. 몇 알은 가시 같은 초록색 잎사귀가 달린 가지에 붙어 있기도 했다. 하지만 눈에 보이는 덤불마다 열매는 없었다. 나는 정상을 향해 더 높이 걸어 올라갔다. 경사가 완만해졌지만 길이 좁고 미끄러워 방심할 수는 없었다.

없어, 없어, 없잖아.

시로미가 하나도 안 보여…….

내가 갑자기 멈춰 섰다. 가시 같은 초록색 잎사귀에서 빛을 뿜어내는 열매가 있었다.

찾았다.

칼을 쥐고 한 번의 손놀림으로 치마 끝을 길게 잘라냈다. 자른 천을 무릎 위에 펼치고 추워서 굳은 손가락으로 어설프게 시로미 열매를 따 비단 천에 담았다. 열매는 마치 희망의 물방울 같았다. 내 동생이 회복한다는 희망, 절대 동생을 버리지 않겠다는 내 마음을 동생에게 증명할 수 있다는 희망. 혹시 몰라 나부터 한 알 먹어보았다. 사람을 살리는 열매가 아니라 죽이는 열매일지도 모르니까. 독을 먹는다면 동생보다는 내가 나았다. 입안에서 익숙한 맛이 터졌고 고통은 느껴지지 않았다. 마비되는 감각도 없었다.

"다행이다."

내가 속삭였다.

덤불에 붙은 열매를 전부 딴 후 비단 천을 주머니 형태로 묶고, 온 길을 되돌아갔다. 걸음을 내디딜 때마다 흔들리는 시로미의 무게가 기분 좋았다. 비탈길을 내려가려니 무릎이 아팠지만 올 때보다는 훨씬 나았다. 열매를 구했고, 두려움은 사라졌다. 나는 나무의 표식과 나뭇가지에 묶은 비단을 따라 동생이 있는 동굴로 돌아갔다.

매월은 내가 동굴을 나선 몇 시간 전과 똑같이 웅크리고 누워 있었다. 심한 기침을 내뱉자 몸을 덮은 도롱이가 들썩였다. 눈시울이 뜨거워지고 코가 찡해졌다. 다시는 느끼지 못할 줄 알았던 감정이 밀려들었다. 순수한 기쁨이었다.

매월은 아직 살아 있었다. 시로미 열매가 있으니 죽지 않을 것이다.

얼른 아픈 무릎을 꿇고 칼을 다시 꺼냈다. 자기 손가락에 상처를 내 죽을병에 걸린 듯한 환자에게 피를 먹이는 치료 방법이 있다고 했다. 나는 피가 뚝뚝 떨어지는 손으로 검은 과즙이 손바닥을 가득 채울 때까지 시로미 열매를 쥐어짰고, 두 가지 액체가 검은색으로 섞여 매월의 입으로 흘러 들어가는 모습을 지켜보았다.

됐다. 이제는 기다리기만 하면 된다.

안도의 한숨처럼 다음 날이 찾아왔다. 나도 모르는 사이에 잠이 들었던 모양이다. 내 무릎을 베고 누워 있는 동생이 어제와

달라져 있었다. 뺨과 입술에 혈색이 돌아왔다. 기침은 여전했지만 이제는 폭풍 치는 바다에 빠진 아이처럼 보이지 않았다.

"나아졌구나."

내가 혼잣말로 속삭이자 매월이 눈을 떴다.

"제일 가까운 마을로 돌아가자. 아니, 노경 심방 집이 더 가까운가? 애라 의녀가 사라졌다고 어사님께 알려야…….."

"아니야."

매월이 갈라지는 목소리로 말했다. 그러더니 일어나 앉아 눈을 비볐다.

"아니라니, 무슨 말이야?"

"언니 밤새 잠꼬대했어. 다 기억나지는 않는데 아버지가 표식을 남겼다며? 그걸 따라가보자. 아침나절까지 아무것도 못 찾으면 그때 돌아가는 거야. 노경 심방님 댁으로 가는 길은 내가 알아. 별로 안 멀어."

이번에는 내가 고개를 저었다.

"너를 데려오는 게 아니었어. 또 후회하고 싶지는 않아. 돌아가자."

어젯밤 매월을 하마터면 잃을 뻔했을 때의 두려움을 생각하면 몸이 차가워졌다.

"애라 의녀도 걱정이야. 길을 잃었을 거야. 다쳤을지도……."

"의녀도 숲을 잘 알아. 언니 기다릴 때 애라 의녀가 직접 한 말이야. 길을 잃을 리 없어. 우리가 떠난 직후에 할머니 나무로 돌아왔을 거야. 우리 말들이 묶여 있는 걸 봤겠지."

"나무에 글도 써놨고."

"우리가 만나서 비 피할 곳을 찾으러 갔다고 생각할 거야. 애라 의녀도 다른 데 찾아서 비를 피했을 거고. 지금은 우리를 찾고 다닐 수도 있겠네. 영리한 사람이라면 도움을 청하러 관헌으로 갔을지도 몰라."

"내 말이 그 말이야."

내가 지적했다.

"그러니까 돌아가야 한다고. 다들 우리를 걱정할 거야."

"이러는 게 어때."

매월이 거친 목소리로 말했다.

"언니가 봤을 때 내 몸이 조금이라도 이상해지거나, 내 건강 상태가 의심된다면 돌아가는 거야. 그 전까지는 숲으로 조금 더 들어가보자. 조금만 더."

내가 안 된다고 다시 고개를 젓자 매월은 쌕쌕거리는 소리를 내며 재빨리 몇 마디를 덧붙였다.

"나는 말만 타고 있을게, 걷지 않고. 말에서 내리지 않을 거야. 따뜻하게 도롱이도 걸치고 담요도 벗지 않을게. 언니가 따 온 열매도 다 먹을게. 그리고 애라 의녀가 우리를 찾고 있다면 가다가 마주칠 수도 있잖아?"

나는 아버지가 남긴 십자 표시를 떠올리며 아랫입술을 잘근잘근 깨물었다. 아버지가 이 근처에 있었다는 증거가 내게 오라고 손짓하고 있었다.

"알고 싶지 않아?"

매월이 목소리를 낮추고 쌕쌕거리며 속삭였다.

"아버지에게 무슨 일이 있었던 건지 알고 싶지 않아? 가면 쓴 남자가 우리 계획을 알기 전에 움직여야 하지 않냔 말이야. 그 자가 먼저 아버지 흔적을 감추려고 하면 어떡해?"

매월은 망설이는 나를 똑바로 바라보았다. 매월의 눈에는 결심과 호기심이 가득했다. 사실은 나도 궁금했다.

"이번에는 널 두고 가지 않을게."

내가 약속했다.

"그 전에 요기부터 하자."

어제 출발하기 전에 간단히 주먹밥을 만들었다. 어제 낮까지 다 먹어야 했을 양이었지만 아직도 내 봇짐에 그대로 남아 있었다. 어제는 매월이 너무 아파서 먹지 못했고, 나도 불안하고 피곤해서 입맛이 없었다. 우리는 이제야 주먹밥 몇 개를 깨작거리며 먹었다. 하룻밤 사이에 밥이 굳어버린 것이 안타까웠다. 제주에서 쌀이 얼마나 귀한데. 물론 홍 목사의 창고에는 쌀이 풍족하게 있었다.

매월은 몇 입 만에 식사를 그만두었다.

"너무 딱딱해."

매월이 말했다.

"목구멍이 아파서 못 삼키겠어."

"딱딱하긴 뭐가 딱딱하니? 찡찡아."

나는 주먹밥의 누룽지처럼 딱딱하게 굳은 껍질을 벗겨 먹고는 안쪽의 부드러운 밥 덩어리를 매월에게 주었다. 조용하고 평온한 순간을 만끽하며, 아침 햇살이 내 동생의 오목조목한 이목구비를 부드럽게 밝히는 모습을 바라보았다.

이 시간을 소중히 여기렴. 차갑게 속삭이는 목소리가 들렸다. 얼마 남지 않았으니까.

"다 먹었어?"

슬퍼지는 마음을 떨치려 동생에게 물었다. 슬퍼할 때가 아니었다. 감정은 아무것도 바꾸지 못한다. 노경 심방을 유 어사에게 넘기든, 고모 손에 이끌려 육지로 돌아가든 어차피 나는 동생을 잃는다.

"다 먹었으면 출발하자."

우리는 황금빛 아침 안개 속으로 걸어 들어갔다. 나무와 이파리가 햇빛에 노랗게 반짝였다. 마지막으로 확인한 십자 표시까지 매월을 데려갔고, 다음 십자 표시를 찾아야 한다는 생각에 곧 마주하게 될 외로운 현실을 헤아릴 겨를이 없었다.

얼마 지나지 않아 또 다른 십자 표시를 발견하자 가슴에 맺힌 슬픔은 호기심으로 바뀌었다.

"아버지는 우리를 어디로 이끄시는 걸까?"

내가 중얼거렸다.

"이 표시들 말이야."

매월이 말을 하다 말고 기침을 했다.

"확실히 곶자왈 방향은 아니야. 정반대로 가고 있어. 남쪽으로."

전혀 예상하지 못했던 발언에 고삐를 놓칠 뻔했다. 정말이었다.

"그러니까 아버지는 할머니 나무로 가려고 숲에 들어가셨던 거구나. 우리에게 편지를 남기려고."

머릿속에서 꼬리에 꼬리를 물고 이어지는 생각의 가닥들을 맞춰보았다.

"거기서 남쪽으로 가셨다…… 아버지의 피 묻은 옷이 발견된 곳자왈과 반대 방향으로……. 그런데 우리가 남쪽으로 가고 있는 건 어떻게 알아?"

"이 숲이야 심방님 댁 앞마당처럼 훤히 아는걸."

내가 이마를 찌푸렸다.

"피 묻은 옷은 아버지가 곳자왈에서 돌아가셨다는 증거야. 관청에서도 그렇게 믿고 있고. 그런데 이슬이의 증언에 따르면 아버지는 실종 직전에 이 숲에 오셨어. 우리가 찾은 편지를 봐도 할머니 나무까지 오셨고……."

내가 고개를 갸웃했다. 두 곳의 거리가 너무 멀어 어떻게 설명할 방법이 없었다.

"너 곳자왈에 대해 잘 알아?"

매월은 어깨를 으쓱했다.

"별로……."

그러다 고개를 번쩍 들었다.

"아."

"아?"

"혹시……."

답을 기다렸다. 계속 기다렸다. 넌지시 대답을 재촉해보았다.

"혹시……?"

매월이 고개를 저었다.

"아닐지도 모르고."

"무슨 생각을 하는 거야?"

"아버지가 여기 오셨을 무렵 근처에 야생동물이 돌아다닌다는 소문이 있었어. 곰이 나온다고 다들 그랬거든. 절대로 곶자왈에 혼자 가지 말라고……. 그렇다면 아버지는 처음부터 곶자왈에 안 가신 게 아닐까 싶어."

"뭐라고?"

"수사하는 사람들이 엉뚱한 곳에서 아버지를 찾고 있었던 거야."

매월이 설명했다.

"아버지 옷은 아무나 거기 가져다 놓을 수 있잖아. 피를 묻혀서 아버지가 곰의 공격을 받은 것처럼 꾸민 거야. 사고로 보이게. 그리고 통했잖아? 수색대는 철수했고 기 대장이 사건을 종결시켰다며."

나는 매월의 추리를 곱씹어보았다. 불가능한 이야기 같지는 않았다.

"누군지 몰라도 아버지에게 독을 먹인 사람이 수사에 혼선을 주고 싶었던 거야."

동생은 말을 이었다.

"또 아버지가 숲에 계셨다는 걸 알고, 아버지 옷에 손을 댈 수 있는 사람이었겠지. 옷을 조금 찢어서 다른 데 놓으려고."

나는 마음이 불편해져 매월을 쳐다보았다. 아버지에게 독을 먹인 사람은 아마도 노경 심방일 것이다. 그런데 무슨 수로? 힘없는 노인이 아니던가. 하지만 아버지는 독 때문에 기력이 쇠했다. 그래서 독을 먹였는지도 모른다. 아버지를 쇠약하게 만들어서 죽이려고 칼을 들고 숲까지 몰래 따라간 다음 아버지를 죽이고 옷을 찢어 간 것이다.

"아버지는 무언가, 아니 누군가에 쫓기고 있었어."

매월이 결론을 내렸다.

그와 동시에 내 시선은 완만한 비탈길을 따라 내려가 구부러진 나무에 닿았다. 십자 표시가 뚜렷하게 보였다. 그 옆에는 바위가 착착 쌓여 동굴 입구를 이루었다. 나는 말에서 뛰어내렸다. 젖은 나뭇잎들 위에 소리 없이 착지한 후 동굴을 향해 비탈길을 미끄러지듯 내려갔다.

"들어가서 살펴보려고."

내가 뒤에 대고 외쳤다.

"언니가 안 나오면 뭘 발견했다고 생각할게."

매월이 겁에 질린 목소리로 말했다.

나는 동굴 바닥만 바라보며 어둠 속으로 걸어 들어갔다. 무서워서 앞을 볼 수가 없었다. 아버지가 실종되고 1년이 지났다. 아버지의 일지에서 읽은 내용이 사실이라면 시신을 발견해도 부패가 심해서…….

아버지의 모습을 하고 있지 않을 것이다.

햇빛이 사라지고 있었다. 조금만 더 가면 깊은 동굴이라 앞이 보이지 않을 텐데. 지금까지는 아무것도 발견하지 못했다. 여기에도 없는 것일까…….

몸이 얼어붙었다.

저기 땅바닥. 노란색, 파란색, 초록색 실을 땋은 끈이 있었다. 내가 어릴 때 직접 만들었던 팔찌다. 그 팔찌가 손목에 있었다. 아버지의 손목에.

아버지는 1년 내내 잠을 잔 사람처럼 미동도 없이 바닥에 누워 있었다.

아버지에게 가까이 다가갈수록 발걸음이 무거워졌다. 뼈만 남아야 정상이었다. 형체를 알아볼 수 없어야 했다. 그냥 주무시는 걸까? 하지만 가까이 다가가자 칼날이 가슴에 박혀 살을 도려냈다. 그 안을 공포가 채웠다. 아버지는 수분이 다 빠진 모습이었고, 밀랍 같은 물질이 피부를 덮고 있었다.

심장이 뒤틀리고 눈시울이 뜨거워졌다. 내 앞에 있는 것은 잠을 자는 아버지가 아니라 세상을 떠난 아버지였다.

질식할 것 같은 동굴에서 허겁지겁 뛰쳐나왔다. 더는 참을 수 없어 무릎을 꿇고 쓰러졌다. 속이 뒤집혔고, 몸을 들썩일 때마다 토사물이 목구멍으로 울컥 올라와 땅에 쏟아졌다.

머릿속에서 생각들이 뒤얽혔다. 아버지는 동굴에 있었다. 오랜 시간이 지나고 내가 아버지를 발견했다. 속을 완전히 비워내니 감각이 사라지고 몸에서 힘이 빠져 땅에 쓰러진 채 바위에 몸을 기댔다.

"아버지."

쉰 목소리로 아버지를 불렀다. 아버지를 부르자 동굴에 누워 있던 미끈하고 낯선 형체가 머릿속에 떠올랐다. 조금 전 본 모습을 잊고 싶어 눈을 질끈 감았지만 아무 소용이 없었다. 잔인한 침묵이 동굴을 메우고 내 귀를 압박해 머릿속으로 망연한 노래를 흘려보냈다.

어머니가 떠났네.
아버지도 떠났네.
무당은 배신자였지.
신의를 저버린다면……
매월도 잃게 되리라.
이제는 너를 사랑해줄 사람도
네가 사랑할 사람도 없어.
전부 사라졌다.

근처에서 잔가지가 밟혀 부러지는 소리가 났다. 눈이 번쩍 뜨였다. 울어서 앞이 잘 보이지 않고 눈앞에 색깔이 뒤섞였지만, 눈을 빠르게 깜박거리니 호기심 가득한 눈을 크게 뜨고 동굴로 들어가는 매월이 보였다. 내가 뛰쳐나오는 모습을 봤구나.

내 슬픔은 머릿속에서 사라졌다.

"안 돼."

황급히 일어나 매월을 쫓아갔다. 동생에게 달려가는 내 신발

밑창이 동굴 바닥을 스쳤다. 도롱이를 걸친 몸이 어둠 속으로 사라지고 있었다.

"매월아!"

"거기 서! 보면 안……."

캄캄한 동굴에서 섬뜩한 비명이 터져 나왔다. 천 개의 날카로운 칼날이 암벽을 때렸다. 나를 꿰뚫었다. 심장을 갈기갈기 찢었다.

나는 매월의 손목을 잡고 더는 시신을 보지 못하게 거칠게 돌려세웠다. 매월이 내 가슴에 얼굴을 묻었다. 그렇게 묻힌 비명은 흐느낌으로 변했다. 동생의 울음소리는 삐죽삐죽하고 날카로운 칼처럼 나를 찔렀다.

열여섯

우리는 기운이 없어 어깨를 앞으로 축 늘어뜨렸다. 노경 심방의 집으로 돌아가기로 무언의 합의를 보고 말 위에서 흔들리는 몸을 주체하지 못하며 산에서 내려가는 길이었다. 서로 한마디도 주고받지 않았다. 할 말도 없었다. 전혀. 우리의 머리는 마비되었고 가슴에는 구멍이 뚫렸다.

그때 다른 말 두 마리가 뛰어오는 소리에 멍한 정신에서 깨어났다. 고개를 들자 처음에는 나무밖에 보이지 않았다. 하지만 조금 있으니 나뭇잎 뒤에서 움직이는 그림자가 어렴풋이 보였다. 고삐를 더 꽉 쥐었다가 이내 곧 손에 힘을 풀었다. 유 어사와 애라 의녀가 우리 쪽을 가리키고 있었다.

"저기 계십니다!"

그래, 우리는 이곳에 있었다. 하지만 어제 숲으로 들어갔던 민자매와 우리가 같은 사람일까? 나는 슬픔에 잠식되어 투명해진 느낌이었다.

꼿꼿한 자세로 말을 탄 유 어사가 고개를 저었다.

"두 사람을 숲으로 보낸 결정을 후회하지 않기를 바랐는데. 그대들 고모 말을 들었어야……."

그러다 우리를 자세히 보고 말을 흐렸다. 꼭 한 쌍의 귀신을 보고 있는 표정이었다. 유 어사가 천천히 물었다.

"무슨 일이오?"

"매월이가 아픕니다."

다음 말은 쉽게 나오지 않았다.

"그리고 아버지를 발견했습니다."

유 어사는 고개를 끄덕이지 않았다. 아무 반응도 없이 나를 바라볼 뿐이었다.

공허하고 감정 없는 목소리로 말을 이었다.

"애라 의녀에게 동생을 점집으로 데려가달라고 해도 되겠습니까? 몸이 좋지 않아 더는 밖에 머물 수 없습니다. 아버지를 발견한 곳까지는 제가 안내하겠습니다."

유 어사가 고개를 숙였다. 그가 손짓하자 애라 의녀가 달려와 매월을 데리고 갔다. 평소의 매월이라면 저항했을 것이다. 우리를 따라가겠다고 고집을 부렸겠지만 그 아이의 내면에서 날뛰던 망아지를 누군가 쏴 죽인 듯했다. 한마디도 없이 매월은 의녀를 따라나섰다.

"부친이 확실하오?"

유 어사가 진지하게 물었다.

"예."

"1년을 부패했으면 유골을 봐도 알아보기 힘들……."

나는 조금 전 봤던 모습을 떠올리지 않으려고 노력했다.

"아버지가 맞습니다. 확실히."

"그렇다면 앞장서시오."

나는 아버지의 무덤이 된 동굴을 향해 말을 몰았고, 유 어사도 빠르게 뒤쫓아 왔다. 목적지에 도착해 유 어사가 동굴 안으로 들어갔지만 나는 밖에 남았다. 가만히 서서 동굴 바닥을 보고 있는데, 평소라면 온갖 생각이 돌아다녔을 머릿속이 텅 빈 느낌이었다. 다시 발소리가 들렸고, 유 어사가 동굴에서 나왔다.

긴장으로 가슴이 조였다. 한 조각 남은 희망은 유 어사가 이렇게 말해주는 것이었다. 저건 시신이 아니잖소. 그냥 나뭇잎 더미지. 피곤해서 헛것이 보였나 보오.

하지만 유 어사는 고개를 저었고, 미간을 찌푸리며 중얼거렸다.

"이런 현상은 처음 보는군. 부패를 거부하는 시신이라. 1년이 지났는데."

유 어사가 내 앞에 섰다. 비탄이 내 뼈를 쪼개는 소리가 그의 귀에도 들릴지 궁금했다.

"내 직감이 옳다면 독을 먹은 것 같군."

손톱을 손바닥에 깊이 박았다. 가슴 통증이 잠시나마 사그라들 때까지 고통스럽게 손톱을 찔러 넣었다. 말이 금방 나오지 않았다.

"독을 드신 게 맞습니다."

내가 긴장한 목소리로 말했다.

"경포부자요."

"하지만 부친의 사인은 독이 아니오."

"아니라고요?"

"민 종사관의 시신을 살펴봤소."

유 어사가 나를 유심히 관찰하며 말했다.

"상처가 있더군. 칼에 찔린 거요."

나는 움찔했다. 밤하늘의 나방처럼 무언가 내 머릿속을 빠르게 파닥이며 지나갔다. 누군가의 얼굴이었다. 아버지가 아니라 젊은 여자의 얼굴. 한쪽 눈썹에 흉터가 있어 눈썹이 세 개인 듯 보였다. 눈썹 아래로 보이는 절박한 눈은 붉게 충혈되었고, 달싹거리는 입술에선 아무 소리도 나오지 않았다. 내가 기억하는 이 얼굴은 서현이 분명했다.

"어디를 찔렸단 말입니까?"

내가 간신히 기억에서 빠져나와 겨우 물었다.

"복부를 관통당했소. 부친이 검을 아주 잘 다뤘다던데 복부에 날아오는 칼을 왜 막지 못했는지. 독 때문에 몸이 많이 약해졌던 모양이야. 검을 들 힘도 없었나 보오. 칼날에 혈흔이 없는 것을 보면 말이오."

눈물이 터질 줄 알았는데 오히려 가슴에 구멍이 뻥 뚫린 느낌밖에 들지 않았다.

"받으시오."

유 어사가 말했다.

"동굴 안쪽에서 발견했소."

그러면서 내 손에 아버지의 죽장도를 쥐여주었다. 한 손으로는 들 수 없을 정도로 무거워서 두 손으로 받아야 했다. 언뜻 평범한 대나무 지팡이처럼 보였지만 손잡이를 뽑으니 챙 소리를 내며 칼이 나와 햇빛에 반짝였다. 누군가가 아버지를 칼로 찌르기 위해 아버지에게 독을 먹였다. 그런 짓을 할 부류는 하나뿐이었다. 자신의 쇠약한 처지를 알고 있는 사람. 죽이고자 하는 상대보다 힘이 약한 사람.

"잠깐."

유 어사가 나를 돌아보았다.

"조금 전 경포부자라고 했지. 왜 부친이 그 독을 먹었다고 생각하는 거요?"

복선에게 들은 아버지의 상태를 알려주었다. 서현이 노경 심방과 아는 사이이고, 서현이 죽기 전 두 사람의 말싸움을 목격한 사람이 있다는 말도 했다. 모든 단서가 노경 심방을 가리키고 있다는 말도.

"그래서 제가 심방의 방을 조사했습니다."

내 목소리에 점점 독기가 서렸다.

"잠긴 서랍에서 경포부자를 발견했고요. 어사님도 경포부자에 대해 들어보셨을 겁니다."

"들어봤지. 치명적인 독 아니오. 한데 늙은 무당이 무슨 연유로 낭자의 부친을 살해하겠소? 다른 사람도 아니고 매월의 아버지인데?"

나도 모르겠다. 이 질문은 계속해서 발목을 잡고 나를 넘어뜨리고 있었다.

"노경 심방이 제 동생을 극진히 아낀다는 것은 저도 압니다."

내가 말했다.

"사실이지요. 하지만 제 아버지가 진실에 지나치게 가까워졌다고 하면 어떨까요. 불안해져서⋯⋯."

내가 이를 악물었다.

"손을 쓴 겁니다."

"흠."

유 선비가 갓의 챙을 들어 올려 날카로운 이목구비를 드러냈다. 생각에 깊이 잠긴 표정이었다.

"낭자는 가면 쓴 사내가 복선을 명나라에 공녀로 보내려 했다지만 이런 행태는 듣도 보도 못했소. 왕실에서 공식적인 경로로 공녀를 보낸다는 사실이 자명한데."

나는 유 어사의 눈을 똑바로 보았다. 화가 나서 예법이고 뭐고 신경 쓰고 싶지 않았다. 이자도 왕실을 위해 일하는 사람이었다.

원망의 눈빛을 알아차렸는지 유 어사가 덧붙였다.

"200년 전부터 이 관례를 없애달라 전하게 탄원하는 신하들이 참으로 많았소. 나도 그랬는걸. 하지만 낭자도 우리 역사를 알지 않소. 힘없는 나라가 뭘 어찌하겠소? 그들이 요구하면 바쳐야지. 치 떨리는 일이오."

"정말로 치가 떨립니다."

나는 손에 들린 묵직한 죽장도를 내려다보며 얼굴을 찌푸렸다. 아버지의 실종은 공녀들과 관련이 있었다. 하지만 열세 아이를 납치한 것은 조선 왕실이 아니었다. 왕실에서 비밀리에 그런 짓을 할 이유는 없었다. 그들이 곧 이 나라의 법인데.

"왕실이 아니면 누가 공녀를 데려가려는 걸까요?"

"어디선가 이런 얘기를 들었소. 명나라로 가는 여인의 수가 실제로는 훨씬 더 많다고. 사절과 귀족도 개인적으로 데려간다고 하더군. 하지만 노원같이 작은 마을에서 그런 범죄가 일어날 것 같지는 않단 말이지."

"복선이가 거짓말을 했다는 말씀이십니까?"

"그것은 아니지만…… 납치범의 의중을 잘못 이해했을 가능성도 있소. 설령 그 말이 진실이라 해도 노경 심방이 연루되었다는 주장은 믿기 어렵소."

"노경 심방은 홍 목사와 아는 사이입니다."

"나도 아오."

"아신다고요?"

"홍 목사의 지출 장부를 살펴봤는데, 지난 몇 년간 노경 심방에게 굿값으로 지불한 비용이 상당하더군. 어쩌면 홍 목사가 노경 심방을 이용해 열세 명을……."

유 어사가 입을 다물었다. 그렇게 말은 해도 자신의 이론에 확신이 없다는 표정이었다.

"처녀들을 불법으로 납치해 공녀로 보내는 일의 배후가 무당이라면 그런 식의 거래로 어마어마한 돈을 벌었을 거요."

유 어사가 말을 이었다.

"그런데 어찌 한라산 기슭에 있는 초가집에 살겠소? 왜 굳이 노원리 인근을 떠나지 않고 굶주린 마을 사람들을 돕느냐는 말이오. 어디든 가서 양반들을 고객으로 받으며 권력을 누릴 수 있는데?"

"서현이가 노경 심방의 딸이에요."

내가 말했다.

"숲 사건 때 목숨을 잃은 공녀, 마을 사람들에게 배척당해 비참하게 살았다는 그 여인요."

"아."

유 어사는 깊은 생각에 잠겼다.

"그거야말로 흥미롭군. 범죄 동기가 탐욕이 아닌 복수라……."

그는 말을 흐리더니 불쑥 입을 열었다.

"갑시다. 일단은 노경 심방에게 데려다주겠소. 가서 잘 지켜보시오."

"제 아버님은요?"

"노원리로 가서 촌장을 만나야겠소. 시체를 운반하려면 도움이 필요하니."

등이 뻣뻣하게 굳었다. 시체. 그 단어는 무슨 고깃덩어리를 이야기하는 것처럼 들렸다. 부엌 앞에 남겨진 돼지나 닭의 시체처럼. 사람, 살아서 숨 쉬던 사람, 어머니가 세상을 떠난 후 홀로 나를 키워준 사람을 말하는 느낌이 아니었다.

"돌아오실 겁니까?"

내가 물었다. 하지만 진짜 묻고 싶은 말은 아직 혀끝에 걸려 있었다. 언제 노경 심방을 체포할 겁니까?

유 어사가 하늘을 올려다보았다.

"해 질 녘 즈음. 돌아오면 노경 심방을 관헌으로 불러 심문을 하겠소."

이제 현실이 되었구나. 안도감과 불안감이 뒤섞였다. 하지만 이런 느낌은 유 어사의 질문을 듣자마자 공포로 변했다.

"동생은 이 일을 아오?"

나는 죽장도를 쥔 손에 힘을 주었다.

"아니요. 그 아이에게 상처를 주고 싶지 않습니다."

우리 사이에 침묵이 내려앉았다.

"잘했소."

놀랍게도 유 어사는 그렇게 말했다.

"이러는 편이 낫지. 안다면 노경 심방에게 전할 것이고, 그러면 일이 어떻게 될지 누가 알겠소. 자기 죄를 감추려고 도주를 시도할지도 모르오."

유 어사가 말을 타고 떠났다. 그의 뒷모습이 넓은 하늘 아래 작은 점으로 사라졌다. 나는 옆구리에 아버지의 죽장도를 끼고 천천히 말에서 내렸고, 마당을 터벅터벅 걸어 관헌 소속 말을 노경 심방의 마구간으로 데려갔다. 유 어사가 돌아올 때까지 잠시 이곳에서 쉬게 하자. 해 질 녘이면 돌아오겠지.

몇 시간만 기다리면 된다.

내가 손을 내리자 죽장도가 땅에 끌렸다. 마구간 입구의 나무 기둥에 이마를 댔다. 유 어사가 돌아왔을 때 매월이 얼마나 충격을 받을지 상상해보았다. 노경 심방을 부르는 소리를 듣고 얼마나 당황스러워할까. 심장이 빠르게 뛰겠지. 누가 노경 심방을 고발했는지 궁금해할 것이다. 그러다 나를 쳐다보리라. 눈에서는 상처와 배신감이 이글거릴 테고.

"돌아왔네."

맥박이 빠르게 뛰었다. 내 생각이 매월을 소환하기라도 한 듯 나는 몸을 홱 틀어 매월을 쳐다보았다.

"그래서?"

거칠게 숨을 쉬며 말하던 매월이 아버지의 죽장도를 보고 얼굴을 찌푸렸다.

"어사님이 뭐 새로 발견하신 거 있대?"

나는 동생을 눈에 담았다. 곧 있으면 잃게 될 내 동생. 머리를 빗었고 먼지와 진흙이 묻었던 작은 얼굴도 깨끗하게 씻었다. 옷도 하얀색으로 갈아입었다. 눈빛은 여전히 슬픔에 빠져 멍했지만 그 속에 반짝이는 호기심이 비쳤다.

"어사님 말씀으로는……."

나는 떨리는 목소리가 나올까 봐 침을 꿀꺽 삼켜야 했다.

"아버지는 칼에 찔려 돌아가셨대."

정적이 흘렀다.

"그럴 줄 알았어."

"정말?"

"언니가 가 있는 동안 생각을 좀 했거든……. 아버지는 숲에서 누군가에게 쫓기고 있었어. 그래서 나무에 그렇게 많은 표시를 남긴 거야. 도망치고 있었고, 살아서 숲을 나가지 못할 것을 아셨던 거지."

"살인자가 누구일 거라 생각해?"

"죄인 백씨."

매월이 말했다. 그러다 인상을 썼다.

"고개는 왜 저어?"

고개를 움직인지도 몰랐다. 내가 동작을 멈췄다.

"언니는 누구라고 생각하는데?"

매월이 따졌다.

집을 슬쩍 보고 다시 매월에게로 고개를 돌렸다.

"아버지가 드신 독은……."

말이 쉽게 나오지 않았다. 이 문제에 관해서는 시간을 두고 고민해 올바른 결정을 내리고 싶었다. 하지만 매월이 의심스러운 눈으로 나를 빤히 보았고 이제는 남은 시간도 별로 없었다.

속에서 희망이 끓었다. 유 어사님을 통해서가 아니라 내게 직접 들으면 용서해줄지도 몰라.

"그 독은 경포부자였어."

마침내 말했다.

매월은 흔들리지 않는 시선으로 나를 응시했다. 잠깐은 내 말을 들을지도 모르겠다는 생각이 들었다. 내가 독과 무당의 관계를 설명하려고 입을 여는 순간, 매월이 불쑥 말했다.

"심방님 방을 뒤졌어?"

기가 막혀서 온몸의 근육이 뻣뻣해졌다.

"너도 알았어?"

"당연히 알지. 관절염 때문에 쓰시는 약이니까! 심방님께 직접 들었어."

"너는 노경 심방 말이라면 다 믿는구나. 그 사람의 가장 은밀한 비밀이 뭔지도 모르면서."

내 목소리에 걱정이 묻어났고, 나는 최대한 다정한 말투로 말을 이으려고 노력했다.

"서현이가 그 사람 딸이었던 것도 몰랐잖아."

"비밀을 다 알지 못해도 상관없어. 나는 그분을 믿어."

매월이 말했다.

"아버지를 죽일 분이 아니야. 절대 아버지를 해칠 리 없어."

"나는 믿니?"

"믿지."

"그럼 믿어줘."

제발. 이 말을 덧붙이려다 참았다.

"노경 심방님은 나를 키워주셨어. 5년 동안 하루도 빠지지 않고 밥을 차려주신 분이야. 옷을 입혀주고 집이라고 부를 공간을 주셨어. 내가 나쁜 짓을 하고 못되게 굴어도…… 단 한 번도 나를 버리지 않았어. 이 세상에서 제일 참된 사람이야. 가족보다 더. 내가 울기라도 하면 당장 나와서 달래주는 분이라고."

매월은 나를 설득할 방법을 찾느라 말에 두서가 없었다.

"심방님은 나를 딸처럼 사랑하셔."

차가운 절망감이 온몸을 적셨다. 매월은 마음을 바꾸지 않을 것이다.

"네게 말할 필요는 없지만."

내가 나직하게 말했다.

"그래도 할게. 그 일이 벌어질 때 네가 배신감을 느끼는 건 나도 원하지 않으니까."

"무슨 일이 벌어지는데."

매월이 목소리를 깔았다.

"유 어사님이 오셔서…… 노경 심방을 관헌으로 데려갈 거야. 심문하기 위해. 노경 심방은 뭘 알고 있어, 매월아. 감정에 휘둘리지 말고 현실을 똑바로 봐."

"아니, 너무 늦게 말한 거 아니야?"

매월이 잔뜩 겁에 질린 눈을 했다.

"심방님을 변호할 방법을 찾을 시간을 줘야지."

"변호는 무슨 변호……."

"범인은 죄인 백씨야. 언니도 처음에 의심스럽다고 했잖아. 그런데 이제 그 사람은 생각도 안 나나 보네?"

매월이 빈정거렸다. 내가 말을 하지 않자 매월은 뒤를 돌아 집으로 향했다.

노경 심방에게 가서 말할 것이다. 둘이 도망칠 수도 있다. 부끄럽지만 한편으로는 그랬으면 싶었다. 그러면 매월은 노경 심방이 고문받은 모습을 보지 않아도 된다. 심문 중에 고문으로 자백을 받아낸다는 소문이 많았다. 고문을 받다 죽는 사람도 있었다.

고개를 숙여 죽장도를 내려다보았다. 그때 흙 마당을 밟는 소리가 들렸다. 손을 내리고 보니 매월이 늙은 무당의 긴 소매를 잡아당기며 끌고 나오고 있었다.

"무턱대고 의심하지 마."

매월이 허공에 손을 마구 흔들며 말했다. 간절한 목소리는 찢어질 것처럼 날카로웠다. 매월은 겁을 내고 있었다. 사랑하는 사람을 잃을지도 모른다는 두려움에 사로잡혀 있었다.

"직접 여쭤봐. 질문하란 말이야."

매월이 노경 심방을 홱 쳐다보았다.

"심방님이 우리 아버지에게 독을 먹이셨어요?"

노경 심방의 얼굴에 무수한 감정이 스쳤다. 당황, 충격, 불신. 그러다 무슨 일인지 알겠다는 듯 침착한 표정을 짓자 주름이 깊어졌다.

"그러니까 그때 서랍을 뒤지면서 내가 네 아버지를 죽였다는 증거를 찾고 있었구나? 네 아버지 시신을 발견했다고 매월이에게 이미 들었다."

"유 선비는 암행어사예요. 매월이가 이 얘기도 하던가요?"

따지는 목소리를 내고 싶었지만 그럴 수 없었다. 매월의 시선이 내게 박힌 지금은.

"어사님께 당신 이야기를 했어요. 당신의 거짓말도. 서현이를 본 적 없다고 했지만 사실은 봤잖아요. 둘이 말다툼하는 걸 봤다는 목격자가 있다고요. 촌장님 보고서에 다 기록되어 있어요."

노경 심방은 침묵을 지켰다.

"당신 딸은 공녀로 끌려갔던 걸 아는 마을에서는 수치스러워 살지 못하고 노원으로 왔죠. 하지만 그 사실을 안 노원 사람들에게도 배척당한 거예요. 서현이는 불행해졌어요. 그런데도 왜 2년이나 이 마을에 계속 살았을까요?"

여전히 말이 없었다.

"언니한테 말해주세요."

매월이 말했다.

"병사들이 잡으러 오기 전에 언니를 설득해요. 환이 언니를 설득하면 어사님도 이런 얼토당토않은 짓을 그만하라고 할 수도 있어요."

동생의 가시 같은 말에 이를 악물었다.

"내 의심은 얼토당토않은 게……."

"그래, 말하마."

노경 심방이 말했다.

나는 입을 다물고 들을 준비를 했다. 이야기에 속아 넘어가지 않을 준비를 마쳤다.

"은숙이, 내 딸이 말하기를……."

노경 심방이 천천히 말을 꺼냈다. 오랜 세월 동안 쌓인 먼지가 너무 두꺼워 한 꺼풀씩 마지못해 벗기며 선명한 기억을 찾고 있는 듯했다.

"명나라로 끌려가는 배 안에서 술에 취한 사절이 자초지종을 말했단다. 노원리에 사는 한 아비가, 공녀로 끌려가게 생긴 자기 딸을 보호하려고 다른 미인을 찾아주겠다 약속했다고. 자기 딸보다 더 아름다운 처녀를."

나는 움찔했다. 기억 속에서 죄인 백씨의 수수께끼가 울려 퍼졌다. 아름다운 처녀를 빼내려면 얼마나 큰 뇌물을 바쳐야 할까? 지금까지는 그의 말을 무시했었다. 그저 나를 조롱하기 위한 말이었다고 여겼다. 하지만 지금 생각하니 죄인 백씨의 수수께끼와 노경 심방의 증언은 소름 돋게 비슷했다.

"은숙이가 다른 이의 딸을 대신할 역할로 선택된 게다. 은숙이 말이 그래. 사절이 대단한 금액의 뇌물을 받고 어느 처녀를 빼내면, 그를 대신할 다른 처녀를 무조건 찾아야 한다더라. 왕실은 명나라에 보낼 처녀들의 숫자를 기록해놓기 때문에."

불확실한 마음이 몸을 뜨겁게 달궜다. 나는 답답해서 옷깃을 당겼다. 노경 심방을 믿고 싶지 않았다. 계속 손가락질을 하고 싶었지만 사실을 무시할 수는 없었다. 명나라 영락제에 관한 책을 읽은 적이 있다. 영락제는 처음에 조선 여인 천 명을 요구했다. 명나라에 도착한 여인이 999명이라면 조선 왕실이 해명해야 한다고 주장했다. 사절은 딸을 지켜달라는 아버지의 뇌물만 받고 끝낼 수 없었으리라. 할당량을 채울 다른 처녀를 찾아야 했으리라.

"사절은 아름다운 처녀를 하나 더 구해야 했지."

노경 심방은 기억의 무게를 이기지 못해 쉰 목소리로 겨우 말을 내뱉었다.

"노원에서 수백 집을 다시 수색했다."

아가씨들을 숨기세요. 하녀가 달려오며 어머니에게 말했었다. 꽁꽁 숨기셔야 합니다!

7년 전 그날, 병사들이 우리 집 마당에 우르르 몰려왔다. 어머니는 재빨리 커다란 궤짝의 뚜껑을 열고는 우리에게 속삭였다. 이 안에 숨어라. 나오라고 하기 전까지는 나오지 말고.

매월과 나는 깜깜한 궤짝 안에 웅크리고 있었다. 그때는 숨바꼭질 놀이라고 생각했다. 소리 내지 않고 가만히 있는 쪽이 이기는 놀이인 줄 알았다. 우리가 웃음을 참으며 조용히 있는 동안, 집 안을 돌아다니는 발소리가 들렸다. 아버지의 위엄 있는 목소리도 들었다. 가서 내 칼을 가져오시오. 배에서 꼬르륵 소리가 날 무렵, 어머니가 궤짝 뚜껑을 열어주고는 혼잣말처럼 작은 소리로 속삭였다.

"세상에, 누가 사절을 찾아가 어떤 처녀를 살펴보라고 했대. 굉장한 미인이래."

궤짝에서 나오면서 우리 둘 다 이겼다고 생각한 기억밖에 없다. 아무도 우리를 찾지 못했으니까.

"그날을 기억해요."

내 목소리가 갈라졌다.

"그런데 정작 끌려간 것은 내 딸이었다. 한라산 반대편에서 납치돼서. 2년 후 노원에서 딸을 다시 찾았을 때 그 애가 어땠는지 아느냐?"

고통으로 일그러지는 노경 심방의 얼굴을 보며, 나는 손에 땀이 맺힌 채 다음 이야기를 기다렸다.

"눈에 살기가 서려 있었어. 무슨 일이 일어났는지 수수께끼 같은 말로 설명하더구나. 내 딸과 다른 처녀들은 그곳에서 후궁으로 바쳐졌다고 한다. 자기를 납치한 자를 죽일 거라고, 그자가 누구인지 알아냈다고 했지만 이름은 말하지 않았다. 나는 당연히 그러지 말라고 했지. 자식의 손에 피를 묻히고 싶은 어미가 어디 있겠느냐? 쥐 죽은 듯이 지내며 모든 일을 잊고 살라고 했어. 그러다 언쟁이 일어난 것이다. 내가 겁쟁이라고 하더구나."

"그러고 나서…… 숲 사건이 벌어졌군요."

내가 속삭였다.

노경 심방은 고개를 저었다.

"그 아이는 자결하지 않았다, 환이야. 네 아버지가 그렇게 말했어. 그날 현장에서 은숙이를 너와 매월이보다 먼저 찾았다고 하더라. 은숙이는 절벽에서 떨어졌어. 누가 떠밀었겠지. 그러고 나서 누가 등에 칼을 꽂은 거야."

죄인 백씨도 비슷한 이야기를 했었다. 서현-은숙이 살해됐다고. 그 사실을 어떻게 알았을까?

어색한 침묵이 흐르는 사이 내 머릿속은 어지럽게 돌아갔다. 노경 심방이 정말로 범행에 개입했다면 이런 사실을 말하지 않았을 것이다. 제주에 온 후로 쭉 이 여자가 아버지를 죽였다고 여기며 추적했는데 시간만 낭비한 것일까? 나는 축축한 손으로 죽장도를 어루만지며 얼굴을 찌푸렸다. 혼란스러워 머리가 고통스럽게 쑤셨다.

"내가 심문을 받을 것이라 했지……."

두려움이 묻어나는 목소리로 노경 심방이 속삭였다.

"제발, 어사 나리께 나를 봐달라고 말해다오. 나는 틀림없이 마음에도 없는 말을 할 거야."

내 손이 멈췄다.

"왜 그런 말을 해요?"

"심문을 어떻게 하는지 내 두 눈으로 봤다."

노경 심방이 말했다.

"고문을 당해. 목격자도, 용의자도. 매를 맞다가 죽는 사람도 있다. 내 딸 말이 맞아. 나는 겁쟁이야. 고문을 멈추려고 무슨 말이든 할 거다."

매월은 노경 심방 옆에 붙어 서서 외지인 보듯 나를 쳐다보았다. 내가 무시무시한 전염병에 걸려 거리를 두고 싶은 것처럼. 나는 다정하고 애타는 목소리로 이렇게 말하고 싶었다. 노경 심방을 용의자로 만들고 싶지는 않았어. 나는 단서를 따라갔을 뿐이야. 중간에 길을 잘못 들었을 수도 있지만.

하지만 그 말을 하는 대신 제주에 온 이유를 떠올렸다. 사건을 해결하기 위해서다. 내 동생과 재회해 영원히 행복하게 살기 위해서가 아니었다.

"아지망에게 죄가 있든 없든, 판가름은 어사님이 합니다."

내가 말했다.

"어사님이 사건을 재검토하기로 하면 아지망만이 아니라 모든 목격자가 재판에……."

"한때는 언니를 존경했는데, 이제 진짜 언니 모습을 알겠네."

매월이 속삭였다. 배에 올라 점점 멀어져가며 해변에 서 있는 나를 바라보는 것만 같았다. 곧 내 모습은 동생의 시야에서 완전히 사라질 것이다.

"매월아."

내가 작은 소리로 불렀다.

"언니는 자기 결론밖에 못 보는 사람이야. 아버지는 내 말을 듣지 않았어. 숲 사건도 그래서 일어난 거야."

매월이 고개를 저으며 말을 이었다.

"언니도 내 말을 안 듣네. 처음부터 안 들었던 걸지도 모르지."

매월이 한 걸음 물러나 노경 심방과 팔짱을 끼고 내게서 등을 돌렸다.

"걱정하지 마세요."

동생이 사기꾼에게 속삭였다.

"제가 진실을 밝혀낼 거예요."

열일곱

　해가 질 무렵에 유 어사가 돌아올 것이다. 노경 심방을 체포해 심문하겠지. 나는 노경 심방이 범인이 확실하다고 말했었다. 하지만 이제 가슴속에 불신이 자리했다. 불신을 깨운 것은 매월의 발언이었다. 아버지는 내 말을 듣지 않았어. 숲 사건도 그래서 일어난 거야.

　방 안을 서성였다. 아무리 깊이 숨을 쉬어도 질식할 것 같았다. 나를 에워싼 벽이 사방에서 점점 가까이 다가왔다. 근육은 끊어질 것처럼 팽팽하게 긴장되었다. 세 걸음 만에 방을 가로질러 격자문을 활짝 열었다.

　해가 지고 있었다. 매월의 목소리가 귓가에 울려 퍼졌다. 언니도 내 말을 안 듣네.

　만약 이 자리에 아버지가 있었다면 어땠을까. 목숨을 걸고서 작은딸의 말에 귀를 기울였을 것이다. 나는 마른세수를 하고는 손가락으로 눈을 가렸다. 어둠밖에 보이지 않는 가운데, 머릿속 가득 찬 의심을 억지로 흐트러뜨리고 한 가지 질문만 남겼다. 내 동생이 내게 하려던 말은 무엇이었을까?

죄인 백씨. 당장에 그 이름이 떠올랐다. 매월은 그 사람이 범인이라고 확신했다. 백씨는 누구보다 명백한 용의자였다. 하지만 그렇게 찾기 쉬운 답 때문에 아버지가 목숨을 잃은 것은 말도 되지 않았다.

눈을 질끈 감고 집중했다. 죄인 백씨의 수수께끼를 다시 생각해보았다. 아름다운 처녀를 빼내려면 얼마나 큰 뇌물을 바쳐야 할까?

노경 심방이 답을 주었다. 또 다른 아름다운 처녀. 노경 심방은 7년 전 공녀로 가게 된 처녀를 대신해 자신의 딸이 서귀포에서 납치되었다고 했다. 여기서 이상한 점이 두 가지 있었다. 첫째, 노경 심방의 말은 죄인 백씨의 수수께끼와 너무도 완벽하게 들어맞았다. 둘째, 이것이 사실이라면 백씨는 왜 내게 이 수수께끼를 던졌을까? 내가 진실을 찾기를 바란 것일까? 아니면 나를 가지고 장난을 친 것일까?

알아야 했다. 죄인 백씨와 다시 이야기를 해봐야 했다. 두려움이 족쇄처럼 내 발을 붙잡았다. 하지만 나는 작은 일지를 집어 들고, 머리에 장옷을 쓰고, 죽장도를 쥐었다. 호신용 무기도 없이 백씨를 찾아갈 수는 없었다.

비단 장옷 안에 죽장도를 숨기고 마루로 나갔다. 서둘러 계단을 내려가려는데 매월의 생각이 멍들 정도로 나를 세게 잡아 세웠다. 몸을 돌리고 마루 저편에 있는 동생의 방을 바라보았다.

노경 심방을 범인으로 지목한 스스로를 원망하지는 않았다. 지금도 그는 용의자였다. 하지만 나는 매월에게 내 생각을 숨기고, 거짓말을 하고, 수사를 독점하려는 실수를 저질렀다. 지금이라도 용기를 내서 저 방의 문을 두드리고 전부 고백하고 싶었지만, 다퉜을 때 생긴 마음의 상처가 채 아물지 않았다.

계단을 서둘러 내려가다 멈추고 다시 매월의 방을 쳐다보았다. 해 질 녘이 얼마 남지 않았다. 망설일 시간은 없었다.

검은 돌로 지어진 마을은 주홍색 안개에 잠겨 있었다. 나는 철벅철벅 소리를 내며 말을 타고 진흙 길을 달려, 전에 매월과 함께 죄인 백씨 집을 감시했던 나무에 도착했다. 나뭇가지에 말을 묶고 정낭에 있는 나무 막대의 수를 셌다. 두 개다. 죄인 백씨는 외출했고 금세 돌아오지 않는다는 뜻이었다. 그런데 방 하나에서 불빛이 새어 나오고 있었다.

바로 그때 삐걱 소리와 함께 문이 열렸다. 가희가 빨랫감이 든 바구니를 들고 방에서 나왔다. 바구니를 머리에 올리고 한 손으로 받친 채, 다른 손으로는 빨랫방망이를 들었다.

나는 흉터로 가득한 가희의 얼굴을 뜯어보았다. 전에는 흉터만 보고 특이한 점을 알아차리지 못했다. 하지만 오늘은…… 석양빛이 그쪽으로 쏟아지고 있어서일까? 완벽한 균형을 이룬 우아한 이목구비가 보였다.

아름다운 처녀를 빼내려면 얼마나 큰 뇌물을 바쳐야 할까?

"또 다른 아름다운 처녀."

그때 별안간 어떤 가능성이 머릿속에 번쩍였다. 너무나 밝은 빛에 몸이 움찔했다. 7년 전, 무당의 딸인 서현-은숙이 납치되었다. 그리고 한라산 반대편에서 죄인 백씨는 딸의 얼굴을 난자하기로 마음먹었다. 그의 바람은 가희가 아름다워지지 않는 것이었다. 명나라 사절이 훔쳐 갈 미모를 다시는 갖지 못하도록.

7년 전, 가희는 열두 살이었다.

공녀로 뽑힌 이들은 대개 열한 살에서 열여덟 살 사이였다.

불꽃이 불길로 번졌다. 나는 장옷을 휘날리며 가희에게 달려갔다. 옆구리에 낀 죽장도가 위아래로 불안하게 흔들렸다. 근처까지 다가가자 가희가 날카롭게 나를 째려보았다.

"용건이 뭐꽈?"

질문이 아니라 가까이 오지 말라는 요구였다.

"이렇게 늦은 시간에 빨래를 해?"

내가 물었다.

가희가 걸음을 멈추었다. 돌처럼 굳어 있던 표정이 아까보다는 풀려 있었다.

"이때 아니믄 혼자 있을 수 어수다."*

그 말의 의미를 뒤늦게 이해했다. 낮에는 다른 여인들도 시냇가에서 빨래를 할 것이다. 죄인 백씨의 딸을 반갑게 맞이할 사람이 누가 있을까.

"아방 만나레 와수꽈?"

---

* 어수다 = 없다.

가희가 말했다.

"아방 어수다. 어디레 가신지 모르지만 돌아올 때까지 아무하고도 말하지 말랜 해수다. 특히 아시*랑은."

나는 한참을 말없이 가희와 나란히 걸었다. 우리가 도착한 곳은 마을 밖에 있는 시냇가였다. 그곳에서 가희는 빨랫감을 꺼내 흐르는 물에 담갔다.

"네 아버지는 복선이를 찾고 있었어."

나는 머리에 쓰고 있던 장옷을 벗고 얌전하게 접어 팔에 걸쳤다. 이제는 죽장도를 옆구리에 끼지 않고 손에 쥐었다.

"내가 복선이를 찾았어. 알고 보니 납치를 당했다가 탈출했더구나. 납치범은 하얀 가면을 쓴 남자였대."

가희는 매끈한 돌에 빨래를 올려놓더니 방망이로 퍽퍽 내리쳤다. 사방으로 물이 튀었다.

"알고 싶지 않아마씸."

"새로 오신 목사님도 노원에 계셔. 그분께서 사건을 재검토하실 거야."

사실은 암행어사였지만 괜히 머리만 복잡해지게 상황을 설명하고 싶지는 않았다.

"마을 사람들과도 이야기를 해봤어. 다들 네 아버지를 의심해. 새 목사님은 확인 차원에서 네 아버지를 조사하겠지. 특히나 이제……."

---

* 아시 = 아가씨.

등줄기에 차가운 전율이 흘렀다. 내가 다시 말을 꺼냈다.

"특히나 이제 내 아버지의 시신이 발견되었으니 말이야."

방망이를 쥔 가희의 손에서 힘이 빠졌다. 그가 나를 올려다보았다. 깊은 검은색 눈에 무언가 스치는 듯했다. 두려움인가? 후회?

"아시 아방이…… 발견됐댄마씸?"

"아버지는 독을 드셨어."

내가 속삭였다.

"그리고 나서 칼에 찔려 돌아가셨고."

가희는 내 말을 이해할 수 없다는 듯 계속해서 빤히 보았다. 그러다 눈을 깜박이고 시선을 떨어뜨렸다.

"아시네 아방은 제가 누게 딸인지 알멍 잘도…… 잘해줘수다."

가희가 나직이 말을 이었다.

"다른 사름헌티 좋게 대접받아본 게 얼마 만이었는지 몰라마씸."

"내 아버지와 대화를 했어?"

"네. 그분께…… 그분께…….""

가희는 고개만 젓고 다시 빨래를 했다.

친절. 가희가 입을 연 동기는 친절이었다. 위협이 아니라. 공포가 아니라. 아버지는 다 알았던 것이다. 아버지는 이유 없이 친절을 베풀지 않고, 이유 없이 남을 위협하지도 않았다. 아버지에게는 두 가지 면이 있었다. 날개가 부러진 새와 같은 용의자는 다정하게 심문했고, 그렇지 않은 용의자는 예리한 도끼처럼 가차 없이 취조했다.

"그래서, 내 아버지께 무슨 말을 했지?"

내가 물었다.

"아버지는 이제 돌아가셨지만, 네가 내 아버지를 대신해서 말해 줄 수 있겠니? 제발, 돌아가시기 전에 무슨 말을 했는지 알려줘."

가희는 방망이로 두드린 천을 비틀어 물기를 꼭 짜냈다.

"새로운 목사님이 왔댄 해수다."

"그래."

조만간 그렇게 된다고 해야 하나.

"곧 진실이 밝혀질 것이라는 예감이 들어. 내 아버지가 하신 말씀이 있거든. 아무리 깊이 묻혀 있어도 진실은 반드시 떠오른다고. 진실은 꺾이지 않으니까. 몇 년, 몇십 년이 지나도 포기하지 않고 빛을 찾아 올라오는 게 진실이야."

가희가 동작을 멈추고 졸졸 흐르는 시냇물만 멍하니 쳐다보았다. 얼음 같은 시냇물 때문에 손끝이 새빨갰다.

"난 아방 막을 사름 아무도 없댄 생각하멍 자라수다."

한참 만에 가희가 말했다.

"어멍이 마음 아팡 돌아가셨을 때도 아방 말리는 사름 어섰고예. 게고*…… 내 얼굴을 칼로 찔럼서도 아무도 아방을 말리지 못해신디……."

가희가 젖은 빨래를 집어 들었다. 기억을 지우려고 애쓰는 티

---

* 게고 = 그리고.

가 역력했다. 그는 이를 악물고 잔디밭에 빨래를 널었다.

"아방이 대낮에 내 목을 졸라수다. 도와달랜 도와달랜 해신디
도 마을 사람들은…… 그 사름들 그냥 대문 앞에 고만히 보고만
있었수다. 얼굴 알려지민 공녀 된댄 아방이 나 얼굴 헤싸지게*
허는 동안에요."

새삼 두려운 생각이 들어 가희의 얼굴을 뜯어보았다. 짙은 선
세 개가 뺨에 파여 있었고, 입꼬리 옆으로 길고 쪼글쪼글 튀어
나온 흉터가 있었다. 가희 아버지가 딸의 얼굴에 흉터를 낸 방
식은 육지 여인들에게도 익숙했다. 아버지의 일지에서 읽은 적
이 있다. 공녀가 되지 않으려는 간절한 바람으로 쑥뜸에 불을
붙여 얼굴을 지진 여자들도 있다고 한다. 그렇게 얼굴을 엉망으
로 만든 이들은 정말로 엄청난 위험을 감수한 것이었다. 차출을
피하려고 일부러 그렇게 한 것이 적발되면 가족의 전 재산이 몰
수당하기 때문이다. 아버지가 관리인 경우에는 관직도 박탈당
한다.

가희는 빨랫감 앞에 쪼그리고 앉았다.

"아방이 얼굴 곱댄 소문나민 촌장님 댁 아시추룩** 끌려갈 거
랜 해수다."

혀가 돌처럼 딱딱하게 굳어 내 입에서 알 수 없는 소리가 새
어 나왔다.

---

* 헤싸지다 = 망가지다.
** 추룩 = 처럼.

가희는 말을 이었다.

"촌장님이 얼마나 애가 탐시믄 사절헌티 뇌물 바치랜 했는지 보고 왔댄."

가희가 한숨을 내쉬자 차가운 입김이 피어올랐다. 가희는 자리에서 일어났다.

"겐디 그날 저녁에 우리 집 뒷마당서 촌장님과 아방이 대화하던데 무신* 말을 허는진 모르지만……"

설마 문 촌장이 이런 일에 연루되었을 리가. 그럼에도 나는 상상의 나래를 펼쳤다. 촌장은 백씨에게 이렇게 속삭이고 있었다. 자네에게 맡기고 싶은 일이 있는데 어떻게 생각하는가. 촌장은 백씨가 원하는 모든 것을 가진 사람이었다. 대신할 여자만 찾는다면 보상을 받을 수 있었다.

"아방이 돌아와 고라수다."

가희가 말을 이었다.

"우리도 부자가 될 거랜마씸. 맨날 밥 굶을 걱정 안 해도 된댄. 아방은 다음 날 떠났주. 몇 주 동안이나. 마을 사람들은 아방이 제주 이듸저듸 다니멍 곱닥한 지집아이 찾는댄 허고 있고. 아멩해도** 아방이 찾은 사람이 서현이 닮아 마씸. 왜냐하면 몇 달 후에 서현이가 노원으로 온 날…… 정말 경*** 고운 지집아이는 나도 처음 봐신디, 아방은 귀신 본 것추룩 겁에 질련. 그러더니 애

---

* 무신 = 무슨.
** 아멩해도 = 아무래도.
*** 경 = 그렇게.

초에 문 촌장님을 돕지 말았어야주 말았어야주 하멍 중얼거려
수다."

나는 영원과 같이 긴 시간 동안 공포로 온몸이 마비되어 가만
히 서 있었다. 아버지의 죽장도를 움켜쥔 손바닥이 대나무 자루
의 마디 형태로 눌렸다.

"하나만 약속해줍서."

가희가 마침내 빨랫감에서 시선을 거두고 나를 돌아보았다.
흔들리지 않는 눈빛에 변명의 기색은 없었다.

"재판이 시작되민 아방이 다시는 집에 돌아오지 못헌댄 약속
해줍서. 내가 아시한티 이런 말 했다는 걸 알민 아방 집이 돌아
올 때 나 죽을 목숨이우다. 내가 죽으면 아시 책임이우다예."

우리는 말없이 서로를 바라보았다. 가희의 부탁이 어깨를 무
겁게 짓눌렀다.

"네 아버지가 정말 범인이라면 돌아오지 않을 거야."

충격이 뼛속 깊이 스며들어 나는 사시나무처럼 떨고 있었다.

"그것만큼은 약속해."

방금 가희는 중요한 정보 두 개를 털어놓았다. 자기 아버지가
서현의 납치에 개입했을 거라는 정보와 문 촌장이 그렇게 하라
고 뒷돈을 줬을 거라는 정보.

나는 가희가 떠나고도 한참이나 시냇가에 홀로 남아 몸을 떨
었다. 혼란스러운 질문들이 나를 무겁게 내리눌렀다. 새로 알게
된 사실을 누구에게 알려야 할까? 유 어사에게 달려가야 하나?

오늘 오후만 해도 나는 노경 심방을 범인으로 지목했었다. 그사이에 유력 용의자가 바뀌었다고 하면 유 어사가 나를 어떻게 생각하겠는가?

우선 내게 설명해보아라. 아버지의 목소리가 제안했다. 꼭 우리가 사건을 함께 조사하는 기분이었다. 이 사실들이 숲 사건 그리고 내 죽음과 어떤 관계가 있지?

나는 죽장도로 땅을 푹푹 파며 머리를 굴렸다. 가희의 증언을 듣고 내 의심은 가희 아버지에게 향했다. 서현을 납치한 범인은 백씨가 틀림없었다. 그뿐만이 아니었다. 죄인 백씨가 그 외에도 잔혹한 범죄를 수도 없이 저질렀다는 사실을 본능적으로 알 수 있었다.

생각해. 아버지가 내게 용기를 주었다. 사소한 정보에 집중하거라. 반복되는 형태를 찾는 거야.

나는 쪼그리고 앉아 이슬을 머금은 무성한 잔디로 손을 내렸다. 잔디를 한 움큼 뽑고 차근차근 하나씩 생각하며 의심의 상자를 펼쳤다.

만약 죄인 백씨가 서현을 납치했다면 서현의 죽음에도 연루되었을까? 자기 때문에 서현이 노원으로 왔다는 두려움을 느꼈을지도 모른다. 문 촌장이 서현의 정체를 알면 어떻게 나올지 몰라 겁이 났는지도 모른다. 촌장의 딸을 대신해 공녀가 되었던 여자가 복수하러 돌아온 것 아닌가. 그래서 백씨가 서현을 죽였을지도 모른다.

숲 사건은 그렇게 일어난 것이다.

숲 사건 당일, 매월은 가면을 쓰고 검을 든 남자를 목격했었다. 죄인 백씨가 정말 서현을 죽였다면 그가 가면 쓴 남자였을지도 모른다. 그 가면은 열세 아이가 사라지는 사건 때도 여러 차례 목격되었다. 죄인 백씨가 왜 계속해서 처녀들을 납치하려는지는 알 수 없지만 백씨는 가면과 관련이 있었다. 그런 의미에서 사라진 아이들과도 관련이 있었다.

나는 쥐어뜯은 잔디를 내려놓으며 초록색 잎들이 떨어지는 모습을 바라보았다.

지금의 문제는 따로 있었다. 이제 어떻게 하지?

나는 몸을 일으켜 손바닥과 치마에 달라붙은 풀들을 털어낸 후 장옷과 죽장도를 집어 들었다. 비록 아버지는 떠났지만, 이 자리에 계신다면 어떤 말을 할지 잘 알았다.

가능한 한 많은 정보를 입수해야 한다. 모든 증언, 모든 소문, 소문 의심을 수집하렴.

다리가 저절로 움직였다. 처음에는 넓은 보폭으로 성큼성큼 움직이다가 빠르게 총총거리는 걸음으로 바뀌었다. 가희의 증언에는 커다란 허점이 있었다. 죄인 백씨와 서현 사이의 관계가 언뜻 결정적으로 보이지만 그저 추측이었다. 이것만으로는 부족했다. 내가 밟고 있는 이 땅만큼 단단한 증거가 필요했다.

바로 문 촌장의 증언이다.

어디로 가는지 나도 몰랐다. 하지만 눈을 깜박이고 나니 어느

새 마을로 돌아와 매화당 쪽으로 걷고 있었다. 문 촌장의 집. 문 촌장은 우리 아버지처럼 사건을 해결해야 할 사람이었다. 하지만 지금은 이런 의문이 들었다. 애초에 내 편이었을까? 전에 들었던 모호한 말이 다른 뜻으로 해석될 여지가 있었다.

예전에 내 딸이 납치당할 뻔한 적이 있다. 촌장은 내게 이렇게 말했었다. 조공 제도 때문에 공녀로 끌려갈 뻔했다는 사실은 빠뜨린 채. 연하당이라고. 딸이 회복될 거라는 희망을 품고 지었어.

딸을 위해 두 번째 집을 지은 것은 인적 드문 곳에 딸을 숨기기 위함이었나? 다시는 사절의 눈에 띄지 않는 곳에? 고립되어 사람들의 기억에서 딸의 미모가 잊히도록?

나는 하늘을 올려다보았다. 주황빛 광선이 수평선에 깔려 있었다. 유 어사가 당장이라도 노경 심방을 잡으러 올 것이다. 나도 그 자리에서 내가 아는 사실들을 전해야 한다. 새로운 의혹들도. 하지만 그 전에 문 촌장과 이야기해야 했다.

매화당 앞에 이르자 심장이 터질 듯 뛰었고 입이 바짝 말랐다. 이곳에 관한 이야기를 들은 적이 있다. 화산암으로 지은 이 소박한 초가지붕 집은 문씨 가문이 대대로 산 곳이다. 정낭에는 나무 막대가 하나뿐이었다. 촌장이 집에 없지만 금방 돌아온다는 뜻이었다.

진달래색 장옷으로 얼굴과 죽장도를 가리고 대문 앞에 멈춰 섰다. 하인을 불러 촌장이 있는 곳으로 안내해달라 하고 싶었지만 참았다. 갑자기 뺨이 뜨겁게 달아올랐다. 지금은 저녁이었다. 결혼도 하지 않은 처녀가 혼자 남자를 만나러 오다니. 고모에게 얼마나 많이 회초리질을 당했던지 본능적으로 행동이 멈췄다. 매월을 데리고 올 것을 그랬다.

나는 한동안 집 앞에서 기다렸다.

"밖에 얼마나 더 있을 게냐?"

갑작스러운 목소리에 깜짝 놀라 돌아보니 어둠 속에 문 촌장이 서 있었다.

"나와 대화하러 왔다면 들어오너라."

나는 두 손을 모으고 고개를 숙였다.

"촌장님을 뵙고 싶어 왔지만 시간이 늦었습니다. 아침에 다시 오지요."

촌장이 고개를 숙이더니 뒤를 힐끗 보았다.

"채원아."

나무가 드리운 그림자 깊숙이 숨어 있던 젊은 여인이 앞으로 나왔다. 여인은 녹색 비단 장옷을 쓰고 붉은 끈 두 개를 턱 아래 묶어 얼굴을 가리고 있었다. 비를 피하는 것처럼 머리 위로 장옷을 쓴 우리는 얼어붙은 듯 움직이지 않았다. 장옷의 그림자 속에서 나를 관찰한다는 느낌이 들었다.

문 촌장이 침묵을 깼다.

"딸과 산책하려고 나왔다. 이렇게 하면 밤에 잠이 잘 오거든. 들어와 차 한 잔 하겠느냐? 안 그래도 네 이야기를 하던 참이다."

"그…… 그러셨어요?"

"들어오너라."

촌장이 정낭에서 나무를 치웠다.

채원 쪽을 힐끗 보았지만 장옷에 가려 표정을 읽을 수 없었다. 자기 아버지가 수년 전에 무슨 짓을 했는지 알고 있을까? 두 사람을 따라 긴 가옥 세 채로 둘러싸인 넓은 마당으로 들어가는 동안 더 많은 질문이 내 가슴에 맺혔다. 죄인 백씨는 자발적으로 서현과 내 아버지를 죽였을까? 아니면 문 촌장의 지시를 받았을까?

나는 고개를 저었다. 이런 상상은 하고 싶지도 않았다.

우리는 마루의 돌계단을 올라 신발을 벗고 어둑한 본채로 들어가 문 앞에 멈춰 섰다. 별안간 하인이 한 명 나타나 문을 열고 먼저 들어갔다. 잠시 안에서 부스럭거리는 소리가 나더니 캄캄했던 방이 등불로 밝아졌다. 널찍한 서고였다. 바닥부터 천장까지 다 책장이었고 칸마다 책으로 꽉꽉 들어차 있었다. 제일 안쪽에는 낮은 탁자와 비단 방석이 놓여 있었다.

"우리 부녀는 이 서고에서 저녁을 보내곤 한단다. 조상 대대로 내려온 공간이지."

문 촌장이 한 책장 앞에 멈춰 서더니 책 한 권을 집어 들었다.

"채원이는 시가를 읽고, 나는 수사 기록을 살펴보고. 전에 숲 사건 보고서를 보고 싶다고 했지?"

촌장이 책을 건넸다.

"옜다. 원한다면 직접 읽어봐도 좋다."

책을 받아 든 나는 채원이 장옷을 벗는 순간 하마터면 책을 떨어뜨릴 뻔했다. 내 앞에 있는 얼굴은 달 그 자체였다. 동그란 얼굴에서 빛이 반짝거렸다. 갸름한 턱, 오뚝한 콧날, 섬세한 눈썹, 붉은 입술. 살면서 이렇게 아름다운 여인을 본 적이 없었다. 7년 전 우리 집 마당에서 사절이 왜 급히 달려 나갔는지 이해했다. 노원에 '조선의 진주'가, 촌장의 딸이 있다는 말을 들은 것이다. 하지만 가장 눈에 띄는 부분은 눈 밑의 짙은 보라색 그늘이었다. 환영에 시달린다는 표시였다.

"이유가 있어 왔겠지."

문 촌장이 말했다.

"말해보거라."

나는 속으로 정신 차리라고 내 뺨을 때렸다.

"제가 하고 싶은 말은……."

다시 촌장의 딸을 쳐다보았다.

"따님 앞에서는 부적절할 듯합니다."

"수사 얘기라면 조심하지 않아도 된다. 내가 아는 사실은 채원이도 아니까. 어릴 때부터 노원리를 다스리는 이 아비를 도왔지. 내 딸이지만 누구보다 총명하고 강인한 아이다."

나는 어둠 속에서 촌장을 더 자세히 관찰하려고 한 손을 이용해 머리에 쓴 장옷을 더욱 앞으로 당겼다. 그의 표정을 읽어야 했다. 얼굴을 스치는 감정을 전부 확인해야 했다. 하나도 놓칠 수는 없었다.

"제가 듣기로는……."

목을 가다듬었다.

"촌장님께서 따님을 지키기 위해 사절에게 뇌물을 주셨고 죄인 백씨를 고용해 따님을 대신할 공녀를 찾았다고 하던데요. 결국 7년 전에 서현이 따님 대신 끌려갔고요."

촌장 부녀는 여전히 무표정이었다. 충격을 받았나? 감정을 읽기가 어려웠다.

"나는 아비로서 할 일을 했을 뿐이다."

촌장의 목소리는 너무 작아 우리 사이의 침묵을 완벽하게 깨지 못했다.

"나는 적지 않은 뇌물을 바쳤다. 그 정도면 사절의 탐욕을 채울 수 있겠다고 생각했지. 하지만 그는 만족하지 않더구나."

촌장이 눈을 내리깔았다. 후회하는 기색이 역력했다. 드디어 감정이 드러났다.

"그는 조선에서 가장 아름다운 여인을 데려가겠다고 약속했댔어. 돈을 더 바치면 한 달의 여유를 줄 테니 대신할 처녀를 찾아오라고 하더군. 그자가 공녀를 준비하는 임무를 마치기 전에 여자를 보내야 했다."

"그래서…… 죄인 백씨를 고용하신 겁니까?"

"성품이 잔인하고, 또 거칠 것이 없다는 말을 들었거든. 그저 딸만 알아서, 딸을 먹여 살리려고 애를 쓴다고 했다. 깡마른 계집아이였지. 뼈밖에 없는 몸으로 음식을 구걸하는 모습을 자주 봤어. 백씨는 당장에 내가 시키는 일을 하겠다고 나섰고, 이름 하나를 들고 돌아왔다. 서귀포에 사는 은숙이라고. 나는 그 이름을 사절에게 전했지. 정말…… 정말 그날 이후로 내 행동을 얼마나 후회했는지 모른다."

나는 머리를 좌우로 흔들었다. 방향을 잃은 듯한 단서들이 소용돌이처럼 나를 집어삼켰다. 문 촌장은 죄인 백씨에게 돈을 주고 제주를 뒤져 미인을 찾으라고 지시했다. 하지만 그 자체로는 범죄가 아니었다. 결국 서현-은숙을 납치한 사람은 명나라 사절이었기 때문이다.

"은숙이…… 촌장님께서 따님 대신 공녀로 보낸 그 여인은 그해에 명나라에서 탈출해 노원으로 왔습니다. 그러다 2년 전에 숲에서 죽었고요. 살해당했다고 합니다."

나는 내 손에 들린 수사 기록을 내려다보았다. 표지에는 검은 먹물로 연도가 적혀 있었다. 1421년.

"그날도 가면 쓴 남자가 목격되었습니다. 열세 아이가 사라질 때도 항상……."

"설마 죄인 백씨가 독단적으로 행동했을까."

문 촌장이 걱정스러운 목소리로 말했다.

"나도 간혹 그런 의심이 들기는 했다. 백씨든 누구든 열세 명을 납치한 목적을 도대체 모르겠어."

그렇다고는 해도……. 나는 머릿속에 새로 떠오른 생각을 떨칠 수가 없었다. 서현의 죽음으로 가장 이득을 본 사람은 문 촌장이었다. 촌장이 뇌물을 바쳤다는 비밀을 알아냈다면 서현은 그 사실을 폭로했을 테고 촌장은 명예도, 지위도 잃었을 것이다.

어쨌든 나는 동의하는 척 고개를 끄덕였다.

"저도 같은 생각입니다. 연관성을 모르겠어요."

촌장의 딸을 슬쩍 보니 조용히 눈만 내리깔고 있었다. 지금껏 한마디도 하지 않았다.

"따님이 피곤하신가 봐요."

촛불의 불빛 속에서 촌장의 딸은 녹색 장옷을 손으로 매만지며 아무 말도 하지 않았다. 자기 아버지의 그림자처럼 말없이 옆에 꼭 붙어 있었다. 자기 의지 따위는 없는 사람 같았다.

"시간이 늦었네요."

내가 작은 소리로 말했다.

"저는 이만 가봐야겠습니다. 유 어사님께서 해 질 녘에 노경 심방의 집으로 오신다고 하셨습니다."

"아, 그분은 내가 아까 모셨다. 조금 전에 떠나셨어. 내가 채원이와 산책을 나가기 전에."

문 촌장이 문 쪽을 힐끗 보았다.

"해는 이미 졌지."

나는 왼쪽으로 고개를 돌려 서고 반대편에 있는 격자 창문을 내다보았다. 창밖은 석양의 주황색이 아니라 칠흑 같은 검은색이었다. 두려움으로 가슴이 철렁 내려앉았다.

"네가 원한다면 지금 하인을 보내서 유 어사님께 우리 집으로 와달라고 청하마."

문 촌장은 미안하다는 눈빛으로 딸을 보았다.

"그리고 나도 그분께 모든 것을 설명하마. 진실을 너무 오래 감추고 있었어. 이제는 나도 못 견디겠구나."

"진실이 더 있다고요……?"

"그래. 더 있다."

문 촌장이 딸의 어깨에 손을 올렸다.

"어사님이 오시면 너도 곧 알게 되겠지."

가슴에서 안도감 같은 감정이 피어났다. 그러면 이제 모든 의문이 해소될 것이다.

"그리하면 저는 어사님이 오시기 전까지 보고서들을 읽고 있겠습니다."

"편하게 보거라."

촌장이 방을 나가려고 돌아섰다가 멈춰 섰다.

"네 아버지 일은 유감이다."

안도감이 사라지고 아버지의 기억이 날카로운 고통을 일깨웠다.

"시신 상태를 보았어."

촌장은 믿기 어렵다는 듯 미간을 찌푸리며 고개를 저었다.

"제주같이 습한 지역에서 그런 상태가 되기는 불가능하다. 주술이 분명해. 일단은……."

그러면서 탁자를 향해 손짓했다.

"보고서를 읽어보아라. 특히 노경 심방에 관한 부분. 네가 가장 걱정해야 할 사람은 그 여인이야."

열여덟

매화당 서고에 혼자 남게 된 나는 장옷을 벗고 죽장도를 벽에 세운 후 탁자 앞에 책상다리를 하고 앉았다. 내 일지 옆에 수사 기록을 펼쳐놓고 둘의 내용을 비교했다. 가희와 문 촌장에게 들은 말은 판관의 보고서와 일치했다. 노경 심방이 서현을 마지막으로 본 사람이었고, 목격자는 이런 서현의 말을 엿들었다. 나는 이제 은숙이가 아니야. 은숙이는 바다 건너에서, 정조가 짓밟힌 곳에서 죽었어.

이제야 이 말이 무슨 뜻인지 알겠다. 몸을 부르르 떨며 너무 많은 것을 상상하지 않으려 노력했다. 책장을 넘기던 손이 멈칫했다. 이 기록에 대해 이야기했던 날, 문 촌장은 다른 말도 했다. 천천히 다음 장, 또 다음 장을 넘기며 기억이 떠오르기를 기다렸다.

또 무슨 얘기를 했더라?

자기 딸.

주술.

문 촌장은 부인이 딸의 불면증을 치료하기 위해 무당을 찾아 갔지만, 자신은 주술을 믿지 않는다고 했다. 그런데…… 방금 전 그는 정반대의 이야기를 했다. 주술이 아버지의 유해를 보존한 원인이라고.

모순과 불일치. 아버지의 세 번째 일지에는 그렇게 쓰여 있었 다. 그 두 가지에는 반드시 의문을 품어야 한다.

"아가씨."

격자문 너머로 사람의 그림자가 보였다.

"따끈하게 마실 것을 가져왔습니다."

들어오라고 하자 호리호리한 하녀가 쟁반을 내려놓고 내 앞 에 찻잔과 주전자를 놓았다. 나는 계속해서 일지를 내려다보았 다. 겉으로는 일지를 읽는 척했지만 생각을 과거로 돌려보내는 중이었다. 내 생각은 다른 사건 앞에 멈춰 섰다. 문 촌장은 죄인 백씨가 범인일 수 없다고 했다. 그렇게 명백하다면 아버지가 알 아내지 못했을 리 없다면서. 나도 바로 그 이유로 백씨에 대한 관심을 끊었다. 하지만 죄인 백씨는 서현을 찾는 일에 관여했 고, 심지어 서현을 죽였을지도 모른다. 촌장은 이 사실을 처음부 터 알고 있었다.

하녀가 나가고 난 후, 버드나무 같은 연녹색 사기 찻잔을 집 어 들었다. 따뜻한 차가 가장자리까지 찰랑거렸다. 한 모금을 마 시고 멍하니 앞을 바라보았다. 문 촌장은 나를 혼란스럽게 만들려는 것일까? 나를 엉뚱한 방향으로 유인하려는 수작일까? 유 어사가 도착하면 모든 사실을 고백할지도 모르지. 나는 그를 믿고 싶었다.

생각에 너무 깊이 빠져 시간 가는 줄도 몰랐다. 정신을 차리니 유 어사가 언제쯤 도착할지 궁금해졌다. 조만간이겠지? 나는 몸을 일으켜 세우고 수사 기록이 있는 책장으로 향했다. 더 많은 기록이 쌓여 있었다. 하지만 다른 주제의 책장들도 있었다. 역사, 정치, 의학…… 나는 책장 앞에 서서 의학서를 꺼냈다.

아버지는 독에 중독되었고, 경포부자일 가능성이 크다. 지금도 확신한다. 책장을 넘기며 경포부자에 대한 정보를 찾았다. 다양한 질병의 처방법이 상세하게 나와 있고, 중독 환자를 치료하는 법까지 실려 있었지만 경포부자라는 명칭은 아직 보이지 않았다. 책장을 넘기다 말고 몇 장 앞으로 돌아왔다. 뭘 본 것 같은데. 아니다. 다른 약초 그림이었다. 이마에 맺힌 땀을 닦았다. 서고가 점점 뜨거워지고 있었다. 발밑에서 온돌 바닥이 펄펄 끓었다. 나는 계속해서 책장을 넘겼다. 그러다 귀퉁이가 접힌 부분에서 멈췄다. 무슨 내용인지 훑어보았다. 왜 하필 이 부분에 중요하다는 표시를 했을까…….

내 손에서 책이 떨어졌다. 칼날처럼 날카로운 고통이 복부를 관통했고 나는 바닥으로 힘없이 쓰러졌다. 최대한 움직이지 않고 가만히 있었다. 달거리통이겠지. 불안을 애써 잠재웠다. 그럴 거야. 다음 통증은 더 심하게 나를 때렸다. 이제는 검의 자루로 때리는 듯한 힘이 내 갈비뼈를 으스러뜨렸다. 입이 떡 벌어지고 알아듣기 힘든 소리가 입에서 터져 나왔다. 몸을 꼭 끌어안고서 상체를 앞으로 푹 숙였다. 내 앞에 의학서가 떨어져 있었다. 파들파들 떨리는 손으로 접혀 있는 귀퉁이 부분을 다시 펼쳤다.

비소 중독 증상. 복통, 흉통, 메스꺼움, 과민증, 간헐적 간지러움. 설명은 계속되었다. 피해자는 대개 만 하루 이전에 사망하지만 운이 나쁘면 보름 가까이 살아 있기도 한다.

비틀거리며 일어나 장옷과 죽장도를 손에 쥐었다. 그리고 배를 움켜쥔 채 비틀거리며 격자문으로 다가갔다. 하지만 문이 아니라 탁자로 넘어지며 도자기 항아리를 넘어뜨렸고, 깨진 도자기 조각들이 문으로 향하는 내 발에 파고들었다. 장옷을 팔에 걸치고 남는 손으로 놋쇠 손잡이를 잡아당겼다. 하지만 다음 상황은 나를 악몽에 빠뜨렸다. 문이 꿈쩍도 하지 않았다. 얼굴에서 땀이 바가지로 쏟아져 내렸다. 몸은 불덩이였다. 서고 전체가 용광로 같았다.

뜨겁다.

단번에 상황이 파악되었다. 죄인에게 비소와 황이 섞인 사약이 내려졌을 때, 후끈한 방에서 사형이 집행된다. 열기가 더 빠른 죽음을 가져오기 때문이다. 손에서 힘이 빠졌다. 나는 손을 옆으로 늘어뜨렸다.

문 촌장. 아버지가 살아 돌아온 듯한 느낌을 주던 그는 내가 죽기를 바랐다. 지금 내가 느끼는 감정은 두려움이나 분노가 아니었다. 깊은 슬픔이었다.

무릎이 꺾여 뜨거운 바닥에 주저앉았다. 옷은 몸에, 흠뻑 젖은 머리카락은 이마에 착 달라붙었다. 죽는다는 게 이런 기분이구나.

나는 아버지를 생각했다. 아버지도 같은 독으로 서서히 죽음에 가까워졌겠지. 그렇게 생각하니 덜 외로워졌다. 곧 아버지가 있는 곳으로 가리라. 죽음이라는 게, 생각만큼 무섭지 않았다. 한 곳을 떠나 다른 곳으로 가는 과정일 뿐.

바닥이 내 뺨을 뜨겁게 지졌다. 고개를 돌리니 바닥에 뻗은 팔 주변에 깨진 도자기 조각들이 흩어져 있었다. 살짝 구부러진 손은 손바닥을 펼친 상태였다. 지금 보니 엄지에 작은 상처가 있었다. 그 부분을 칼로 베어 매월의 입에 내 피와 시로미 과즙을 함께 흘려 넣었더랬다.

아버지는 매월을 버리고 간 적이 있다.

과거를 되돌리려다 목숨을 잃었다.

나마저 매월을 두고 떠날 수는 없다.

두 번은 안 돼.

천천히 주위를 둘러보았다. 열기 때문에 생각이 빠르게 돌아가지 않았다. 무엇을 해야 할지 몰랐다. 잠긴 문으로 탈출할 수는 없었다. 막다른 길이었다.

막다른 길은 언니 머리에나 있는 거지. 가녀린 어깨를 으쓱하며 말하는 동생의 목소리가 들리는 듯했다. 찾고자 하면 언제든 다른 출구로 나갈 수 있어.

그 순간 깨달았다. 반대쪽 손이 내 목걸이를 붙잡고 있다는 것. 목걸이에는 나무 호루라기가 달려 있었다. 남은 힘을 모두 끌어모아 호루라기를 입에 대고 불었다.

날카로운 소음이 침묵을 깨는 동시에 강한 메스꺼움이 솟구쳐 동글게 몸을 말았다. 구역질이 났지만 참았다. 다시 호루라기를 불었다. 밤하늘을 가르렴. 나는 애타게 빌었다. 누군가의 귀에 닿아줘. 죽더라도 이 소리가 문 촌장 집에서 나왔다는 사실을 모든 사람에게 각인시켜야 한다.

삐걱삐걱 마루 밟는 소리가 들리자 공포심이 가슴을 마구 때렸다. 이제는 죽고 싶지 않았다. 팔꿈치로 바닥을 짚고 몸을 일으키려 했다. 하지만 갑작스러운 움직임에 메스꺼움이 심해져 구토를 하고 말았다. 아무것도 나오지 않았지만.

"호루라기를 빼앗거라."

밖에서 무덤덤한 여자 목소리가 들렸다.

채원이다. 찬물을 뒤집어쓴 기분이었다. 충격에 휩싸여 몸을 끌며 일어났다. 어지러운 와중에도 경계심이 들었다.

"그, 그치만, 아가씨."

차를 내온 하녀였다.

"저를 해치면 어떡해요."

"한 시간이 지났다. 이 정도 열기면 지금쯤은 송장이나 다름없다. 어서, 이러다 누가 듣겠다."

무언가가 찰칵거렸다. 자물쇠에 열쇠 끼우는 소리였다. 나는 본능적으로 곁에 있는 도자기 조각을 움켜쥐고는 재빨리 방 안을 훑었다. 방에서 제일 어두운 공간은 문 바로 옆이었다. 내가 서고 끝에 있는 탁자로 등불을 들고 갔기 때문이다. 아파서 바닥에 쓰러질 뻔하면서도 아버지의 죽장도로 두 다리를 받치고 비틀거리며 그쪽으로 다가갔다. 높은 책장 두 개 사이에 간신히 몸을 숨겼다. 쌓여 있는 책들이 내 위로 더 깊은 그림자를 드리워주었다.

드디어 격자문이 스르륵 열렸다. 호리호리한 아이가 잔뜩 경계하는 걸음으로 천천히 들어왔다. 이런 짓을 하려는 내가 미웠지만 아버지를 죽인 문씨 일가가 죄값을 치르지 않게 둘 수는 없었다. 나는 한 손으로 죽장도를 쥐고 다른 손으로는 깨진 도자기 조각을 들었다. 얼마나 세게 쥐었는지 살갗이 터져 피가 흘렀다.

하녀가 다른 방향을 보며 내 앞에 이르렀을 때 나는 몸을 날렸다. 도자기 조각을 하녀의 목덜미에 대고 내 쪽으로 확 끌어당겨 결박하자 하녀의 입에서 비명이 터졌다. 세 걸음 만에 하녀를 방패막이 삼아 문을 나왔다. 그러는 내내 목에 벌써 상처가 났나, 피가 흐르는 걸까 걱정이었다. 하녀가 미친 듯이 울고 있기 때문에.

"제, 제, 제, 제발요!"

하녀가 애원했다.

"제, 제, 제발 절 해, 해치지 마세요. 아아, 제, 제발!"

채원이 우리 앞에 섰다. 하녀와 달리 섬뜩하리만치 침착했다. 채원은 소매 안에 양손을 넣고 있었다. 표정이 없었고, 나를 쳐다보는 눈도 죽은 사람처럼 멍했다.

"비켜."

나는 최대한 위협적으로 말했다.

"안 비키면 죽일⋯⋯."

"더 크게 말하지 그러니."

채원이 말했다.

"다 듣겠다. 이 집에 하인들이 얼마나 많은데."

채원이 옆으로 물러나자 열려 있는 대문이 드러났다. 멀지 않은 곳에 대문이 있었다. 나를 보내주려는 것일까? 아니면 함정일까?

하나, 둘, 셋.

나는 하녀를 옆으로 밀치고 탈출했다. 집에서 쏜살같이 달려 나갔다. 차가운 공기가 얼굴에서 폭발했다. 이 힘과 속도가 어디서 나왔는지는 모르겠다. 길로 나오자마자 고통이 느껴졌다. 배가 아프고, 가슴이 아팠다. 깨진 도자기 조각이 박혀 피범벅이 된 발바닥이 아팠다. 나는 죽장도로 몸을 지탱하고 절뚝절뚝 앞으로 걸어가며 뒤를 힐끔거렸다. 따라오는 사람은 없었다. 아직은.

채원은 내가 탈출했다고 고하려 자기 아버지를 찾고 있을 것이다.

또 구역질이 올라왔다. 아까보다 더 심했다. 배를 움켜쥐고 마을을 향해 걸음을 재촉했다. 지금 토하려면 무릎을 꿇어야 하고, 토하는 소리를 내면 내 입을 막으려 문씨 일가가 보낸 사람에게 들킬 위험도 있었다.

거의 다 왔어. 나는 계속해서 속으로 되뇌었다. 죄인 백씨 집 근처 나무에 말을 매어두었다. 거기까지만 가면 말을 타고 안전하게 갈 수 있다. 하지만 백씨 집을 지날 즈음, 걸음이 느려져 발을 질질 끌고 있었다. 순수한 고통이 뼈마디를 하나하나 다 쥐어뜯는 느낌이었다. 더는 움직일 수 없어 배를 움켜쥐고 몸을 둥글게 말며 땅에 쓰러졌다.

"아시?"

익숙한 목소리가 들렸다. 가희였다. 가희가 등불을 들고 호기심과 걱정이 담긴 눈으로 나를 내려다보았다.

"간 줄 알아신디……."

"아직."

내가 속삭였다.

가희는 그 자리에 가만히 서서 주위를 둘러보았다.

"이듸 이시믄 안 돼마씸. 우리 아방 이제 올 거우다."

나는 힘들어하며 간신히 말을 꺼냈다.

"저 나무까지만 부축해줘."

그제야 가희의 얼굴에 걱정스러운 빛이 드러났다. 가희는 옆에 쪼그려 앉더니 내 팔을 자기 어깨에 걸쳤다. 가희에게 온몸을 기대고 천천히 일어나 한 발짝씩 내디디며 별빛으로 반짝이는 나무 그늘 쪽으로 향했다.

"메께라…… 어떵허당 영 되수꽈?"*

"독."

충격을 받아 굳은 가희에게서 내 몸을 떼어냈다. 그러고는 내

---

* 메께라 = 어머나, 영 = 이렇게.

조랑말이 있는 곳으로 비틀거리며 걸어가 고삐를 쥐었다.

"이제 됐어. 여기부터는 말을 타고……."

몸이 반으로 꺾였다. 또다시 고통이 복부를 강타했기 때문이다. 신음을 흘리며 땅에 주저앉았다.

"내…… 내가 매월 아시 모셔와마씸? 아까 매월 아시를 봐수다."

"어, 어디서?"

"질문 있댄 찾아왔길래 아시도 저를 찾아왕 질문한 적 있댄 해수다. 여기 있는 몰*을 보고 아시를 만나면 객주집에서 기다리고 있겠댄 전해달라셔마씸."

문 촌장은 나를 죽이려 했다. 나를 이미 죽였을 수도 있다. 나는 진실에 너무 가까이 다가갔고, 이는 매월도 위험하다는 뜻이었다.

"매월이를 찾아야 해."

나는 손으로 배를 압박하며 다시 몸을 일으키려 낑낑댔다.

"안 그러면 문씨 일가가 먼저 찾을 거야."

가희가 등불을 내려놓고 내 소매에 손을 올렸다.

"좋은 생각 같진 않아마씸. 힘에 부쳐 보염수다. 그러다 말에서 떨어져 대맹이** 다치믄……."

우렁찬 말발굽 소리가 밤의 침묵을 깨뜨렸다. 나는 하얀 가면

---

* 몰 = 말.
** 대맹이 = 머리.

을 쓴 남자를 볼까 두려워 아버지의 죽장도 자루를 얼른 움켜쥐었다. 하지만 눈앞의 모습을 보자 안도감이 밀려들었다. 동생이 정신없이 말에서 뛰어내려 내 쪽으로 달려오고 있었다.

"마을 사람이 방금 언니가 이쪽으로 가는 걸 봤다고 해서……."

내 앞에 무릎을 꿇은 매월의 모습은, 반은 등불 빛 속에 반은 어둠 속에 있었다.

"왜 그래? 떨고 있잖아."

이유를 설명하려고 입을 열었지만 자비 없는 독이 나를 옥죄어 말을 할 수 없었다.

가희가 대신 대답했다.

"독 드셨수다."

휘둥그레 뜬 매월의 눈에 충격, 공포, 분노가 몰려들었다. 재빠르게 머리를 굴리는지 눈에서 불꽃이 튀었다.

"언니를 죽게 놔두지 않아."

매월은 뒤돌아 가희를 불렀다.

"따뜻한 물 세 바가지에 소금을 한 줌 넣고 녹여줘."

가희가 고개를 끄덕이고 달려갔다.

"왜……."

나는 뒤틀리는 고통을 참고 간신히 말을 꺼냈다.

"왜 소금물이야?"

"심방님이 통증에 경포부자를 쓰는 걸 보고, 실수로 너무 많이 드실까 걱정되더라고. 그래서 중독되면 어떻게 해야 하는지 의녀에게 물어본 적이 있어. 그나마 제일 좋은 방법은 구토를 유도하는 거래."

잠시 후 가희가 소금물 한 사발을 들고 돌아왔다. 매월이 내 목구멍에 소금물을 부었지만 고통에 떨리는 내 몸은 절반밖에 받아들이지 못했다. 나는 얼굴을 일그러뜨리며 소금물을 삼켰고, 바로 잔디밭에 토했다. 아까보다 더 고통스러웠다.

가희가 양손을 움켜쥐고 지켜보았다.

"이게 좋은 방법이어야 할 건디……."

"틀림없어."

매월이 잔뜩 겁먹은 얼굴로 날카롭게 반응했다.

"꼭 효과가 있을 거야……."

"더 가져오쿠다."

가희가 돌아간 후 몸을 힘겹게 일으켜 나무 몸통에 기대앉았다. 고개를 들고 나뭇잎 틈으로 별이 반짝이는 하늘을 올려다보았다. 힘을 비축하려고 일부러 호흡을 천천히 했다. 매월에게 모든 이야기를 전해야 했다.

"효과가 없으면 우리에게 남은 시간이 별로 없……."

"그런 말 하지 마!"

"잘 들어."

매월이 창백해진 얼굴로 입을 다물었다. 매화당에서 있었던 일을 설명하는 동안 동생의 얼굴은 더욱 새하얗게 질렸다. 나는 문 촌장의 모순, 차, 채원에 대해 들려주었다.

"하인을 시켜서 내 호루라기를 빼앗으려 하더니 그냥 보내줬어."

매월이 미간을 찌푸렸다.

"왜 그랬지?"

"글쎄."

"어쩌면…… 어쩌면 계획적이지 않았을까? 문을 열어주려고 하인을 보낸 거야. 아버지를 거역하는 것처럼 보이지 않게."

처음에는 반박하고 싶은 충동이 솟았다. 하지만 일리가 있었다. 채원도 가희처럼 자기 아버지를 두려워하고 있을지 모른다. 두 여자 모두 아버지의 죄에 억눌려 숨조차 쉬지 못했다.

"진짜로 궁금한 건 이거야."

매월이 말을 이었다.

"촌장님이 왜 언니를 죽이려고 하지?"

"분명 사라진 아이들과 관련이 있어."

"언니한테 무슨 독을 썼는지는 알아?"

"아니. 그런데 매화당에서 본 의학서……."

말이 흐려지더니 통증이 온몸을 관통했다. 이제는 목소리에도 힘이 없었다.

"거기 한 장이 접혀 있었어. 비소 부분이. 증상이 전부 일치해."

"비소!"

매월이 손을 뻗어 내 소매를 붙잡았다.

"아버지를 죽이려고 쓴 독이잖아."

내가 의아한 눈으로 매월을 보았다.

"나는 궁금한 게 있으면 객주집으로 가잖아."

매월이 설명했다.

"별별 사람이 다 모이는 곳이라 별별 정보가 다 있어. 거기서 알아보니까 아버지 상태가 이상했던 게 대단한 수수께끼가 아니더라고."

"그게…… 무슨 말이야?"

"여기가 유배지잖아. 정치범들을 어떻게 사형시키는지 언니도 알지?"

"사약. 비소로 만든."

"맞아. 객주집 사람들이 그러는데 사약을 마시고 죽은 사람의 무덤을 몇 년 있다가 파도 시신이 놀라울 정도로 멀쩡하게 보존된 경우가 있대. 비소 성분이 부패를 막아주는 것 같다나."

나는 말없이 그 새로운 정보를 흡수하고는, 입을 뗐다.

"그럼 아버지의 시신 상태도 설명이 되겠구나……."

매월이 고개를 끄덕였다.

"바로 그거야."

"비소로 사람을 죽이는 데 보름이 걸리기도 한다……. 그래서 아버지는 복선이 집까지 갔다가 돌아오실 수 있었던 거야."

내가 속삭였다.

"이럴 수도 있지."

매월이 어두운 목소리로 덧붙였다.

"문씨 일가는 아버지가 수사를 시작하고 며칠 안 됐을 때 독살을 시도했을지도 몰라. 아버지가 그때 돌아가셨다면 다들 병으로 죽었다고 여겼겠지."

"하지만 아버지는 돌아가시지 않았고……."

"독이 생각만큼 빠르게 듣지 않는 걸 깨닫고 사람을 보내 아버지를 살해한 거야."

"아버지가 진실을 찾았기 때문에."

내가 작은 소리로 흩어진 조각들을 맞췄다.

"문씨 일가는 분명 사라진 아이들과 관련이 있어. 문제는 어떻게 관련되었냐는 거지."

나는 말을 멈추고 메스꺼움이 가라앉기를 바라며 눈을 질끈 감았다. 하지만 소용없었다.

"현옥이는…… 숲에서 죽은 채로 발견되었어."

이마에서 땀이 뚝뚝 떨어졌지만 필사적으로 평정심을 붙잡았다.

"다른 열두 명은…… 실종되기 전에…… 숲 근처에서 목격되었고."

매월이 몸을 앞으로 기울여 내 얼굴의 땀을 닦아주었다.

"우리가 숲에서 찾은 오두막은 가면 쓴 남자가 아이들을 다른 곳으로 데려가기 전에 임시로 붙잡아둔 곳일 거야."

매월이 내 손에 자기 손을 올렸다.

"언니는 아무래도 좀 쉬어야겠다."

하지만 내 생각은 계속 질주했다.

서현도 같은 숲에서 발견되었다. 서현은 무언가를 알고 있었다. 그래서 가면 쓴 남자에게서 훔쳐 온 종이를 보자마자 동그라미 아홉 개의 의미를 알아차린 것이다. 안개와 노을. 서현은 그렇게 속삭였다고 했다.

대체 무슨 뜻이지?

얼마 전에 매월은 예전에 그 단어들을 들어봤다는 눈빛을 보였다.

"숲 사건 이후에 말이야."

이를 악물고 속삭였다.

"내가 '안개와 노을'이라고 말했다고 했지? 다른 건 기억 안나?"

매월은 고개를 저었다.

"우리는 문 촌장님에게 언니가 한 말을 전했는데, 촌장이 언니한테 물었더니 언니는 왜 그런 말을 했는지 기억도 안 난댔어."

"그때 촌장이 어때 보였어? 내게 질문할 때 말이야."

"그 사람은……."

매월은 가만히 잔디에 시선을 고정했다. 그 눈에 강렬한 집중력이 이글거렸다.

"간절하고…… 조금은 두려워 보였어. 진상을 밝히고 싶어 그러나 보다 했는데 지금 생각하니…… 혹시 안개와 노을이 촌장을 가리키는 증거일까?"

"알아봐야지."

내가 끙 소리를 내며 몸을 앞으로 숙여 죽장도를 집어 들었다.

"뭐 하게?"

"적어보는 거야."

등불이 땅바닥을 비추었다. 나는 나뭇잎과 가지를 옆으로 밀치고 아버지의 죽장도를 이용해 한자로 안개를 썼다.

"매월아, 네가 가진 증거는 이것뿐이야. 문씨 일가가 이 단어들과 무슨 관련이 있는지 네가 알아내야……."

"그만해."

매월이 눈을 번득였다.

"나 혼자 수사하게 될 것처럼 말하지 마. 언니는 무사할 거야."

"아닐 수도 있어. 내게 가족은 너 하나야, 매월아. 이 나라에서 내가 아끼는 유일한 사람이 너야. 너만은……."

내 목소리가 떨렸다.

"너만은 살아남아야 해. 안 그러면 위험해져."

매월이 코를 훌쩍였다.

나는 눈물로 뜨거워지려는 눈을 깜박였다. 지금 눈물은 아무런 도움이 되지 않았다.

우리는 한참이나 그렇게 앉아 있었다. 손끝, 발끝까지 온몸을 찌르는 듯한 고통을 침묵이 감쌌다. 나는 나무 호루라기가 달린 목걸이를 머리 위로 벗었다.

"자, 아버지 거야. 어려운 상황에서 벗어나는 데 도움이 됐어."

매월은 목걸이를 받고 잠시 망설이더니 자기 목에 걸었다.

"우리는 이 사건을 함께 해결할 거야."

매월의 목소리에는 내게 도전장을 내미는 고집이 있었다. 하지만 돌연 눈빛이 흔들리더니 다른 표정이 드러났다. 놀라서 경계하는 표정이었다. 매월이 죽장도를 들고 내가 쓴 한자 옆에 다른 한자를 썼다.

땅에서 우리를 응시하고 있는 것은 서현이 복선에게 은밀히 속삭였던, 내게도 속삭였을 두 개의 단어였다. 안개 연(煙), 노을 하(霞).

"연하."

매월이 말했다.

"연하⋯⋯."

우리의 시선이 얽혔다.

"연하당."

작고 긴장한 목소리로 동시에 말했다.

문 촌장 가족의 두 번째 집. 연하당은 촌장이 딸을 위해 지은 집이었다.

열아홉

"잠깐 눈 붙이고 있어."

매월이 내게 말했다.

마침 눈꺼풀이 두꺼운 이불처럼 무거웠기에 눈을 감았다. 잠시만 쉴 생각이었지만 다시 눈을 떴을 때 하늘은 더 이상 칠흑 같은 검은색이 아니었다. 떠오르는 태양이 하늘을 분홍색과 보라색으로 물들이고 있었다. 혼란스러웠다. 내가 있는 곳도 나무 아래가 아니라 죄인 백씨의 집 창고였다. 나는 장옷을 덮고 다른 사람의 큰 짚신을 신고 있었다. 근처에 피 묻은 도자기 조각들이 놓여 있는 천이 있었다. 아마도 내 발바닥에서 뽑아낸 것이리라. 내 옆에는 아버지의 죽장도가 있었다.

"일어나수꽈?"

고개를 돌리니 가희가 내 앞에 쭈그리고 앉았다. 눈 밑이 퀭했다.

"쭉 망 보고 있었수다."

가희가 말했다.

"아방은 안 와수다. 우린 낭 아래보단 이듸가 아시한티 더 또 똣헐거랜 생각핸마씸."*

"내 동생은 어디 있어?"

가희는 내 시선을 피하며 대답했다.

"유 선비님의 정체를 말해주면서 그분 찾으레 가수다. 곧 올 거우다."

"내 동생 어디 갔어?"

서서히 두려움이 깨어나고 있었다.

"말해수께. 유 어사님 모시래 갔댄……."

"거짓말이야."

가희의 뺨이 창백해졌고, 얼굴의 흉터는 빨갛게 도드라졌다.

"난……."

겁에 질린 눈이 나를 쳐다보았다.

"그리 하민 안 된다 해신디 듣지 않아수다."

차가운 두려움이 가슴을 압박해서 숨을 쉴 수 없었고 생각도 할 수 없었다.

"유 어사님헌티 전갈 보낸댄 해신디……."

가희는 계속 눈을 내리깔고 있었고, 목소리는 긴장으로 딱딱했다.

"우린 매월 아시가 의원이랑 돌아올 때까정 기다려야 하우다."

몸이 떨리기 시작했다. 떨지 않으려고 팔짱을 끼고 몸을 끌어

---

* 낭 = 나무, 또똣 = 따뜻.

안았지만 떨림은 더 강해질 뿐이었다. 내 동생을 잘 알았다. 고집 세고, 경솔하고, 지나칠 정도로 충직하다.

"간 거지? 연하당으로 갔어."

가희가 옷 안에서 접힌 종이를 꺼내 내 손에 올려놓았다. 매월과 내가 문을 사이에 두고 주고받았던 것과 같은 종이였다. 새까만 먹으로 이렇게 쓰여 있었다.

살아 있어, 언니. 필요한 증거 가지고 금방 돌아올게.

밀려오는 분노와 공포에 눈을 감았다. 멍청한, 멍청하기 짝이 없는 계집애. 나는 체온 유지를 위해 덮고 있던 비단 장옷을 몸에 두르고 아버지의 죽장도를 집어 든 다음 휘청이며 일어났다. 통증이 파도처럼 밀려들어 몸을 지탱하려고 벽을 붙잡았다. 내가 창고에서 걸어 나가자 가희가 내 뒤를 쫓았다.

"따라가잰 하는 거민 경 하지 맙서."

가희가 말했다.

"도착허기도 전에 죽을 거우다."

내가 고개를 젓자 머리카락이 얼굴로 흘러내렸다.

"매월이는 지금 천지 분간을 못 해. 아버지도 그자에게 당했다고. 매월이에게는 내가 필요해."

그러다 문득 걸음을 멈췄다. 뒤에 있는 가희의 절박한 시선을 느꼈기 때문이다. 천천히 뒤돌아 가희를 보자 가슴속에서 씁쓸하면서도 감사한 마음이 샘솟았다.

"가희야, 도와줘서 정말 고마워. 하지만 너도 알다시피……
네 아버지도 이 일에 연루되었을 거야."

가희의 부르튼 입술이 새파랗게 질렸다.

"알암쩌."

쉰 목소리로 가희가 말했다.

"증거가 연하당을 가리킨다는 매월 아시 말 들어실 때 확신해
수다. 전에 그듸까지 아방 몰래 따라간 적 있어마씸."

나는 복선에게 받은 종이를 꺼냈다. 중요한 단서인지도 모르
고 일단 간직하고 있었지만, 이제는 지도임이 밝혀진 것을.

"이게 무슨 의미인지 알겠어?"

가희가 지도를 들여다보았다.

"동그라미 아홉 개는 오름 봉우리 아홉 개우다. 선은 천일 거
고, 점은 마을. 그럼 저게 선흘리우다."

가희가 아홉 개의 동그라미와 가장 가까운 점을 가리켰다.

"매월 아시가 가는 덴디 그듸서부터 연하당 찾는댄 해수다."

"연하당이 어디 있는지 그 애가 어떻게 알고?"

"선흘리 사람들은 알아마씸. 내가 그 집에 대해 물어신디 다
들 알고 있었수다."

가희의 말을 하나하나 천천히 곱씹으며 고개를 끄덕였다.

"뭐가 수상하다는 말은 안 해?"

"강 평범허대만 합디다. 호끔* 멀리 있긴 하지만."

---

* 호끔 = 조금.

가희가 지도를 접어 내게 돌려주었다.

"하지만 이 지도는 영 아니우다. 저택이 보이는 소낭밭까지만 내가 앞장 서쿠다. 그 이상은 못 가마씸. 아방이 계실지도 모르난 나랑 있댄 하지 맙서."

"그럼, 그럼, 당연하지."

내가 말했다.

"한데 날 돕는 이유가 뭐야?"

"아시 아방 때문이주."

가희의 턱이 움찔거렸다. 다시 입을 열고 속삭이는 목소리는 가슴이 아팠다.

"종사관 나리께서 나헌티 한 말이 이서예. 실종되신 후로 하루도 빠짐없이 그 말만 생각해수다."

"무슨 말?"

"나를 진심으로 봐준 사름은 그분밖에 어수다. 도와주잰 허는 내 마음을 봤고, 내가 두려워허는 것도 봤고. 결국에는 도와드리진 못했지만 나헌티 용감허댄 해수다. 그런 아방 똘*로 사는 게 용기랜 했고. 나리께서 나헌티 한 가지 질문을 남겨신디. 좀좀허랜** 할 순 있다. 허나 그 결정을 몇 년이 지나도 만족햄시냐?라고."

순간, 가희에게서 아버지가 보았을 모습을 보았다. 가희는 수사에 필요한 수단이 아니었다. 너무도 많은 잠재력을 품고 있지

---

* 똘 = 딸.
** 좀좀하다 = 조용하다 = 입을 다물다.

만 자기 아버지가 만든 공포의 우리에 갇혀 성장한 소녀였다. 민제우 종사관은 가희에게, 서현에게, 사라진 열세 아이에게 마음을 주었다.

그 눈에서 당신의 딸들을 보았는지도 모른다.

"아시 돕잰 헐 때 내가 깨달은 게 이수다."

가희가 마침내 고개를 들고 나와 눈을 마주쳤다. 캄캄한 밤에 희미하게 일렁이는 빛을 보는 듯했다.

"옳은 행실 헌다는 건 죽을 만큼 무섭다고. 하지만 지금은 펜안해져수다."

우리는 세 시간 동안 작은 마을들과 넓은 들판과 여기저기 흩어진 현무암 집들을 지나 푸른 안개에 잠긴 숲으로 말을 타고 들어갔다. 숲속은 춥고 습했다. 비탈길을 올라가며 이 경사가 언제 끝나나 궁금해하고 있을 때 드디어 내리막길이 나왔다. 우리는 그 아래 평야에 뻗은 숲으로 들어갔다.

"거의 다 와수다."

가희가 나직이 말했다.

사방이 고요해 으스스했다. 새 소리도, 짐승이 사는 소리도 전혀 들을 수 없었다. 하늘에서 투명한 사발을 엎어 모든 소리를 차단한 듯했다.

나도 속삭여야 할 것만 같았다.

"여기가 어디야?"

"산굼부리. 위에 있는 건 여기를 둘러싼 화산이랜."

한 손으로 고삐를 움켜쥐고 목을 길게 빼서 나무 꼭대기 너머를 응시했다. 최소한 천 걸음은 위로 솟은 듯한 아홉 개의 봉우리에서 소나무가 부스럭거렸다. 험악한 파도가 나를 짙은 녹색의 심연으로 집어삼킬 듯했다.

"재기재기* 옵서."

가희가 말했다.

"이쪽이우다."

나는 가희 뒤를 따랐다. 숲에 깊숙이 들어갈수록 공기가 차가워졌다. 입에서 입김이 피어올랐다.

"여기까지 아버지를 따라왔다고 했니?"

"예."

"어째서?"

"매일 어디레 사라지는지 궁금해서요. 항상 봇짐을 들고 나가수다."

"봇짐 안에 뭐가 있었는데?"

아마도 가면이겠지.

"한번 몰래 보잰 해신디 아방헌티 들켰고……."

가희는 시선을 앞에 고정했다. 얼굴을 볼 수 있다면 아마도 차가운 하늘처럼 텅 비어 있을 것이었다.

"아방이 한 번 더 걸리민 손가락을 전부 분지르캔 해수다."

나는 입술을 깨물었다. 어떻게 반응해야 할지 몰랐다.

---

* 재기재기 = 빨리빨리.

"이상하지예?"

가희가 말했다.

"어멍 아방은 자식 위한거랜 생각허지만 정작 자식 입장에선 원허지 않는 일을 할 때가 하영* 있주마씀."

가희는 잠시 말을 잇지 못했다.

"나는 아방헌티 날 위해 혼 팔아달랜 부탁한 적 어수다. 겐디 아방은 다 '너를 위한 일'이랜 했고예."

무슨 말인지 이해가 돼서 고개를 숙였다. 아버지도 매월과 나를 위해서라며 내가 원하지 않은 일들을 했다. 이 사건 해결을 위해 목숨을 건 것도. 이번만큼은 아버지가 이기적인 겁쟁이였기를 바랐다.

"아버지를 사랑하니?"

이런 질문을 했는지도 몰랐다. 뒤늦게 깨달은 내가 얼른 덧붙였다.

"대답하지 않아도 돼."

가희가 자기 아버지를 사랑하든 말든 수사와 아무 상관 없는 문제였다. 답을 알아봤자 죄인 백씨가 옥에 갇히고 난 후 나만 죄책감을 느낄 뿐이다.

가희는 입을 다물었다. 대답하지 않을 것이라 생각했다. 하지만 작은 목소리로 이렇게 말했다.

"전엔 소랑**한댄 믿어수다. 그러다 어른이 됐주만은."

---

* 하영 = 많이.
** 소랑 = 사랑.

가희는 나뭇가지를 옆으로 밀어냈다.

"아방은 나 먹여 살리잰 무슨 일이든 해수다. 영 생각허민 감사허고. 경 허당 그런 생각을 한 나를 원망허고. 왜냐하면 아방이 얼마나 나쁜 짓 해신지 아니깐. 겐디 아방을 범죄자랜 생각허민…… 굶어서라도 나 배불리 밥 먹게 해준 사실을 잊을 수어수다."

가희의 대답이 어깨를 무겁게 눌렀다. 우리는 계속해서 조용한 숲을 지났다. 아버지는 일지에 완전한 선인도, 완전한 악인도 없다고 썼다. 죄인 백씨를 알기 전에는 아버지의 그 말을 완벽하게 이해하지 못했다.

드디어 우거진 숲 너머로 출구가 보였다. 나무가 없는 평지가 얼핏 드러났다. 그 평지 끝 중앙에 기와지붕 저택이 있었다. 지붕이 더 새까맣다는 것 말고는 육지의 것과 똑같은. 족히 수백 걸음은 되어 보이는 길이의 돌담이 저택을 에워싸고 있었다.

매월아. 동생에게 내 생각이 들리기를 바랐다. 너 그 안에 있니?

숲 가장자리에 도착하니 침묵이 더욱 무겁게 가슴을 짓눌렀다. 다시 토하고 싶었다. 몸에 남아 있는 독 때문인지는 확실치 않지만. 턱 밑의 끈을 더 세게 당겨 장옷으로 얼굴을 더 가렸다. 자주색 비단에 매달려 있던 이슬 방울이 얼굴을 타고 흘러내렸다.

"아시."

가희가 나를 물끄러미 보았다. 눈이 촉촉하고 코끝도 빨갰다.

"저는 여기서 인사드리쿠다. 부디…… 부디 제 결정을 후회하지 않게만 해줘서."

손가락이 너무나 뻣뻣했다. 몇 번의 시도 끝에 아무도 보지
못할 숲속 깊숙한 곳에 겨우 말을 묶을 수 있었다. 머리에 썼던
비단 장옷도 벗어 나뭇가지에 걸어두었다. 바스락거리는 나뭇
잎들을 아버지의 죽장도로 쳐내며 연하당이 내다보이는 숲의
가장자리로 돌아가는 길을 표시했다.

나는 이 집에 숨어 있는 비밀 때문에 아버지를 잃었다.

동생마저 잃을 수는 없었다.

공터를 달려갈 준비를 마쳤지만 저택은 너무 멀어 보였다. 평
지인 분화구에서는 쉽게 눈에 띌 터였다. 머리를 빠르게 굴리며
답을 찾기를 기다리고 또 기다렸다. 시간이 지날수록 점차 이런
깨달음이 들었다. 혹시 지금 숲속에 숨어 있을 평계를 찾고 있
는 것일까? 지금이야. 머릿속의 내 목소리가 재촉했다. 지금 가.

뼛속 깊은 두려움을 느끼며 앞으로 달려 나갔다. 힘이 다 빠
져 팔과 다리가 마구 휘청였다. 몇 번이나 잔디밭에 나동그라지
는 바람에 치마는 온통 진흙과 풀잎 얼룩으로 물들었다. 아무리
빠르게 달려도 남은 거리는 줄어들지 않았다. 아직 백 걸음이나
부족했고, 지평선 위의 저택은 내 엄지손가락만 했다. 빨리, 더
빨리 뛰어야 했다.

체감상 30분쯤 지났을까. 집을 둘러싼 돌담 앞에 도착했다.
매월은 이 담을 넘었을 것이다. 나도 몇 걸음 뒤로 물러났다가
앞으로 달려 나가 담장에 얹힌 기와를 붙잡고 뛰었다. 하지만

간밤에 하도 구토를 해서 힘이 별로 없었다. 나는 그대로 아래로 떨어져 땅에 나뒹굴었다.

몇 번 더 시도했지만 소용없었다. 분명 다른 입구가 있을 것이다. 빠르게 담을 따라 나아가며 발판이 될 만한 물건을 찾았다. 디딤돌은 없었지만 하인들이 사용하는 작은 쪽문을 발견했다. 문이 살짝 열려 있었다. 이 문을 통해 들어가면 누군가와 마주칠 가능성이 있었다. 하지만 도통 다른 방법이 떠오르지 않았다.

일단 마당 안을 엿보았다. 어디선가 모락모락 연기가 나는 듯했지만 인기척은 전혀 없었다. 죽장도를 움켜쥐자 손에 난 땀으로 대나무가 미끌거렸다. 집 안으로 들어갔다. 연기가 나오는 부엌은 비어 있었다. 하지만 아궁이에 솥이 얹혀 있었다. 안을 슬쩍 보니 회색 생선과 각종 채소가 섞인 매운탕이 거품을 내며 끓고 있었다. 생선의 하얀 눈이 나를 쳐다보았다.

이 집에는 뭔가 섬뜩한 구석이 있었다.

다시 밖으로 나오니 마늘, 당근, 과일, 초록색 껍질에 싸인 옥수숫대로 뒤덮인 평상이 있었다. 벽을 따라 갈색 항아리도 늘어서 있었다. 하나씩 뚜껑을 열어보니 장아찌와 매실주로 가득했다. 잔치를 벌이기 충분한 음식이 있는데 손님들은 어디 있는 것일까?

하인들이 쓰는 마당을 뒤로하고 중문을 통해 옆 마당으로 들어갔다. 연하당은 낮은 돌담을 사이에 두고 여러 개의 마당으로 나뉘어 있었다. 여느 저택처럼 마당마다 기와집이 있었다. 안으로 더 깊이 들어갈수록 분위기는 점점 더 스산해졌다.

사람이 살지 않는 버려진 마을과도 같았다. 하지만 마당은 흠잡을 데 없이 깨끗했다. 땅바닥도 마루도 비질이 된 상태. 격자문에 바른 한지도 제주의 악명 높은 비바람에 구멍이 뚫린 흔적 없이 멀쩡했다. 문 하나는 살짝 열려 있었다. 안을 들여다보니 불빛이 도자기 항아리, 칠기, 연꽃을 수놓은 금색 비단 이불을 밝게 비추고 있었다. 빈방이 아님을 깨달은 것은 그때였다.

나는 공포로 얼어붙어 문 촌장의 딸 채원이 낮은 탁자 앞에 앉아 있는 모습을 보고만 있었다. 채원이 있다면 촌장도 이곳에 있다는 뜻이었다. 내가 사라진 직후에 이 집으로 온 것이 분명했다. 매월을 찾아야 했다. 빨리.

천천히 뒷걸음질을 쳤다. 내 죽장도가 기둥에 탁 부딪혔다. 망했다.

채원이 내 쪽을 힐끗 쳐다보았다. 그러다 나와 시선이 얽히자 동작을 멈췄다. 우리 사이에 긴장이 감돌았다.

나는 메마른 입술을 핥고 속삭였다.

"병사들이 오고 있어."

채원의 발간 뺨이 조금 하얗게 변했다.

"거짓말. 너뿐이잖아."

"내가 관헌에 알리지도 않고 목숨 걸고 여기로 왔을까 봐? 연하당에 대해 알아. 네 아버지가 내게 독을 먹였다는 것도. 내 동생은 유 어사님께 알리지 않고 여기를 올 애가 아니야."

아직도 나만 있는지 확인하려고 재빨리 주위를 둘러보았다.

"내 동생 어디 있는지 말해줘. 협조하면 어사님께 너는 봐달라고 할게."

채원이 천천히 고개를 저었다.

"그 말을 어떻게 믿니."

"내 아버지의 후생을 걸고 약속해. 거짓말 아니야."

내 입으로 한 약속이지만 겁이 났다. 그래도 매월이 유 어사에게 알렸을 것이라는 확신이 있었다. 내 동생이 무모하기는 해도 어리석지는 않았다.

"관헌에서 네 아버지를 잡으러 올 거야."

이제 채원의 입술까지 뺨처럼 하얘졌다.

"너는 내가 탈출하게 도와줬잖아?"

채원이 반박하지 않자 용기가 커졌다.

"내 동생을 찾게 도와줘. 네가 나를 도와줬다고 어사님께 다 말할……."

"의도한 건 아니야. 네 호루라기를 뺏으려 했던 거지."

"그러고는 나를 보내주기로 했지."

채원은 계속 나를 응시했지만, 감정이 혼란스러워 갈피를 잃은 기색이었다.

"병사들이 오면 어떻게 되지?"

"당연히 네 아버지를 체포하겠지. 그는 처형당할 거야."

그 점은 확실했다. 나도 현장에서 그가 사약을 마시는 모습을 꼭 보고 싶었다.

"군관을 죽이고 사형을 모면한 사람은 없어. 네 아버지는 그런 죄를 저지른 거야. 민 종사관을, 내 아버지를 살해했어. 어제 내게 먹인 것과 똑같은 비소로."

"아니야."

채원의 미간에 주름이 잡혔다.

"아버지는 아니라고 하셨……."

"내 아버지 시신을 네 두 눈으로 직접 확인하든가. 1년이 지났는데 시신이 보존되어 있어. 부패해야 정상인데 그러지 않았다고. 비소 때문이야."

한참 동안 채원은 말을 잇지 못하고 탁자만 내려다보았다. 탁자에는 김이 모락모락 나는 주전자와 찻잔이 놓여 있었다.

"춥다."

채원이 속삭였다.

내가 눈을 깜박였다.

"뭐라고?"

"네가 온돌을 데워주면 널 보내주고 아버지께는 비밀로 할게."

채원은 잠시 말을 멈추더니 덧붙였다.

"네 동생이 어디 있는지도 알려줄게."

이 여자는 계략을 꾸미는 괴물일까? 아니면 마지못해 아버지의 뜻을 따르는 공범일까? 어느 쪽이든 내게 선택권은 없었다.

재빨리 건물 주위를 돌며 아궁이를 찾았다. 그것은 마룻바닥 아래에 있었다. 불씨가 약했다. 노경 심방 집에서 온돌 데우는 법을 배웠기에 얼른 부채질을 해 불씨를 살렸고, 연기가 온돌

바닥 아래로 퍼져나가도록 계속해서 부채질했다. 다 끝낸 후 서둘러 나왔다. 꼭 문 촌장이 마당에 서 있을 것만 같았다. 하지만 마당은 여전히 비어 있고, 여전히 고요했다.

"다 했어."

모든 것을 속전속결로 해치운 나는 헐떡이며 말했다.

"내 동생 어디 있는지 알려준다며."

"안 들리니?"

무언가 파닥이는 소리가 들렸다.

쿵쾅거리는 가슴으로 홱 뒤돌았다. 그냥 새였다. 새 한 마리가 기와 담장에 내려앉은 것이다. 새가 휘파람을 불었다.

이를 악물었다. 이 여자가 지금 무슨 소리를 하는 거야?

새가 계속해서 휘파람을 불었다. 희미하고 날카로운 소리였다.

휘파람? 대체 언제부터 새가…….

피가 차갑게 식었다. 새는 휘파람을 불지 않는다. 나는 이렇게 날카로운 소리를 내는 것의 정체를 알고 있었다.

"어디서 나는 거야?"

내가 채원을 다그쳤다.

대답은 들리지 않았다. 고개를 돌리니 채원은 생각에 잠겨 있었다.

"어디서 나는 소리냐고!"

채원은 멍한 눈으로 아래만 보며 찻잔에 차를 따랐다. 이미 차가 넘쳐 탁자로 흘러내리고 있었다.

이럴 시간이 없었다.

휘파람 소리가 다시 들린 순간, 나는 그 소리를 따라갔다. 소리는 멈췄다가 다시 시작되기를 반복했다. 매월이 숨을 깊이 들이마신 후 아버지의 순찰용 호루라기를 부는 것처럼. 이마의 차가운 땀방울을 느끼며 소리가 들리는 곳을 찾아 이리저리 달렸다.

별채의 어둑한 뒷마당을 가로지르며 돌덩어리로 눌러놓은 커다랗고, 두껍고, 둥근, 나무 판자를 몇 번이나 지났다. 우물을 덮어놓은 듯했다. 하지만 우물이라기에는 너무 컸다. 세 번째로 이 지점에 돌아왔을 때 두려움으로 가슴이 내려앉았다.

설마 이 아래에 있을 리가……

그때 또 들렸다. 희미한 호루라기 소리가.

죽장도를 내려놓고 쭈그려 앉아 남아 있는 모든 힘을 다해 나무 덮개를 밀었다. 밀고 또 밀었다. 힘을 줄 때마다 덮개가 손끝만큼 움직였다. 땀으로 젖은 등에 옷이 달라붙고 젖은 머리카락이 눈앞에서 달랑거렸다. 어젯밤 먹은 독으로 인한 찌르는 듯한 통증은 힘을 쓸수록 더 심해졌다. 하지만 계속 시도해야 했다.

"매월아, 언니가 찾아줄게."

이를 악물고 온몸의 체중을 실어 덮개를 밀 때마다 그 말을 흘렸다.

"찾아서 집으로 데려갈 거야."

팔이 후들후들 떨릴 즈음 덮개 4분의 1가량이 열려 입구가 보였다. 차가운 바람이 불어닥쳤다. 나는 커다란 돌로 만든 계단

입구를 휘둥그레진 눈으로 바라만 보다가, 죽장도를 들고 기어 들어갔다. 젖은 계단과 이끼로 덮인 돌벽을 한 줄기 햇빛이 비추었다.

"매월아?"

내가 작은 소리로 불러보았다.

아무 소리도 들리지 않았다.

숨을 참고 겁먹은 걸음으로 계단을 하나씩 디디며 암흑으로 들어갔다. 계단 하나를 다 내려가면 또 계단이 나왔다. 근육이 긴장되었다. 흰 가면이 나타나면 당장 돌아서서 튀어 나갈 준비가 되어 있었다.

"매월……."

하마터면 비명을 지를 뻔했다. 내 신발이 무언가와 부딪혔기 때문이다. 나무와 한지로 만든 등불이었다. 옆에는 부싯돌 상자가 있었다. 손이 너무 떨려 몇 번 만에 겨우 등불에 불을 붙일 수 있었다. 등불의 따스한 불빛이 계단 저 아래에 있는 두 번째 구멍을 밝혔다. 구멍은 호랑이의 입처럼 나를 올려다보고 있었다.

호루라기 소리가 침묵을 갈랐다. 아까보다 더 커지긴 했지만 아직도 먼 곳에서 울려 퍼지고 있었다. 소리가 너무 희미해 혹시 환청이 아닌지 궁금할 지경이었다.

매월아, 내가 가고 있어! 남은 계단을 서둘러 내려갔다. 얼음처럼 차가운 공포가 내 안에서 요동쳤다. 주변의 공기도 고드름으로 얼어붙은 기분이었다. 돌로 된 입구를 지날 때는 물 속으로 들어가는 느낌이었다.

여기가 어디지?

위에서 일정한 박자로 축축한 것이 떨어졌다. 뚝…… 뚝…… 뚝. 떨어질 때마다 그 소리는 바닥과 벽은 물론 천장까지 메아리 쳤다.

등불의 긴 손잡이를 천천히 들어 올렸다. 숨이 다 사라지는 것을 느끼며 고개를 빼고 멀리 뒤쪽까지 쳐다보았다. 어둠 속에서 송곳니처럼 날카로운 돌기둥이 늘어선 동굴이 언뜻 보였다. 그 용암 동굴은 어마어마하게 높아 천장은 보이지도 않았다.

몸을 떨며 넘어지지 않으려고 아버지의 죽장도에 의지해 미끄럽고 울퉁불퉁한 바닥을 조심스럽게 걸어갔다. 동굴은 걸어도 걸어도 끝이 없었고 영원히 이어지는 느낌이었다. 내가 이미 죽었고 저승에서 깨어난 것이 아닐까? 하지만 누군가가 호루라기를 불었다. 이곳 어딘가에 내 동생이 있었다. 아니면 가면 쓴 남자가 아버지의 호루라기를 들고 어둠 속에 숨어 있을까? 지금 나를 지켜보고 있을지도 모른다.

두렵고 초조했다. 나는 숨을 깊이 들이마시고 크게 외쳤다.

"매월아!"

내 목소리가 깊은 동굴에 울려 퍼졌지만 아무런 반응이 없었다.

"매월아!"

이번에는 내 목소리가 흔들렸다.

"매……."

이번에는 이름도 다 부를 수 없었다. 뜨거운 조각들이 내 목구멍을 채웠기 때문이다.

호루라기 소리는 상상에 불과했나?

고모와 사는 동안 아버지가 돌아오는 상상을 했던 것처럼…….

대문이 삐걱거리는 소리를 수도 없이 들었다. 조용한 발소리
라고 생각해 이부자리에서 벌떡 일어났다. 하지만 어두운 문 밖
으로 달려 나가도 나를 맞이하는 것은 죽음 그 자체처럼 꿰뚫을
수 없는 고요뿐이었다.

동굴 바닥에 주저앉았다. 눈을 감으니 숲에서 길을 잃고 아버
지를 기다리던 매월이 보였다. 하나, 둘, 셋……. 매월은 가족이 자
기를 버리고 갈 리 없다고 믿었다. 백까지 세 번을 세면 가족이
자기를 찾으러 올 것이라 믿었다. 아흔여덟, 아흔아홉……. 다른 아
이들을 생각했다. 사라진 아이들. 그 아이들은 1년이나 숫자를
세며 가족이 찾아주기를 기다리고 있을 것이었다. 하지만 아무
도 찾으러 오지 않았겠지. 진실을 아는 사람은 전부 죽었거나
죽어가고 있었기에. 서현. 아버지. 현옥.

어쩌면 나도.

쇳덩이처럼 무거운 무력감이 뼛속 깊이 배어들었다. 다시 몸
을 일으킬 수가 없었다. 도저히 그럴 수가 없었다. 모든 것이 무
의미하게 느껴졌다. 홍 목사 말이 맞았다. 악한 자가 승리하고, 선
한 길을 가려고 투쟁하는 사람은 들판의 꽃처럼 짓밟힌다…….

어디서 소리가 들렸다. 희미하지만 너무 멀지 않은 곳에서.

휘파람 소리다.

절대 상상이 아니었다.

몸을 일으키고 숨을 들이마시며 팔다리에 다시 힘을 불어넣었다. 넓고 일정한 보폭으로 어둠 속을 밀고 들어갔다. 저 소리의 끝에 매월이 기다리고 있을지도 모른다. 매월이 아닐지라도 누군가가 내게 도움을 청하고 있다.

계속해서 앞으로 가다 보니 등불을 든 내 모습이 보였다. 동굴 한가운데에 수정처럼 맑고 깊은 호수가 있었다. 노를 얹은 배도 있었다. 생전 처음 보는 광경이었다. 여행자라면 감탄하며 주위를 둘러봤겠지만 나를 이곳으로 이끈 것은 날카로운 칼끝이었다. 검은 물을 보자 두렵다는 생각만 들었다.

메스꺼움을 애써 삼키고 배에 올라타 노를 젓기 시작했다. 들리는 것이라고는 노에 물이 철썩이는 소리뿐이었다. 일부러 물은 쳐다보지 않았다. 물에 빠지면 어디까지 가라앉을지도 모른다는 사실이 너무도 두려웠다. 나는 수영하는 법도 몰랐다. 노를 젓다 말고 등불을 들었다. 양쪽으로 동굴 벽이 보였다. 손을 뻗으면 양쪽 벽에 다 닿을 정도로 동굴은 좁아져 있었다.

계속 앞으로 나아가니 동굴 바닥 반대편에 커다랗고 어둑어둑한 물체가 보였다. 온 힘을 다해 노를 저었고, 피로로 팔과 어깨가 타는 것 같아도 속도를 늦추지 않았다. 이윽고 배가 땅에 닿아 더 이상 움직이지 않았다. 나는 얼른 일어나 딱딱한 바닥 위를 뛰어갔다. 보인다.

나무 우리에 갇힌 여자아이 네 명의 그림자였다.

속삭이는 소리가 들렸다.

"아니…… 아니야!"

"아니야?"

"그분 목소리 같았는데."

"촌장 딸이 아니야."

가슴 아플 정도로 익숙한 목소리였다. 내가 등불을 들자 불빛이 멍 든 얼굴을 비추었다. 그 아이의 눈빛은 용맹한 장군처럼 빛났다.

"우리 언니야."

매월을 보자 밀려든 안도감이 분노로 폭발했다.

"어쩌다 여기 갇힌 거야?"

나는 울먹이며 다그쳤다.

"왜 혼자 여기까지 왔어?"

"그럼 나보고 어떡하라고?"

나는 고개를 저었다. 화가 나면서도 내 동생이 놀랍도록 장했다.

"나를 기다렸어야지!"

"나도 혼자 오고 싶지 않았어."

처음으로 매월의 목소리에 후회하는 감정이 묻어났다.

"그래도 언니를 위해서 온 거야."

얼굴을 손으로 문지르자 내면의 폭풍이 가라앉았다.

"그래, 널 찾았으니 됐어. 이제는 나가는 길을 찾자."

스물

발견된 세 아이는 1년 넘게 동굴에 갇혀 있었을 텐데도 바다 깊이 숨어 있는 진주처럼 빛났다. 아이들은 눈을 휘둥그레 뜨고 동굴 끝 쪽을 수색하는 나를 지켜보았다. 그들은 그곳에 열쇠가 있다고 장담했다. 요강을 치우거나 밥을 가져다주러 오는 하인들이 그곳에 보관했다고. 정말로 벽에 고정한 못에 열쇠가 걸려 있었다. 하나가 아니었다. 매듭을 지은 실에 수많은 열쇠가 매달려 있었다.

서둘러 우리로 돌아가는데 열쇠가 짤랑거렸다.

"어느 열쇠야?"

"몰라요."

셋 중 가장 나이가 많은 열네 살 보휘는 뺨이 통통하고 우유처럼 피부가 뽀앴다.

"여기 있는 우리마다 열쇠가 있어요."

나는 충격을 받아 등불을 동굴 안쪽으로 돌렸다. 어둠이 장막처럼 걷히며 줄줄이 서 있는 빈 나무 우리들이 드러났다. 등불이 닿지 못하는 더 안쪽에도 있었다. 가슴이 무겁게 내려앉았다. 여기서 얼마나 많은 아이들이 잠을 자고 울고 비명을 질렀을까?

"우리 전에도 사람이 있었어요."

경자라는 아이가 속삭였다.

"우리 같은 애들이 든 나무 우리가 적어도 두 개는 있었어요."

경자가 어둠을 손가락으로 가리켰다.

"은우랑 가연이는 저 우리에 있었고, 우리랑 제일 오래 있었어요."

내가 도착한 후로 한마디도 하지 않던 열두 살 마리가 처음으로 입을 열고 작은 목소리로 말했다.

"그 언니들이 비밀을 알려줬어요."

"그게 뭔데?"

내가 계속 말하라고 용기를 주었다.

"언니들보다 먼저 왔었던 언니들한테 들었대요. 몇 년 전에 서현이라는 언니가 이 동굴을 찾았다고요. 우리가 여기 갇히기 전이었지만 그 언니는 이 우리들이 어떻게 쓰일지 알았을 거예요."

아무렇게나 늘어져 있던 실들이 하나로 연결되었다. 목구멍에서 숨이 턱 막혔다.

"그 언니는 잡히기 전에 겨우 도망갔대요. 하인들이 그렇게 말하는 걸 전에 있던 언니들이 들었대요."

서현은 탈출했지만 죄인 백씨에게 붙잡히고 말았다. 죄인 백씨는 문 촌장의 비밀을 알아낸 죄로 서현을 죽였다.

"이제는 우리뿐이에요."

마리가 말을 이었다.

"은우 언니랑 가연 언니도 다른 언니들처럼 사라졌어요. 어디 갔냐고 촌장님께 여쭤보니까 집으로 데려다줬대요."

"거짓말이야."

매월이 속삭였다. 부러뜨려 열고 싶은 것처럼 나무 창살을 꼭 쥐고 있었다.

"그 애들은 아직 실종 상태야."

이곳에서 나가야 했다. 세 걸음 만에 우리로 돌아가 놋 자물쇠를 쥐었다. 내 손바닥보다 큰 물고기 모양이었다. 물고기의 눈이 경고하듯 나를 응시했다. 전에도 집안 물건들을 보관하기 위해 이런 자물쇠를 사용해본 적이 있다. 하지만 이건 아니지. 나는 아무 열쇠나 골라 자물쇠를 열며 속으로 말했다. 이 아이들은 문갑에 보관하는 옥반지, 은 머리 장식, 비단이 아니야. 하지만 현실이었다. 보휘, 경자, 마리는 그런 물건처럼 우리 안에 갇혀 있었다.

"너희는 어쩌다 여기 오게 된 거니?"

내가 다른 열쇠를 시도하며 물었다.

"셋이 나무를 주우러 숲에 갔어요."

보휘가 설명했다.

"우리 부모님이 같이 가라고 해서요. 그런데 나무를 찾고 있을 때 가면 쓴 남자가 나타난 거예요."

내가 고개를 저었다.

"그자가 뭐라고 했어?"

"따라오라고 했어요."

경자가 속삭였다.

"칼을 들고 있어서 명령대로 할 수밖에 없었어요."

다른 열쇠를 시도했다.

"그다음에는 어떻게 됐는데?"

"우리를 숲에 있는 오두막으로 데려 갔어요."

마리가 새끼 사슴 같은 눈으로 내 손을 지켜보았다. 나는 열쇠를 넣고 자물쇠가 열리기를 기대하며 흔들어보았다. 열리지 않았다.

"가만히 앉으라더니 우리 손목을 묶었어요. 너무 무서워서 도망치려고 했는데 말을 안 들으면, 작은 소리라도 내면 절벽에서 던져버린다고 했어요. 전에 다른 애도 절벽 아래로 던졌다면서요. 우리만 오두막에 두고 나갔다가 밤에 돌아오더니, 문 촌장님 별장으로 데려갔어요."

"촌장님이 너희를 아프게 한 적 있니?"

내가 물었다.

"아니에요."

경자가 대답했다.

"촌장님은 밥을 잘 먹고 말을 잘 들으면 엄마 아빠한테 다시 데려다주신다고 약속했어요."

문 촌장이라는 사람을 이해할 수가 없었다. 네가 내 딸이었으면 나는 자랑스럽게 생각했을 거다. 내게 이 말을 할 때 그의 목소리는 진실했었다. 어떻게 한 사람이 전혀 다른 두 명처럼 느껴지지? 한 명은 다정한 내 아버지를 떠올리게 했고, 다른 한 명은 사악한 살인자라니…….

철컥.

모두 놀라서 내가 물고기 모양 자물쇠에 밀어 넣은 여섯 번째 열쇠를 내려다보았다. 자물통이 열려서 달랑거리고 있었다.

"입 벌리고 있을 시간 없어."

매월이 어깨로 문을 밀어 열고는 세 아이에게 손짓했다.

"빨리."

세 아이는 서둘러 우리에서 나와 매월과 나를 따라 배가 있는 곳으로 향했다. 도착했을 때야 배가 세 사람밖에 못 타는 크기임을 깨달았다. 어떻게 해야 할지 머리를 굴리고 있는데 동생이 더 빨랐다.

"내가 보휘와 마리 먼저 데리고 갈게. 보휘가 첫째니까 마리를 달래고 숨길 수 있을 거야."

동생은 얼마나 야생마 같은가. 아무리 언덕이 험난하고 바람이 매서워도 언제나 발을 단단히 디딘다.

"그런 다음 다시 와서 언니와 경자를 태울게."

우리는 고개를 끄덕였다. 내게서 등불을 건네받은 매월은 노를 저으며 맑은 호수를 건너갔다. 잠시 후, 깊은 어둠 속에 단둘이 남겨진 경자와 나는 손도 발도 볼 수 없었다. 혼이 무의식적으로 둥둥 떠다니고 있는 기분이었다.

"곧 있으면 올 거예요."

속삭임이나 다름없는 경자의 목소리가 어둠 속 어디선가 나타났다.

"하인들요."

"무슨 뜻이니?"

"매일 이 시간쯤…… 배에서 꼬르륵 소리가 날 때 와요. 우리가 먹을 잔칫상을 가져다줘요."

부엌 쪽 마당을 가득 채우던 음식 냄새가 떠올랐다. 텅 빈 마당은 어쩐지 섬뜩한 분위기였다.

"우리는 정말 잘 먹었어요."

경자가 말을 이었다.

"보통은 하인들이 우리한테 말을 걸지 않거든요. 그런데 저번에 한 명이 남기지 말고 다 먹으라고 했어요. 밥을 먹어야 원기를 유지하고 수태가 잘된다고요. 무슨 뜻인지는 몰라도 지금도 가끔 그 얘기가 생각나요."

나는 속이 토할 것처럼 울렁거려 얼굴을 찌푸렸다. 이 아이들을 잔치를 앞둔 돼지처럼 살찌우고 있었다. 무엇을 위해? 손가락으로 죽장도 손잡이를 두드리며 답을 생각해보았다. 그러자 서서히 이해가 되었다.

명나라에서 열릴 잔치다.

머릿속에 날카로운 소음이 울려 퍼졌다. 조각이 맞춰져 끔찍한 진실이 드러나는 소리였다. 탈출한 피해자 복선은 납치범이 자신을 명나라에 데려가려 한다는 사실을 전했다. 경자, 마리, 보휘, 그보다 먼저 왔던 아이들도 공녀로 이용되도록 붙잡혀 있었다. 채원은 이런 운명을 용케 피했지만 채원의 탈출이 어떤 결과를 낳았는지 보라. 채원의 아버지는 더 많은 소녀를 납치해 공녀로 보냈다. 무엇을 위해? 그를 움직이는 힘은 돈에 대한 탐욕이었을까?

경자에게 질문을 더 하려다 노란 불빛을 보았다. 처음에는 점이더니 길게 뻗어 호수 위와 동굴 벽을 비추었다. 매월이가 돌아왔다.

우리는 땅속 깊이 있는 호수 한가운데를 떠가고 있었지만 안전해지고 있다는 사실을 알았다. 공기는 상쾌하고 햇빛은 꿀처럼 달콤했다.

하지만 경자는 희망을 찾지 못하는 눈치였다.

"옆 동굴에 무서운 전설이 있어요. 여기 온 이후로 그것 때문에 얼마나 무서웠는지 몰라요."

경자가 떨리는 목소리로 말했다.

"오래전에 어떤 목사님이 사람 잡아먹는 거대한 뱀과 싸웠대요."

경자는 다가오는 어둠을 올려다보며 몸을 부르르 떨었다. 머리 위로 뻗어 있는 뱀의 비늘을 보는 사람 같았다.

"대왕 뱀이 기다리고 있을까 무서워요."

"우리 다 무사할 거야."

내가 단호한 목소리로 말했다.

"호수를 건너고 동굴을 조금만 더 지나면 돼. 그러고 나서 계단을 오르면 출구야. 자유가 코앞에 있어, 경자야."

동굴에서 탈출하면 빽빽한 숲으로 달려가 수천 개의 나무에 몸을 숨길 수 있다. 이런 생각을 하니 팔에 힘이 들어가 물에 노를 찔러 넣었다. 경자와 힘 빠진 동생을 위해 내가 반대쪽까지 노를 젓겠다고 나섰다.

"유 어사님이 계시는 제주목 관헌으로 가야 해."

팔로 이마의 땀을 닦으며 말했다.

"그곳이 제일 안전할 거야."

마침내 호수 반대쪽에 도착하자 아버지의 죽장도를 들었다. 매월이 등불을 높이 들자 우리 세 사람 주위로 동그란 불빛이 퍼졌다. 우리는 서로 바짝 붙어 보휘와 마리를 두고 온 곳으로 서둘러 갔다. 두 아이는 아직 그 자리에 있었다. 그늘진 구석에 꼭 붙어 있었지만 아파 보였고 눈이 너무 동그랬다.

"왜 그래?"

매월이 물었다.

"무슨 일······."

보휘가 내 동생의 손목을 낚아챘다. 다른 손으로는 입술에 손가락을 댔다. 쉿.

우리 다섯 명은 꼼짝도 하지 않았다. 물이 떨어지는 소리와 우리의 얕은 호흡 소리뿐이었지만, 심장이 갈비뼈에 세게 부딪히는 소리마저 들을 수 있을 것만 같았다.

그 상태로 시간이 흘렀다. 나는 두 아이가 환청을 들었나 생각했다.

그때 우리 귀에도 소리가 들렸다. 발소리다.

마리가 벽에 기댄 채로 주저앉았다. 매월이 손으로 입을 틀어막지 않았더라면 신음을 흘렸을 것이다. 보휘와 경자는 나란히 서서 팔짱을 꼈다. 나는 아이들을 돌아보며 작은 소리로 말했다. 입 모양으로 말을 전달하는 느낌이었다.

"다들 손잡고 아무 소리도 내지 마. 저 사람이 우리 앞을 지나가면 내가 손으로 당길게. 등불 없이 입구를 찾아야 할 거야."

나는 얼른 고개를 숙이고 등불을 후 불어서 껐다.

발소리가 가까워졌다. 더러운 땅을 긁듯이 발꿈치를 끌고 있었다. 나는 눈을 질끈 감았다. 공포가 찬물처럼 내 안으로 흘러들더니 점점 더 높아져 목구멍 바로 아래까지 찼다. 발소리가 더욱 가까워졌다. 손마디가 아플 정도로 죽장도 자루를 세게 움켜쥐고 다른 손으로는 누군가의 손을 꼭 쥐었다. 그 아이도 차갑고 떨리는 손으로 내 손을 더 꽉 쥐었다.

제발, 제발, 그냥 지나가라.

눈꺼풀 뒤의 어둠이 노란색으로 빛났다. 그 사람이 유 어사이기를 빌며 천천히 눈을 떴다. 환한 횃불에 눈을 깜박였고, 누군가의 얼굴에 초점이 맞춰졌을 때 두려움이 숨을 막았다.

횃불 속에서 익숙한 얼굴이 나를 빤히 처다보았다. 깎은 듯한 광대뼈와 강렬한 검은색 눈. 상투를 튼 검은 머리카락. 상투에 꽂힌 은색 동곳이 반짝거렸다. 내 아버지 같던 따스함이 물감처럼 지워지자 감정 없는 돌처럼 굳은 바탕이 드러났다. 그는 입술을 일자로 굳게 다물고 있었다. 입꼬리가 어느 쪽으로도 휘지 않아 기분이 좋은지 나쁜지 알 수 없었다. 멍하니 보고 있는 눈빛도 읽기 힘들었다.

문 촌장은 우뚝 서서 허리띠에 달린 칼자루를 한 손으로 쥐었다. 다른 손에 든 횃불의 불빛이 어두운 얼굴 위에서 춤을 추었다.

악마다.

이제야 알겠다. 이 사람을 이해하기가 왜 그리 힘들었는지. 나는 악마라면 뾰족한 뿔, 날카로운 이빨로 만들어졌다고 상상했다. 선하고 점잖은 겉모습으로 빛나고 있을 줄은 꿈에도 몰랐다. 아버지의 말이 내 왼쪽 귀에 들렸다. 좋은 것들이 알고 보면 모조일 때도 있지. 문 촌장의 친절은 진심이었을지 몰라도 금칠한 놋쇠처럼 싸구려였다.

"너는 네 아버지의 길을 가는구나."

촌장의 목소리도 얼굴만큼이나 감정이 없었다.

"죽음을 선택했어."

"다, 당신이 아버지께 독을 먹였어."

내가 말을 더듬었다.

"끝을 편하게 만들어주고 싶었거든. 하지만 비소가 생각보다 빠르게 듣지 않더구나."

머릿속에서 아버지의 죽음이 되살아나 눈시울이 뜨거워졌다. 통증이 척추를 쥐어뜯고 가슴을 찔렀다. 독이 혈액에 스며들어 아버지의 몸은 죽어서도 평온하게 흙으로 돌아가지 못했다.

"그래서 앞잡이인 죄인 백씨를 시켜 아버지를 칼로 찔렀고."

촌장이 한숨을 내쉬었다.

"죄인 백씨가 한 일은 계집아이들을 연하당으로 데려온 것뿐이다."

내 몸에서 숨이 다 빠져나갔다.

"당신이 우리 아버지를 찔렀어?"

매월이 따졌다.

나는 침묵으로 인정하는 그를 향해 눈을 깜박였다. 머리가 핑핑 돌았다.

"서현이도."

매월이 말을 이었다.

"서현이를 죽인 것도…… 당신이었어?"

내가 고개를 저었다.

"아니야…… 아니, 그럴 리 없어. 죄인 백씨를 봤다는 사람들이 있잖아. 숲에서 가면 쓴 남자를 봤다고…….."

"애들을 데리고 오는 임무를 맡길 때 백씨에게 가면을 빌려주었지. 하지만 그 외에는…….."

문 촌장이 머리 뒤로 손을 뻗어 끈으로 고정된 가면을 얼굴로 당겨 썼다. 한 걸음 물러나던 내가 툭 튀어나온 바닥에 걸려 넘어졌다. 아버지의 죽장도가 요란한 소리를 내며 옆에 떨어졌다. 횃불에 주황색으로 빛나는 대나무가 촌장의 시선을 끌었다. 하지만 잠시 죽장도를 바라보던 그가 시선을 돌렸다. 그에게는 지팡이로밖에 보이지 않았다.

"서현이란 계집이 이 동굴을 찾아 들어왔어."

촌장은 차가운 목소리로 말을 이었다.

"내 목숨을 노리고 왔지만 내 비밀을 알고 떠나버렸지. 입을 막아야 했어. 그래서 가면을 쓴 거야. 가면을 쓰면 원하는 대로 변신해 행동할 수 있지. 수사에 혼선을 일으킬 수도 있어. 그래서 네 아버지가 쉽게 해결하지 못한 거란다. 가면 쓴 사람이 한 명이라고 생각했지만 사실은 두 명이었거든."

5년 전 숲에서 가면을 썼던 사람과 아버지를 살해한 사람…… 그는 처음부터 문 촌장이었다.

"옳지 않아."

내가 쉰 목소리로 말했다.

"옳지 않은 짓이야."

촌장이 새까만 도포를 바스락거리며 쭈그리고 앉았다. 내 눈앞에 웃고 있는 하얀 가면이 나타났다. 비명을 지르고 싶어 입을 열었지만 그럴 수 없었다. 공포에 목구멍이 막혀 그러지 못했다. 아무도 소리를 내지 못했다.

촌장이 손을 뻗자 내 몸이 움찔했다. 그는 손가락 하나로 내 턱을 들었다.

"환이야."

그가 웃고 있는 붉은 입술 뒤에서 속삭였다.

"네게 옳은 행동이라고 모든 사람에게 옳지는 않단다."

나는 끔찍하도록 부드러운 손길에 몸을 부르르 떨었다.

"사절이 왔던 날, 내가 누구인지 아느냐고 했어. 나는 문장필 장군의 후손이자 이 마을 촌장이라고 했지. 그자와 병사들은 비웃더구나."

촌장이 손을 무릎 위로 거두고 움직이지 않았다. 너무나 가만히 있어 가면 뒤에 진짜 얼굴이 존재하지 않을 것만 같았다. 그러다 횃불이 깜박이며 조금 더 밝게 빛을 내자 가면 눈 구멍 사이로 내 뒤의 아이들을 보는 검은 눈동자가 보였다. 아주 미세한 혐오감이 그의 목소리를 적셨다.

"감히 나를 시골 촌뜨기라 불렀다. 그런 무력감은 생전 처음이었다. 그 순간은 결코 잊지 못해."

"그러니까 지금 실종된 아이들은⋯⋯."

매월이 조용하게 말했다.

"다른 열 명은⋯⋯ 아니지, 현옥이는 시체로 발견되었으니 아홉 명이네. 그 아이들은 떠난 거야?"

"다른 사절과 거래를 했지. 이 공(公)이라고. 고관 대작에게 뇌물을 받고 그 딸을 대신할 계집을 찾아야 하면 내가 제공해주었다. 거래는 비밀이었지. 단, 한 가지 조건이 있었어. 내 딸이 세자빈 후보로 뽑힐 수 있도록 높으신 대감들이 손을 써주기로."

"이런 얘기를 우리에게 왜 하는 거지?"

내가 속삭였다.

"너와 네 동생에게는 사실을 고백해야 하고, 너희는 이 비밀을 무덤까지 가지고 갈 테니까."

촌장이 자리에서 일어나 칼집에서 칼을 뽑았다. 얼핏 드러난 칼날이 타오르는 불길의 불씨처럼 밝게 빛났다.

"일이 잘못되도록 보고 있을 수는 없다. 그렇게 되면 나와 내 딸이 너무 많은 것을 잃게 돼."

두려움이 온몸으로 퍼지는 것을 느끼며 나는 천천히 일어났다. 우리의 최후가 머릿속에 번쩍 떠올랐다. 피투성이 시신 다섯 구는 동굴에 묻힐 것이다. 우리와 함께 모든 진실도. 내 손에 누군가의 손이 닿아 나는 움찔했다. 하지만 다른 사람이 아닌 내 동생이었다.

매월아. 매월과 손깍지를 끼니 가슴이 고통스럽게 뒤틀렸다. 손바닥이 맞닿도록 손을 꼭 잡았다. 이 아이는 동생이다, 어린 내 동생.

매월은 나는 두렵지 않아라고 말하는 듯한 각도로 턱을 들었다. 하지만 이렇게 말하는 목소리는 떨렸다.

"워, 원한다면 우리를 죽여······. 그런데 소, 손에 이렇게 많은 피를 묻힐 만큼 당신이 원하는 게 대단한 거야?"

"대단하냐고?"

촌장이 나직이 말했다.

"내 딸이 세자빈 최종 후보까지 올랐어. 우리 가족은 이번 달 도성으로 떠나 새 출발을 할 것이다. 채원이는 궁 밖의 별당에 기거하며 상궁들에게 가르침을 받을······."

그의 말은 귀에 들어오지도 않았다. 차가운 땀이 눈으로 떨어졌다. 눈을 깜박이고 주위를 둘러보았다. 횃불이 비추는 영역은 크지 않았다. 동굴 벽의 일부. 울퉁불퉁한 검은색 바닥. 천장에 달려 있는 종유석 끝부분. 네 걸음 옆에서 반짝이고 있는 검은 호수. 내 발 옆에 순진하게 놓여 있는 죽장도. 공포에 사로잡힌 나는 그 모두를 까맣게 잊고 있었다.

"……내게 신세를 진 고관들이 내 딸을 밀어줬지."

촌장의 칼이 날카로운 소리를 내며 빠르게 뽑혔다. 서로를 껴안은 아이들이 동굴 벽에 달라붙었다. 나는 꼼짝 못 하고 서 있었다. 매월의 손을 잡았던 손에서 힘이 풀렸다. 곧 내 손은 텅 비었다.

"나는 조만간 세자빈의 아버지가 될 것이다. 너희 다섯만 사라지면 내 죄를 떠들어댈 사람은 없어."

칼에 비친 우리의 겁먹은 표정을 관찰하는 듯 촌장은 칼을 돌렸다.

"다, 당신이 빼앗을 생명은 다섯이 아니야."

매월이 말했다.

"열, 열여섯이지."

"조선 왕실에서 데려가는 여인들의 수에 비하면 열여섯이 대수냐? 3년마다 수백 명의 처녀들을 납치해 명나라에 공녀로 보내지 않느냐. 지금도 매일 처녀들이 사라진다. 대의를 위한 희생양이지."

아버지의 죽장도가 발에 닿을 때까지 털끝만큼씩 움직였다. 하지만 그걸 휘두르려고 해봤자 문 촌장의 칼에 꿰뚫리기만 할 것이다. 나는 다시 호수를 곁눈질했다. 배로 돌아가면 호수를 건너 동굴 반대쪽으로 갈 수 있다. 문 촌장이 우리를 잡지 못할 곳으로…….

"희, 희생될 사람과 희생되면 안 될 사람을 누, 누가 결정하
는데?"

매월이 얕게 숨을 몰아쉬며 말했다.

"다, 당신 같은 괴물들 때문에 여, 여, 여자로 태어난 게 저주
가 되었어."

"그만하면 할 말은 다했다."

문 촌장은 호수로 향한 내 시선을 알아차렸는지 몇 걸음 움직
여 우리 앞을 가로막았다. 그는 횃불을 높이 들었다. 불빛이 다
섯 명의 얼굴 위로 일렁이며 우리에게 임박한 최후를 머리 위로
비추었다.

동굴 바닥에 고이는 피. 벌어진 상처. 생명을 잃어가는 눈.

"그렇게 겁먹은 얼굴 하지 마라."

문 촌장이 속삭였다. 그의 시선이 우리 중에 가장 강한 매월
에게 닿았다.

안 돼, 안 돼, 안 돼. 칼을 비스듬히 드는 그를 보자 이 말이 내 귀
를 때렸다. 내 동생은 죽음이 임박했음을 알고 자기 앞에 천천
히 손목을 모았다.

"죽음이란 인간이라면 누구나 한 번쯤 견뎌야 하는 것이지."

촌장이 칼을 내리치기 위해 머리 위로 들었다.

내가 땅으로 몸을 날려 죽장도 자루를 붙잡고 쏜살같이 칼을
뽑았다. 우리의 칼이 부딪쳤다. 뜻밖의 상황에 당황해서 문 촌장
이 눈을 크게 떴다. 준비되지 않았던 그의 손에서 칼이 빠져나

가 쨍그랑 소리를 내며 어둠 속으로 미끄러졌다.

다시 죽장도를 휘둘렀지만 촌장의 몸에서 빗나가 바위를 때렸다. 그 충격에 칼자루를 놓쳤다. 칼을 찾아 기어갈 새가 없었다. 문 촌장이 횃불에 반짝이는 자신의 칼을 향해 성큼성큼 다가가는 지금은.

그가 칼을 손에 넣으면 우리 모두 죽는다.

"죽장도."

내가 매월에게 헐떡이며 말했다.

"찾아서 필요하면 써!"

그 말과 함께 나는 앞으로 달려가 촌장의 등에 매달렸다. 우리 둘 다 균형을 잃었다. 함께 비틀거리고 있을 때 횃불이 치지직 소리를 내며 물속으로 들어갔다. 땅에서 발을 떼고 몸을 앞으로 날리자 얼굴 위로 머리카락이 춤을 추었다.

이제는 죽고 싶지 않아.

눈을 감고 문 촌장을 붙잡은 손에 더 힘을 주었다. 전에 유언장을 쓴 적이 있었다. 아버지 없는 외로운 인생을 살고 싶지 않았기 때문이다.

지금은 여기서 발견된 세 아이가 가족과 재회하는 모습을 보고 싶을 뿐이다.

난 살고 싶어.

사방에서 물이 폭발했다.

얼음 같은 물이 나를 감싸 심장까지 충격이 느껴졌다. 짭짤하고 차가운 물과 캄캄한 어둠에 압도당해 숨을 쉴 수 없었다. 수

면이나 바닥도 볼 수 없었다. 정말 아무것도 보이지 않았다. 하지만 촌장의 손을 느낄 수 있었다. 내 손에서 벗어나려고 나를 당기고 할퀴었다.

온 힘으로 촌장의 옷을 붙잡았다. 암흑이 내 눈으로 새어 들어와 영혼에 공포를 주입했지만 우리는 그 안에서 계속 허우적거렸다. 촌장의 손도 절박해졌다. 그는 뭐가 됐든 손가락으로 움켜쥐었다. 내 머리카락을 잡아당기고 내 목을 조였다. 그러는 동안에도 나는 계속해서 몸부림을 치며 그를 붙잡았다. 팔다리가 얼어붙은 듯 감각이 없었다. 추위에 깨져버릴 것만 같았다.

죽을 수는 없어.

죽지 않을 거야.

아찔한 밝은 빛에 머리가 멍해지고 피로가 손끝까지 퍼졌다. 손에서 힘이 빠졌다. 격렬하게 움직이던 촌장의 손도 나를 떠났고, 그의 옷도 이제 내 몸에 부딪히지 않았다. 물결과 함께 촌장이 밀려났다. 고요한 가운데 나는 검은 웅덩이에 둥둥 떠 있었다.

죽을 수는 없어.

죽지 않을 거야.

팔을 뻗었지만 그것은 움직이지 않았다. 팔을 휘둘러 깊은 물속에서 빠져나가고 싶었지만 그럴 수 없었다. 내 팔은 미동도 없이 잔잔한 물에 떠 있었고, 긴 머리카락이 그것을 감쌌다. 머리가 갑자기 가벼워지면서 위에서 동그란 불빛이 반짝이는 상상을 했다. 동그라미는 이쪽에서 저쪽으로 움직였다.

마음이 차분해지며 눈이 무거워졌다.

이 호수에는 바닥이 있어야 했다.

바닥에 닿으면 몸을 웅크리고 잠들 수 있을지도 모른다.

그러다 피로에 눈을 깜박이며, 갑자기 멈춰 나를 가만히 내려다보는 듯한 동그라미를 쳐다보았다. 주황색 거품이 톡 터졌다. 서서히 어둑한 윤곽이 드러나 내 쪽으로 다가오고 있었다. 흐릿한 하얀 천이 펼쳐졌고 여러 개의 손이 불쑥 시야를 채웠다. 내 몸이 물살을 가르듯 미끄러지며 위로 끌려 올라갔다.

몸이 획 들렸고 나는 마른 땅에 똑바로 누웠다. 그러자마자 가슴이 찢기는 통증과 함께, 날카롭게 폐를 찌르는 물의 조각을 느끼며, 내 몸은 공기를 요구했다. 단단한 손이 나를 일으켜 내 등을 한 번, 두 번 때렸다. 호흡이 한결 편해졌다. 그제야 매월이 보였다. 흠뻑 젖은 매월은 긴 머리에서 물을 뚝뚝 흘리며 눈을 크게 뜨고 있었다. 동생 뒤에서 보휘, 경자, 마리도 손을 꼼지락대고 있었다. 다른 사람들도 있었다.

정신이 번쩍 들었다.

다른 사람들?

검은 제복을 입은 남자 세 명이었다. 네 번째 남자를 보자 안도감이 밀려들었다. 유 어사였다. 이제 우리는 안전해졌다. 그렇게 생각하면서도 한 사람씩 얼굴을 뜯어보았고, 캄캄한 구석을 일일이 살폈다. 문 촌장은 어디로 갔지?

머릿속으로 계속 이 질문을 하는 사이, 주위에서 사람들이 작은 소리로 수군거렸다. 그들의 목소리는 물속에서 왜곡된 것처

럼 들렸다. 하지만 그때 매월이 내 손을 잡았다. 작은 손의 감각
이 내 귀의 귀마개를 뽑았다.

"비명을 듣자마자 이곳으로 달려왔소."

유 어사가 딱딱한 목소리로 말했다.

"저예요. 제가 비명을 질렀어요."

마리가 말했다.

"아가씨가 물에 빠졌을 때요."

호수의 검은 물이 아직도 폐에 흘러들며 온몸을 한기로 채우
는 느낌이었다.

"문 촌장 못 보셨습니까?"

모든 사람이 호수를 쳐다보았다.

"부하들에게 동굴을 뒤져보라고 하겠소. 하지만 익사했을지
도 모르지."

그랬을지도……. 나는 얼굴로 흘러내린 젖은 머리를 쓸어 넘
겼다.

"여기는 어떻게 오셨습니까?"

"가희가 말을 타고 와서 어디 가면 낭자를 찾을 수 있는지 알
려주었소. 가희는 매월 낭자가 보낸 서한을 받았냐고 하던데 그
런 적 없소. 문 낭자도 이곳으로 오는 길을 알려주었소."

유 어사가 안도의 한숨을 쉬었다.

"지금 부하들이 촌장 집 안을 샅샅이 뒤지고 있소."

우리는 몸을 떨며 횃불을 든 유 어사를 따라 동굴 입구로 향
했다. 병사들은 동굴에 남아 촌장을 찾았고, 나는 뒤를 돌아 그

들의 횃불이 점점 멀어져 작아지는 모습을 바라보았다. 뭔가 이상한 기분이 들었다.

"익사한 것 같지는 않아요."

내가 나직이 말했다.

"혹시 탈출했으면 어떡……."

애끓는 절규가 울려 퍼졌다.

모든 사람이 얼어붙었다.

"세상에."

매월이 속삭였다.

"방금 뭐야?"

유 어사가 얼굴을 찌푸리며 고개를 들었다.

"바깥에서 들렸는데."

두려움이 바위처럼 묵직하게 뱃속으로 곤두박질쳤다. 나는 단번에 누군가를 떠올렸다. 자기 아버지 손에 희생된 사람들의 유령에 시달리며 밤마다 잠 못 이루던 소녀, 아궁이처럼 뜨거운 서고에서 탈출할 수 있게 나를 도와준 소녀를.

정신을 차리니 나는 달리고 있었다.

뒤에서 발소리가 들렸다. 어느새 유 어사와 매월도 나와 나란히 뛰고 있었다. 이끼 낀 돌계단을 뛰어올라 하늘을 향해 탁 트인 입구를 기어올랐다. 환한 햇살에 순간 걸음이 멈췄다. 손으로 눈을 가리고 실눈으로 주위를 둘러보자 서서히 앞이 보이기 시작했다.

물에 젖은 발자국이 마당을 지나며 옅은 흙을 짙은 갈색으로 물들였다. 온몸의 힘이 쫙 빠졌다. 우리는 발자국을 따라 마당을 하나 더 지나, 내가 채원을 마지막으로 봤던 방에 붙은 툇마루에 올랐다.

걸음이 느려졌다. 내 안에서 무언가가 뒤돌아 떠나기를 요구했다. 저 안에서 무슨 일이 일어났는지 절대 보지 말라며, 이미 보지 말아야 할 것을 너무 많이 봤다며.

미닫이문 앞에 멈춰 섰다. 아까는 조금밖에 열려 있지 않았는데 그사이 누가 문을 활짝 열어놓았다. 느려진 발걸음처럼 천천히 고개를 들고 물에 젖은 발자국을 따라 들어갔다.

비단 보료를 지났다. 바닥에 뒤집혀 있는 찻잔을 지났다. 낮은 탁자를 지나니…… 하얀 가루가 소금처럼 흩어져 있었다.

문 촌장은 바닥에 앉아 몸을 반으로 접었다. 흐트러진 머리카락과 수염에서 뚝뚝 떨어진 물이 그의 무릎을 베고 누운 딸에게 흘러내렸다. 딸의 축 늘어진 손바닥은 하늘을 향했고 손가락은 미동조차 없었다.

호수에서 가면이 벗겨졌는지 이제는 주름살 깊이 새겨진 감정이 얼굴에 드러났다. 문 촌장이 딸의 뺨을 어루만졌다.

"일어나거라, 채원아."

그가 딸의 어깨를 흔들었다.

"채원아, 아버지에게 화내지 말거라. 다 너를 위해 한 거야."

나는 얼이 빠진 채 바닥을 내려다보았다. 바닥이 불난듯 뜨거웠다. 몇 걸음 옮겨 찻잔을 집어 들었다. 굳이 코에 대지 않아도 진한 약초 냄새를 맡을 수 있었다.

서재에서 내가 받았던 비소 섞인 차와 똑같은 냄새다.

다시 고개를 들었다. 가만히 누워 있는 채원의 입가에는 엷은 핏자국이 묻어 있었다. 진실이 머리를 세차게 때리자 찻잔이 내 손에서 미끄러졌다.

채원은 스스로 독을 마셨다.

이후로는 모든 것이 흐릿했다. 후다닥 달려들어 밧줄을 던지고 촌장의 팔을 뒤로 꺾어 거칠게 묶는 병사들. 비단, 피, 채원의 부릅뜬 눈. 딸이 일어나기를 기대하는 듯 계속해서 딸의 이름을 부르는 아버지의 힘없는 목소리. 하지만 그의 딸은 떠나고 없었다. 아버지의 사악한 마음은 그토록 소중히 여겼던 딸의 목숨을 앗아 가고 말았다.

"채원아."

밧줄에 묶여 움직일 수 없는 손 대신 문 촌장의 목소리가 뻗어 나와 딸의 창백한 뺨을 어루만졌다.

"아버지가 이렇게 돌아왔지 않느냐, 채원아."

이런 게…… 응보인가?

생각을 할 수 없이 머리가 멍해진 나는 불타는 바닥에 주저앉았다. 얼굴에서 땀과 호숫물이 흘러내렸다. 나는 손바닥을 올려 갈비뼈 아래를 문질렀다. 아프지 않은 구석이 없었다. 틈이 계속해서 넓게 벌어졌고 그 사이로 차가운 바람이 불어닥쳤다. 떠난 사람은 돌아오지 않았다. 죽었다. 소생하지 않았다.

시간이 얼마나 지났을까. 매월이 내 어깨에 손을 올렸다. 팔을 뻗어 나를 일으켜 세워주었다. 우리는 가만히 서서 병사들이 채원의 시신을 나무로 만든 들것에 싣는 모습을 보았다. 멍석이 몸을 덮어, 이제는 연한 주황색으로 물든 손톱밖에 보이지 않았다.

"봉선화네."

매월이 속삭였다.

손톱을 더 자세히 들여다보았다. 정말이었다. 채원은 봉선화 꽃을 모아 어린아이들처럼 꽃잎을 으깨 손톱을 물들였을 것이다. 그리고 겨울까지 물이 빠지지 않기를 바랐을 것이다. 그때까지 물이 남으면 첫눈과 함께 진정한 사랑이 나타난다지.

어깨가 앞으로 축 처졌다. 누가 나를 땅바닥에 패대기친 기분이었다. 채원은 우리처럼 평범한 소녀일 뿐이었는데. 매월도 패배감에 사로잡힌 듯했다. 동생은 뺨에 흐르는 눈물을 옷소매로 황급히 닦았다.

"왜 이런 기분이 들지?"

매월이 쉰 목소리로 말했다.

"꼭 우리가 진 것 같아."

옆에 그림자가 나타났다. 유 어사였다. 멍석에 덮인 시신을 바라보는 그의 얼굴 위로 검은 갓의 넓은 챙이 그늘을 드리웠다.

"매일이 패배의 연속이라오. 이 일을 하다 보면."

유 어사가 우리를 내려다보았다.

"남을 지키는 의무를 다한다는 일이 원래 그렇소. 몇 명을 구해도 대부분은 잃지. 이번만 그런 게 아니오."

나는 고개를 저었다. 그런 얘기를 듣는다고 기분이 나아지지는 않았다. 이제야 홍 목사의 말뜻을 알 것 같았다. 사람을 살리려다 실패했을 때 느끼는 피로와 공포가 이런 것이구나. 눈앞이 어두워지고 힘이 빠지고 뼈를 도려내는 기분이었다.

"하지만 이 세상에는 두 가지 유형의 사람들이 있소."

유 어사가 조용한 목소리로 덧붙였다.

"이 나라의 암담함에 겁먹은 새처럼 도망쳐서 자기들끼리 웅크리고 숨는 사람들이 있는가 하면, 커다란 빛을 올곧게 바라보며 다른 사람들 대신 싸우고 자유를 쟁취하는 사람들이 있더군. 찾고자 하는 사람들에게 그 빛은 항상 반짝일 거요."

유 어사가 옷자락을 뒤로 펼치며 바닥에 쭈그려 앉았다. 그러더니 채원의 찻잔을 집어 들고 자루에 넣었다. 증거를 수집하는 중이었다.

"정신 바짝 차리시오. 민환이, 민매월."

말은 그래도 말투가 매정하지는 않았다.

"그대들이 찾은 아이들을 집에 데려다줘야지. 가족들이 기다리고 있지 않소."

스물하나

　바깥으로 나온 세 아이는 나란히 말을 타고 가면서도 주위를 경계하고 긴장했다. 작은 소리만 들려도 놀랐고, 떠들썩한 마을이나 덜컹거리는 마차가 지나갈 때도 놀랐다. 작은 강아지가 짖는 소리에도 놀랐다. 유 어사는 아이들의 자리를 병사들의 행렬 앞으로 정했다. 채원의 시신을 실은 수레와 껍데기만 남은 채원의 아버지에게서 멀리 두기 위해서였다. 문 촌장은 손목이 밧줄로 묶여 다들 말을 타고 가는 중에도 홀로 걸어야 했다. 유 어사는 세 아이에게 연하당에 있던 말을 한 마리씩 내주었다.

　"너무 오랜만이야."

　보휘가 안장을 꼭 붙들고 속삭였다.

　밝은 햇살 아래에서 보니 보휘의 피부는 심각할 정도로 창백했다. 세 아이는 태양의 따스함을 잊은 것처럼, 세상의 모습을 잊은 것처럼 보였다. 갓난아기처럼 목을 뺀 채 주위의 풍경을 눈에 담고, 자연을 손가락으로 가리켰다.

1년이 지났으니까. 나는 속으로 생각했다. 그런 어둠에 갇혀 있기에는 너무 긴 시간이었지.

아이들의 시선을 따라가니 가시처럼 날카로운 소나무에 달라붙은 이슬 방울이 보석처럼 반짝였다. 물 위에 덮인 녹색 담요처럼 넓은 벌판이 부드럽게 찰랑거렸다. 초록색으로 반짝이는 바다 한가운데를 떠가는 기분이었다. 바람에 휩쓸린 구름이 고래와 같이 큰 그림자를 드리웠다. 저 멀리 높은 언덕이 수평선에서 물결을 이루었다. 흐릿한 언덕이 겹겹이 싸여 있었다.

"이제 어떻게 되는 걸까요, 어사님?"

매월의 목소리가 들렸다. 우리 자매는 세 아이와 나란히 말을 타고 있었다.

유 어사가 뒤를 돌아보았다.

"가능한 한 빨리 보고문을 써서 한양으로 돌아갈 거요. 연루된 사절, 고관, 하인의 이름을 전부 적어야겠지. 문 촌장부터 심문하고 모든 공범의 이름을 보고문에 넣을 생각이오. 촌장은 분명 다른 이들도 물귀신처럼 끌고 가려고 할 거요."

행렬의 끝을 쳐다보고 싶은 마음을 꾹 눌렀다. 거기엔 이 모든 일에 책임이 있는 남자가 있었다. 내 등에 꽂힌 그의 시선을 느낄 수 있었다. 나 때문에 자기 딸이 죽었다고 생각하는 것일까?

"민 낭자는 어떡할 거요?"

유 어사가 다시 앞을 보며 물었다.

"목포로 돌아갈 건가?"

질문에 놀란 나는 동생을 힐끗 보다가 얼른 시선을 거두었다.

"잘 모르겠습니다."

잠깐의 정적이 흘렀다.

"가야지."

매월이 상처받은 목소리로 불쑥 말했다.

"어차피 언니는 이곳과 어울리지도 않잖아. 언니가 살기에는 너무 척박하고 미개하니까."

나는 이제 어디에도 속하지 않았다. 나를 한 장소에 붙잡아줄 아버지도, 어머니도 없었다.

매월이 지나치게 상냥한 목소리로 말을 이었다.

"언니는 이제 화려한 인생만 남았어요. 나이가 두 배는 많은 남자와 정혼해서 그 남자와 결혼하면 멀리 있는 다른 지역으로 떠나 남편 집에서 노예처럼 시부모를 모실 거라서요."

내 귀가 뜨거워졌다. 이것은 모든 여인의 운명이었다. 하지만 매월의 말로 들으니 터무니없는 일처럼 느껴졌다.

"흠. 낭자는 어려운 사건을 동생과 해결했소."

유 어사가 지적하며 말의 속도를 늦추었다. 그의 입술에 능글맞은 미소가 돌아왔다. 학자 출신의 술꾼을 연기할 때 봤던 미소였다.

"낭자같이 영리한 사람은 입궐할 수도 있을 텐데. 궁에서 여성 수사관으로 일해보는 게 어떻소?"

나는 눈을 내리깔고 내 팔을 스치는 조랑말의 갈퀴만 쳐다보았다. 어느 쪽의 삶도 원하지 않았다. 지금껏 나는 아버지를 기쁘게 하려고 노력하며 살았다. 하지만 이제는 아버지가 떠나고 없었다.

마을을 두 개 더 지나 탁 트인 들판으로 나왔다. 남은 길을 가는 동안 녹색 나무들과 여기저기 흩어진 바위들의 흐릿한 형체가 보였다. 가는 내내 나는 눈도 깜박이지 않았다. 채원의 죽음을 목격한 후로 내 머리에 스며든 안개에 싸여 그냥 앞만 바라보고 있었다.

하지만 노원리를 둘러싼 돌담에 도착했을 때 놀라서 정신이 번쩍 들었다. 마을 사람들이 남녀노소를 불문하고 마을 입구에 모여 있었다. 다들 눈이 빨갰고, 검게 그을린 얼굴에 깊은 주름살이 드러났다.

"어마니! 아바지!"

보휘의 목소리가 터져 나왔고 마리와 경자도 같은 말을 외쳤다. 세 아이는 각자의 말에서 내려 모여든 사람들을 헤치고 가족의 품에 안겼다. 어머니, 아버지, 형제자매, 조부모는 아이들을 꼭 끌어안고 앞뒤로 몸을 흔들었다. 그러다 간간이 포옹을 풀고 손, 팔, 머리카락을 만졌다. 오랫동안 보지 못한 딸들이 집으로 돌아왔다는 사실을 믿을 수 없는 듯했다.

포옹의 따뜻함이 내게도 전해지는 기분이었다.

세 아이가 가족과 재회하는 모습을 본 후에 다른 사람들에게로 관심을 돌렸다. 언뜻 들리는 대화의 토막들이 이 기이한 상황을 설명해주었다.

"우리가 들었어!"

누가 외쳤다.

"관헌에서 일하는 양반의 하인이 그러더라고!"

"처음에는 안 믿었지."

다른 사람도 말했다.

"민씨 자매가 살인자를 잡았다고 해서 그 하인이 거짓말을 하는 줄 알았지. 다들 처음엔 그렇게 생각했을걸."

유 어사가 고삐를 당겨 말을 멈춰 세웠다. 더 많은 사람이 그의 주변에, 우리 주변에 소란스럽게 몰려들었다.

"여봐라."

유 어사가 더 큰 목소리로 외쳤다.

"우리가 돌아왔다는 소식을 듣고 도망치기 전에 죄인 백씨를 체포하라."

고개 숙여 절을 한 병사가 말을 타고 떠났다.

"그리고 자네는……."

유 어사가 우리 쪽으로 고갯짓을 했다.

"낭자들을 댁으로 모셔다드리도록."

유 어사를 마지막으로 한 번 더 쳐다보았다. 감사를 표현하고 싶었지만 이미 사람들 틈으로 들어가 보이지 않았다. 마을 사람들은 분노에 차서 문 촌장을 구름처럼 에워쌌다. 그들의 분노는 고통과 무력감으로 가득했다. 실종된 다른 아이들이 집에 돌아오지 못한다는 사실이 더욱 분노에 불을 지폈다.

병사가 말을 타고 내게 다가왔다.

"아가씨, 어디로 갈까요? 두 분을 안전하게 모셔다드리겠습니다."

"노경 심방님 댁으로요."

매월이 말했다.

"우리는 거기로 가요."

아무 말 없이 말을 타고 마을에서 나왔다. 바람이 휩쓰는 외딴 광야에 가까워지는 우리를 한라산이 지켜보고 있었다. 노경 심방의 집에 다가갈수록 어떤 깨달음이 무거운 추처럼 내 안에서 단단해졌다. 노경 심방은 자기 딸을 두 번이나 잃었고, 나는 묻혀 있던 그의 고통을 파냈다.

지친 몸으로 점집에 도착해 말들(어디다 묶어 놓았는지 설명하자마자 유 어사의 병사 하나가 달려가 녀석들을 끌고 와 줬다)을 마구간으로 데리고 갔다. 말을 묶은 후에는 집으로 걸어갔다.

노경 심방이 하얀 의복을 바람에 휘날리며 밖에 서서 기다리고 있었다. 여기까지도 소식이 전해진 모양이었다.

노경 심방의 눈을 피하려 했지만 눈이 마주쳤고, 그는 고개를 끄덕였다. 무언의 용서와도 같았다.

"둘 다 피곤하겠구나. 매월아."

노경 심방이 잠시 말을 멈췄다.

"환이야."

매월과 나는 각자의 방을 향해 삐걱거리는 툇마루를 걸었다. 노경 심방이 뒤를 따랐다.

"너희가 없는 동안 너희 아버지가 어떻게…… 돌아가셨는지

들었다. 그러다 기억이 하나 떠올랐어."

그는 말을 계속했다.

"1년 전에 너희 아버지가 너무 아파 보여 걱정했단다. 그때는 독이 아니라 병이라고 생각했지. 그만 집으로 가라고, 딸들에게 무엇이 최선이겠냐고 했지. 자기 욕심을 차리고 살아 있는 아버지냐, 수사를 하다 죽어서 두 딸을 고아로 만드는 아버지냐."

매월이 방 문을 열고는 중얼거렸다. 금방 잠이 들 것 같은 목소리로.

"당연히 죽음을 선택하셨죠."

나도 피로의 검은 파도에 잠기고 있었다. 문을 열고 방으로 들어가려다 아버지의 불에 탄 일지를 보고 걸음을 멈추었다. 그 위에는 내가 아버지에게 만들어준 동그랗고 낡은 팔찌가 놓여 있었다.

방으로 들어가 그 앞에 무릎을 꿇고 앉았다. 한때는 증거였지만 지금은 떠나서 다시는 돌아오지 않을 아버지의 유품이었다.

너무 피곤해서 더는 생각할 수가 없었다. 그것들을 주워 들고 내 가슴에 감싸안은 기억과 함께 이부자리에 웅크리고 누웠다. 얼굴에서 눈물이 흘렀다. 더는 눈물을 흘릴 힘도 없을 때 잠이 찾아왔다.

하얗게 질린 기 대장이 우울한 얼굴로 고모 앞에 무릎을 꿇고 민 종사관은 집으로 돌아오지 않을 겁니다라고 말한 날 이후 처음으로 깊은 잠에 빠졌다.

후일담

석 달 후.

눈이 내렸다. 솜털 같은 하얀 눈송이가 날아와 먼 바다를 굽어보는 호젓한 언덕으로 천천히 떨어졌다. 이곳에 어머니의 묘가 있어 동생과 나는 아버지의 묏자리도 이 언덕으로 정했다.

장례식 전에는 더 많은 결정을 내려야 했다. 내가 맏상제, 매월이 상제였기 때문이다. 아버지는 남성이 중심인 새로운 상속 제도를 따르지 않고 고려식으로 전 재산을 딸들에게 남겼다. 그에 따라 장례 의식과 매장도 우리의 의무가 되었고, 매년 있는 기제사도 우리의 몫이 되었다.

당연히 나는 아버지의 장례 준비에 온 신경을 집중했다. 장례식이 끝난 뒤로는 나와 매월도 유 어사가 지휘하는 조사에 정신이 없었다. 짐작했던 대로 슬픔과 분노에 휩싸인 문 촌장은 모든 사람을 끌어내렸다. 죄인 백씨, 명나라 사절, 하인 열여덟 명은 물론 딸을 대신할 처녀를 찾아달라고 애원한 고관대작들의 이름까지 다 밝힌 것이다.

몇 주 후 대명률에 따라 평결이 내려졌고, 문 촌장은 텅 빈 눈으로 죽음의 운명을 받아들였다. 그는 살인죄로 참수형에, 공범인 죄인 백씨는 교수형에 처해질 것이다. 촌장에게 도움을 청한 사절과 고관들도 전하께서 법에 따라 단죄할 것이라고 유 어사는 약속했다.

"이제 다 끝났소."

선고를 보기 위해 모인 구경꾼들이 관헌 마당을 떠나자 유 어사가 말했다.

"낭자도 과거는 뒤로하고 다시 살아가는 법을 배워야지. 내가 한 말은 생각해봤소?"

나는 조금 전까지 문 촌장이 앉아 있던 의자를 바라보았다. 의자 등받이에 묶인 그의 흰옷은 피로 얼룩져 있었고, 수척하고 공허한 얼굴엔 검은 머리카락이 드리워져 있었다.

"무슨 말씀이십니까?"

"그 머리를 궁에서 사용하는 것 말이오. 내일 한양으로 떠나는데 원한다면 낭자를 전하께 추천할 수 있소. 확실한 보장은 없지만 전하께서 적절한 자리를 찾아주실지도 모르오. 궁에는 언제나 낭자처럼 영리한 여인이 필요하거든."

내가 고개 숙여 인사를 했다.

"감사합니다. 하지만 저는 그렇게 살고 싶지 않아요."

궁으로 가는 길은 안전하지 않았다. 그 길에는 촌장같이 이기적인 야망을 추구하며 수많은 목숨을 희생할 남자들로 가득했다. 궁은 매월이 있는 곳에서 너무 멀기도 했다.

"그렇다면 어떤 삶을 원하오?"

나는 마땅한 답을 몰라 고개를 저었다.

"일생 동안 제 유일한 소망은 아버지를 기쁘게 하는 것이었습니다."

유 어사가 입꼬리를 올리며 재미있다는 듯 눈을 반짝였다. 살짝 짜증이 났다. 세상 물정 모르는 어린애처럼 보고 있었다.

"낭자는 생각처럼 평범하지 않소."

유 어사가 부드럽게 말했다.

"평범한 여인들은 고모님 댁에서 도망쳐 천 리나 되는 바닷길을 건너지 않지. 캄캄한 동굴로 뛰어들어 살인자와 호수에서 몸싸움을 벌이지도 않고."

유 어사가 말을 멈추고 내 얼굴을 뜯어보았다. 장난스럽던 눈빛이 서서히 누그러졌다.

"낭자는 수수께끼를 푸는 데 소질이 있소. 분명 이번 수수께끼도 혼자 힘으로 풀 수 있을 거요. 이곳 제주에서 답을 찾을지도 모르지."

그때는 유 어사의 말뜻을 이해하지 못했다. 그러다 어느 날 아침, 한 마을 사람이 노경 심방의 집 마당으로 뛰어 들어왔을 때 알았다. 그는 점을 보러 온 손님이 아니라 내게 조언을 구하러 온 의뢰인이었다.

나는 겨우 열여덟…… 아니, 이제 열아홉이다. 이런 내가 무슨 수로 도울 수 있다는 것인지 당황스러웠지만 그 여인은 이렇게 말했다.

"제가 풀 수 없는 수수께끼입니다."

얼어붙었던 마음이 깨어나 윙윙거리며 속을 간지럽혔다.

"누가 저희 집에 들어와 항아리를 싹 다 깼습니다. 복수하려고 그런 것 같아요. 전에 마을 사람과 말다툼을 했는데……."

소곤거리는 여인의 말에 내 심장박동이 빨라졌다.

"아가씨 말고는 의논할 사람이 떠오르지 않았습니다."

그 순간, 내가 무엇을 원하는지 깨달았다. 나는 아버지처럼 되고 싶었다. 단순히 내 아버지여서가 아니었다. 나는 아버지의 일지를 읽으면서 자랐고 이곳 제주에서 내 재능을 알아차렸다. 내게는 뒤엉킨 매듭을 푸는 재주가 있었다. 매듭을 하나하나 풀 때마다 이 세상과, 이 세상이 멋대로 내려주는 속앓이의 의미를 조금씩 더 이해하게 되는 것 같았다.

나는 일지를 꺼내 낮은 탁자에 펼치고 먹에 담근 붓을 들었다.

"얘기해보게."

내가 말했다.

"집에 돌아왔을 때가 몇 시였나?"

제주의 겨울은 흐리고 온화했다. 눈은 거의 내리지 않았고, 바람은 쌀쌀했지만 육지에 있을 때처럼 온몸을 꽁꽁 싸맬 필요는 없었다. 그러다 봄이 되었다. 봄은 기적 없이 오지 않았다. 코끝에서 폭발하는 유채꽃의 달콤한 향기와 함께 다가왔다. 꽃들이 길, 들판, 높은 언덕을 겹겹이 노란색으로 물들였다. 그 꽃들이 섬을 밝게 빛내고, 내 마음을 고향의 추억으로 밝혔다.

"뵈러 갈까?"

내가 아침으로 미역국을 먹으며 물었다.

"어머니와 아버지?"

매월이 여린 어깨를 으쓱했다. 무심한 거절이라 여겼다. 그날 오후 나는 가장 깨끗한 소복을 입고 부엌으로 들어가 막걸리 병과 술잔을 챙겼다. 막걸리는 수사를 마치고 긴 하루를 마무리할 때 아버지가 즐겨 마시던 술이었다.

"나 준비 다 됐어."

부엌 밖을 내다보니 흰옷을 입은 매월이 보였다. 비록 땋은 머리카락이 헝클어져 있었지만.

한숨을 쉬고 매월의 손목을 끌었다.

"내가 해줄게."

방으로 들어와 동생 뒤에 책상다리를 하고 앉았다. 어설프게 땋은 머리카락을 풀고 엉킨 부분을 빗으로 풀었다.

"아야."

매월이 징징대며 손에 든 청동 손거울로 나를 보았다.

"아프잖아."

빗에 걸리는 부분 없이 머리카락을 매끄럽게 만든 후 머리 장식의 뾰족한 끝으로 깔끔하게 가르마를 탔다. 그런 다음 숱 많은 머리카락을 세 갈래로 나누고 등 뒤로 땋아 내렸다.

"조사가 끝난 지도 벌써 몇 달 지나지 않았나."

매월이 말했다. 이런 말투를 수도 없이 연습한 것처럼 목소리가 너무 가볍고 무심했다.

"지금도 육지로 돌아갈 계획이야?"

머리를 땋던 손이 멈췄다. 돌아오라고 명령하는 고모의 편지가 떠올랐다. 나는 고모의 말에 복종할 마음이 없었고, 매월을 두고 떠날 마음도 없었다. 하지만 왠지 부끄러워 진심을 숨기고 이렇게 대답했다.

"아직 결정 안 했어."

매월이 어깨를 으쓱했다.

"육지의 고상한 삶을 원한다면 가도 돼. 별별 규칙을 지키고 싶다면 말이야. 자기 집에서 마음대로 나가지도 못하고, 자기 유산도 마음대로 관리하지 못하고, 재산도 고모님 아니면 장래 남편이 차지하겠지."

"그러고 싶지 않은걸."

내가 조용히 말했다.

매월이 손사래를 쳤다.

"그런데 돌아갈 생각을 왜 하냐고?"

나는 계속해서 매월의 머리를 땋았고 붉은 댕기로 끝을 묶었다.

"나는 그렇게 규칙이 빡빡한 데서 못 살아."

매월이 청동 거울의 가장자리를 엄지로 어루만졌다.

"이곳 제주는 달라."

사실이었다. 제주의 삶은 빈곤과 고난이 만연해 척박했다. 어쩌면 그래서 제주 사람들이 답답하고 엄격한 삶을 살지 않는 것인지도 모른다. 제주 여인들은 더 자유로웠다. 대부분 해녀로 집 밖에서 일하며 독립적으로 돈을 벌었고, 먼 곳까지 여행을 가기도 했다. 할 수 있는 일과 할 수 없는 일의 경계가 육지처럼 뚜렷하지 않았다.

"제주에 남는다는 생각을 안 해본 건 아니야."

드디어 고백했다. 거울 속 동생을 힐끗 보니 기쁨을 완전히 억누르지 못해 입술을 깨물고 있었다.

"요즘 들어 사건을 해결해달라고 나를 찾아오는 마을 사람들이 늘었어. 대부분 사소한 것들이지만."

매월이 흥분 섞인 숨을 내쉬었다.

"아직 새로운 촌장이 안 뽑혔잖아. 그러니 언니 말고 의지할 사람이 없는 거야."

유 어사도 그런 말을 했다.

내 시야에 탁자에 놓인 책이 들어왔다. 유 어사는 명나라의 금빛 궁에 깊이 갇혀 있을 아홉 소녀를 찾는 일이 어떻게 진행 중인지 가끔 편지로 전했다. 내 안부를 묻는 편지는 한 통밖에 없었다. 나는 노원에서 새로운 사건들을 해결하고 있고 덕분에 기분 전환이 된다고 전했다. 그러자 유 어사는 "향후 수사에 도움이 될 것"이라며 왕여가 쓴 법의학 지침서인 『무원록』을 보내주었다.

나는 눈을 깜박이고 다시 매월을 쳐다보았다.

"정말 이곳에 남는다면 우리 옛날 집으로 가서 살까 해."

아버지 집은 이제 내 소유였다.

"이 집은 우리 셋이 살기에 너무 좁잖아."

그리고 너무 시끄러웠다. 한밤중에 노경 심방이 방울 흔드는 소리, 매월이 북을 치는 소리, 신음하며 흐느껴 우는 마을 사람들 소리에 깨어나기 일쑤였다.

"가희랑 보휘를 만나봐."

매월이 잔뜩 흥분해서 말했다.

"집에서 일해달라고 해. 틀림없이 한다고 할 거야. 일자리를 찾고 있거든."

"너는?"

나는 이곳 제주에서, 매월과 멀지 않은 노원리에서 새로운 삶을 사는 상상을 하며 자리에서 일어났다. 방을 가로질러 툇마루로 나가 아까 놔둔 막걸리 병과 술잔을 집어 들었다.

"너는 뭐할 건데?"

"계속 노경 심방님 뒷바라지를 해야지."

"그러다 언젠가는 심방이 되고?"

"응."

매월이 대답했다.

"진심으로 되고 싶은 거야?"

매월도 툇마루로 나왔다.

"우물 속 개구리는 하늘 일부만 보고 세상을 다 안다고 생각한대."

매월이 쭈그리고 앉아 짚신을 신었다.

"이 마을 사람들은 슬픔, 어둠, 그런 것밖에 보지 못해……."

매월은 허리를 똑바로 펴고 파란 하늘과 완만한 들판을 바라보았다. 검은색 돌을 쌓아서 만든 울타리 너머로 잔디가 바람에 휘날렸다.

"하지만 나는 그런 개구리가 아니야. 그래서 심방이 되도록 부름을 받은 것 같아. 나는 일부를 보면 나머지를 상상하려고 노력하거든. 마을 사람들이 점집을 찾아오는 것도 그래서야. 그 이상을 보고 싶으니까."

"그 너머에 뭐가 더 있는데?"

조용히 물었다.

매월이 한숨을 폭 쉬었다.

"나도 아직은 확실히 몰라. 다른 세계의 메아리가 들린다는 것밖에는. 눈에 보이는 게 전부는 아니야."

말을 타고 출발한 우리는 아버지의 묘소가 있는 언덕 꼭대기에 도착했다. 양쪽에 돌무더기를 둔 아버지의 무덤이 거북이 등껍질처럼 땅에서 튀어나와 있었다. 매월이 술잔에 막걸리를 부어 내게 건넸다. 나는 긴 소매를 말고 무덤에 술을 뿌렸다.

우리는 한참이나 돌벽에 기대앉아 햇빛을 받아 반짝이는 유채꽃과 흔들리는 풀잎을 지켜보았다.

"내가 도와줄 사건 있어?"

매월이 물었다.

"글쎄."

나는 늘 들고 다니는 일지를 꺼냈다. 책장을 넘기던 손이 멈췄다.

"여기 있다. 누가 서비네 집에 몰래 들어와서 항아리를 다 깼대."

매월이 입술을 톡톡 쳤다.

"흠."

우리는 머리를 맞대고 어떤 일이 일어난 것인지, 왜 그랬을지 의견을 나눴다. 그러다 매월이 미소를 지었다.

"꼭 우리 어릴 때 같다. 언니는 어렸을 때부터 해답을 잘 찾았고, 나는 언니가 가는 곳은 어디든 따라다녔지. 그래서 아버지도 언니를 댕기머리 탐정이라 불렀잖아."

"너는 무수리라 부르셨고."

"궁녀 말이야? 잊고 있었네. 언니가 나를 하녀 취급했기 때문이었겠지."

내 입에서 웃음이 터져 나왔다.

"그래서 지어주신 별명이 아니야. 아버지가 말씀하신 적 있어. 아무리 힘들고 위험한 상황이 닥쳐도 언제나 낙관적으로 도전하기 때문이라고 하셨어."

매월이 흡족한 표정으로 고개를 끄덕였다. 이어지는 침묵 속에서 나는 주위를 둘러보았다. 여기까지 오는 동안 우리는 너무 많은 것을 잃었다. 그럼에도 순수하고 찬란한 하늘과, 더욱 짙어진 언덕 아래의 나무들이 보였다. 슬픔이 우리 안에 골짜기를 만들었고 그 사이로 따스한 바람이 지나갔다. 그 온기 덕분에 풀이 스치는 소리, 새가 지저귀는 소리가 내 귀에 음악처럼 들렸다. 발밑의 땅은 불처럼 느껴졌다.

부드러운 속삭임이 바람처럼 귓가를 스쳤다.

환이야. 매월아.

놀라서 주위를 돌아보았다. 동생 말고는 아무도 없었다. 하지만 매월도 무슨 소리를 들은 듯 얼굴을 찌푸렸다. 긴 풀잎이 춤을 추고 새가 지저귀었다. 이번에도 환청일 뿐이었다. 요즘 우리는 어디를 가든 아버지의 목소리를 상상하고 있었다.

그때 다시 들렸다. 너무도 익숙한 바람 소리가……. 깊고 아름다운 아버지의 목소리였다.

잘 있거라.

작별 인사다.

행복하라는 당부이기도 했다.

손을 들어 눈을 가리고 태양 너머를 찡그리며 보았다. 푸른색 바다가 반짝였고 화산암의 그림자가 바닷속으로 사라졌다. 거품을 묻힌 파도의 물결이 빠르게 움직이는 삶과 부딪혔다.

아버지는 떠났다. 정말로 떠났다. 아버지는 억울하게 죽었다고 다음 생으로 나아가지 않는 축사니(원한을 품고 이승을 떠돌아다니는 제주의 혼백 -옮긴이)로 이 땅에 머물지 않을 것이다. 아버지가 시작한 사건을 매월과 내가 해결했다. 둘이 힘을 합쳐.

"매월아."

내가 치마에서 잔디를 털며 일어났다.

"가자."

"어디로?"

매월이 물었다.

깊은 숨을 들이마셨다가 내쉬자 가슴이 후련해졌다. 아버지가 어떤 세상으로 떠났든 지금 우리를 볼 수 있을지 궁금했다. 일생일대의 소망이 이루어진 모습을 보며 감탄할까? 아버지의 소원대로 두 딸은 마침내 하나가 되었다.

"집으로 가야지."

나는 제2차 세계대전 중 한국 여성들이 "위안부"라는 이름으로 팔려 갔다는 이야기를 들으면서 자랐다. 하지만 그보다 훨씬 이전에 다른 나라로 팔려 가야 했던 한국 여성들의 존재는 미처 알지 못했다. "공녀(貢女)"라는 명칭을 발견하기 전까지는. 강제로 집을 떠나 인간 공물로서 바쳐져야 했던 아름다운 처녀들 말이다.

이후로 공녀는 내 머릿속을 떠나지 않았고, *Epistolary Korea: Letters in the Communicative Space of the Chosön, 1392 – 1910*이라는 책을 읽다가 이곡(1298-1351)의 편지를 통해 이 여성들에 대해 쓰고 싶다는 생각이 들었다. 이곡은 1337년 원나라 황제에게 편지를 써 한국 처녀들을 끌고 가는 행위를 금지해달라 요청했다. 특히 인상적인 대목이 있었는데, 바로 거기서 『사라진 소녀들의 숲』의 핵심 미스터리가 태어났다.

들자 하오니 고려 사람들은 딸을 낳으면 당장 딸의 존재를 들키지 않도록 숨겨서 지키므로 가까운 이웃조차 딸을 볼 수 없다고 합니다.

중국에서 사절이 올 때면 두려움으로 사색이 되고 (…) 군인들이 집집마다 돌아다니며 숨겨진 딸을 찾는데 (…) 붙잡혀 온 처녀들을 선발하려고 모으면 아름다운 이와 아름답지 못한 이가 섞여 있습니다. 그러나 뇌물을 바쳐 사절의 탐욕을 채우면 아무리 아름다운 처녀라 해도 풀어준다고 합니다. 한 처녀가 풀려나면 그 처녀를 대신할 단 한 명의 처녀를 찾기 위해 수백 가구에 대한 수색이 이루어집니다.

13세기 한국은 고려 시대였다. 원나라의 지배를 받던 고려는 말이나 모피 같은 물품과 함께 고려 여인들을 공물로 바쳤다. 고려 귀족 가문이 원나라 지배층과의 유대를 공고히 하기 위해 딸을 보내는 경우도 있었지만(10대에 가서 황후가 된 원나라 기황후가 그 예다) 대부분의 여성은 자신이나 가족의 뜻과 상관없이 타지로 끌려가야 했다. 대략 80년 동안 정식으로 바쳐지거나 사적으로 납치되어 끌려간 고려 여인의 수는 2천 명에 달한다.

불행히도 사람을 공물로 바치는 악습은 조선 시대까지 이어졌다. 원나라가 멸망한 후 명나라가 들어서자, 조선 또한 전쟁을 막기 위해 명에 조공을 했기 때문이다. 『조선 왕조 실록』에 따르면 일곱 차례에 걸친 조공으로 명나라에 간 조선 여인의 수는 114명이다. 하지만 명나라 사절, 귀족, 관리가 개인적으로 끌고 간 숫자는 그보다 훨씬 많다고 알려져 있고 대개 11~18세 미혼 여성들이었다.

이러한 인간 조공 문화는 1435년이 되어서야 사라졌다.

차기작에 대한 부담감으로 마음고생을 심하게 했습니다. 잘 할 수 있을지 자신이 없었고 많이 두려웠죠. 하지만 결국에는 이렇게 소중한 책을 완성하게 되었네요. 많은 분들의 도움이 없었더라면 불가능했을지도 모릅니다.

에이미 엘리자베스 비숍은 최고의 에이전트이자 든든한 지원군이었습니다. 이 책의 초고를 쓰면서 자신감이 바닥나 포기하고 싶은 때가 너무 많았어요. 그럴 때마다 에이미는 저를 지탱해주고 계속 글을 쓸 수 있다는 용기를 주었습니다.

에밀리 세틀은 유능한 편집자답게 그보다 엉망일 수 없는 초고에서 흙 속의 진주를 발견해주었습니다. 에이미의 열정은 제 열정을 깨웠고 에이미의 의견은 제 상상력에 날개를 달아주었습니다. 에이미를 보고 있으면 하고자 하는 일은 뭐든 가능하게 만드는 초인적인 힘을 가졌다는 생각이 들어요.

저를 담당한 파이월 & 프렌즈(Feiwel & Friends) 출판사 직원분들, 환상적인 홍보 담당자 브리트니 펄먼, 교열 담당자 에리카퍼거슨, 표지 일러스트레이터 페드로 타파, 책임 편집자 던 라이 언과 캐시 윌고슈, 디자이너 미셸 겐가로 코크멘과 리치 디스, 편집장 셀레스트 캐스에게도 감사 인사를 전합니다.

미리 원고를 읽어주고 제 이성을 붙잡아준 마리아 동도 은인 이죠. 마감이 촉박한 상황에서 글을 쓰다 패닉 상태가 된 제게 마리아는 방법을 다시 생각해보라며 격려하고 불안감을 가라앉 힐 집필 스케줄을 찾아주었습니다. 이 작품을 쓰는 내내 안부를 묻고 응원해준 케리 셸작 번에게도 고맙습니다.

제가 속한 토론토 작가 모임 회원들에게도 큰 신세를 졌어요. 힘을 얻고 조언이 필요할 때 언제든 기댈 수 있는 동료들이 있 어 기쁩니다. 원고를 전부 읽고 제게 꼭 필요한 자신감을 불어 넣어준 케스 C.에게는 특별히 더 고맙다는 말을 하고 싶어요. 저 도 팬으로서 항상 곁에서 응원하겠습니다!

자료 조사를 도와준 제이미, 유니스 김에게도 감사합니다. 사랑 하는 우리 아빠에게도요! 제주 출신으로서 거기서 어떻게 살았 는지 들려주셨죠. 글을 쓰는 동안 가장 많이 활용했던 참고 자 료들도 있습니다. 김영정(Yung-Chung Kim)의 *Women of Korea: A History fron Ancient Times to 1945*, 린다 스트라트만 (Linda Stratmann)의 *The Secret Poisoner: A Century of Murder*, 김진영(Kim Jinyoung), 이재영(Jaeyeong Lee), 이종오(Jongoh Lee)의 *Goryeoyang and Mongolpung in the 13th-14th Centuries*, 유엔캉 왕(Yuan-kang Wang)의 *Harmoney and War: Confucian Culture and Chinese Power Politics*, 규장각한국학

연구원의 『조선 사람의 세계여행』, 김자현(Jahyun Kim Haboush)의 *Epistolary Korea: Letters in the Communicative Space of the Choson, 1392-1910*, 피터 H. 리(Peter H. Lee)의 *Sources of Korean Tradition, Vol 2*, 한희숙(Han Hee-sook)의 *Women's Life during the Choson Dynasty*, 앤 힐티(Ann Hilty)의 *Jeju Island: Reaching to the Core of Beauty (Korea Essentials Book 5)*는 물론 www.jeju.go.kr에서 제공하는 훌륭한 자료들에서 많은 도움을 받았습니다.

저는 임신 중에 이 책의 초고를 썼고, 신생아를 보살피며 원고를 수정했고, 팬데믹 기간에 교정을 봤습니다. 두 번째 책을 쓰기에 수월한 시기는 아니었죠. 그럼에도 가족은 제게 전폭적인 지지를 보내며 글을 쓸 수 있는 시간적 정신적 여유를 주었습니다.

우선 동생들에게 감사합니다. 샤론은 휴가까지 내면서 아기를 돌보고 집안일을 도와주었고, 찰스는 늘 스킨케어 제품을 대신 사줘서 누나의 시간을 아껴줬어요. 언제나 저를 위해 기도하고 응원해주신 부모님과 작업 시간이 부족할 때마다 아기를 돌봐주신 시부모님에게도 무한한 감사를 보냅니다. 남편 보스코에게는 특별히 더 감사합니다. 이 세상에서 당신만큼 나를 지지해주는 사람도 없을 거예요. 당신 덕분에 마감 때 끼니를 거르지 않을 수 있었어요. 제주도로 답사를 가자고 여행을 추진해준 것도 정말 좋았습니다.

그리고 우리 딸 조해나에게도 감사해야겠죠. 엄마가 더 생산적인 작가가 되도록 훈련해줘서 고마워.

　마지막으로 나의 주 구원의 예수님, 걸핏하면 방황하려는 저를 사랑해주셔서 감사합니다.

　여기 조선 시대를 배경으로 한 추리 소설이 있다. 우리말이 아닌 영어로 쓰인 이 작품은 미국 출판사를 통해 세상에 나왔고 신선한 배경과 설정으로 서양권 독자들의 사랑을 한 몸에 받았다. 그리고 올해 말, 『사라진 소녀들의 숲』이라는 제목으로 국내 독자들과도 만나게 되었다. 번역자로서 이처럼 특별한 여정에 함께할 수 있어 기쁘고 감사할 따름이다.

　한국에서 태어났다고 해도 삶의 대부분을 외국에서 보낸 저자가 다른 언어로 수백 년 전 한국의 문화와 정서를 구현할 수 있을까 우려했던 것도 사실이다. 하지만 이 막연한 기우는 환이가 배를 타고 바다 건너 제주로 가는 첫 장면을 읽는 순간 사라졌다. 아름다우면서도 스산한 풍경이 눈앞에 생생히 그려졌고 침략의 수난을 겪어야 했던 우리 민족의 애끓는 한, 딸을 위해서라면 무엇이든 하는 부모의 사랑, 절대 끊어지지 않을 유대로 이어진 자매의 우애도 고스란히 느낄 수 있었다.

　독자로서 느꼈던 재미와 감동, 분위기는 번역자로서 이를 잘

옮겨야 한다는 부담으로 크게 다가왔다. 원문의 느낌과 더 어울리는 번역어를 찾아 사전과 포털 사이트를 무한 검색하고, 대사를 몇 번이나 수정하고, 조선 시대의 경찰 수사와 지방 행정 및 문화에 관한 서적과 자료를 샅샅이 뒤졌다. 등장인물들의 대사는 가독성을 고려해 논의 끝에 표준어로 옮겼음을 일러둔다. 예외로 본문에서 제주 말씨를 쓴다고 명시한 인물의 대사는 제주어로 바꾸고 각주를 달았다. 부족한 역자의 고민 상담에 선뜻 응하고 고생해주신 편집부와 감수자에 이 자리를 빌려 감사드린다.

작가는 고려의 문신 이곡이 원나라 황제에게 공녀 제도를 없애 달라 청한 편지를 우연히 읽고 공녀라는 가슴 아픈 역사를 알게 되었다고 한다. 이곡이 상소문을 쓸 당시 1232년부터 약 80년 동안 원나라로 끌려간 공녀의 수는 2,000명이 넘고 비공식적인 경로를 합치면 실제 수는 그보다 훨씬 많을 것으로 추정된다. 공녀의 평균 나이는 13세에서 16세 사이로, 어린 나이에 강제로 부모와 헤어지고 타국에서 짓밟힌 여인들은 고향에 돌아오지 못하고 시녀나 노비로 비참한 삶을 살았다고 알려져 있다. 이런 잔인한 인간 조공 문화는 조선 시대까지 이어지다가 이 작품의 배경인 세종대에 폐지되었다. 작중에서 범인은 소녀들이 대의를 위한 희생양일 뿐이라고 말한다. 강대국과의 마찰을 피하려는 나라, 출세를 꿈꾸는 관리, 자기 딸만 보호하려는 아버지가 희생양으로 선택한 것은 힘없고 약한 여자아이들이었다. 그 아이들과 부모가 느꼈을 참담한 고통 앞에서 대의라는 미명은 의미 없는 말에 불과하다.

『사라진 소녀들의 숲』은 실종과 살인 미스터리의 비밀을 밝히는 추리 소설이면서 자매가 힘을 합쳐 사건을 해결하는 동안 과거의 상처를 치유하고 극복하는 성장 소설이다. 작가는 한때 소원해졌지만 다시 친한 친구가 된 동생과의 관계를 이야기에 녹이고 싶었다고 한다. 극을 끌고 가는 주인공은 환이이지만 모든 면에서 환이와 정반대인 동생 매월이 없었다면 이처럼 완벽한 결말에 이르지 못했을 것이다. 이 책은 환이와 매월이 손을 잡고 집으로 향하며 끝난다. 환이는 자신이 지켜야 마땅하다고 믿었던 의무와 속박을 뒤로하고 자유를 선택했다. 앞으로 어떤 인생이 펼쳐질지 모르겠지만 매월과 함께라면 괜찮지 않을까? 나도 친구 같은 여동생을 둔 언니로서 자매의 힘을 믿는다.

이 소설은 국내에 처음으로 소개되는 허주은 작가의 작품이지만 2020년 데뷔 이래 세 권이 연달아 출간되더니 그는 벌써 네 번째 장편 소설을 집필 중이라고 한다. 전부 조선 시대를 배경으로 한 역사 미스터리로, 실제 역사에 상상력을 가미해 독창적인 작품 세계를 만들고 있다. 특유의 분위기와 스토리텔링 덕에 독자들 사이에서 믿고 보는 작가가 된 듯하다. 한국 문화를 사랑하는 팬이지만 그의 작품을 통해 한국 역사에도 관심이 생겼다는 후기들을 보며 콘텐츠의 힘을 다시금 느낀다. 앞으로 어떤 활약을 보여줄지 번역자 이전에 한 사람의 팬으로 기대가 된다.

2022년 12월
유혜인

사라진 소녀들의 숲

초판 1쇄 발행 2022년 12월 14일
초판 6쇄 발행 2023년 12월 26일

지은이 허주은
옮긴이 유혜인
펴낸이 윤동희
책임편집 김미라 고나리
디자인 김소진
마케팅 윤지원

펴낸곳 ㈜미디어창비
등록 2009년 5월 14일
주소 04004 서울 마포구 월드컵로12길 7 창비서교빌딩
전화 02) 6949-0966   팩시밀리 0505-995-4000
홈페이지 http://books.mediachangbi.com
전자우편 mcb@changbi.com

한국어판ⓒ (주)미디어창비 2022
ISBN 979-11-91248-91-3 03840